TOM LIEHR
Im wechselnden
Licht der Jahre

aufbau taschenbuch

TOM LIEHR war Redakteur, Rundfunkproduzent und DJ. Er lebt in Berlin. Im Aufbau Taschenbuch sind seine Romane »Radio Nights«, »Idiotentest«, »Stellungswechsel«, »Geisterfahrer«, »Pauschaltourist«, »Sommerhit«, »Leichtmatrosen« und »Freitags bei Paolo« lieferbar. Mehr zum Autor unter *tomliehr.de*

Alexander Bengt wohnt mit seiner hinreißenden Frau Tabea, der Tochter Lavida und dem Sohn Favel in Kleinmachnow, südwestlich von Berlin. Sein Leben scheint nahezu perfekt: Tabea betreibt eine erfolgreiche Yogaschule, und Alexander schreibt unter einem Pseudonym Tierkrimis, die immer beliebter werden. Eigentlich könnte es nicht besser sein. Doch Alexander droht in einem halben Jahr sechzig zu werden – er wird bald kein erwachsener Junge mehr sein, sondern ein alter Mann. Dann jedoch zieht ein paar Häuser weiter der amerikanische Singer-Songwriter Ayksen Brahoon ein, den Alexander seit seiner Jugend bewundert. Die beiden freunden sich an und wollen sogar zusammen einen Song schreiben. Alexander hat schon die Hoffnung, seinen sechzigsten Geburtstag schadlos überstehen zu können. Bis es zu einem schweren Unfall kommt – und sein scheinbar perfektes Leben komplett aus den Fugen gerät.

TOM LIEHR

Im wechselnden Licht der Jahre

Roman

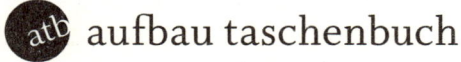 aufbau taschenbuch

Die Textzeilen aus »I Will Survive« auf Seite 70 von Gloria Gaynor,
komponiert von Freddie Perren und Dino Fekaris,
erschienen 1978 auf »Love Tracks« (Polydor).

MIX
Papier | Fördert
gute Waldnutzung
FSC
www.fsc.org
FSC® C083411

ISBN 978-3-7466-3761-7

Aufbau Taschenbuch ist eine Marke
der Aufbau Verlage GmbH & Co. KG

1. Auflage 2024
© Aufbau Verlage GmbH & Co. KG, Berlin 2024
www.aufbau-verlage.de
10969 Berlin, Prinzenstraße 85
Der Verlag behält sich das Text- und Data-Mining
nach § 44b UrhG vor, was hiermit Dritten
ohne Zustimmung des Verlages untersagt ist.
Umschlaggestaltung zero-media.net, München
unter Verwendung von Motiven von © pioneer111/iStock/
Getty Images Plus und FinePic®, München
Satz Greiner & Reichel, Köln
Druck und Binden CPI books GmbH, Leck, Germany

Printed in Germany

Der Sinn des Lebens ist,
möglichst lange nicht zu sterben.

(Tabea Bengt)

•

In every movie I watch from the '50s
There's only one thought that swirls
Around my head now
And that's that everyone there on the screen
Yeah, everyone there on the screen
Well, they're all dead now
They're all dead now

»Here To Forever«, Death Cab For Cutie,
auf »Asphalt Meadows« (2022, Atlantic Records)

Für Sebastian

Prolog

Sie ging an dem langen Zaun entlang, der das große Grundstück umgab. Brahoon hatte nach seinem Einzug zwar die vergoldeten Symbole entfernen lassen, die der Vorbesitzer auf jedem zweiten Zaunpfahl hatte anbringen lassen, aber es sah immer noch hässlich aus, protzig und überkandidelt. Es war nicht einfach ein Zaun, sondern ein Bollwerk, das Potenz ausstrahlen sollte, zugleich Macht und Männlichkeit und Überheblichkeit.

Sie erreichte das mächtige, fast zehn Meter breite Eingangstor, das, wie sie irgendwo gelesen hatte, geöffnet wurde, indem es im Boden versank, und neben dem an einem Pfeiler aus poliertem Granit eine sehr große, ebenfalls polierte Messingplatte angebracht war, mit einem golfballgroßen, glänzenden Klingelknopf in der Mitte und der gravierten Hausnummer darüber, aber ohne einen Namen oder wenigstens Initialen. Ein filigranes Lochmuster unter dem Klingelknopf verriet den Lautsprecher dahinter und eine daumennagelgroße, runde, dunkle Scheibe oben an der Platte die Kamera. Sie klingelte, meinte sie jedenfalls, denn man hörte nichts, wenn man den Knopf betätigte, es gab keine Reaktion, kein Geräusch. Es geschah aber auch sonst nichts. Sie klingelte abermals und abermals erfolglos. Sie wartete eine halbe Minute, klingelte noch einmal. Wieder keine Antwort.

Aber es gab eine zweite Einfahrt, wusste sie, an der Seite des Anwesens – einen Lieferantenzugang, wie anno dunnemals, als die edlen Herrschaften nicht mit niederen Tätigkeiten und Menschen, die diese ausführten, konfrontiert werden wollten. Sie ging am Zaun entlang, durch den wenig zu erkennen war, denn das riesige Grundstück war direkt hinter dem Zaun zusätzlich von einem zwei Meter hohen aufgeschütteten Erdwall umgeben, der Neugierige abhalten sollte. Man hätte es sich auch einfacher machen und statt des Zauns eine Mauer errichten könnten, dachte sie, aber dann hätten vermutlich Leute versucht, auf die Mauer zu klettern, mit mitgebrachten Leitern oder so. Als der Rapper *Bullshitso* noch hier gewohnt hatte, vor seinem großen Prozess, an dessen Ende ihn eine mehrjährige Haftstrafe erwartet hatte, waren hin und wieder Menschen mit Kameradrohnen aufgetaucht, aber die Leibwächter des Rappers hatten die Fluggeräte mit Luftgewehren beschossen und oft sogar getroffen, wogegen dann wieder einige Drohnenbesitzer geklagt hatten, allerdings ohne Erfolg, denn es hatte am Zaun sogar Schilder gegeben, die erläuterten, dass Besitzer von Kameradrohnen, die über das Grundstück gesteuert würden, diese Behandlung erwarten müssten. Seit Brahoon hier wohnte, gab es diese Schilder nicht mehr, und es war deutlich stiller geworden. Nur hin und wieder kamen Touristen oder ehemalige Fans und warfen einen Blick auf den Zaun aus gebürsteten, geflochtenen Stahlstreben, der das legendäre mächtige *Bullshitso*-Anwesen umgab. Und auf den grasbewachsenen Erdhügel dahinter. Mehr sah man nicht.

Sie erreichte die kleinere Nebenstraße, in der der aufwendige Zaun um das Gelände weiterging, und, tatsächlich, das zweite, deutlich schmalere Tor – sie meinte sich zu erinnern, dass es sich um eine Einfahrt für Lieferanten handelte, obwohl man nicht mit Lieferfahrzeugen auf das Gelände kam – stand offen. Sie blieb erst draußen stehen, suchte nach einer Möglichkeit, sich bemerkbar zu machen, aber hier gab es keine Klingel, keine Kamera, nichts – nur ein Plastikschild, auf dem in zwei Sprachen »BETRETEN STRENG VERBOTEN« stand. Sie zuckte die Schultern und ging die ersten paar Schritte auf dem gepflasterten Weg, der über den Erdwall führte.

Und dann passierten mehrere Dinge beinahe gleichzeitig. Das Geräusch eines offenbar tieffliegenden Rettungshubschraubers erklang, ein unfassbar lautes Geräusch, das schnell immer noch lauter wurde. Sie drehte sich zur Straße um und blickte in die Richtung, aus der sie das Geräusch vermutete, aber der Hubschrauber blieb weiterhin nur hörbar, und in diesem Augenblick spürte sie die Vibration ihres Smartphones, das sie in der Hosentasche trug. Sie nahm das Gerät aus der Tasche, sah auf das Display und las den Namen ihrer Tochter, machte die Wischgeste, um den Anruf anzunehmen, hielt sich das Telefon an das eine Ohr und mit der freien Hand das andere Ohr zu, um *irgendwas* verstehen zu können, und dann schrie sie: »Hallo, Schätzchen«, was vermutlich nicht zu hören war, denn der Rettungshubschrauber flog in diesem Moment fast direkt vor ihr über die Straße hinweg, und das in so niedriger Höhe, dass sie den Luftzug der Rotoren spüren konnte. Der Einsatzort konnte nur ein paar Dutzend Meter entfernt sein, doch er lag nicht auf dem Brahoon-Anwesen.

Was sie aber weder spürte, noch hörte oder sah, das war der bullige, hochbeinige Pick-up, der im gleichen Moment hinter ihr vom Grundstück auf den Erdwall gefahren kam, um das Tor zur Straße zu durchqueren, die Schnauze weit nach oben gerichtet, weshalb die Person am Steuer auch nicht sehen, geschweige denn anderswie wahrnehmen konnte, dass fast direkt hinter der Hügelkuppe eine Frau stand, die sich beide Ohren zuhielt und in die andere Richtung und zum Himmel starrte, aber aufgrund des Luftzugs auch noch ein bisschen in die Hocke gegangen war.

Teil eins

West-Berlin

Einführungsphase

Als Tabea Folkers in unsere Klasse kam und sich uns vorstellte, bekam ich zuerst nichts davon mit, weil ich hochkonzentriert dabei war, in meinem Mathe-LK-Arbeitsheft das Logo für meine zukünftige Band *The Disease* zu entwickeln. Mit einem schwarzen Kuli krakelte ich am dreißigsten oder vierzigsten Entwurf für einen Schriftzug herum. Das machte ich seit ein paar Tagen fast ununterbrochen – seit mir die Idee gekommen war, eine Band mit diesem Namen zu gründen, die es unbedingt schaffen müsste, Vorband bei den Konzerten von *The Cure* zu werden. Denn das wäre *der* Bringer, dachte ich mir: erst *The Disease* und anschließend *The Cure*, also erst die Krankheit, dann die Heilung, und das an einem Abend und auf derselben Bühne. Die ganze Welt würde über uns sprechen. Robert James Smith und ich würden beste Freunde werden. Die Idee, mit einem Popstar befreundet zu sein, fand ich fast noch besser als die, selbst einer zu werden. Berühmtheit kam mir aufwendig und ziemlich herausfordernd vor. Es sozusagen aus zweiter Hand zu genießen, das stellte ich mir wesentlich entspannter vor. Und ich war sicher, dass *The Cure* noch viel erfolgreicher werden würden, als sie es zu diesem Zeitpunkt schon waren.

Ich hatte allerdings wenig Ahnung von Musik, ich war, soweit ich wusste, eher kein guter Sänger, und ich kannte unterm Strich niemanden, der für eine Band infrage kam, der komponieren, arrangieren, texten oder wenigstens ein einfaches Instrument spielen konnte. Ich beherrschte zwei Weihnachtslieder leidlich auf der Blockflöte (»Es ist ein Ros' entsprungen« und »O du fröhliche«), die ich meinen Eltern zuletzt vor fünf Jahren hatte vorspielen müssen, um an Heiligabend mein Recht auf Bescherung durchzusetzen. Jens Brinkmann, der in der Klasse schräg vor mir saß, hatte eine Akustikgitarre und musizierte in seiner evangelischen Kirchengruppe, was ihn sowieso disqualifiziert hätte, doch Jens Brinkmann sah außerdem noch aus wie jemand, dem es Spaß machte, freiwillig in einer evangelischen Kirchengruppe zu sein und dort gottesfürchtiges Liedgut von sich zu geben: Zwei, drei Pickel mehr, und von seiner Gesichtshaut wäre überhaupt nichts mehr sichtbar gewesen. Die Schüler, die in den Jugendorganisationen der Parteien herumhingen oder sich sonstwo ehrenamtlich engagierten, sahen alle so aus. Es war ihre einzige Chance auf ein Sozialleben, in solche Gruppen einzutauchen. Harald Metzger beispielsweise, der mal in »Politischer Weltkunde« der Klasse gestanden hatte, Bundeskanzler werden zu wollen, was leicht irres Gekicher bei den Mitschülern verursacht hatte: Er sah exakt so aus, wie er hieß, und niemand wollte mit dem klobigen, dickbebrillten, verlangsamt wirkenden Typen befreundet sein. Deshalb hockte er nachmittagelang als Zuschauer in der örtlichen Bezirksverordnetenversammlung, was so ziemlich das Langweiligste war, das man sich vorstellen konnte, und er tat das, wie wir alle wussten, in der Hoffnung, dass man dort auf ihn aufmerksam würde und ihn in irgendein belangloses Gremium kooptierte, das über die Aufstellung von Fußgängerampeln oder die Fassadenfarbe einer öffentlichen Bibliothek entschied. Er war in der Schüler-Union, der Jungen Union und in der CDU Mitglied, er schlurfte regelmäßig in irgendwelche Versammlungen, aus denen spätnachts schlimme und verräucherte, strikt männlich dominierte Trinkgelage wurden, und klebte an den Wochenenden Plakate oder verteilte Zettel an Wahlkampf- und Infoständen, während die höheren Tiere ihre Räusche ausschliefen oder potenzielle Wählerinnen in ehebrecherischer Weise heimsuchten. Allerdings schaffte es Harald Metzger später immerhin bis ins Berliner Abgeordnetenhaus, mit Mitte vierzig und nach drei Jahrzehnten der Zettelverteilerei, aber die höchste Position, die er je bekleidete, war der stellvertretende Vorsitz im Bauausschuss. Dort blieb er zwei Monate, bis er aufgrund eines Skandals, den ein anderer lange vor Haralds Wahl verursacht hatte, genötigt wurde, sich einem kollektiven Rücktritt anzuschließen, und nach all der Mühe quasi über Nacht wieder in die Bedeutungslosigkeit zurückfiel. Nach einer Legislaturperiode als Hinterbänkler nahm man ihn auch nicht wieder auf die Liste.

Besetzungsprobleme bei *The Disease* oder Fragen zu Songs, Stil und all solchen Sachen waren Aspekte, über die ich mir später Gedanken machen könnte. Am Anfang stünde ein schnittiges Logo, das sich Schüler – vor allem Schüler*innen* – meines Alters dann mit Kulis auf die Unterarme oder ihre Federmappen tätowieren würden, wie ich das eine Zeit lang mit den coolen Logos einiger Metal-Bands gemacht hatte, obwohl ich Metal eigentlich scheiße fand und von den meisten Bands kein einziges Stück kannte (außer »United« von *Judas Priest*, die hatten auch den besten Schriftzug, wie ich fand). So oder so, wenn das Logo stimmte, wäre der Rest Pillepalle. Marketing war *alles*. Mein Musikgeschmack war ohnehin ziemlich heterogen, oberflächlich und unbestimmt (nur Heavy Metal mochte ich definitiv nicht und natürlich keine Schlager, weil unsere Eltern Schlager liebten und wir nichts lieben *durften*, was unsere Eltern liebten); ich hörte den gleichen Pop, den alle anderen auch hörten, machte mir aber nicht viel daraus – es bedeutete mir nichts, es war *nur Musik*. Ich kaufte hin und wieder eine Platte mit aktuellen Hits bei Woolworth, die ich dann zwei Monate lang rauf- und runterdudeln ließ, bis sie mir zu den Ohren heraushing. Das einzige Album, das ich wirklich sehr gerne mochte – eigentlich sogar nachgerade liebte – und immer wieder hören konnte, das war »Snow« des amerikanischen Singer-Songwriters Ayksen Brahoon, das ich wegen des Covers (eine einsame, unbelaubte junge Birke in einer ansonsten leeren Schneelandschaft) und des Preises (eine Mark zwanzig) vom Grabbeltisch genommen hatte. Der Mann war in den Staaten so etwas wie ein Held, aber hierzulande kannte ihn niemand, doch dieses spezielle Album hatte er, sich selbst an der Akustikgitarre begleitend, im Jahr 1976 in einer Hütte in den Rockys komponiert, getextet und aufgenommen, als es ihn und ein paar andere Leute dort für eine Woche eingeschneit hatte. Ich mochte die melancholischen Songs, die klugen Texte (die ich mithilfe meines »Langenscheidt Englisch-Deutsch-Deutsch-Englisch« übersetzt hatte) und die eigenwillige Dynamik sehr, aber alle, denen ich das Album vorspielte, fanden es einfach nur langweilig. Wenn schon melancholisch, musste es von Angelo

Branduardi, Barclay James Harvest, Mike Oldfield, Kate Bush oder Tangerine Dream sein, sonst hörten sie überhaupt nicht hin. In der Teestube *Tee-In*, die einige meiner Mitschülerinnen stark frequentierten und in der ich so etwas wie ein Rendezvous mit Stefanie Jungbluth gehabt hatte, lief nur so was. Der Besitzer, ein etwas schmutzig wirkender Typ, der irgendein Studium abgebrochen hatte, stellte immer das Cover der Schallplatte, die er gerade aufgelegt hatte, in einen speziellen Aufsteller auf dem Tresen. Dabei grinste er in Richtung der Mädchen, und einige grinsten eigenartigerweise zurück.

Als der Entwurf für mein Bandlogo okay war – lodernde 3D-Buchstaben, die sich auf einer Kreiskalotte anordneten, vermutlich würden wir also Heavy Metal machen *müssen* –, lehnte ich mich zurück, betrachtete meine Arbeit und war sehr zufrieden. Erst in diesem Augenblick fiel mir auf, dass es ungewöhnlich still in der Klasse war, und ich schaute mich um. Die Jungs starrten alle wie gebannt nach vorne, und die Mädchen starrten entweder auch nach vorne, oder sie starrten die starrenden Jungs an. Also sah ich ebenfalls zum Lehrerpult, und da stand sie: Tabea Folkers (den Namen erfuhr ich erst später, ich hatte ja verpasst, wie sie hereingekommen war und sich vorgestellt hatte). Sie hatte haselnussfarbenes rückenlanges Haar, das glänzte und schimmerte, beinahe metallisch, aber ohne sie dadurch kühl wirken zu lassen, ganz im Gegenteil. Ihre Augen waren dunkelblau, zugleich jedoch groß und warm, und alles an ihrem Körper war von einer einschüchternden Zartheit, die aber keine Fragilität war. Noch nie hatte ich ein so zauberhaftes Mädchen gesehen, also schloss ich mich umgehend den Starrern an – es war sowieso unmöglich, wegzusehen, und es machte mich sofort seltsam glücklich, einfach mitzuglotzen. Kein Zweifel, der allererste Song von *The Disease* würde sich um diese junge Frau drehen. Ich kannte ihren Namen noch nicht, aber ganz egal, wie er lautete – er wäre unser erster Songtitel. Oder *Angel With Dark Blue Eyes*, so was.

Sie hatte die Hände vor dem Bauch gefaltet (diese *Hände!*) und lächelte, und jetzt sagte sie: »Meine Eltern sind Diplomaten. Deshalb ziehen wir in einem halben Jahr wieder um. Nach Tel Aviv, das ist eine Stadt in Israel.« Sie pausierte, ein kurzer Anflug von Traurigkeit huschte über ihr Gesicht, wobei ich den dringenden Wunsch verspürte, sie in die Arme zu nehmen und jedes kleine bisschen Traurigkeit aus ihrem zauberhaften Gesicht wegzuküssen, und es wäre mir völlig egal gewesen, ob ich mich damit lächerlich gemacht hätte. »Und ich bedauere es jetzt schon, so wunderbare Menschen nach so kurzer Zeit schon wieder verlassen zu müssen. Ich bin ganz sicher, dass wir alle sehr, sehr gute Freunde werden.« Dabei schaute sie *mich* an, ganz sicher. Ich spürte, wie meine Ohrläppchen erglühten, und auch die allerletzte Zelle meines Körpers begann damit, sich nach diesem unglaublichen Mädchen zu verzehren.

Keiner von uns wäre im Leben auf die Idee gekommen, solche Worte an irgendeine elfte Schulklasse zu richten oder gar an diese spezielle hier. *Wunderbare Menschen*, von wegen. Wir waren narzisstisches, egoistisches und sozialneidisches Lumpenpack, zerfressen von der Postpubertät, permanent geil bis in die Zehennägel und in kleinen Cliquen organisiert, die zwar vorgaben, aus Freunden zu bestehen, eigentlich aber nur der gegenseitigen Kontrolle dienten. Die Elf-Eff des Paul-Besser-Gymnasiums war die Hölle. Eine Hölle, in die soeben ein Engel eingezogen war.

Und keiner lachte, was die übliche Reaktion auf eine solche Äußerung gewesen wäre. Alle starrten weiterhin, und das schweigend, völlig konsterniert oder katatonisch oder, wie ich bemerkte, während ich eine Spur Eifersucht aufkommen spürte, ebenso verzaubert wie ich. Tabea nickte und strahlte, sah sich kurz um und hielt dann auf den Platz neben Melanie Paulsen zu. Niemand von uns hätte sich freiwillig dorthin gesetzt. Melanie Paulsen hatte die Form zweier aufeinandergestapelter Kürbisse, sie roch intensiv nach Schweiß und litt außerdem unter chronischem Asthma, weshalb sie alle paar Minuten grausige Hustenanfälle bekam, von denen wiederum mir der Schweiß ausbrach. Ich wollte aufspringen und den dunkelblauäugig-rotbraunhaarigen Engel auf den freien Platz neben mir aufmerksam machen, aber da saß sie schon und lächelte Melanie Paulsen an, die mit offenem Mund zurückglotzte und ihr Glück nicht fassen konnte. Sie war die Einzige in der Klasse, die keiner Clique angehörte. Es gab keine Cliquen für solche Leute. In Melanies Gesicht zog erstmals ein Lächeln ein, das dort so lange wohnte, wie Tabea Folkers in unsere Klasse ging.

Bis zu Tabeas Auftauchen an unserer Schule und in unserer Klasse hatten wir uns immer wieder von Christiane Buchholz anhören müssen, dass sie – im Gegensatz zu sämtlichen Mitschülerinnen – eines Tages als Model Karriere machen würde, und wir hatten ihr das widerspruchslos abgekauft, bis Tabea kam, die uns – und allen voran Christiane

Buchholz – verdeutlichte, dass uns nur der richtige Vergleich gefehlt hatte, um diesen kleinen Selbstbetrug zu entlarven. Vielleicht würde es Christiane Buchholz noch in einen zweitklassigen Versandhauskatalog schaffen oder in diese Werbezeitungen, die am Wochenende in den Briefkästen lagen, aber sicher nicht auf die Titelseite eines internationalen Magazins. Dort gehörte Tabea hin, die allerdings keinerlei Ambitionen in dieser Richtung hatte. Tabea machte sich nichts aus ihrem Aussehen, und wie viele sehr schöne Menschen hielt sie sich selbst nicht für besonders attraktiv. Oder diese Eigenschaft für keine besondere, eines von beidem. Oder beides. Wie sich herausstellte, war sie auch noch hochbegabt, weshalb sie zwei Jahre jünger als der Durchschnitt unserer Klasse war und trotzdem in allen Fächern Bestnoten hatte, und ich war anderthalb Jahre älter als der Schnitt, weil ich in der Achten eine meinem Desinteresse an Lernfortschritten geschuldete Ehrenrunde gedreht hatte. Trotzdem hatte ich es bis in die E-Phase geschafft, also den Übergang zum Kurssystem der Sekundarstufe II und damit die Voraussetzung für das Abitur. Wie ich das genau fertiggebracht hatte, das war mir ein Rätsel, aber das galt für mindestens zwei von den vier Sabines, die wir in der Klasse hatten, ebenso und außerdem für gut die Hälfte der männlichen Schüler. Wir waren stinkfaule Prokrastineure, wir erledigten nur das Minimum, und das auch erst nach der zehnten Aufforderung, und trotzdem hatten sich fast alle Schüler, mit denen ich seit der achten unterrichtet wurde, bis in die elfte gerettet. Und jetzt kam Tabea mit ihrer erfrischenden, engelhaften, direkten Offenheit, und was sie mit uns machte, das grenzte an ein Wunder: Kurz vor der Auflösung, die mit dem Beginn der letzten vier Semester der Oberstufe einhergehen würde, formte sie aus uns innerhalb von wenigen Tagen eine verdammte Klassengemeinschaft. Sogar Melanie Paulsen, die es nicht einmal in Jens Brinkmanns Kirchenmusikgruppe geschafft hätte, gehörte plötzlich dazu. Und selbst Christiane Buchholz akzeptierte das, wenn auch zähneknirschend, und es dauerte eine Weile, bis sie mit dem Schicksal Frieden schloss (sie wurde später Moderatorin bei einem lokalen TV-Sender, heiratete einen Kollegen, der wegen seiner Aufdringlichkeit weiblichen Mitarbeitern gegenüber gefeuert wurde, und starb mit dreißig Jahren an Leukämie, wie ich aus der Zeitung erfuhr).

Es war ein Wunder.

Aber das eigentliche, das größte Wunder stand mir bevor.

Sie war seit acht Wochen in unserer Klasse, und sie schien alle gleich zu behandeln, was bedeutete: alle gleich nett. Sie ließ uns an Ausstrahlung, Großherzigkeit und Wärme allesamt gleichermaßen teilhaben, sie bevorzugte niemanden und lehnte niemanden ab, aber sie ließ sich auch nicht in Beschlag nehmen, und sie wurde von niemandem die beste Freundin. Sie kam auf alle Geburtstagsfeiern, zu denen sie eingeladen wurde, und sie wurde selbstverständlich zu *allen* Geburtstagsfeiern eingeladen (Melanie Paulsen feierte ihren Geburtstag zum ersten Mal in ihrem Leben mit Leuten, die nicht zu ihrer Familie gehörten, und gleich dreißig davon, denn natürlich kamen wir auch alle, nachdem sich herumgesprochen hatte, dass Tabea hingehen würde), aber sie kam alleine und ging alleine, und sie blieb jedes Mal bis exakt um zehn, keine Minute länger, was sie, wie sie erklärte, tat, um niemandem das Gefühl zu geben, von ihr bevorzugt zu werden (was wir alle schlicht zum Niederknien fanden – keiner von uns dachte so). Sie flirtete nicht, reagierte aber auch nicht ablehnend, wenn sie angeflirtet wurde, und alle Jungs waren in Tabea verliebt, wahrscheinlich auch einige Mädchen. Ich beobachtete sie und träumte von ihr, weil von ihr zu träumen die höchste meiner Möglichkeiten darstellte, wie ich meinte, und sowieso keiner bei ihr landete; ich versuchte es lieber gar nicht erst, zumal ich nicht sehr gut mit Enttäuschungen zurechtkam. Allerdings war es auch enttäuschend, in der erreichbaren Nähe einer so unfassbaren, wundervollen, anbetungswürdigen, *strahlenden* jungen Frau zu sein – ein Erlebnis, von dem ich damals schon ganz sicher war, dass es sich nie in meinem Leben (und dem meiner Mitschüler) wiederholen würde, und keinen Versuch zu unternehmen, diese Nähe auf null zu maximieren. Immerhin durfte ich mich freuen, wenn ich wieder eine Bauchlandung beobachten konnte, wenn es auch sehr nette, gleichsam weiche Bauchlandungen waren, denn Tabea ließ niemanden ins offene Messer laufen. Sie erklärte – und dabei strahlte sie gewinnend –, dass sie kein Herz brechen wollen würde, so kurz vor ihrer Abreise nach Israel (dabei war bis dahin noch mehr als ein Vierteljahr Zeit), und vor allem nicht ihr eigenes, nicht *schon wieder*. Sie sagte das auch zu Birger Fläming (der eigentlich mit Sabine Höch ging, der schlanken Schönheit aus der 10b) und sogar zu Michael Steineke, der kurz vor dem Abitur stand, in zwei Kinofilmen Nebenrollen gespielt hatte und manchmal für die Foto-Lovestory in der *Bravo* angefordert wurde, wenn der Typ »großer, extrem geiler Bruder« besetzt werden musste.

Von Micha Steineke hieß es, er hätte seine Jungfräulichkeit sage und schreibe bereits mit *neun* verloren, er hätte seitdem außerdem über hundert Freundinnen gehabt und Affären mit einem halben Dutzend von den jüngeren Müttern seiner Klassenkameraden. Ich ging davon aus, dass die Geschichten überwiegend stimmten, denn er sah aus, wie er eben aussah, und trotzdem schüttelte Tabea Folkers lächelnd den Kopf, als er sie auf dem Schulhof abfing. Er hatte sich ihr ganz klassisch in den Weg gestellt, eine Hand an der Wand des Schulhauses, um ihr den Weg zu versperren, und mit der anderen die Kippe verdeckend. Noch tage-, nein wochenlang war nichts anderes Gesprächsstoff an der Schule als das Gesicht von Micha Steineke, als er von Tabea eine überaus freundliche, aber endgültige Abfuhr bekam.

•

Das meistens eher mäßig besuchte *Tee-In* erlebte seine kurze Hochzeit, als es von Tabea Folkers mit ihrer Anwesenheit geehrt wurde, zwei- oder dreimal die Woche, weshalb es in diesem Herbst manchmal schwer war, in dem sowieso nicht sehr großen und eigentlich auch nicht besonders schönen Laden nachmittags noch einen Platz zu bekommen. Im Tee-In gab es ungefähr zehn Milliarden Teesorten, die in braunen Gläsern in den Regalen hinter dem Tresen aufgereiht waren, aber die meisten Gäste tranken Vanilletee, Wildkirschtee oder Erdbeertee. Außerdem gab es zwei Sorten Limonade, die beide nach Spülwasser schmeckten, und wer die Gefahr suchte, kaufte sich einen der untertassengroßen Kekse, die der Besitzer angeblich selbst buk. In den Regalen an den anderen Wänden lagen zerfledderte Bücher oder Gesellschaftsspiele in mehrfach geflickten Kartons, die selten jemand herausnahm. Die – überwiegend weiblichen – Schüler, die hierherkamen, tranken Wildkirschtee aus kratzigen braunen Steinguttässchen und redeten über die Sachen, die auf dem Schulhof passierten oder in der *Bravo* oder der *Pop/Rocky* standen.

Weil ich nichts verpassen wollte und das Gefühl hatte, mich in einem Zeitabschnitt zu befinden, der etwas Großes, Unwiederbringliches für mich bereithielt oder wenigstens etwas, dem ich unbedingt beiwohnen müsste, um später davon erzählen oder zehren zu können, ging ich ebenfalls recht regelmäßig in die kleine Teestube in einer Nebenstraße im Norden von Neukölln – Tabea kam montags und mittwochs und manchmal freitags. Ich hatte sowieso wenig anderes zu tun, und ich hatte noch genug von meinem Konfirmationsgeld übrig, um mir ab und zu eine Tasse Tee zu gönnen, die mir meistens nicht schmeckte – ich wählte jedes Mal eine andere Sorte, aber glücklich machte mich keine. Ich kam längst nicht als Einziger auf die Idee, aus Tabeagründen in die Teestube zu dackeln, und so fanden sich an den wenigen freien Tischen immer wieder zufällig zusammengestoppelte Jungsrunden aus Schülern unserer Schule. Wir saßen da und glotzten in unsere Limonadengläser oder auf die flackernden Teelichte unter den Steingutstövchen und warteten auf die Ankunft von Tabea Folkers, die sich meistens an die Tische setzte, an denen schon Mädchen saßen, aber auch vorher jeden kurz begrüßte, den sie erkannte. Die anderen Jungs suchten während der kurzen Begrüßungen ihr Gesicht nach minimalen

Anzeichen für Annäherungschancen ab, doch sie machte immer das gleiche Gesicht: freundlich, verbindlich, vereinnahmend, unbestimmt. Die dramaturgisch und stilistisch eher anspruchslosen Gespräche an den Jungstischen vor ihrer Ankunft drehten sich um das bevorstehende Kurssystem, um Musik, Fußball und die wenigen Kneipen in der Gegend, die gute Flipper hatten, Jugendliche einließen und nicht darauf bestanden, dass man einmal pro Viertelstunde ein neues Getränk bestellte. Ich war damals leidenschaftlicher Flipperspieler, und ich liebte das laute Knallen, mit dem die Geräte ein Freispiel verkündeten: Man bekam durch das Geräusch das Gefühl, etwas Großes geschafft zu haben.

An diesem Mittwochnachmittag im Oktober war ich früh dort und hatte nahezu freie Platzwahl. An einem Tisch saßen zwei Mädchen, die ich nicht kannte, und spielten das Malefiz-Spiel, an einem anderen hockte eine Sabine aus unserer Klasse und schrieb in ein Schulheft. Ich setzte mich an einen der beiden winzigen Tische, die an den Fenstern standen und jeweils nur zwei Plätze hatten, und bestellte einen Whisky-Tee. »Der schmeckt eigentlich nicht«, sagte der Besitzer und zog die Augenbrauen zusammen. »Ist auch kein Alkohol drin, falls du darauf spekulierst. Nur Whiskyaroma.« Ich bestand trotzdem darauf, und der Besitzer hatte recht – der Whisky-Tee schmeckte einfach grausig, außerdem ziemlich bitter und grundsätzlich falsch, allerdings verfügte ich über keinerlei Erfahrungen mit echtem Whisky. Ich verrührte so viel Kandis in der kratzigen Tasse, wie der rasch abkühlende Tee aufnehmen konnte, und lauschte der Musik, die nicht aus den Hitlisten war. Dann erkannte ich den Sänger. Ich sah zum

Tresen, da steckte ein Cover in der Halterung, auf dem deutlich der Name *Ayksen Brahoon* zu lesen war, aber es war nicht »Snow«, das gerade lief, sondern sein zwei oder drei Jahre altes Album »Judges On Vacation«, das es in den USA in die Album-Top-Ten geschafft hatte, hierzulande aber auf keinem einzigen Radiosender zu hören gewesen war. Brahoon hatte sich auf dieser Platte vor allem mit den Ungerechtigkeiten im amerikanischen Justizsystem befasst. Ich fühlte mich plötzlich sehr gut, wie auserwählt, und ich suchte den Blick des Besitzers in der eigenartigen Hoffnung, in ihm, den ich eigentlich unsympathisch fand, eine Art Bruder im Geiste entdecken zu können. Aber sein Blick galt der Tür – durch die soeben Tabea kam. Sie blieb stehen, um den Raum wahrzunehmen, sah zu dem Tisch mit den beiden Malefiz-Spielerinnen, dann zu der einen Sabine, die ihrerseits aufblickte, hoffnungsvoll, erwartungsvoll, Haltung annehmend, und anschließend schaute sie mich an. Sie schien einen Moment zu grübeln, unsicher zu sein, was ich an ihr noch nie gesehen hatte, und in diesem Augenblick geschah etwas, fielen Würfel, veränderte sich das Schicksal der Welt. Ein Lächeln flammte auf, sie hielt meinen Blick, zog die Jacke aus, hängte sie an die Garderobe, ohne hinzusehen, und kam auf meinen Tisch zu. Meine Kopfhaut begann zu vibrieren.

»Hallo, Alexander«, sagte sie. Es war ganz anders als die übliche Standardbegrüßung für alle.

Weil sie mich meinen *musste*, denn ich war definitiv der einzige Alexander in ihrer Blickrichtung, erwiderte ich: »Hallo.« Ich spürte gleichzeitig, wie mir der Schweiß im Nacken ausbrach.

»Wir haben uns noch nie richtig unterhalten. Darf ich mich zu dir setzen?« Ihre linke Hand griff nach der Lehne des freien Stuhls, am anderen Handgelenk trug sie eine schmale goldene Uhr. Tabea war Linkshänderin. Das in diesem Moment zu bemerken, über sie zu *wissen*, kam einer Offenbarung nahe.

»Ich trinke Whisky-Tee«, brabbelte ich, weil die Botschaft, dass sich Tabea Folkers – *die* Tabea Folkers – zu mir setzen wollte, anscheinend vor meiner Stirn hängen blieb, wo sie auf Einlass und Verarbeitung wartete, und ich ja irgendwas antworten musste, obwohl es keine Antwort war, was ich da von mir gab.

»Whisky-Tee? Der schmeckt scheußlich. Habe ich auch mal probiert.« Sie zog den freien Stuhl ein Stückchen vom Tisch weg. »Darf ich?«

Du darfst nicht, du *musst*. Das wollte ich sagen, obwohl ich Angst davor hatte, beim Am-Tisch-mit-Tabea-Folkers-Sitzen zu versagen. Aber ich bekam nur den Mund auf, mehr schaffte ich körperlich nicht. Tabea lächelte so hinreißend, wie die Sonne im Frühling scheint, und setzte sich einfach, wahrscheinlich war sie solches Verhalten ihr gegenüber gewöhnt. Sie sah zum Tresen, musterte das Plattencover, das da ausgestellt wurde, lauschte einen Moment lang, sah mich an. »Schöne Stimme«, sagte sie, was auch stimmte – Brahoon hatte eine bemerkenswerte, sanfte Bariton-Stimme, und er konnte wirklich singen. Sie blickte abermals zum Tresen, dann wieder zu mir. »Aber der Name ist komisch. Kennst du das?«

Ich nickte und grinste dabei vermutlich ziemlich debil. »Von dem Sänger ist meine Lieblingsplatte«, erklärte ich.

»Ich dachte, du würdest eher auf Heavy Metal stehen. Ich habe deine Zeichnungen gesehen. Vor ein paar Wochen, als ich neu in die Klasse gekommen bin.«

Ich war nicht dazu in der Lage, darauf zu antworten. Sie hatte es *gesehen*. Wahrgenommen. Aufgenommen.

Sie sah abermals kurz zum Tresen. »Wie spricht man diesen Namen aus?«

»*Äjksinn Brah-Huhn*«, sagte ich leise. Und dann noch einmal lauter. Dabei dachte ich: Sie fragt das nur, um nett zu sein. Sie ist hochbegabt, sie ist auf der ganzen Welt zu Hause. Sie weiß es. Warum will sie besonders nett *zu mir* sein?

»Ayksen Brahoon«, wiederholte sie nickend. »Nicht schlecht.« Plötzlich stand der Teestubenbesitzer neben uns, legte eine Hand auf Tabeas Stuhllehne, sehr dicht an ihrem Rücken, fast dort, wo der flache Kragen ihrer Bluse die Haut unter dem Halsansatz frei ließ, und er grinste eigentümlich. Der nur ein paar Minuten alte Wunsch, mich mit ihm zu verbrüdern, schlug in Sekundenbruchteilen ins Gegenteil um.

»Was darf es sein, meine Hübsche?«, säuselte er.

»Was hatte ich zuletzt, Peter?« Das klang ein bisschen, als würde sie mit einem Angestellten sprechen. Jemandem, der *bei ihr* angestellt war.

Er schien das nicht wahrzunehmen, kräuselte die Stirn, aber es war klar, dass er für diese Antwort nicht wirklich nachdenken musste. »Pflaumentee, meine ich.«

»Der war scheußlich.«

Peter – *Peter!* – nickte. Ich glaubte nicht, dass er sich von irgendeinem anderen Gast mit dem Vornamen ansprechen ließ. »Diese aromatisierten Früchtetees sind selten wirklich gut. Aber ich habe was ganz Besonderes. Gerade reingekommen. Ein echter Geheimtipp. Nennt sich Roibos-Tee, aus Südafrika. Den musst du mal probieren.«

»Muss ich?« Tabea lehnte sich zurück und strahlte Peter an, der seinerseits förmlich zerfloss.

»Du musst *unbedingt*«, erwiderte er.

»Dann nehme ich den.«

Peter nickte, machte aber keine Anstalten, zum Tresen zu gehen, um dort herumzuwerkeln, ein Set zusammenzustellen, ein Stövchen mit einer neuen Kerze auszustatten, Biskuits aus der Metallschachtel zu kramen. Stattdessen musterte er mich, als wäre das hier ein Bewerbungsgespräch und ich ein besonders ungeeigneter Kandidat, der nur noch nicht gemerkt hatte, dass es keine Chancen für ihn gab.

»Wir waren mitten im Gespräch, Peter«, sagte Tabea freundlich und auf eine Art selbstbewusst, die sonst nur Erwachsene verströmten.

Der Teestubenbesitzer erstarrte. »Verstehe«, murmelte er dann und verschwand.

Wir redeten. Wir redeten vor allem über Musik, und nachdem ich von meiner Idee mit *The Disease* erzählt hatte, was Tabea herzlich zum Lachen brachte, bekam ich die Gelegenheit, haarklein zu erläutern, warum »Snow« ein so bahnbrechendes, ergreifendes Album wäre, ich nannte jeden Songtitel und zitierte jeweils ein paar Textzeilen, und ich durfte endlich jemandem erklären, warum ich »Frozen Water« so genial fand, dieses Stück, das vordergründig von den drei Aggregatzuständen handelte, eigentlich aber die Phasen einer zwischenmenschlichen Beziehung, einer Liebesbeziehung zerlegte (wovon ich keine Ahnung hatte, denn ich war bisher nur zweimal kurz mit Mädchen »gegangen«, ohne dass es dabei mehr Annäherung als etwas Knutscherei gegeben hätte, dafür aber viel gegenseitiges und sehr peinliches Sich-Anschweigen. Immerhin wusste ich inzwischen, warum alle für ihre Rendezvous ins Kino gingen – da musste man nämlich nicht miteinander sprechen; Mädchen und Jungs hatten einfach noch nicht dieselben Themen). Ich erzählte davon, dass Brahoon damals, als er in dieser Berghütte – die die Ausmaße einer Zehlendorfer Villa gehabt haben muss – eingeschneit worden war, mit der jungen und bildschönen Schauspielerin Anna Lyrrad eine Beziehung gehabt hatte, weshalb sie ihn auch in die Berge begleitet hatte und bei »Downhill« leise im Hintergrund zu hören war. Anna Lyrrad, die später in der Liebeskomödie »From The Clouds« weltweite Erfolge in der Rolle eines unfassbar schönen, aber fürchterlich tollpatschigen Engels feierte, eines Engels, der vom Himmel geschickt wurde, um einen notorischen Atheisten vor dessen sehr frühem Tod von der Existenz des Himmels zu überzeugen, was natürlich in einer total romantischen Liebesbeziehung endete, nachdem sich herausgestellt hatte, dass der Mann doch nicht früh sterben würde, weil sich Gott – *Gott!* – geirrt hatte. Als der Film herauskam, verliebten sich *alle* in Anna Lyrrad, und ich war ein bisschen stolz darauf, dass es dieser Musiker, den hier keiner kannte und den ich ein bisschen verehrte, geschafft hatte, diese Frau – die natürlich gegen Tabea Folkers nie bestanden hätte – zu erobern. Die Affäre der beiden endete anderthalb Jahre nach »Snow« mit einem wilden Streit in einem New Yorker Restaurant, in dem dabei einiges zu Bruch ging. Dieser Streit, den ein paar Paparazzi fotografisch dokumentieren konnten, hatte es hierzulande sogar in die Presse geschafft. Dann erzählte ich noch davon, dass Brahoons damaliger Chauffeur, der das Auto in die Rockys gesteuert hatte, William Sparker hieß und inzwischen für die Demokraten als Gouverneur von Kalifornien kandidierte. Ich stellte beim Erzählen fest, dass mein Interesse für den Musiker, für dieses Album und seine Geschichte doch etwas weiter ging.

Tabea hörte mir zu, fragte gelegentlich zwischen, und sie lächelte. Der Laden füllte sich, junge Menschen kamen an unseren Tisch und gingen wieder, wobei sie irritiert dreinschauten, wir bestellten Tee nach, und Tabea hörte mir zu und lächelte weiter. Und ich redete und erzählte, und ich wollte unbedingt, dass das hier niemals endete. Aber das Tee-In hatte merkwürdige Öffnungszeiten, davon abgesehen musste ich noch zum Training (ich versuchte mich damals in einem Basketballverein, weil Basketball die einzige Sportart war, in der ich mich nicht idiotisch anstellte und sogar einen körperlichen Vorteil hatte), also wurde es irgendwann Zeit.

»Darf ich dich zwei Sachen fragen?«, fragte ich todesmutig, nachdem uns ein mürrischer Tee-In-Besitzer-Peter abkassiert hatte, ohne dabei auch nur in meine Richtung zu schauen.

»Gerne auch mehr«, antwortete sie mit großer Selbstverständlichkeit und stützte den Kopf in eine Hand. Wie sie mich dabei ansah, das werde ich niemals vergessen. Ihre dunkel-kobaltblauen Augen füllten mein gesamtes Sichtfeld.

»Also die erste.« Ich räusperte mich, zwinkerte. »Warum eine Schule in Neukölln? Ich meine, du als Diplomatentochter.

Ihr habt doch überall Spezialschulen, oder? Und Privatlehrer?« Ich stellte diese Frage besonders langsam, weil ich Angst vor der zweiten Frage hatte.

Sie nickte. »Ich wollte das so. Eine ganz normale Schule, wenigstens für ein paar Monate. In Tel Aviv« – ihr Gesicht verfinsterte sich kurz – »muss ich dann wieder auf eine Oberschule nur für Kinder deutscher Unternehmer und Politiker. Das ist grausig. Die sind alle schrecklich arrogant und schnöselig und halten sich für was Besseres. Sie schmeißen mit Geld um sich und wissen überhaupt nichts. Und sie interessieren sich nicht die Bohne für das Land, in dem sie gerade sind.«

Ich nickte mitfühlend. Sie musterte mich. Wir schwiegen. Dann sagte sie: »Und die zweite Frage?«

Ich nickte wieder. Jetzt oder nie. Ich atmete tief ein und wieder aus und sah die Tischplatte an, in die Pennäler ihre Initialen und Herzchen und Bandnamen geritzt hatten. »Warum ich?«, fragte ich leise. Diese Frage hatte so viele Implikationen und setzte nicht wenig voraus, aber ich war ganz sicher, dass an diesem Nachmittag in dieser etwas muffigen, aber nicht gänzlich ungemütlichen kleinen Teestube in Neukölln etwas passiert war. Und ich musste aus dieser Sicherheit Gewissheit machen. Ich wollte es verstehen, mit in den Abend nehmen, in die Nacht, in mein Leben. Ich wusste, dass ich ganz okay aussah, obwohl ich zu schlank für meine Größe war, wie ich meinte, ich wusste, dass ich witzig und in der richtigen Situation sogar klug sein konnte, dass ich niemandem peinlich war, aber sie hatte Birger Fläming *und* Micha Steineke abblitzen lassen, und sogar dieser steinalte Teestubentyp

– Peter war mindestens dreißig – war auf sie scharf. Sie war eine junge Frau, die absolut jeden haben konnte.

Ihre Wangen legten für die Dauer eines Wimpernschlags eine sehr, sehr leichte Röte auf. Tabea Folkers blinzelte, hob den Kopf von der Hand und sah mich mit diesen wunderbaren Augen an.

»Ich kam in diese Klasse und habe dich zeichnen sehen«, sagte sie, während Hitze in mir aufstieg. »Ich habe eigentlich nichts sonst gesehen, nur dich und deinen Strubbelkopf, wie du dasitzt und die Welt um dich herum vergessen hast und malst. Dann, aber erst nach einer Weile, hast du mich angeschaut. Da hat es *klick* gemacht. Ich konnte nichts dagegen tun.«

Ich sagte nichts, spürte aber, wie meine Tränendrüsen die Tätigkeit aufnahmen, für die sie bestimmt waren. Meine Hände begannen zu zittern. Seltsam, wie sich unfassbare Freude zeigen kann.

»Ich will eigentlich wirklich nichts mit jemandem anfangen, weil es einfach gleich wieder vorbei sein wird. Aber dann hast du hier gesessen, mit deinem Whiskytee.« Sie zuckte die Schultern und strahlte mich an. »Ich musste mich entscheiden. Es war einfach so.«

Und dann legte sie ihre rechte Hand auf meine linke Hand. Alle im Tee-In hielten den Atem an, das konnte ich deutlich spüren. Die Welt verlangsamte sich, die Welt fokussierte sich, da waren nur noch Alex Bengt und Tabea Folkers und sonst nichts. Ich drehte meine Hand um, so dass die Handflächen aufeinanderlagen. Ihre Hand schloss sich um meine, ich tat das Gleiche, und dann konnte ich nicht anders – ich sah mich um. Es war still im Tee-In, bis auf »Never Ever Marry A Lawyer« von Ayksen Brahoon, denn Peter hatte »Judges On Vacation« immer wieder nur umgedreht, das machte er manchmal so. *Alle* sahen zu unserem Tisch, wirklich alle, und sämtliche Gespräche waren verstummt. Münder waren aufgerissen, Teetässchen hingen mitten in der Handbewegung in der Luft. Tabea grinste. »Wenn wir uns jetzt noch küssen, drehen sie durch«, sagte sie leise, und ich nickte und fühlte mich, als hätte ich die Weltmeisterschaft in irgendwas gewonnen.

»Lass uns das also lieber draußen tun«, schlug ich vor.

Sie schüttelte den Kopf. »Nein«, sagte sie. »Jetzt und hier und sofort. Ich habe schon zu lange gewartet.«

Und dann küssten wir uns.

Das war vor einundvierzig Jahren. Es fühlt sich an, als wäre es gestern passiert.

Hochgeschwindigkeitszug

Anfang der Achtziger wurde in Frankreich der TGV in Betrieb genommen, der *train à grande vitesse*, direkt übersetzt »Zug mit hoher Geschwindigkeit« oder »Hochgeschwindigkeitszug«. Der legendäre TGV wurde in Europa zum Pionier der sehr schnellen Fahrt mit etwas, das längst nicht mehr die Bezeichnung »Eisenbahn« verdiente, aber der Begriff hielt sich auch Jahrzehnte später noch. Die Japaner hatten mit ihrem Shinkansen-Streckennetz und den dazugehörigen Fahrzeugen eigentlich schon seit Jahren etwas Besseres, aber für die Europäer ging es erst mit dem TGV richtig los, dem später auch der deutsche ICE folgte.

Als ich – es war im Physikunterricht, meine ich – davon hörte, dass die französischen Züge mit fast 350 km/h zwischen Paris und Lyon unterwegs wären, einer Geschwindigkeit, die das Doppelte der damals üblichen Höchstgeschwindigkeit von Mittelklasseautos darstellte (die damals noch nicht standardmäßig mit Gurten ausgestattet waren und bei Kollisionen mit größeren Autos quasi *verdampften*), ließ mich der Gedanke nicht los, dass diese irre schnellen, irre langen und irre schweren Kolosse, in denen Hunderte von Menschen saßen, immer ganz schön früh abgebremst werden mussten, um rechtzeitig zum Stillstand zu kommen. Tatsächlich haben die TGVs auch heute noch einen Bremsweg von mehr als drei Kilometern, wenn sie mit Höchstgeschwindigkeit unterwegs sind. Das ist zwar nur halb so viel wie der Anhalteweg von dreihundert Meter langen Supertankern, aber bei denen sitzen ja auch nur wenige Menschen an Bord, und am Ende des Bremswegs lauert kein Bahnhof voll mit Leuten, sondern ein leerer Strand, eine felsige Küste, ein Riff oder so was. Seitdem ich zum ersten Mal davon gehört hatte, dass die mehreren Hundert Tonnen Stahl *dreitausend verdammte Meter* brauchten, um anzuhalten (eine Strecke, für die man bei normaler Geschwindigkeit zu Fuß eine gute halbe Stunde benötigt), hatte ich Angst um die Menschen darin und in den Kopfbahnhöfen am Ende der Strecken.

Und jetzt fuhr ich selbst in einem. Zumindest metaphorisch. Es würde noch über zwei Jahrzehnte dauern, bis ich tatsächlich mal in einem TGV sitzen würde, aber mit Tabea Folkers zusammen zu sein, und, scheiße, *wir waren zusammen*, das fühlte sich genauso an, glaubte ich zumindest. Die drei Monate, die dem Nachmittag im Tee-In folgten, waren wie eine ultrarasante Fahrt durch eine unfassbare Landschaft, wunderschön und abwechslungsreich und gleichzeitig entspannt und spannend, und ich versuchte atemlos, in mich aufzunehmen, festzuhalten, zu genießen und niemals zu vergessen, was dabei alles geschah, mir jeden Mikromoment zu merken, jede Geste, jede Mimik, jede Berührung. Ich gewöhnte mich sogar daran, dass ständig junge Männer in unseren Zug einstiegen und behaupteten, mein Platz wäre eigentlich ihrer. Mit der Zeit konnte ich diesem Umstand mit gelassenem Humor begegnen, denn die Sicherheit in mir, dass Tabea zu *mir* gehörte, wurde mit jedem Tag größer. Aber wir kamen dem Ziel auch immer näher. Unser Zug raste durch die Landschaft, es wurde minütlich wärmer, die Sonne schien intensiver, man konnte das Meer schon riechen, aber all das bedeutete auch, dass sich die Reise dem Ende entgegenneigte, dass jemand die Bremse ziehen und wir mit kreischenden Radreifen zum Stehen kommen würden, an jenem Endbahnhof, der »Trennung« hieß: Alexander Bengt in Berlin-Neukölln und Tabea Folkers in Tel Aviv, für mindestens acht Jahre, weil ihre Eltern ihr Studium nur finanzieren würden, wenn sie in deren Nähe bliebe, und diese Nähe hieße für die nächsten Jahre: Israel. Dreitausend Kilometer entfernt von hier. Selbst der TGV würde dafür fast zehn Stunden brauchen, aber es gab keine Gleise zwischen Berlin und dem Nahen Osten.

Und trotzdem wollten wir es nicht wahrhaben. Wir waren im Rausch und blendeten alles aus, wir pressten unsere Nasen an die Scheiben und lachten über die vorbeiflitzenden Lichter und über das zu Schlieren verschwimmende Wiesengrün, wir wurden zu einem Teil der Geschwindigkeit, und ich wünschte mir insgeheim, der Zug würde einfach nicht anhalten, sondern mit Höchstgeschwindigkeit und völlig ungebremst ins Bahnhofsgebäude krachen, um alldem wenigstens ein schnelles, endgültiges Ende zu bereiten. Die Alternative, nämlich die Vorstellung, ohne Tabea zu sein, war vollständig unerträglich, aber eigentlich war der Gedanke nicht einmal denkbar. Manchmal lag ich nachts wach und starrte an meine Zimmerdecke und überlegte, wie ich es verhindern könnte, doch mir fiel nichts ein, und ich brachte mir bei wegzudenken. Ich dachte stattdessen an uns, dafür musste ich mir nichts beibringen, das tat ich sowieso ständig. Tabea und ich, wir waren nicht einfach nur Tabea und ich, sondern etwas völlig Unbeschreibliches, eine neue Entität, eine höhere Stufe des Seins. Ich war verblüfft und überrascht, was alles möglich war, was aus einem werden konnte. Und was ich geworden war, was wir geworden waren, das war schlicht fantastisch.

Tabeas Familie bewohnte zwei gemietete Etagen einer Villa in der Nähe vom Schlachtensee. Es war ein schönes, geräumiges, helles Haus mit hohen Decken, Säulen am Eingang, einem gewaltigen Garten und direktem Blick auf die Rehwiese, eine Art Park in dieser Gegend, in der es Nobelrestaurants gab und vor jedem Grundstück mindestens ein Mercedes oder BMW stand, manchmal aber auch ein Rolls Royce oder noch was Teureres. Es gelang mir während dieser drei Monate allerdings nicht, herauszubekommen, was Tabeas Eltern genau im diplomatischen Dienst machten, warum sie zu dieser Zeit in West-Berlin waren und was sie anschließend in Tel Aviv taten. Irgendwann war es mir egal, und meistens waren sie auch nicht da. Tabeas älterer Bruder Rafael, der fast genauso schön wie sie war und so eigentümlich lächeln konnte, dass man nicht wusste, ob man sich gruseln oder freuen sollte, war ebenfalls ständig unterwegs, meistens in den Discos am Ku'damm oder in den Kneipen am Savignyplatz oder der Kantstraße. Er übernachtete bei den Frauen, die er dort kennenlernte, beinahe täglich einer anderen. Gegen Rafael Folkers war Micha Steineke ein blutiger Amateur.

Tabeas Mutter Sofie ähnelte Tabea sehr (oder umgekehrt); sie war nur ungefähr fünfundzwanzig Jahre älter, also um die vierzig, was man ihr aber kaum ansah. Tatsächlich konnte man die beiden aus einiger Entfernung leicht verwechseln, Mama Folkers war nur ein paar Zentimeter kleiner, und je näher man ihr kam, umso mehr der fröhlichen Lachfältchen wurden um ihre Augen herum erkennbar, doch echte Zeichen ihres Alters fehlten. Zwei, drei Jahre später erst kam mir der Gedanke, dass Tabea deshalb also auch in zwanzig, dreißig, vielleicht sogar in unvorstellbaren vierzig Jahren immer noch so wunderbar sein würde wie jetzt, wovon allerdings jemand anderes profitieren würde, und dieser Gedanke machte mich für eine Weile völlig fertig, obwohl ich da schon seit mehreren Dutzend Monaten nichts mehr von ihr gehört und *beinahe* jede Hoffnung längst aufgegeben hatte.

Tabeas Vater passte nicht so recht ins Bild. Er ähnelte Bud Spencer, war ein bisschen grobschlächtig, polternd, gerne sehr laut und alles andere als elegant, eher ein Bär als ein Tiger (Mama Folkers, Rafael und Tabea verglich ich gedanklich mit Gazellen), aber er war unfassbar freundlich und der vermutlich klügste Mensch, den ich bis dahin getroffen hatte – bei unseren wenigen Treffen verwickelte er mich in Gespräche, die mich einerseits stark herausforderten (er war sehr an meiner Meinung interessiert, meinte ich, obwohl ich meine Meinung für belanglos hielt), mir aber andererseits das Gefühl gaben, sekündlich mehr zu lernen als in einer ganzen Woche am verdammten Paul-Besser-Gymnasium. Er kannte sich mit Kunst aus, mit Mathematik, mit Literatur (die mich zu interessieren begann, und Frank Folkers kannte ein paar berühmte Schriftsteller persönlich), mit Astronomie und natürlich mit Politik. Die vier Folkers zusammen aber stellten alles in den Schatten, was ich kannte oder mir vorzustellen in der Lage war. Schöne, glückliche Menschen, die einander respektierten, die sich gegenseitig das Leben leicht und angenehm zu machen versuchten, sah man von der klitzekleinen Tatsache ab, dass sie im Begriff waren, Tabeas und mein Glück nachhaltig und endgültig zu pulverisieren. Und, okay, Frank, Sofie und Rafael waren hart im Urteil über andere, sie konnten exzellent lästern, was sie außerdem ziemlich gerne und häufig taten, doch nie im direkten Umgang, da blieben sie jederzeit erstklassig höflich.

Sie waren elitär.

»Sie wird in knapp zwei Jahren volljährig«, sagte ich zu Frank Folkers, als wir an einem Abend Ende Mai auf der Veranda der Villa saßen, während Mutter Folkers und Tabea für uns kochten, was nicht der Normalfall war, denn meistens schien der Vater zu kochen (sie waren also auch noch *fortschrittlich*, nicht zu fassen). Ich wagte nicht, ihn dabei anzusehen, nahm meine Cola und nippte daran, und ich spürte, wie meine Hände zitterten. In solchen Momenten war mir die Geschwindigkeit des Tabea-Alexander-TGV und die Aussichtslosigkeit unserer Fahrt besonders bewusst. Der Zielbahnhof war schon am Horizont zu sehen.

»Ja«, sagte er, und ich konnte spüren, dass er nickte. »Theoretisch könnten wir sie hierlassen, ihr eine kleine Wohnung suchen, und ihr könntet zusammenbleiben.« Er legte mir eine Hand auf die Schulter, und mein Blutpumpmuskel verdoppelte seine Frequenz, weil Hoffnung in mir aufkam. »Es bricht mir das Herz, Alex«, fuhr er dann fort, und ich fiel in mir zusammen, weil genau das, was er von sich behauptete, augenblicklich bei mir geschah. »Sie war lange nicht mehr so glücklich. Aber es geht nicht. Du musst mir das glauben. Wir müssen sie in unserer Nähe behalten. Wir müssen sogar Rafael bei uns behalten, obwohl er fast mit dem Studium fertig ist und sehr gut alleine zurechtkommt.« Folkers lachte kurz auf, legte den Kopf in den Nacken und sah nach oben, wo sich Rafael über das Balkongeländer gelehnt hatte und rauchte. Er hob eine Hand, lächelte sein teuflisches Lächeln und zwinkerte mir dabei zu. »Wir müssen als Familie zusammenbleiben, noch ein paar Jahre. Ich kann dir das nicht erklären. Es muss so sein. Es hat mit dem zu tun, was wir machen.« Papa Folkers schwieg und griff nach seinem Weinglas, trank einen Schluck und setzte es wieder ab. »Außerdem«, sagte er dann und legte mir die Hand dabei auf den Unterarm. »Wenn du selbst eine sechzehnjährige Tochter hättest – du kämst im Traum nicht auf die Idee, sie alleine in dieser verrückten Stadt zu lassen und selbst ein paar tausend Kilometer weit wegzuziehen.«

Ich konnte nur nicken. Ich konnte mir zwar nicht vorstellen, wie es wäre, eine sechzehnjährige Tochter zu haben oder überhaupt Kinder oder eine richtige Familie (also eine wie diese hier), aber ich verstand trotzdem, und es gab kein Argument dagegen. Doch ich hatte es wenigstens probieren müssen.

Tabea kam auf die Veranda und brachte einen großen Teller mit Bruschetta – geröstetem Weißbrot mit Tomaten- und Zwiebelstücken, etwas Olivenöl und diesem Kraut, von dem ich vorher noch nie gehört hatte, *Basilikum*. Ich liebte Bruschetta. Bei uns gab es Kartoffeln und Braten und Leberwurstbrot und Pichelsteiner Suppe, aber die Folkers waren in jeder Hinsicht anders. Ich nahm vorsichtig eine Scheibe und dachte in diesem Moment mit kristallklarer Deutlichkeit: Das wird enden. Es ist eine Episode. Du wirst wieder zurückstürzen, und es wird nichts bleiben als die Erinnerung daran, und auch die wird irgendwann verschwinden. Das ist nicht dein Leben, das ist nur ein Ausflug, eine Ferienreise. Es ist ein Film, bei dem du vorübergehend Schauspieler und Zuschauer bist, aber bald bist du beides nicht mehr.

»Du weinst ja, Alex«, sagte Tabea und beugte sich zu mir herab, legte eine Wange an meine Wange, küsste mich dann. Das war hier ganz selbstverständlich möglich. Meine Mutter regte sich schon auf, wenn sie auf der Straße eindeutig verheiratete Leute sah, die sich küssten. Ihrer Überzeugung nach gehörte jede Intimität ins Private, nirgendwohin sonst. Ich hatte Tabea während der ganzen Zeit ein einziges Mal zu mir mit nach Hause genommen, um es ihr zu zeigen, um ihr zu beweisen, dass stimmte, was ich erzählte, und sie hatte mich kein zweites Mal darum gebeten. Hier, in der Villa, in Tabeas großzügigem Zimmer mit diesem riesigen Doppelbett, hier durften wir sogar Sex haben, selbst wenn ein Elternteil im Haus war und wissen musste, was wir taten. Ich hatte hier meinen allerersten Sex gehabt, meinen zweiten und meinen ungefähr hundertsten, meistens allerdings, wenn wir alleine waren. Denn obwohl es niemanden zu stören schien, was wir taten, fühlte es sich im leeren Haus deutlich besser an. Es fühlte sich natürlich immer großartig an. Ich hatte keinen Vergleich, aber ich wollte auch keinen Vergleich. Tabea hatte mir leichthin alle Ängste vor dem ersten Mal genommen, alle dummen Gedanken über Durchhaltevermögen, Länge, Größe, Anstellwinkel, Beschaffenheit, Aussehen und Leistungsvermögen meiner primären Ausstattung, sie hatte all den Blödsinn einfach fortgewischt, den die Jungs meines Alters von sich gegeben hatten, und aus dieser sensationellen, wunderbaren Sache eine großartige Selbstverständlichkeit für mich gemacht, von der ich allerdings ebenso wusste, dass sie enden würde. Und wie. Und wann. Nein. *Wegdenken.* Augen zu und im TGV bleiben.

»Schon in Ordnung«, sagte ich. Das war zwar ungefähr die zweitgrößte Lüge der Menschheit, direkt nach der, dort draußen sei irgendwo ein Gott, der über uns wacht, aber zuweilen sind alle glücklicher, wenn man die offensichtliche Lüge nicht hinterfragt.

Manchmal gingen wir in ihrer Gegend spazieren, was mich an meine frühe Kindheit denken ließ, als wir hin und wieder zum Kleinen Wannsee gefahren waren, um dort an den riesigen Grundstücken mit den prächtigen Villen entlangzuschlendern und meinem Vater zu lauschen, der sich über den Reichtum und die Ungerechtigkeit aufregte, weshalb er gelegentlich – er nannte das »meine kleine Rache« – eine seiner fast aufgerauchten, noch glühenden Zigarettenkippen über die hohen Zäune schnippte. Ich ging dann eine Zeit lang rückwärts, um zu sehen, ob das Gebäude auf dem Grundstück in Flammen aufgehen würde, aber das geschah natürlich nicht – es geschah einfach überhaupt nichts, die Kippen verglimmten nur. Die Häuser, an denen Tabea und ich auf dem Weg zum Schlachtensee vorbeigingen, in dem wir uns ein paarmal (auch vom Sex kurz vorher) abkühlten, sahen ganz ähnlich aus. Ich wusste, dass es im Vergleich zu dem, was ich hier sah, durchaus noch krasse Steigerungen gab, dass Menschen anderswo auf der Welt auf riesigen Anwesen lebten, mit vielen Angestellten und einem mächtigen Fuhrpark und Helikopterlandeplatz, aber schon das hier fand ich irgendwie absurd. Und, da stimmte ich meinem Vater gedanklich zu, auch irgendwie ungerecht. Andererseits … ich schüttelte den Kopf, weil ich den Gedanken dann doch wieder für falsch hielt, und ich konnte mich letztlich für keine Position entscheiden. Es war nicht *ungerecht*, wenn einige mehr hatten als andere, selbst wenn der Unterschied extrem war; das hatte mit Gerechtigkeit nichts zu tun. Es war das falsche Wort dafür.

»Was ist?«, fragte Tabea, die neben mir ging, aber etwas zu mir gedreht, weil sie sich angewöhnt hatte, meinen rechten Oberarm beidhändig zu umfassen, wenn wir zu Fuß unterwegs waren. Ich liebte das sehr. Es war bei längeren Wegen ein bisschen unbequem, doch es war zugleich ein wunderbares Zeichen der Nähe, des Niemals-loslassen-Wollens, das mich überaus rührte.

»Ich habe an meinen Papa gedacht. Wir sind nicht weit von hier früher spazieren gegangen, weil er sich so gerne über den Reichtum anderer aufgeregt hat. Er fand das ungerecht.«

Sie antwortete nicht, und wir gingen weiter. Ich sah nach unten; Tabea trug Zehenstegsandalen mit schmalen Riemen. Etwas anderes, was mich sehr rührte, waren Tabeas Füße, denn sie hatte ohne jeden Zweifel die schönsten Füße überhaupt – so zart und vollendet geformt und feingliedrig. Ich konnte Tabeas Füße stundenlang anschauen, was ihr ein bisschen unangenehm war, während sie es zugleich auch reizend fand, wie sie sagte. Wir erreichten den Gehweg, der um den Schlachtensee führte. Es waren ziemlich viele Spaziergänger unterwegs. Ein Pärchen im Alter von Tabeas Eltern kam uns entgegen, Leute, die Tabea wohl kannte, denn plötzlich legte sie ihr Ich-mag-alle-Menschen-super-gerne-Gesicht auf und grüßte die beiden, deren Gesichter ebenfalls aufleuchteten, als wären sie nur Reflektoren. Ich wusste inzwischen, dass sie nicht immer so war, dass sie innerhalb eines Wimpernschlags in diesen Status zu wechseln in der Lage war. Sie war eine fantastische Schauspielerin, meinte ich, andererseits wirkte es so glaubhaft und überzeugend, dass ich auch an dieser Theorie Zweifel hatte.

»Warum tust du das?«, fragte ich, als sich das Pärchen weit genug von uns entfernt hatte. Die Frage beschäftigte mich sehr. »Warum bist du eigentlich so freundlich und so vereinnahmend zu allen?« Bevor sie antworten konnte, ergänzte ich: »Ich meine – es ist doch nicht echt, oder? Du freust dir doch nicht jedes Mal den Arsch ab, wenn du irgendwelche Leute triffst?«

Sie zwinkerte, zögerte für einen Augenblick, sah mich an – es arbeitete in ihr. »Mmh«, machte sie dann und nickte, wie um sich selbst zu bestätigen. »Du darfst das niemandem erzählen. Wenn du's doch tust, werde ich alles leugnen, okay? Und dann stehst du schlecht da.«

Ich deutete ein Nicken an. Sie lächelte zwar, aber sie drohte mir, wenn ich das richtig verstand. Das fühlte sich nicht schön an, denn ich hatte das Gefühl, sie meinte es ernst.

»Ich habe herausgefunden, dass man Dummen am besten mit Freundlichkeit begegnet«, erklärte sie leise, aber für mich gut hörbar. »Wenn man ihnen nämlich das Gefühl gibt, dass man sie für dumm hält, also zeigt, dass man weiß, dass sie dumm sind, reagieren sie aggressiv. Eine Auseinandersetzung mit dummen Leuten führt fast zwangsläufig zu Gewalt. Wenn man aber so tut, als würde man sie mögen, als wären sie einem gewachsen, als befänden sie sich auf Augenhöhe, als würde man sie sogar ein bisschen *bewundern*, sich mindestens aber total darüber freuen, dass es sie gibt, dann werden sie ganz schnell handzahm. Früher habe ich mir die Mühe gemacht, nach den Rosinen zu suchen, aber ich fahre besser damit, dass ich einfach so tue, als wären alle welche. Zumal ich Rosinen überhaupt nicht mag. Und mir kann egal sein, was das für Folgen hat, denn ich bin ja nach ein paar Wochen wieder weg.«

»Das hört sich ein bisschen …« – ich suchte nach dem Adjektiv. *Hochnäsig* traf es nicht ganz.

»Arrogant an?«, soufflierte sie.

Ich nickte. Aber eigentlich war auch das nicht zutreffend, weil es zu verniedlichend war.

»Ist es auch. Aber Dumme sind gefährlich, und es gibt kein Mittel der Welt, um sie schlauer zu machen. Deshalb kannst du sie auch nicht überzeugen. Also musst du sie für dich gewinnen, wenn du sie nicht irgendwie loswerden kannst.« Sie grinste, aber nur mit dem Mund. »Nur metaphorisch natürlich.«

»Mmh.«

»Ich glaube, Politik funktioniert so«, fuhr sie fort, während wir uns gleichzeitig wieder in Bewegung setzten. »Manchmal sogar ganz gezielt. Man sucht sich die Dummen, ist freundlich zu ihnen, erzählt ihnen, was sie gerne hören, schart sie um sich und baut so eine Machtbasis auf. Und weil die Stimmen von Dummen genauso viel zählen wie die von schlaueren Leuten, funktioniert es.«

»Mmh«, wiederholte ich. Etwas an dieser Argumentation gefiel mir ganz und gar nicht, aber ich konnte nicht genau sagen, was, und so ganz und gar kaufte ich ihr das auch nicht ab. Also beließ ich es bei diesem Mmh. Außerdem war ich mir nicht ganz sicher, zu welcher Gruppe ich in ihren Augen gehörte. Nicht zu fassen, dachte ich außerdem. Das Mädchen, das alle mögen, in das sich alle verlieben, dessen Nähe alle suchen, dieses Mädchen ist eigentlich eine lupenreine Misanthropin, eine Menschenhasserin.

»Du bist also genau genommen eine Misanthropin«, sagte ich und konnte das Lachen nicht unterdrücken, außerdem war ich ein bisschen stolz darauf, dass ich den Begriff kannte. »Du magst andere Menschen überhaupt nicht.«

»Das kann man so nicht sagen. Ich mag sie, wenn sie tun, was ich möchte, zum Beispiel, mich in Ruhe lassen. Aber, ja, eigentlich mag ich nur sehr, sehr wenige Menschen.« Sie blieb stehen und sah mich an. »Dich, zum Beispiel. Ich verstehe selbst noch nicht, warum genau, aber dich mag ich sehr.«

»Ich *mag* dich auch sehr«, wiederholte ich und betonte das Wort »mag« ein bisschen abfällig.

»Du weißt, was ich meine.«

»Nicht immer.«

Tabea lachte. »Das ist auch okay so. Ich verstehe mich manchmal selbst nicht. Aber es ist auch nicht leicht, wenn man immer wieder umziehen muss und ständig neuen Leuten begegnet und nirgendwo wirklich zu Hause ist. Ich liebe meine Familie sehr, weißt du.« So etwas hätte in meiner Familie niemand jemals zu irgendwem gesagt, nicht einmal unter Folter. Meine Mutter und mein Vater stöhnten abfällig im Chor, wenn Ähnliches im Fernsehen passierte, also Leute ihre Zuneigung zeigten oder verbalisierten, und dann auch noch in ewig langen Kameraeinstellungen, untermalt von Schmachtmusik. Das war in ihren Augen peinlich und Kitsch und unrealistisch. »Aber so schön unser Leben meistens ist, so sehr wünsche ich es oft zum Teufel.« Ihr Gesicht verfinsterte sich. »Jetzt gerade, zum Beispiel.«

Ich konnte nur traurig nicken.

»Wo wir schon dabei sind«, sagte sie leise und sah zu Boden. »Meine Eltern haben ihre Terminplanung bekommen.«

Terminplanung, wiederholte ich gedanklich, und dann begriff ich. Ich blieb wie angewurzelt stehen, mein Herz setzte aus, ich konnte den lauten Seufzer nicht zurückhalten. Ein alter Mann, der einen hässlichen Hund an der Leine führte, machte einen Schritt beiseite und sah mich erschrocken an.

»Unsere Flüge gehen am Sonntag«, sagte sie so leise, dass ich es kaum hören konnte. Sonntag, also in vier Tagen. Der Zug bremste längst, die Lok war schon kurz vor dem Bahnhof.

»Sonntag«, wiederholte ich. Sonntag, das war das schlimmste Wort auf der ganzen Welt, denn das wäre der Tag, an dem sie untergehen würde.

Und das tat sie dann auch.

Silvester

In meiner Kindheit war Silvester alles andere als ein besonderes Fest für mich. Es war eigentlich genau wie jeder dieser Trinker-Abende, die meine Eltern ständig an den Wochenenden veranstalteten, mit Arbeitskollegen meines Vaters, die wie er Fabrikarbeiter bei Sarotti waren und selbst nach mehrmaligem Duschen und trotz der vielen Raucherei intensiv nach Kakao rochen, oder es kamen eigenartige Bekannte, die ich mit »Onkel« und »Tante« anreden musste, die aber weder Geschwister meines Vaters noch meiner Mutter waren. Im Fernsehen liefen dann schreiend bunte Unterhaltungssendungen, deren Akteure in der Totale kaum voneinander zu unterscheiden waren, weil die Auflösung (ein Begriff, den damals niemand in diesem Zusammenhang kannte) so erschütternd gering war, oder aus dem Radio plärrte Schlagermusik, man prostete sich unaufhörlich zu und qualmte uns die Bude voll. Selbst im Kinderzimmer roch es dann noch tagelang nach Zigarettenrauch, einige Männer rauchten sogar Zigarren. Am Silvesterabend bestand neben der Schmückerei mit Papiergirlanden, den Hüten aus Bastelfolie und dem blubbernden Öl in den Fonduetöpfen der Hauptunterschied darin, dass ich zwar wie sonst auch um halb neun ins Bett musste (oder durfte; ich *hasste* diese Gesellschaften), aber um kurz vor zwölf wieder geweckt wurde, um mich mit den anderen auf unserem kleinen Balkon zu drängen, meinen Koala-Kuschelbären *Koli* an mich zu drücken und dabei zuzuschauen, wie die Nachbarn vor den Haustüren Feuerwerk abbrannten – Feuerwerk, das aus lahmen Knallern und Wunderkerzen und Raketen bestand, die keine zwanzig Meter hochflogen und dann unspektakulär in einem monochromen, sehr überschaubaren Feuerball explodierten. Außerdem bekam ich schon mit fünf ein Schlückchen Sekt um Mitternacht, und mit zehn ein ganzes Glas voll, aber Sekt schmeckte grausig, wie schlecht gewordene saure Limo mit Kohlensäure, doch ich trank ihn trotzdem. Um eins ging ich dann wieder ins Bett, und obwohl ich Feuerwerk mochte, wäre es mir meistens lieber gewesen, sie hätten mich schlafen lassen. In unserem kleinen Wohnzimmer oder auf dem noch kleineren Balkon wurde ich nämlich von Leuten geherzt und abgeschmatzt, die wie kombinierte Zigaretten-und-Schnaps-Fabriken stanken und die sich kaum noch gerade auf den Beinen halten konnten, wobei sie mir ständig erzählten, wie groß ich doch schon wäre. Als wäre das eine besondere Leistung, zu wachsen; das passierte von ganz alleine, wie ich längst wusste (und es stimmte auch nicht, dass man langsamer wuchs, wenn man weniger Gemüse aß, wie Oma Trudchen behauptete – Benno Heinze unter uns aß ausschließlich Salamibrote, und er war schon zehn Zentimeter größer als ich, obwohl er ein Jahr jünger war). Aber vielleicht fiel ihnen auch kein anderes Gesprächsthema mit mir ein, und außerdem waren um Mitternacht alle längst äußerst betrunken. Einmal fiel ein Kollege meines Vaters in der Silvesternacht beinahe von unserem Balkon, immerhin im vierten

Stockwerk, und nur mit Mühe konnten mein Vater und zwei andere Männer den stockbesoffenen und ziemlich dicken Mann an den Beinen festhalten, der vorwärts über das Geländer gekippt war, weil dort, wohin er mit seinem Bierglas anstoßen wollte, niemand gestanden hatte. Ein anderes Mal musste ich mit ansehen, wie meine Mutter nicht bemerkte, dass unter der inzwischen weit aufgeknöpften Bluse ihre linke Brust aus dem BH gerutscht war, aber alle Männer hatten die spektakuläre Entdeckung längst gemacht und stießen sich gegenseitig grinsend die Ellenbogen in die Seiten.

Nein, ich mochte Silvester nicht sehr, und auch später konnte ich mich nie richtig damit anfreunden, mit diesem seltsamen Ritual, das so viel mit Aberglauben und vorgeschobenen Gründen für Sauferei und schlechtem Benehmen zu tun hatte – schlechtes Benehmen, das am nächsten Tag wieder vergessen war und das keiner der Erwachsenen jemals thematisierte, weil nicht geschehen sein durfte, was nicht erlaubt war. Ja, ich hasste Silvester. Aber ich mochte Neujahr, diesen Tag, an dem das Jahr frisch und befreit von vorne losging und man damit beginnen konnte, sich auf all die Dinge zu freuen, die in diesem Jahr erneut stattfinden würden, zum Beispiel auf die Sommerferien oder Weihnachten oder auch den eigenen Geburtstag, während Silvester so weit wie möglich entfernt war. Auf meinen Geburtstag im Herbst freute ich mich sehr – nicht nur wegen der Geschenke, die bei uns meistens ziemlich bescheiden ausfielen, sondern vor allem aufgrund der Tatsache, dass ich es war, der an diesem Tag im Mittelpunkt stand, wenigstens bis spätnachmittags oder abends, wenn unsere Verwandten und die Freunde meiner

Eltern kamen, mir Schokolade überreichten (die ich nicht mochte, weil mein Vater in einer verdammten *Schokoladenfabrik* arbeitete, weshalb er sowieso kistenweise Schokolade nach Hause brachte und ständig nach Kakao und Schokolade stank) und dann mit der Trinkerei anfingen. Gründe, viel Bier und Schnaps zu trinken, fanden die Erwachsenen immer, und das mochten sie besonders gerne – das lernte ich früh. Und alle fuhren sie ausnahmslos am Ende in ihren Autos nach Hause, aber einen Fahrer, der nüchtern blieb, gab es nie. Doch ich hörte auch nie von schlimmen Unfällen, die irgendein Gast auf dem Heimweg gehabt hätte; möglicherweise gab es also keine. Damals war auch längst noch nicht so viel auf den Straßen los, und die Autos waren deutlich schwächer motorisiert.

Als ich sechs Jahre alt war, kam meine Mama am Neujahrsmorgen zu mir ans Bett, setzte sich auf die Bettkante, küsste mich auf die Stirn, was ich zu diesem Zeitpunkt noch okay fand (und was sie sowieso nur an zwei Tagen im Jahr machte, nämlich am Neujahrstag und an meinem Geburtstag), und sagte strahlend: »Du hast am achten September Geburtstag, Xanderchen, und das sind von heute an noch genau 250 Tage, bis du sieben wirst. Frohes neues Jahr.« Meine Mutter nahm sich am Silvesterabend immer wieder den gleichen Vorsatz vor: »Ich will freundlicher und liebevoller zu anderen Menschen sein«, denn ihre robuste Art kam nicht überall gut an, wie ihr durchaus bewusst war, und ich war am Neujahrstag der Hauptprofiteur ihrer guten Vorsätze. Die meistens die erste Januarwoche nicht überlebten. Danach war sie dann zu mir wieder genauso muffelig und kühl wie zu allen anderen auch.

Später setzte ich mich an den Küchentisch und zählte das im Abreißkalender, den es in der Weihnachtswoche kostenlos zum Einkauf bei *Gebrüder Manns* dazugab und den meine Mutter pünktlich am Neujahrsmorgen aufhängte, zweimal nach, wobei ich sehr vorsichtig sein musste, denn je weiter man in dem dicken Ding blätterte, das das halbe Format einer Postkarte hatte, umso größer war die Gefahr, dass man einen ganzen Stapel Blätter abriss. Es stimmte. Es waren vom ersten Januar bis zum achten September genau 250 Tage, und ich fand das großartig, sich ab dem Neujahrstag auf etwas freuen zu dürfen, das magische 250 Tage in der Zukunft lag. Ab diesem besonderen Neujahrstag war ich es, der zu meiner Mama sagte: »Von heute an sind es noch 250 Tage bis zu meinem Geburtstag«, wenn sie am Neujahrsmorgen zu mir ans Bett kam, und sie nickte dann grinsend und sagte: »Genau 250 Tage, Xanderchen, so ist es.« Als ich acht war und im neuen Jahr neun werden würde, schüttelte sie allerdings den Kopf und erklärte mir, dass es in Schaltjahren wie diesem natürlich ein Tag mehr wäre, den man auf ein Datum warten müsste, das nach dem 29. Februar lag, aber ich beschloss ziemlich schnell, dass mir solche Feinheiten egal sein könnten.

Zum Glück hörte meine Mutter damit auf, mich *Xanderchen* zu nennen, bevor ich an die Oberschule kam. Sie sagte dann wie alle anderen auch nur noch *Alex* zu mir, oder sie verwendete meinen vollständigen Vornamen, Alexander. (Nur Tabea nannte mich später eine Zeit lang *Lexi*, aber das ist eine andere Geschichte.)

Kurz nach meinem zwölften Geburtstag zogen die Solaks im Erdgeschoss ein, gleich in beide Wohnungen, die es links und rechts unserer Haustür gab und die ein paar Jahre lang leer gestanden hatten, weil sich darin vorher Geschäfte befunden hatten, sich aber niemand mehr fand, der in dieser abgelegenen Gegend, direkt gegenüber der Mauer, noch einen Laden betreiben wollte. Unsere Vermieter, eine wohlhabende Familie, die angeblich in Köln wohnte und die ich nie zu Gesicht bekam, schafften es erst nach langer Zeit, die ungenutzten Geschäftsräume in Wohnräume umzuwidmen, und die vielköpfige Solak-Familie profitierte davon. Es handelte sich um zwei Brüder mit ihren Frauen und insgesamt neun Kindern, links vier, rechts fünf. Eines davon (rechts, fünf) war Gürsel, mit dem ich mich nach ein paar Wochen des scheuen Herantastens anfreundete und der bald mein bester Freund wurde – was er auch sehr, sehr lange blieb, obwohl er immer während der gesamten Sommerferien weg war, weil die Solaks – wie sehr viele Türken in unserer Gegend – pünktlich zum Ferienbeginn ihre zu teuer gebraucht gekauften Ford- oder Opel-Limousinen bis weit übers Dach beluden und in ihnen dann die lange, mühselige Fahrt in die Heimat antraten, wie Gürsels Vater das nannte, *Fahrt in die Heimat*. Gürsels Vater, der Mitte dreißig war, lebte seit seiner Kindheit in Berlin und sprach besser deutsch als mein Vater, aber seine Heimat war es wohl trotzdem nicht. Manchmal, wenn ich bei Gürsel war und wir in seinem Zimmer spielten, das er sich mit seinen beiden älteren Brüdern teilte, hörte ich Deniz Solak vor sich hin schimpfen, in einem Mischmasch aus Deutsch und Türkisch. Er meckerte über deutsche Politiker, deutsche Autos und deutsches Essen, aber sogar als Zwölfjähriger konnte ich heraushören, dass zumindest *das* ein eher liebevolles Meckern war. Ganz anders hörte es sich an, wenn er über die verfluchte Gottlosigkeit hierzulande schimpfte, über Musik, Jugendkultur, über das, was sich die Frauen alles an Rechten herausnahmen, über zu knappe Röcke und aufreizende Kosmetik und all diese Dinge. Deniz Solak hielt auch fast alles für falsch, was so im Fernsehen lief, und auf die linke Berliner Szene, die im nahen Kreuzberg ihren Mittelpunkt hatte, hätte er am liebsten einen ganzen Haufen Bomben geworfen. An dieser Stelle benutzte er einen deutschen Begriff, den ich auch von meiner Mutter kannte: *Kroppzeug.* Mein Vater zog missbilligend die Augenbrauen hoch, wenn er solche Wörter hörte. In einigen Fragen hätte meine Mutter besser zu Deniz Solak gepasst als zu meinem leiblichen Vater. Aus Deniz Solaks Mund hörte ich zum ersten Mal das Wort *schwul*, und obwohl ich nicht wusste, was es bedeutete, war klar, dass es aus seiner Sicht das schlimmste Schimpfwort war, das man sich ausdenken konnte. Er benutzte es allerdings nur selten.

Katapult

Ich brauchte eine ganze Weile, um wieder halbwegs auf die Beine zu kommen, aber wundersamerweise schaffte ich trotzdem mein Abitur, und das sogar mit einer brauchbaren Note, was ich mir bis heute eigentlich nicht erklären kann. Da wir als West-Berliner nicht zum Bund mussten, konnte nach dem Abi sofort mit der vorläufig finalen Lebensplanung begonnen werden, aber ich hatte keine Idee und keinen Plan, nur ein vages Interesse für Literatur, für irgendwas mit Texten oder mit Leuten, die etwas mit Texten zu tun haben, also schrieb ich mich an der FU, der Freien Universität Berlin, für Germanistik ein, einen der nutzlosesten Studiengänge überhaupt, gleich nach Kronkorkensammelogie und Sonnenuntergangsguckeristik, wie mir ein lässiger, sehr junger Professor während der Studienberatung grinsend erklärte, aber ich glaubte das nicht. Als ich ihm entgegenhielt, man wäre quasi zum Verlagslektor berufen, wenn man Germanistik absolviert hätte, brach er in laut schallendes Gelächter aus, und ich glaubte ihm immer noch nicht. Doch er behielt recht. Dabei war es total schön, Germanistik zu studieren, es gab mehr Frauen als Männer, die das taten, die Kurse, Vorlesungen und Seminare waren nachgerade entspannt, Leistungsdruck existierte keiner oder wenn doch, dann so subtil, dass ich ihn nicht bemerkte und auch keiner meiner Kommilitonen.

Wir bekamen Scheine für *nichts*, und die einzige Leistung, die man beherrschen musste, war die, möglichst ausdauernd schwafeln zu können. Seminararbeiten wurden nur nach der Länge bewertet, und die Themenvorschläge für die Studien- und Magisterarbeiten waren so absurd, dass fast egal war, was die abgegebenen Arbeiten enthielten, Hauptsache, sie waren lang. Möglichst sehr lang. Sie wurden für die Bewertung nicht gelesen, sondern *gewogen*. Mit einem Magister in Germanistik war man für keinen einzigen bekannten Beruf qualifiziert, also war egal, wie man an den Magister gelangt war, und das merkte man der gesamten Fakultät an. Man konnte ein Lehramtsstudium anschließen, um eben Lehrer zu werden, aber die Nachfrage nach Lehrern ging zu dieser Zeit gegen null, außerdem war das keine Option für mich. Ja, die meisten Verlagslektoren hatten irgendwann Germanistik studiert, doch die Nachfrage nach frischen Verlagslektoren war noch geringer als die nach Lehrkräften oder Steuerleuten für Mondlandefähren. Auf eine einzige freie Stelle gab es Fensterkreuz mal Pi so viele Bewerber wie Menschen insgesamt in Hildesheim, ach, in *Hannover* wohnten. Aber ich hatte ja noch eine Weile, ich hatte schließlich gerade erst angefangen. Vielleicht würde sich bis zum Tag meiner Magisterfeier noch einiges ändern.

Weniger Zeit hatte ich für die Wohnungs- und Jobsuche, weil mich meine Eltern loswerden wollten – und ich sie. Mein Vater war stinkig, weil ich die Arbeiterklasse verriet und ein verdammter Akademiker werden wollte, statt was Ehrliches mit meinen Händen zu machen, dabei war er selbst inzwischen Betriebsrat und rührte seine Hände nur noch, um damit Bierflaschen anzuheben, was längst täglich passierte und nicht mehr mit fadenscheinigen Partyanlässen legitimiert werden musste. Er hatte nur noch ein paar wenige Jahre bis zur Rente, also bis zum Ausscheiden aus dem letzten bisschen Produktivität, und das machte ihn fertig, weil er keinen Plan für die Zeit danach hatte; er lebte nur für die Arbeit und die Sauferei am Wochenende. Meine Mutter wollte mich loswerden, weil ich erwachsen war und sie ihren Job damit erledigt hatte. Zum Abitur hatte sie mir einen Zwanzig-Mark-Schein in die Hand gedrückt und leise und ohne jede erkennbare Ironie erklärt, ich sei ja doch nicht ganz so doof, wie sie immer gedacht hatte.

Ich fand ein Zimmer in einem Studentenwohnheim in Steglitz, unweit des Klinikums Steglitz. Das Zimmer war achteinhalb Quadratmeter groß, ich teilte mir Sanitäranlagen und Küche mit einem Dutzend anderer Studenten, die ihre Einführungskurse in Körperpflege, allgemeiner Hygiene, Ordnung und Rücksichtnahme offensichtlich noch nicht absolviert hatten, aber obwohl es laut, schmutzig und auf beinahe apokalyptische Weise unordentlich war und man eigentlich nie wirklich seine Ruhe hatte, fühlte ich mich ganz wohl, eben weil ich durch das ständige Gewusel immerzu abgelenkt war und nie dazu kam, mich in mein Nachdenk-Sorgemach-Traurigsein-Schneckenhaus zurückzuziehen. Außerdem war das Zimmer fantastisch billig, so dass ich mit meinem Ersparten, dem bisschen Geld, das mir mein Vater hin und wieder heimlich schickte, und dem schmalen BAföG ein paar Wochen durchhalten konnte. Das Heim lag außerdem direkt neben einem Schwesternwohnheim. Ich hatte zwar bei jedem auch nur marginalen Kontakt mit einem Mädchen oder einer jungen Frau das Gefühl, Tabea und Alex zu verraten, und ich war mir absolut sicher, dass mich dieses Gefühl bis mindestens zu meinem Lebensende begleiten würde, aber ich ging trotzdem hin und wieder auf die Partys, die an Wochenenden in diesem originellen Mikrokosmos gefeiert wurden und von denen fast niemand, der alleine gekommen war, solo wieder nach Hause ging. Schwesternschülerinnen waren, fand ich heraus, mit einem ganz besonderen Humor ausgestattet, mit einer Lakonie, die sie wohl für ihren Job brauchten, und die, die ich kennenlernte, waren außerdem entwaffnend offenherzig und gleichsam immanent fürsorglich. Ich kam mit Kristin zusammen, einer wirklich liebenswürdigen, großherzigen, sehr kleinen Person – sie maß keine eins sechzig –, die mir dabei half, den allergrößten Schmerz ein bisschen zu lindern. Wir hatten zwei schrecklich nette Monate, dann war ihre Ausbildung beendet, und sie schloss sich im Auftrag des Roten Kreuzes einem humanitären Dings in Ostafrika an. Ich war ein bisschen froh darüber, dass es vorbei war, weil wir nicht wirklich zueinander gepasst hatten (zu mir passte nur Tabea), aber ich hatte mir selbst immerhin bewiesen, dass ich wieder zu so etwas in der Lage war. Von Tabea hatte ich seit jenem fürchterlichen Sonntag nichts mehr gehört, an dem der TGV fast mit voller Wucht in den Bahnhof gekracht war, nur leicht abgebremst durch ihr eigenartiges misanthropes Geständnis. Bei unserem Abschied hatte sie unter vielen, vielen Tränen verkündet, dass es die einzige Möglichkeit wäre, um überhaupt irgendwie darüber hinwegzukommen, wenn wir wirklich verschwinden würden aus dem Leben des jeweils anderen, was vermutlich stimmte. Ich verzehrte mich danach, von ihr zu hören, zu erfahren, wie es ihr ging, was sie tat, wen sie traf, wie ihr Tagesablauf war, wie sie sich fühlte, wie oft sie an mich dachte, was sie vorhatte, was sie aß und trank und im Fernsehen anschaute, womit sie sich die Haare wusch und womit sie sich die Zähne putzte, aber natürlich hätte mich jeder noch so kleine Hinweis darauf, dass ihr ein glückliches Leben ohne mich möglich war, dass es möglicherweise sogar neue Liebe und Nähe und Intimität bei ihr gab, völlig zerrissen, und dieses Gefühl, das ich hin und wieder hatte und das sich einfach nicht unterdrücken ließ, nämlich dass mein Leben ohne sie vollständig sinnlos war, das hätte möglicherweise die Oberhand gewonnen. Keine Ahnung, was ich dann getan hätte. Keine Option lag mir völlig fern.

Über meinem kleinen Schreibtisch in meinem wirklich kleinen Zimmer hing das letzte Foto, das von uns gemacht worden war, von Rafael, an dessen Gesichtsausdruck in diesem Moment (bzw. kurz danach) ich mich sehr gut erinnerte. Rafael war ein guter Fotograf, und er hatte uns vor dem Tor der Folkers erwischt, wo wir einander gegenübergestanden hatten, uns an den Händen hielten und einfach nur ansahen, als es ein paar Meter entfernt von uns vernehmlich *Klick* machte, ohne dass wir ihn vorher bemerkt hätten. Auf dem Foto sind unsere beiden Gesichter sehr gut zu erkennen, so voller Liebe und zugleich unendlicher Traurigkeit, gestochen scharf vor einem unscharfen Hintergrund, dem hellen Grün der Rehwiese, und Tabea ist auf diesem Bild fast noch schöner als sowieso schon. Rafael hat es mir ohne Angabe der Absenderadresse aus Israel geschickt, ohne begleitende Worte, was sicher Tabeas Entscheidung war. Ich verbrachte viele Stunden damit, an meinem Schreibtisch zu sitzen und einfach nur dieses Foto anzuschauen. Wenn mich Kristin in der Bude besuchte, nahm ich es vorher ab und versteckte es in einem Buch – in »Alle Menschen sind sterblich« von Simone de Beauvoir, das zu dieser Zeit mein Lieblingsroman war und das ich mindestens sieben- oder achtmal gelesen habe. Ich habe Kristin nie von Tabea erzählt.

Jeden Morgen machte ich die Runde an allen Schwarzen Brettern entlang, die es auf dem Universitätsgelände gab, und ich telefonierte mir die Finger wund, um mit Leuten zu sprechen, die den jeweiligen Job nur ein paar Minuten vorher vergeben hatten. Aber es gab insgesamt nur sehr wenige Jobs und viel, viel weniger als Studenten, die Arbeit begehrten. Die meisten Studis suchten nach etwas in der Gastronomie, weil es natürlich vorteilhaft war, abends oder nachts zu arbeiten, und nicht wenige hofften außerdem darauf, kostenlos saufen zu können und eine Menge Leute kennenzulernen, also sexuelle Kontakte zu knüpfen. Aber Gastro-Jobs waren extrem rar. Die zweitgrößte Fraktion waren die angehenden Taxifahrer, eine Arbeit, mit der man damals noch ordentlich Geld verdienen konnte – und die nach allem, was man so hörte, eine relativ freie Zeiteinteilung zuließ, doch vor dem Taxifahren stand der Taxischein, der sich nicht über Nacht machen ließ, ganz im Gegenteil. Aber ich wollte sowieso kein Taxifahrer werden, noch nicht. Denn das war, so der junge Professor bei der Studienberatung, sowieso die Position, in der die meisten Germanisten früher oder später landeten: auf dem Fahrersitz eines quietschenden Mercedes, der eine halbe Million Kilometer auf dem Tacho hatte und am Bahnhof

Zoo auf Touristen wartete. Nicht wenige Studis, die mit dem Taxifahren anfingen, gaben ein paar Monate danach das Studium auf und wurden hauptberufliche Taxifahrer, weil sie damit mehr verdienten, als sie mit einem Job, für den die Uni sie qualifizierte, je verdienen würden. Es gab ja noch kein *Uber*, die Tarife waren noch so, dass man kein Millionär sein musste, um sich eine Taxifahrt leisten zu können, und niemand saß mit GoogleMaps auf dem Smartphone im Fond und erklärte einem, dass man gerade einen krassen Umweg fuhr, weshalb man sofort die Polizei rufen würde, mit demselben Smartphone. Und niemand pulverisierte einem die Bewertungen im Online-Profil, nur weil man kurz vor der Ankunft am Ziel ein bisschen ins Auto gepupt hatte.

Ich rannte durch Copyshops, ich klingelte bei Agenturen, die Werbematerial verteilten, ich überlegte sogar, mich als Nachhilfelehrer anzubieten, und dann lief ich eines Freitagvormittags durch die Goltzstraße in Schöneberg, um Fido zu treffen, einen Kommilitonen, mit dem zusammen ich eine Seminararbeit anzufertigen hatte (eine Zusammenfassung der Biografie des Schweizer Universalgelehrten Albrecht von Haller), als ich am *katapult* vorbeikam, einer Bar, deren Fassade und Eingangstür und (ehemalige) Fenster vollständig schwarz waren. Den Namen der Bar erfuhr man nur über das dezente Schild über dem Eingang, das zugleich die Werbung für die Biermarke war, die es im Haus am Hahn gab. Neben dem Eingang hing die obligatorische Getränkekarte in einem Glaskasten, der in diesem Moment aufgeklappt war, weil eine … *originelle* Person davorstand und soeben einen Zettel im Glaskasten anzubringen versuchte. Es war ein Mann, ein sehr blasser Mann in den Vierzigern, wie ich meinte, der eine Sonnenbrille trug, außerdem einen rosafarbenen Bademantel und quietschbunte Badelatschen mit Plastikblumenblüten daran. Seine Haare standen eigenartig zu Berge, und seine Hände zitterten, weshalb es ihm auch nicht gleich gelang, den Zettel mit Tesafilm festzumachen. Außerdem hatte er eine Kippe im Mund, die ebenfalls zitterte. Irgendeine Kreislaufsache, vermutete ich. Er murmelte etwas, das nach Flüchen klang, und ich hörte in der sehr kurzen Zeit zweimal den Namen *Holgi*. Offenbar war er auf einen gewissen Holgi ein bisschen wütend. Möglicherweise aber war das auch ein Haustier oder so.

»Kann ich helfen?«, fragte ich höflich, wobei ich das Lachen zu unterdrücken versuchte. Der Typ sah wirklich lustig aus.

»Ach, Scheiße«, sagte er und warf in einer theatralischen Geste den Zettel zu Boden. »Ich bin für so was einfach nicht gemacht.«

»Für was?«, fragte ich und hob den Zettel auf. *Aushilfe gesucht* stand da und nichts weiter. Einfach nur: Aushilfe gesucht. Den Rest musste man sich denken. Und der Verfasser der Nachricht hatte auf Optik nicht viel Wert gelegt. Es sah ziemlich krakelig aus. Nach: Eigentlich keine Aushilfe gesucht. Wir müssen, aber wir wollen nicht. Lieber wäre uns, wir müssten das hier nicht tun. Bleiben Sie weg.

»Diese Art von Arbeit«, erklärte der Mann im Bademantel und drehte sich zu mir. Er war wirklich sehr, sehr blass, fast reinweiß. Ich vermutete sofort, dass er nicht sehr oft an die Sonne kam. Das bestätigte sich jetzt, als er die Sonnenbrille in die Stirn schob und er mich aus zu winzigen Schlitzen verkleinerten Augen musterte. Von oben bis unten und dann wieder zurück. »Du bist ja niedlich«, sagte er dann und strahlte, was aber nicht mit seinem restlichen Anblick korrelierte, weshalb ich schmunzeln musste. *Niedlich* hatte mich noch nie jemand genannt.

»Was für eine Aushilfe suchen Sie?«

»Tresen, donnerstags bis sonntags, immer von acht bis ungefähr vier, fünf Uhr morgens.«

»Ich hätte Interesse, aber ich habe keine Gastro-Erfahrung.«

»*Du* hättest Interesse?« Er musterte mich abermals von Kopf bis Fuß. Und noch einmal und noch einmal. Ich nickte.

»Das wäre sicher sehr lustig«, sagte er, mehr zu sich selbst, nach meinem Eindruck. »Und es ist nicht schwer. Zettel im Blick behalten, Bier wird selten geordert, eher Sekt, das ist leicht, und bei Longdrinks und Cocktails kann ich am Anfang helfen.«

Donnerstags bis sonntags, das wäre perfekt, dachte ich. Ich hatte am Freitag nur eine Vorlesung, und die auch erst mittags, lediglich der Montag wäre ein Problem, aber ich könnte ja gleich nach der Uni schlafen gehen. Außerdem wechselte mein Stundenplan mit jedem Semester, also konnte man sowieso nie sicher sein – oder länger als ein halbes Jahr im Voraus planen.

»Ab wann?«, fragte ich.

»Eigentlich gestern schon, Schätzchen«, antwortete er und versuchte, den Glaskasten wieder zu verschließen. Ich nahm ihm den Vierkantschlüssel aus der Hand und erledigte das für ihn. *Schätzchen?*

»Kann ich den Laden mal sehen?«

»Die Putze kommt sowieso gleich. Meinetwegen.« Er pausierte kurz, sah mich an, aber wieder mit Sonnenbrille vor den Augen. »Du willst hier *wirklich* arbeiten?«

»Warum nicht?«, fragte ich gegen. »Ist die Bezahlung so schlecht?«

Er kicherte. »Nein, die Bezahlung ist ganz okay, und du würdest ordentlich Trinkgeld bekommen, da bin ich sicher.« Er musterte mich noch einmal von oben bis unten. »Du würdest sogar ziemlich ordentliches Trinkgeld bekommen. Jeden verfickten Abend.«

»Das hört sich gut an.« Ich verstand die Situation nicht ganz, aber das hier war eine Bar, ich suchte einen Job, ich hätte es nicht sehr weit hierher, also sprach nichts dagegen. Das Wort *verfickt* hatte ich in diesem Moment zum ersten Mal in meinem Leben gehört.

»Ich heiße Guido«, sagte er. »Aber alle nennen mich Big G.« *Bick Dschieeh.* »Wegen … ach was. Das wirst du noch erfahren.« Wieder kicherte er.

»Big G. Okay, ich heiße Alex. Alexander.«

»Nicht zu fassen«, erklärte er, schüttelte leicht den Kopf, zog die Tür zur Bar auf und ging an mir vorbei zum Tresen. Es war schummerig, aber auch ziemlich plüschig, das konnte ich sogar im Halbdunkel erkennen. Es roch fürchterlich, nach altem Rauch und Bier und Alkohol, aber so rochen alle Kneipen am Vormittag. Als er einen Schalter hinter dem Tresen betätigte, gingen zahlreiche bunte Lichterketten an, über dem Tresen, in den Regalen mit den Flaschen, an den Wänden, an der Decke. Die Hocker am Tresen und die Bänke um die runden Tische waren mit rosa Velours bezogen. Es gab eine kleine, gefliese Tanzfläche, nur ein paar Quadratmeter, über der ein paar farbige Scheinwerfer hingen. Die dunkelrote Auslegeware, die ansonsten den Boden bedeckte, war ziemlich fleckig. Es war dem Laden anzusehen, dass hier zwar gelegentlich sauber gemacht wurde, dass man sich aber nicht allzu sehr mit Staubwischen aufhielt, weil niemand den Unterschied sehen würde.

»Das ist hübsch«, sagte ich, obwohl es *hübsch* nicht ganz traf.

»Hübsch«, wiederholte er und kicherte wieder.

»Wann soll ich hier sein?«

»Wenn du das ernst meinst, *Alexander*, dann so gegen sieben heute Abend. Dann kann ich dir noch alles zeigen. Wir hätten gleich einen Geburtstag, es wird also ein bisschen heftiger.« Und noch einmal das Kichern. »Und du kannst später entscheiden, ob du das hier wirklich willst.«

»Ich bin um sieben da, Big G.«

»Nicht zu fassen«, sagte er noch einmal. »Falls du hast, zieh bitte schwarze Hosen und ein weißes Hemd an.«

»Habe ich.«

»Su-per!« Er machte einen Schritt auf mich zu, wollte etwas tun, besann sich aber noch und nickte nur grinsend.

Der Satz, den ich an diesem Abend am häufigsten hörte, kam von Big G und lautete: »Das ist unser neuer. Alex. Alexander. Er ist eine waschechte Hete.« Das erklärte er fast jedem neuen Gast, der kam, und es kamen ausschließlich Männer. Und fast alle Männer, die kamen und so begrüßt wurden, warfen die

Hände in die Luft und kreischten: »Eine Hete? *Nein!*« Da begriff sogar ich endlich, dass das *katapult* eine Schwulenbar war. Das irritierte mich erst ziemlich nachhaltig, und ich war kurz versucht, abzubrechen, davonzurennen, aber die Männer, die ins katapult kamen, waren fast durch die Bank hinreißend freundlich (einige bestanden darauf, mich zu umarmen, was ich mit der Zeit immer okayer fand), allerdings wurde ich unaufhörlich von vielen angestarrt, und bei einigen waren die Gedanken dazu quasi von der Stirn abzulesen, doch zumindest an diesem ersten Abend hielten sich die Annäherungsversuche noch in Grenzen. Ich bekam hin und wieder einen Klaps auf den Hintern, wenn ich zum Klo ging (es gab keine Frauentoilette, denn die Räume hinter der mit einem »D« markierten Tür wurde als Lagerräume genutzt) oder die Tische abräumte. Das katapult war gegen elf richtig voll, die Musik wurde immer lauter und immer schrecklicher (ich hörte die Mucke aus den Fernsehsendungen, die meine Eltern angeschaut hatten, als ich klein gewesen war), aber auch immer lustiger, zumal viel mitgesungen wurde, die Luft wurde beinahe vollständig gegen Zigarettenqualm ausgetauscht, was immerhin das intensive Schweißaroma überdeckte, denn die immer größer werdende Menge war ständig in Bewegung. Und ich auch. Ich war sicher, dass ich nicht wenige Getränke zu notieren vergaß, aber grundsätzlich bekam ich das schnell in den Griff, nachdem mir Guido gezeigt hatte, wie man zügig zapfte (aber Fassbier wurde wenig getrunken), wie man die Sektflaschen am schnellsten aufbekam und die vier, fünf Drinks mixte, die hier häufig geordert wurden – zu den anderen arbeitete ich mich nach und nach vor. Und schon nach einer halben Stunde im katapult sah ich zum ersten Mal in meinem Leben live, wie sich zwei Männer küssten, und zwar heftig und ausdauernd, genau wie Tabea und ich damals, nur dass es eben Männer waren, einer davon sogar mit Schnauzbart, was mir einen kurzen Schauer über den Rücken jagte. Meine Mutter wäre auf der Stelle mausetot umgefallen und hätte danach versucht, ihre eigene Leiche zu zerstückeln. Ich war allerdings auch schockiert, aber es gab so viel zu tun, dass ich kaum darüber nachdenken konnte. Außerdem war die Stimmung sensationell, vor allem, wenn allabendlich um kurz nach Mitternacht die Musik für ein paar Sekunden aussetzte und nach dieser kurzen, dramatischen Pause in großer Lautstärke ein ganz bestimmtes Klavierintro zu hören war. Dann nämlich begann Gloria Gaynors »I Will Survive«, ihr Hit aus den späten Siebzigern, den die Emanzipationsbewegung erst für sich entdeckt hatte und aus dem später eine Mitgrölnummer an den Säuferstränden und in den Après-Ski-Bars werden würde, mies gecovert von Partybands und ausgeleierten Barden. Die ersten Zeilen sang das komplette katapult mit, tiefstimmig, nicht immer die richtigen Töne treffend, aber aus ganzem Herzen und deshalb wahnsinnig ergreifend:

First, I was afraid, I was petrified
Kept thinking, I could never live without you by my side
But then I spent so many nights thinking, how you did me
*   wrong*
And I grew strong and I learned how to get along

Nach diesem Intermezzo – an dem ich mich ab dem dritten, vierten Abend natürlich beteiligte – kochte der Laden, und so blieb es bis morgens um fünf, bis Big G schweißnass und volltrunken auf den Tresen kletterte, sich an der Lampe über der Bar festhielt und »Letzte Runde, ihr Schätzchen!« schrie. Inzwischen wusste ich, warum er Big G genannt wurde – seine Genitalien hatten angeblich erhebliche Ausmaße – und wer Holgi gewesen war, nämlich mein Vorgänger und Big Gs Liebhaber.

Die Arbeit im katapult wuchs mir schnell ans Herz, ebenso wie Guido, der Inhaber, der zwar eine fürchterliche Knalltüte, eine ziemlich klischeehafte Tucke (wie mir die Gäste erklärten, ich selbst hatte noch keinen Vergleich) und ein schrecklicher Chaot war, aber außerdem unfassbar großzügig, überaus witzig, manchmal überraschend klug, beinahe weise und sehr, sehr loyal. Nach und nach erfuhr ich von dem Drama, das sich zwischen Guido und meinem Vorgänger Holgi abgespielt hatte. Holgi war eben nicht einfach nur der Tresenmann gewesen, sondern außerdem mit Big G in einer festen Beziehung, die Holgi allerdings als längst nicht so fest betrachtete, wie Big G das tat (der unterm Strich aber selbst ein ziemlicher Hallodri war). Am Abend vor jenem Freitag, an dem mich Guido angeworben hatte, war es im katapult zum Eklat gekommen, weil Holgi mit dem halbwegs bekannten Rockmusiker, der im katapult nach einem Konzert in der Deutschlandhalle seine private After-Show-Party feierte, nach heftigen … *Dingen* auf dem Klo des katapult ins Hotel verschwunden war, von wo aus er dann noch angerufen hatte, um zu verkünden, dass er den Musiker ab sofort auf dessen Tour begleiten würde, offiziell als »persönlicher Assistent«.

Dramen dieser und ähnlicher Art gehörten in der kleinen Bar in der Goltzstraße allerdings zum Alltag. Es fokussierte sich hier, weil die Männer, die ins katapult kamen, im katapult damit aufhören konnten, ihrer Umwelt etwas vorzuspielen, denn das mussten sie zu dieser Zeit überall, und es würde bald sogar noch schlimmer werden, denn Aids stand vor der Tür, das alle Schwulen zu Todesengeln machen und wie ein Tsunami durch die Szene rauschen würde. Und auch das katapult würde dabei untergehen.

Ich stand hinter dem Tresen, rackerte und schwitzte, wurde angehimmelt und meistens freundlich behandelt, bekam unfassbare Trinkgelder, immer begleitet mit Worten wie »Das bedeutet nichts, Süßer« oder »Ich will dich nicht irgendwie rumkriegen«, aber das war nicht die ganze Wahrheit, doch eine ganze Wahrheit existiert sowieso niemals. Tatsächlich fühlte ich mich sehr gebauchpinselt, so im Mittelpunkt des Interesses von Männern zu stehen, die ihrerseits einiges zu bieten hatten und unterm Strich so normal waren wie jeder, der draußen vorbeiging, während hier drinnen die Party tobte. Und das tat sie jede Nacht, in der das katapult geöffnet hatte, außer an den Sonntagen, an denen es etwas ruhiger zuging, weil die Arbeitswoche bevorstand und man drei Tage lang ohne die Bar auskommen musste, also einen kleinen Abschied feierte, was eine gewisse Melancholie mit sich brachte. Zwei Drittel der Männer, die kamen, waren Stammgäste. Guido dachte hin und wieder darüber nach, häufiger zu öffnen, aber das hätte seine Gesundheit noch schneller ruiniert.

Er war erst fünfunddreißig, wie ich von seiner Schwester erfuhr, was mich einigermaßen erschütterte. Jede Nacht in der Bar kostete ihn fünf Tage seines Lebens, schätzte ich, denn er soff, rauchte und feierte mindestens für fünf. Und er war an jedem Abend von Anfang bis Ende voll dabei.

Aber auch an mir ging das nicht ganz spurlos vorbei. Ich hielt mich zwar zurück und verweigerte mindestens bis Mitternacht alle Drinks, die man mir auszugeben versuchte, und das waren Dutzende, gefühlt manchmal Hunderte. Bis Mitternacht, wenn der Laden wirklich krachendvoll war, hatte ich schließlich erst die Hälfte meiner Schicht erreicht, und wenn ich das Ende miterleben wollte, musste ich bis zwei oder drei halbwegs nüchtern bleiben. Außerdem war ich nicht gerne betrunken. Ich mochte es nicht, mich von einem Taxi ins Studentenwohnheim schippern zu lassen und schon kurz nach dem Schließen der Wohnungstür nicht mehr zu wissen, wie der Taxifahrer ausgesehen oder was er zu mir gesagt hatte. Deshalb fuhr ich die Alkoholmenge auf ein Minimum zurück, und an Sonntagen trank ich nichts, weil ich meine drei Seminare am Montag sonst nicht überlebt hätte. Nur manchmal – besonders an Abenden, nachdem ich wieder stundenlang das Foto von Tabea und mir angestarrt hatte – schlug ich zu, gab mir die Kante, soff mich so zu, dass ich am Ende der Schicht große Mühe damit hatte, noch den Ausgang zu finden und ins richtige Auto zu steigen. Schlimmeres, als dass ich stolperte oder am Wohnheim in die Rabatten kotzte, passierte allerdings nie, denn ich verlor zwar körperlich nach und nach die Kontrolle, aber der Alkohol brachte mich nicht dazu, Dinge zu tun, die ich bereuen würde. Eigentlich brachte er sogar eine gewisse Klarheit mit sich. Die Fähigkeit, etwas zu sehen, das sonst verborgen geblieben wäre, aber ich wusste nicht genau, was das war.

Doch wenn man nüchtern bleibt und alle anderen trinken, dann hat das Folgen, weshalb ich vieles miterlebte, dessen Protagonisten sich wünschten, es gäbe keine Protokollanten. Es erinnerte mich sehr an meine Kindheit, an die Saufabende und an die Silvesterfeiern, die ich als kleiner, nüchterner Puper miterlebt hatte, während die Erwachsenen um mich herum alle Grenzen weit hinter sich ließen und aus den meckernden Moralaposteln, die sie tagsüber waren, enthemmte Partypeople wurden, sich lauter kleine Jekylls in noch kleinere Hydes verwandelten. Den Beinahesturz des dicken Mannes vom Balkon oder die Brust meiner Mutter, die aus dem BH gerutscht war, ohne dass sie selbst das bemerkte, das würde ich nie vergessen, und das war exemplarisch für das, was Menschen unter Alkohol oder anderen Drogen taten oder über sich ergehen ließen, was sie aber ohne Alkohol oder Drogen im Leben nicht akzeptiert, geschweige denn getan hätten. Die emotionalen Schranken fielen, es enthemmte, aber es machte auch aggressiv. Ich erlebte im katapult nicht wenige Momente der Gewalt, ich erlebte heftige Streits, hochnotpeinliche Selbstentleibungen und Augenblicke tiefster öffentlicher Traurigkeit. Zum Glück schritten die anderen Gäste immer ein, bevor es eskalierte. Und natürlich war das katapult auch der Ort, an dem den Männern besonders bewusst wurde, welches besondere Schicksal das Leben für sie ausgewürfelt hatte. Ein Schicksal, dem damals noch viel Hass, Irritation, Ablehnung und auch Gewalt entgegenschlug.

Guido im Vollrausch war eine Nummer für sich. Ich war allerdings sicher, dass es nicht nur Alkohol war, der ihn in die Zustände versetzte, in denen ich ihn erleben musste. Auf dem Klo des katapult geschah einiges; der Kondomautomat, der dort hing, war Umsatzträger und musste mindestens zweimal im Monat nachgefüllt werden, aber mit fortschreitender Nacht gab es auf den dunklen Kacheln und mattierten Keramikarmaturen immer mehr Spuren weißlichen teuren Pulvers, das Nasen und Zahnfleisch verfehlt hatte. Es wurde mir auch angeboten, und ich lehnte vehement ab. Es reichte mir, dass ich vormittags an den Tagen danach Husten hatte, dass meine Klamotten stanken und ich auch, dass mein Geruchssinn ein bisschen schlechter wurde und ich hin und wieder tagsüber den eigenartigen Wunsch verspürte, ein Gläschen Genever oder einen Martini zu trinken. Oder dass ich irgendeinen Schlager vor mich hin summte – *das* war wirklich gruselig. Irgendwann musste ich mir eingestehen, dass ich mich veränderte, dass ich zu einem Nachtlebewesen wurde. Genau wie Guido begann ich damit, eine Sonnenbrille zu tragen, die ich manchmal nicht in den Vorlesungen ablegte, von denen ich einige verschlief, obwohl ich am Abend zuvor nicht im katapult gearbeitet hatte, aber erst um zwei oder drei morgens einschlafen konnte. Zugleich begann ich damit, mich auf die Abende zu freuen, den Donnerstagen entgegenzufiebern, ich freute mich darauf, war zappelig, während ich in der U-Bahn saß und in Richtung Nollendorfplatz fuhr, wo mich das Biotop erwartete, von dem ich nicht nur ein Teil war, sondern das ohne mich – zumindest für ein kleines Weilchen – nicht funktionieren würde. Ich wurde immer besser hinter dem Tresen, und immer mehr neue Gäste kamen meinetwegen, aber vor allem die Stammgäste hatten mich ins Herz geschlossen, was einerseits stimmte, es aber nicht ganz traf, weil, wie mir Big G mal erklärte, viele von ihnen der Meinung waren, es wäre nur eine Frage der Zeit, bis ich ihrem Charme erliegen würde, und angeblich gab es sogar Wetten darüber, wer von ihnen es schaffen würde, mich ans andere Ufer zu ziehen. Es gab mit der Zeit auch immer offensivere Versuche in dieser Hinsicht, vor allem später in der Nacht. Keppelberg, ein Stammgast in den späten Dreißigern, der von seinen Eltern irgendeine Fabrik geerbt hatte, legte an einem Freitagmorgen um drei eine Rolle aus mindestens fünf Tausend-Mark-Scheinen auf den Tresen, stützte sein Kinn auf die Hände, blinzelte mich an und sagte: »Das kannst du in nur einer Stunde verdienen, Süßer, und ich bin sicher, es wird dir sogar Spaß machen.« Nach zwei, halb drei morgens wurde es immer anstrengender, wenn ich auf die Toilette wollte, und ich hörte irgendwann damit auf, mich an eines der Pinkelbecken zu stellen, weil ich dort nicht mehr unbehelligt blieb, um es noch nett zu sagen, sondern ich wartete stattdessen stoisch ab, bis eine der beiden Kabinen frei wurde, aus denen in zwei von drei Fällen mindestens zwei Männer kamen. Aus den gelegentlichen Klapsen auf den Po wurden Griffe an den Hintern, Versuche, mir ins Hemd zu fassen oder in die Hose. Die Fälle, in denen man sich vor mir offensiv auf der Toilette entblößte, häuften sich. Ich arbeitete ein Dreivierteljahr im katapult, bis mir endlich klar wurde, dass ich als Heterokellner in einer so intimen, familiären Schwulenbar Mitte der Achtziger in West-Berlin eine Rolle besetzte, die es nicht gab, nicht geben konnte. Ich verdiente ein Heidengeld – ich hatte überlegt, auf mein Gehalt zu verzichten, weil es gegen die Trinkgelder ein verdammtes *Trinkgeld* war –, aber ich war ein Fremdkörper, ein Eindringling, und die immer aggressiveren Anmachversuche waren letztlich nur eine besonders eigenartige Form des Selbstschutzes. Ich hatte im katapult nichts zu suchen. Ich beschloss, den Job aufzugeben, und in dem Moment, als ich den Entschluss gefasst hatte, wurde mir klar, dass ich das Richtige tat. Ich musste nur noch eine Möglichkeit finden, es Big G schonend beizubringen, denn es würde ihm das Herz brechen. Nicht, weil er mich auch ins Bett kriegen wollte – ich war definitiv nicht sein Typ –, sondern weil wir Freunde waren oder etwas in der Art zumindest, in Richtung Mäzen und Protegé, wobei nicht ganz klar war, wer von uns welche Rolle einnahm. Es würde mir auch das Herz brechen, denn ich mochte Guido wirklich gerne, und die Zeit im katapult war die zweitbeste in meinem bisherigen Leben.

Ich hatte Gürsel zu dieser Zeit seit fast vier Jahren nur zweimal gesehen. Er war erst nach Heidelberg umgezogen, in der Hoffnung auf einen Studienplatz, den er vorerst nicht bekam (was, wie er meinte, an seinem Namen beziehungsweise seiner Herkunft lag, womit er vermutlich recht hatte), weshalb er dort an sieben Tagen die Woche jobbte, um sich die unfassbar teure, winzige Studentenwohnung leisten zu können, ohne ein Student zu sein, und dann wurde er einberufen und musste in die Türkei, um seinen Wehrdienst abzuleisten. Ich hatte ihn ein Jahr zuvor kurz in Heidelberg besucht, und am

Tag vor seiner Reise in die Türkei kam er nach Berlin, um mit mir eine Nacht lang durch die Kneipen zu ziehen und das Schicksal wegzutrinken. Das funktionierte höchstens mittelhalbgut. Wir waren am Morgen zwar besoffen, aber todtraurig. Ich vermisste ihn, ich vermisste Tabea (das quasi ständig), und er hatte Angst vor dem, was vor ihm lag. Er verabscheute Militär und Gewalt und Männerhierarchiezeugs und archaisches Posieren. Und da war noch etwas. Da war eigentlich von Anfang an noch etwas, wurde mir bewusst, ohne dass ich verstand, was genau. Allmählich wurde mir klar, dass ich nicht gerade ein Blitzmerker war, was das Menschliche und Zwischenmenschliche anbetraf, aber ich fand das nicht nur schlecht, weil man als Spätmerker zwar eine Weile auf dem Schlauch stand, dafür jedoch nicht zu früh zu einer verfrüht falschen Meinung kam.

Ich nutzte einen Montagmorgen, um Guido vorzubereiten. Es war vier Uhr früh, die Bar hatte sich geleert, bis auf das gute Dutzend, das immer bis zum Schluss durchhielt, weil die Zeit hier für sie unwiederbringlicher war als jede andere Zeit an jedem anderen Ort. Ich spülte Gläser, pinselte Aschenbecher aus, drehte die Cassette zum dritten Mal um (wobei ich tatsächlich kurz an Peter dachte, den Besitzer des Tee-In), suchte nach den Deckeln für die Gläser mit Maraschinokirschen und ähnlichen Grausamkeiten, und ich behielt ihn währenddessen im Blick. Er war relativ nüchtern, verabschiedete Gäste, rauchte, nippte nur am Glas, also setzte ich mich einfach neben ihn an die Bar und sagte: »Big G, das hier ist meine zweite Heimat geworden, aber es ist nicht richtig, dass ich hier arbeite. Es tut mir leid, doch ich muss aufhören.«

Er atmete geräuschvoll aus. »Huh, danke, Alexander. Ich habe schon seit Wochen darüber nachgedacht, wie ich dir das beibringen soll.« Guido nahm sich eine Zigarette, zündete sie sich an, hustete kurz. »Es ist wirklich merkwürdig. Du arbeitest super. Alle lieben dich. *Ich* liebe dich. Aber du bist auch etwas, das stört, das nicht ganz reinpasst, ein Aufreger. Du bringst Unruhe.« Er nahm einen tiefen, langen Zug. »Und du würdest abstürzen. Du bist schon auf dem besten Weg. Das hier ist nichts für dich.« Er legte mir eine Hand auf die Schulter, drückte sie, und in diesem Augenblick ging die Tür auf, weil das Leben der beste Dramaturg von allen ist. Draußen dämmerte es bereits, weil Juni war, weshalb die Person, die in der Tür stand, von hinten mehr Licht bekam als von vorne und für uns erst erkennbar wurde, als die Tür zufiel und sie ins Licht der Lichterketten trat. Es war Gürsel, der sich umsah, unsicher und suchend, dann entdeckte er mich und über sein Gesicht huschte in Sekundenschnelle ein ganzes Kaleidoskop der Mimik, beherrscht allerdings von maßloser Überraschung. Ich begriff, was ich auch schon früher hätte begreifen können, andererseits spielte es nicht die geringste Rolle. Dann flutete mich das Mitgefühl, weil ich denken musste: Scheiße, ein schwuler junger Türke, der aus seiner Heimat Deutschland zum Militär in die Türkei einberufen wurde – schlimmer konnte man es kaum erwischen.

Er kam auf mich zu und blieb eine Armlänge entfernt stehen; er sah ziemlich fertig aus. »Vor diesem Moment hatte ich jahrelang Angst«, sagte er. »Dass es zufällig passiert, macht es vielleicht einfacher. Du bist hier kein Gast, oder?«

Ich schüttelte den Kopf, wollte aufstehen und ihn umarmen, aber ich widerstand dem Impuls, weil irgendwas an ihm signalisierte, dass es dafür zu früh wäre. »Warum hattest du Angst?«, fragte ich stattdessen. »Dachtest du, ich wäre irgendwie schwulenfeindlich?« Dafür setzte sich später der Begriff *Homophobie* durch, mit dem ich mich nie so recht anfreunden konnte, weil es nach meinem Empfinden keine Ängste sind, was diese Leute ausmacht, sondern sie sind einfach nur Arschlöcher. »Oder irgendwie eine Kampfhete oder so?«

Er legt den Kopf schief. »Nein. Du bist einfach so ahnungslos gewesen. Immer schon. Ich hatte einfach Angst davor, dass es dich so sehr verwirrt, dass du dich abwendest.«

Ich wollte erst widersprechen, aber dann ließ ich es und wählte die Umarmung.

Papier

In den frühen Neunzigern gab es durchaus vereinzelte Mobiltelefone, die allerdings so viel wie ein kleiner Sack Katzenstreu wogen und nur von Leuten verwendet wurden, die wirklich wichtig waren oder sich dafür hielten, also meistens von Geschäftsmännern, die versuchten, auf diese Art Eindruck bei potenziellen Kunden zu machen, in deren Gegenwart sie sich von ihren Angestellten auf dem Mobiltelefon anrufen ließen, nach einem zuvor präzise vereinbarten Zeitplan. Alle normaleren Menschen hatten einen Festnetzanschluss, den damals allerdings niemand Festnetzanschluss nannte, weil es kein nennenswertes Mobilnetz gab, das man vom Festnetz hätte unterscheiden müssen. Man nannte das also einfach nur Telefonanschluss, auf Amtsdeutsch *Fernmeldeanschluss* oder, noch simpler, Telefon. Telefone konnten auch wirklich nur zum Telefonieren (das allerdings in erbärmlicher Tonqualität) verwendet werden und für absolut nichts sonst, und man war nur telefonisch erreichbar, wenn man sich in der Nähe des Apparats befand, also zu Hause, weil die Apparate nur begrenzt portabel waren, abhängig von der Länge der Anschlussschnur. Wer technikaffin war und keine Angst davor hatte, von der Post dabei erwischt zu werden, besaß einen aus den USA oder Japan importierten Anrufbeantworter, den man illegalerweise an die Telefondose fummelte und der dann den Job übernahm, erreichbar zu sein, während man das selbst nicht war – eigentlich die meiste Zeit des Tages. Die Post hatte noch ein Monopol auf das Netz, und der Teil der Post, der für die Telefonie zuständig war, hieß auch noch nicht *Deutsche Telekom*, sondern eben einfach nur Deutsche Post. Und wer bei der Post einen Telefonanschluss und den Apparat dazu aus dem überschaubaren Sortiment bestellt und nach angemessener Wartezeit bekommen hatte, der wurde ins »amtliche« (!) Telefonbuch für Privatanschlüsse eingetragen, in Berlin ein zweibändiges (A bis K und L bis Z), vielhundertseitiges, ziegelsteinschweres Monstrum aus dünnem Papier, das jährlich aktualisiert und kostenlos in völlig irrsinniger Auflagenhöhe neu produziert wurde und in dem tatsächlich alle Menschen aufgelistet waren, die Telefone besaßen, mit vollem Namen und mit klarschriftlich wiedergegebenen Adressen, allen Datenschutzbedenken zum Trotz, die es natürlich noch nicht gab, weil niemand von Daten sprach oder gar deren Schutz und es außerdem gesellschaftlich anerkannt gut war, wenn man mühevoll irgendwo wenigstens *irgendeine* Information fand. Wenn man jemanden suchte, von dem man nicht mehr wusste, wo er wohnte, war das Telefonbuch das Mittel der Wahl, aber die Informationen darin konnten schlimmstenfalls etwas mehr als ein Jahr alt sein. Es gab auch noch kein allgemein zugängliches Internet, und man konnte noch herrlich stundenlang über etwas streiten, das sich eben nicht mit ein paar Klicks und Wischgesten nachschlagen ließ (ich disputierte mal einen ganzen Abend lang mit Gürsel darüber, ob *Sunset* Sonnenauf- oder -untergang hieß – ein Gespräch, das wahnsinnigen Spaß machte).

Ich wohnte Anfang der Neunziger in einer kleinen, dunklen, ofenbeheizten Ein-Zimmer-Wohnung in einer Nebenstraße der Weddinger Müllerstraße, aber direkt an der Ecke zur Müllerstraße, also in einer der lautesten und sozial schiefliegendsten Gegenden des ehemaligen West-Berlin. Meine Wohnung war aber nicht nur deshalb laut, weil rund um die Uhr tausende Autos über die Müllerstraße knatterten und in wirklich jedem Erdgeschoss ein Geschäft logierte, das besonders viel Krach mit sich brachte (selbst aus den Änderungsschneidereien klang es, als würden darin Schlachten toben), sondern vor allem wegen der Nachbarn im selben Haus, die sich einen Scheiß darum scherten, wer sich auf etwas konzentrieren musste oder schlafen oder einfach nur verstehen wollte, was die Leute im Fernsehen oder im Radio sagten, was manchmal selbst dann nicht ging, wenn der Ton auf Maximum gedreht war. Es wurde nach Herzenslust gebrüllt, getrampelt, gepoltert und gedonnert, geklirrt, gebellt und gescheppert, und das zu jeder beliebigen Tages- und Nachtzeit, an den Werktagen genauso wie an den Wochenenden. Meine Kindheit und Jugend im vierten Stock in der betulichen Harzer Straße in Neukölln, mit Blick auf die Mauer und den Neuköllner Schifffahrtskanal, kamen mir rückblickend wie ein unaufhörlicher Erholungsurlaub vor. Und ich brauchte eigentlich Ruhe. Aber ich rief nie die Polizei, wenn es überhandnahm, weil man das in dieser Gegend einfach nicht tat. Im Wedding rief man die Polizei erst, wenn der Einbrecher schon mindestens zweimal abgedrückt hatte – aus purem Frust, weil es hier in keiner Wohnung etwas gab, das sich zu klauen lohnte.

Nach meinem Abgang aus dem katapult war ich erst ein Weilchen ohne Job geblieben, was ich mir hatte leisten können, denn ich gab grundsätzlich wenig Geld aus – ich wusste nicht, wofür, aber irgendwie geschah es ja auch von selbst. Deshalb arbeitete ich schließlich als Springer in einer abgeranzten Kneipe mit Biergarten am Paul-Lincke-Ufer in Kreuzberg, nicht weit von der Harzer Straße entfernt, wo ich Kindheit und Jugend verbracht hatte. Es gab wenig Lohn und fast keine Trinkgelder, nicht einmal im Sommer, wenn die Touristenhorden über alles herfielen, was es in Kreuzberg und vor allem am Kanalufer an Gastronomie gab; diese Leute rundeten bestenfalls auf die ganze Mark auf, manche aber auch nur von zwei Mark achtzig auf zwei Mark neunzig. Ich beendete mein Studium und bekam meinen Magister, was mir mehr hätte bedeuten sollen und was das vielleicht auch getan hätte, hätte ich jemanden gehabt, mit dem ich das Ereignis hätte teilen können. Aber es gab niemanden. Meine Eltern waren nach dem Renteneintritt meines Vaters nach Bayern umgezogen, ausgerechnet ins konservative Bayern, wegen der Bergluft, denn sie hatten beide erhebliche Probleme mit den Atemwegen, mein Vater außerdem mit der Leber. Ich hatte aber schon vorher nur noch selten mit ihnen Kontakt. Ich hatte keine neuen Freunde, Gürsel reiste durch die Weltgeschichte, und wenn ich eine Frau kennenlernte, hielt das selten länger als ein paar Tage, weil ich einfach nichts anzubieten hatte, außer einer ziemlich fundamentalen Melancholie, keinem Plan für irgendeine Zukunft und der eigenartigen Gewissheit, schon mit Ende zwanzig meine beste Zeit hinter mir zu haben. Das änderte sich, als ich eines Abends nach der Schicht keine Lust auf die Fahrt mit der BVG von Kreuzberg in den Wedding hatte und mir ein Taxi heranwinkte, was mich fast ein Drittel des Geldes kosten würde, das ich an diesem Tag verdient hatte, aber das war mir egal. Am Steuer saß Fido, ein ehemaliger Kommilitone – jener Fido, dessen Wohnung mein Ziel gewesen war, als ich vor dem katapult über Guido stolperte. Er drehte sich zu mir um und grinste breit.

»Lass mich raten. Du arbeitest in der Gastro«, sagte er.

Ich nickte. »Der Taxischein war mir zu mühevoll.«

»Immerhin musste ich ihn nur für die halbe Stadt machen«, erwiderte er. »Allerdings fährt sowieso kaum ein Berliner im Taxi von West nach Ost oder andersrum. Das machen höchstens ein paar Touristen.«

Das wird sich ändern, dachte ich. Die Stadt ist im Wandel, die Hälften lösen sich allmählich auf, das alte West-Berlin wird verschwinden. Das wäre möglicherweise ein gutes Thema für einen Songtext, dachte ich außerdem, wobei mir Ambitionen in der elften Klasse einfielen. Irgendwo musste ich dieses Mathe-LK-Heft noch haben. »Und? Lohnt es sich?«

Fido nickte seinerseits. »Total. Nur das bescheuerte Germanistikstudium hätte ich mir sparen können.«

»Mmh«, brummte ich. »Ist das wirklich so aussichtslos?«

Fido machte ein zustimmendes Geräusch, ließ sich von mir die Adresse nennen und fuhr los. Wir quatschten über Belanglosigkeiten, während uns der quietschende, schaukelnde Daimler nach Norden trug. Ich roch nach Bier und Rauch, und Fido sah aus, als würde er mit diesem Auto bereits verwachsen. Die Rückenlehne des Fahrersitzes schmückte eine dieser eigenartigen Holzperlenmatten, mit denen die alten Taxifahrer versuchten, ihre Rückenleiden zu lindern. Das kann es nicht sein, dachte ich. Fido war so alt wie ich. Ich überlegte, wie der Mann eigentlich wirklich hieß, und konnte mich nicht an seinen richtigen Vornamen erinnern. Sicherlich Fridolin oder so.

»Ich muss versuchen, irgendwas Sinnvolles zu machen«, erklärte ich und meinte das auch so. »Mit Texten, in einem Verlag oder einer Redaktion oder so. Das kann doch nicht so schwer sein.«

Fido lachte, das Auto knirschte kommentierend. »Ich habe das versucht. Ich habe mir die Finger wund getippt mit Bewerbungen. Wirklich, Taxi fahren hat da mehr Zukunft.«

Er schaltete das Taxameter auf halber Strecke ab, wir tauschten am Ziel noch Telefonnummern aus und verabredeten, uns bald mal auf ein Bier irgendwo zu treffen, aber dazu kam es nie. Ich sah ihn niemals wieder, aber gleich nach der Ankunft zu Hause suchte ich mir aus dem Telefonbuch für gewerbliche Anschlüsse, das wir *Branchenbuch* nannten, die Adressen aller Verlage, die es in der Stadt gab und die keine Adress- oder Telefonbuchverlage waren. Und dann begann ich damit, dort ungefragt persönlich aufzutauchen, täglich bei einem davon, eine Fotokopie meines (recht guten – ich hatte *sehr lange* Texte verfasst) Magisters auf die Empfangstresen zu schlenzen und darum zu bitten, für irgendwas ein Bewerbungsgespräch zu bekommen, das ich im Verlag mit dieser Qualifikation tun könnte. Und es klappte. Es dauerte zwar fast vier Monate, bis diese Klinkenputzerei endlich zu einem Erfolg führte, aber ich ergatterte eine Stelle als bezahlter Volontär bei einem kleinen, aber gut reputierten Belletristikverlag, wobei ich mich, ohne je zu erfahren, wie, gegen ungefähr hundert Konkurrenten durchsetzte. Ich fuhr von da an jeden Werktagmorgen (zu Programmkonferenzzeiten aber auch an den Wochenenden, weil die Volontäre als Kellner gefragt waren) in überfüllten und stinkigen U-Bahn-Zügen vom Wedding nach Kreuzberg, wo ich im dritten Stock in einem hässlichen Gebäude in der (übrigens ebenfalls sehr lauten) Kochstraße an einem wackligen Pressspanschreibtisch saß, mit einer Hand den Zigarettenrauch wegwedelte, der mir von einem Dutzend »Kollegen« entgegengepustet wurde, und mit der anderen Hand dicke Umschläge mit unverlangt eingesandten Manuskripten öffnete, deren Begleitschreiben und, wenn vorhanden, mitgeschickte Exposés ich zu lesen hatte. Denn das war mein Job – und das mit Abstand Bizarrste, was ich bis dahin getan hatte. Weder meine Schulzeit noch mein Germanistikstudium (das eigentlich erst recht nicht) oder die Zeit im katapult hatten mich darauf vorbereitet, womit ich es hier zu tun bekam. In meiner unschuldigen Naivität war ich davon ausgegangen, dass sich mit zu veröffentlichenden Langtexten solche Leute bei Verlagen bewerben würden, die *Autoren* waren, also eine wenigstens marginale Ahnung davon hätten, wie man mit der deutschen Sprache umgeht, wie man formuliert und etwas erzählt, aber tatsächlich schienen die Voraussetzungen für den unverlangten Manuskriptversand ganz andere zu sein als ausgerechnet Ausdrucksfähigkeit oder Erzähltalent. Um die Lektoren, die nach uns die Exposés überfliegen und die ersten drei, vier Seiten der mitgeschickten Traktate lesen würden, vor dem Schlimmsten zu bewahren, mussten wir Volontäre jene Einsendungen aussortieren, deren Begleitschreiben schon so absurd waren, dass es keine Hoffnung mehr für den Rest gab. Diese – oft noch an der Schreibmaschine getippten – Papierpakete wurden dann gleich wieder in einen neuen Umschlag gesteckt, zusammen mit einem vorgedruckten Schreiben, das für alle gleich lautete (»Unser Programm ist derzeit mit Texten unserer Hausautoren ausgelastet, aber wir wünschen Ihnen viel Erfolg mit Ihrem interessanten Projekt«), woraufhin sie auf einem Stapel landeten, der frühestens drei Wochen später zur Post gehen würde, weil wir diesen Leuten das Gefühl zu geben versuchten, wir hätten uns intensiv mit ihrem Zeug beschäftigt. Man konnte schließlich nie wissen.

So verfuhren wir zu meiner Überraschung mit mindestens neunzig Prozent der überwiegend in hellbraunen C4-Umschlägen eintreffenden Träumen vom Schriftstellersein. Am Anfang schloss ich mich manchmal abends der Runde an, in der sich die anderen Volontäre trafen, um in einer Kneipe oder billigen Pizzeria (wir verdienten fast nichts) noch einmal über die Stilblüten des Tages zu sprechen. »Hallo. Hier ist mein Buch für Ihren Verlag. Bitte schicken Sie mir ein kostenloses Exemplar, wenn es erschienen ist.« Oder: »Anbei mein Text. Ich weiß, der ist noch nicht gut, aber die Bücher von Konsalik sind ja auch nicht alle gut, und meins ist besser, sagt mein Sohn.« Oder: »Bitte rufen Sie nicht bei mir an, meine Frau soll nicht wissen, dass ich schreibe. Ich gebe Ihnen aber die Telefonnummer meiner Freundin, die weiß Bescheid.« Anfangs fand ich das lustig, aber die schiere Menge plättete das Amüsement, und ich zog mich deshalb aus den Runden zurück, machte meinen bizarren Job und wartete darauf, dass ein Wunder geschähe. Ein Wunder, das wäre für mich zu jener Zeit gewesen, dass einer der drei Lektoren aus seinem Büro käme, die Pfeife in der einen und ein von mir weitergereichtes Manuskript in der anderen Hand, mir zunickte und sagte: »Bengt, du hast eine verfluchte *Nase* dafür, du wirst mein Nachfolger.« Aber dieses Wunder würde nie geschehen, denn die drei hauptamtlichen Lektoren waren in den Dreißigern, hatten also noch plusminus dreieinhalb Jahrzehnte im Verlag vor sich, der auch mit zwei Lektoren ausreichend versorgt gewesen wäre, außerdem gab es ein Dutzend Volontäre mit Verträgen für höchstens zwei Jahre, und in den letzten zwanzig Jahren war verbrieferterweise kein einziger Volontär zu einem Verlagslektor geworden – die Stellen, die frei geworden waren, hatte man mit Leuten besetzt, die aus anderen Verlagen wechselten und dort schon Lektoren gewesen waren. Wir waren billige Aushilfskräfte, und unsere Zukunft war ein Vakuum. Wir würden diesen Verlag auf dem gleichen Weg verlassen, auf dem wir gekommen waren, ohne jede Steigerung in puncto Jobqualität oder Karriere- und Zukunftsplanung – ganz im Gegenteil, denn selbst von den zehn Prozent, die wir weiterreichten, wurde während meiner Zeit dort nie ein Manuskript zu einem verlegten Buch. Wir wären also im Anschluss nur frustrierter, abgeklärter, hätten unseren Spaß an der Literatur verloren und damit auch die Hoffnung, in dieser Branche jemals irgendwas Gutes zu erreichen. Vielleicht, dachte ich manchmal, war genau das die Aufgabe dieser Volontärsjobs: emotionslose Pragmatiker aus uns zu machen, die damit aufhörten, die Produktiven dieser

Branche mit ihren Träumen zu nerven. Ein wenig aus Protest dagegen las ich manchmal mehr, als ich eigentlich sollte. Bei den Einsendungen, die klar abzulehnen waren, gab es nämlich auch Zwischentöne: Leute, die gut mit Sprache umgehen konnten, aber leider nicht wirklich etwas zu erzählen hatten (zu denen hätte ich mich auch zählen müssen – ich konnte sehr gut nacherzählen, aber fürs Geschichtenausdenken fehlte mir die Phantasie), und die deutliche Mehrheit, die hier und da ganz gute Ideen hatte, manchmal sogar für den gesamten Plot, es aber nicht schaffte, das in lesbare Form zu bringen. Genau genommen hätte man diese Gruppen irgendwie zusammenbringen müssen, aber das war weder unsere Aufgabe noch die des Verlags. Denn es gab ja sowieso weit mehr Angebot als Nachfrage – und niemand brauchte all diese Bücher.

Ich stieß auf ganz hinreißende Liebesgeschichten, die sich aber schrecklich lasen, auf fantastische Ideen für zukünftige Weltentwürfe, auf spannende Verbrecherjagden und rührende Kindergeschichten, aber all das war wie Karaoke, wie eigentlich gute Songs, die von besoffenen Leuten vorgetragen wurden, die die richtigen Töne höchstens zufällig trafen. Manchmal machte ich mir Notizen. Ein bereits ziemlich betagter Autor namens Christian Mehlborn war besonders beharrlich, der hatte in einem schweren Paket gleich eine ganze Reihe geschickt – zehn jeweils vierhundertseitige Romane, die man wirklich niemandem anbieten konnte, aber die Idee hinter der Sache war witzig, weshalb ich die Reihe vollständig las, bevor ich die Kiste zurückschickte. Es ging darin um einen Waschbären namens Jesus, der zusammen mit einem Kröterich namens Jakob aus einem amerikanischen

Tierlabor ausbricht, wo den beiden irgendwie die Sprachfähigkeit implantiert wurde, und deshalb werden die ungleichen Partner, die bald Freunde sind, auf ihrem Weg zurück zu ihren Familien in allerlei Absurditäten verstrickt, auch in Kriminalfälle. In den Texten steckte eine Menge recht origineller Einfälle, aber genießbar waren sie nicht, ganz im Gegenteil – hätte ich nicht zu viel freie Zeit und keinen Plan gehabt, hätte ich die Lektüre nicht durchgehalten. Der gut achtzig Jahre alte Autor bettelte in den Begleitschreiben nachgerade und bezeichnete uns als seine letzte Chance, die ihm aber leider verwehrt blieb. Ich legte dem Formbrief noch eine persönliche Notiz bei: »Die Idee ist schön, aber es ist leider nichts für unser Haus. Tut mir sehr leid. Freundliche Grüße, Alex Bengt, Volontär.«

Wenn ich abends nach Hause kam, checkte ich als Erstes meinen Anrufbeantworter, sogar noch bevor ich den Kachelofen in meinem Zimmer mit neuen Briketts fütterte. Den Anrufbeantworter, den ich im Wochenturnus mit neuen Sprüchen versah, weil ich glaubte, das würde Menschen, die mich selten anriefen, dazu bringen, das häufiger zu tun (irgendwann erfuhr ich, dass das sogar stimmte, aber sie legten auf, wenn sie sich den neuen Spruch angehört hatten, weshalb ich von den Anrufen einfach nichts merkte, denn die Maschine zählte nur mit, wenn man auch was sagte), aber meistens blinkte das Lämpchen nicht. Immerhin besaß ich nicht nur ihn, sondern auch noch ein schickes postoffizielles Tastentelefon in einem Grünton, den man eher bei Kaninchenerbrochenem vermutet hätte (die Alternative war ein Orange von stark verdünntem Apfelsinensaft oder ein »Komforttelefon« mit Kurzwahlspeicher und Klingeltonauswahl, das ich mir schlicht nicht leisten konnte), und ich stand in der aktuellen Ausgabe des Telefonbuchs. Als ich an diesem Dienstagabend im November nach Hause kam, blinkte das Lämpchen meines *Ah-Beh* zwar nicht, aber kurz nach dem Nachhausekommen klingelbömmelte das Telefon, und ich spurtete in meinen kurzen Flur, der von meinem einzigen, eher kleinen Zimmer nicht sehr weit entfernt war, riss den Hörer vom Apparat und rief hoffnungsvoll »Alexander Bengt?« in die Sprechmuschel. Ja, ich ließ es wie eine Frage klingen, das war seinerzeit Usus. Angerufenwerden war quasi luxuriös. Und, Scheiße, ich war einsam. Ich war einsamer als einsam. Ich war scheißeinsam.

Der Anrufer sagte nichts, aber ich hörte Straßengeräusche und möglicherweise leisen, sehr flachen Atem. »Hallo?«, rief ich abermals. Und, nach ein paar Sekunden: »Hier ist Alexander Bengt, wer ist dort?«, aber dann wurde aufgelegt. Ich tat das schulterzuckend, auch weil ich annahm, jemand hätte sich verwählt, was damals noch häufig geschah, weil man schließlich jede verdammte Nummer jedes verdammte Mal wieder tippen oder, wenn man Pech bzw. nicht die topaktuelle Technik vor sich hatte, an einer Wählscheibe kurbeln musste. Ich schlurfte, müde vom Tag und vom Leben, in meine winzige Küche, in der neben dem kleinen Kühlschrank, einer noch kleineren Spüle und einem zweiflammigen Elektroherd, von dem nur eine Flamme funktionierte, außerdem meine Dusche stand, weil neben dem Zwergen-Klo, das sich zusammen mit einem mikroskopisch kleinen Handwaschbecken in der ehemaligen Speisekammer befand, kein

Platz für eine Dusche war, riss die Kühlschranktür auf und überlegte, ob ich schon wieder ein überwiegend sehr trockenes Salamibrot essen oder mir doch mal wieder was Leckeres (Pizza Funghi, Cola) in der zwar billigen, für mich aber doch viel zu teuren »Pizzeria Vesuvio XII« gönnen sollte, die im Erdgeschoss meines Hauses logierte und deren Besitzer sich für eine Art zweiten Adriano Celentano hielt, obwohl er wie Professor Doktor Honigtau Bunsenbrenner aus der Muppetshow aussah. Noch während ich beim Nachdenken war, klingelte es an der Tür. Ich hielt in der Bewegung inne, an deren Ende eine geschlossene Kühlschranktür hätte stehen sollen, und dachte erschrocken darüber nach, welches Unbill mir drohen könnte. Wenn es unerwartet an meiner Tür klingelte, standen da erfahrungsgemäß nie Leute, über deren Kommen ich mich freuen konnte. Die ultrastoischen Zeugen Jehovas, die überraschend oft anklopften, waren noch die fröhlichsten Gesellen, aber wenn mir mal wieder ein paar Mahnungen und gelbe Benachrichtigungszettelchen durchgerutscht waren, klingelte Hansen, der für meine Region zuständige Gerichtsvollzieher, und der ging nicht einfach so wieder weg, weil es Hansens Job war, nicht einfach wieder wegzugehen. Aber Hansen kam eigentlich tagsüber, bevorzugt am Samstagvormittag (dafür hatte er montags frei, wie er mir kumpelhaft erzählt hatte, während ich einen Verrechnungsscheck ausfüllte, von dem ich hoffte, die Postbank würde ihn einlösen), und nicht um halb acht am Dienstagabend.

Ich bereute, dass ich die Optik im oberen Drittel der Wohnungstür mit Farbe überschmiert hatte, weil ich beim Einzug trotz der visuellen Überprüfung nicht überzeugt davon gewesen war, dass man *nicht* von außen in die Wohnung schauen konnte – mindestens einen Lichtpunkt sah man, der verriet, dass jemand zu Hause war, weil kein Mensch in dieser Gegend es sich leisten konnte, das Licht brennen zu lassen, nachdem man die Wohnung verlassen hatte. Außerdem mutmaßte ich, dass man den Sperreffekt des Türspions irgendwie aushebeln konnte, mit einer Lupe oder einem Fernglas oder meinetwegen mit UHU oder Schamanismus. Ich schloss die Kühlschranktür, schlich in den Flur und kam mir dabei albern, schäbig, peinlich und seltsam verloren vor. Mein Leben war gerade sowieso höchstens viertelhalbgut, optimistisch geschätzt, aber an diesem Abend, nach ungefähr fünfzig unverlangt eingesandten Manuskripten von Leuten, die Jahre und Jahrzehnte damit verbracht hatten, Geschichten aufzuschreiben, die leider wirklich kein anderer Mensch lesen wollte, der nicht zur Familien gehörte (und eigentlich nicht einmal der), außerdem nach einer lauten und engen U-Bahnfahrt, an deren Ende die Erkenntnis gestanden hatte, acht Stationen lang auf einem kürzlich weich gekauten Kaugummi gesessen zu haben, der nun ausreichend Zeit gehabt hatte, mit dem Gewebe meiner einzigen guten Jeans eine unauflösliche Symbiose einzugehen, und nach einem Geruch im Treppenhaus, der mir das Gefühl gegeben hatte, etwas einzuatmen, das meinen Körper nie wieder freiwillig verlassen würde, und nach der zur Frucht gereiften Erkenntnis, dass mein Job im PipRo-Verlag zu nichts führen würde, das je besser wäre als dieser fürchterliche Tag, wollte ich nicht noch einen Besucher erleben, der mir bestenfalls den Rest geben könnte. Ich blieb eine Handbreit vor der Tür stehen, atmete flach, wünschte mir, augenblicklich zu mumifizieren, sah den Lichtschein von draußen auf der Schwelle und verstand in diesem Augenblick, dass man, wenn das Treppenhauslicht ausginge, auf diese Weise ja doch sehen würde, dass jemand in der Wohnung war, zugeschmierter Spion hin oder her, und dann hörte ich etwas. Eine Stimme. Eine weibliche Stimme, die leise meinen Namen sagte. Eine Stimme, die ich kannte, aber seit fast zehn Jahren nicht mehr gehört hatte.

Tabeas Stimme.

Erst hielt ich es für eine Halluzination, für etwas, das nur in meinem Kopf geschah, weil zu dieser Zeit in meinem Kopf sowieso mehr Dinge geschahen als außerhalb meines Kopfes. Ich sah in den etwas matten Spiegel, der schon vor meinem Einzug in diesem kurzen Stück Flur gehangen hatte, und bekam einen Schreck. Ich sah noch aus wie vor fünf oder zehn Jahren, was die Kontur, die Oberfläche anbetraf, aber eigentlich hätte es mich nicht gewundert, wenn ich durch mein Spiegelbild hindurch die Wand hinter mir hätte sehen können. Ich verrann. Ich hatte daran gearbeitet und mich abgelenkt und alles versucht, mein Leben wieder geradezubiegen, aber unterm Strich war ich immer noch nicht mehr und nicht weniger als Alex ohne Tabea. Vielleicht würde ich das immer sein. Und vielleicht bildete ich mir deshalb ein, an diesem Dienstagabend im November ihre Stimme von draußen zu hören.

Aber dann wurde ein Stückchen Papier unter der Tür durchgeschoben, ein Stück von der Telefonbuchseite aus dem Amtlichen Verzeichnis der Telefonanschlussinhaber oder wie dieser Quatsch auch immer offiziell hieß. Matthellgraues Papier, schwarz bedruckt, Ausgabe A bis K, Buchstabe B, Seite Be bis Be, und, gut lesbar, mein in einer kleinen Helvetica-Schriftart fett gedruckter Name und meine Adresse nebst Telefonnummer, drum herum mit Kugelschreiber ein etwas krakeliges Herz und am Rand: *Bitte, Alex, mach die Tür auf. Ich bin es wirklich.*

Mir wurde schwindlig, aber ich schaffte es trotzdem, die Tür aufzureißen, und im selben Augenblick ging das Treppenhauslicht aus. Sie war es, mit verheultem, aber lächelndem Gesicht und so zauberhaft, wie ich sie in Erinnerung hatte, nein, tausendmal zauberhafter, und ich konnte endlich den Satz zu ihr sagen, der mir seit Jahren auf der Zunge lag, bereit, in genau diesem Moment gesagt zu werden: »Ich werde nicht zulassen, dass du noch einmal weggehst.«

Sie hob beide Hände in meine Richtung, hielt aber dann in der Bewegung inne und fragte leise, aber gut hörbar: »Versprichst du das?«

Als ich zur Antwort nickte, sagte sie: »Das ist gut.«

Teil zwei

Kleinmachnow

Speckgürtel

Vor der Wende gab es nur die Möglichkeit, im Stadtgebiet von West-Berlin zu wohnen. Die einzige Alternative wäre das Bundesgebiet gewesen, dessen nächste erreichbare Stadt Helmstedt war, knapp 180 Kilometer entfernt, umgerechnet zwei Stunden bei braven 100 km/h auf der Transitstrecke zwischen Dreilinden und Marienborn. Es gab also eigentlich nur *drinnen* oder *überhaupt nicht*, denn bis zum Herbst 1990 hatte das ehemalige Berlin (West) – oder Westberlin, wie es von den DDR-Offiziellen genannt wurde, um die Drei-Staaten-Theorie zu unterstreichen – keine Vororte, einfach, weil man die Stadt nicht verlassen konnte. Die Stadt konnte sich auch nicht ausdehnen; sie war wie ein Mensch, der von Kindesbeinen an die gleiche Klamottengröße tragen musste. Weil West-Berlin außerdem ringsherum an die schlapp 170 Kilometer lange Mauer grenzte, endete spätestens dort die Möglichkeit, sich aus dem Zentrum oder den umtriebigeren Bezirken zurückzuziehen und etwas mehr Ruhe zu haben, und folgerichtig war der Raum in Richtung Rand ziemlich begehrt, allerdings von Bezirk zu Bezirk unterschiedlich stark, je nach sozialer Struktur und Bebauungsdichte. Buckow im Süden von Neukölln beispielsweise mündete tatsächlich in Mais- und Weizenfelder, die bis zur Stadtgrenze reichten und die von der Mauer durch eine nachlässig asphaltierte Straße getrennt waren, während Rudow, ein anderer südlicher Ortsteil des später sogenannten Brennpunktbezirks, fast bis zur Demarkationslinie bebaut war. In den Okal-Fertighäusern dort wohnten Leute, die der Überzeugung waren, der ruhige Verkehr auf der breiten früheren Durchgangsstraße direkt vor ihren Grundstücken würde auf ewig so ruhig bleiben, weil schließlich nur Anwohner auf dieser Straße unterwegs waren, die auch noch an einer martialisch bewachten Grenze endete; die Lebensqualität dort sank mit dem Mauerfall drastisch – dabei hatte keiner ernsthaft daran geglaubt, dass es je zu diesem Ereignis kommen würde. Im Westen der Stadt, in Kladow und Gatow, die, vom Stadtkern aus gesehen, jenseits der kilometerbreiten Havel lagen, hielt die ländliche Ruhe auch noch lange nach der Wiedervereinigung an, weil diese weitläufigen, sehr grünen Gebiete praktisch nur über die sechsspurige Heerstraße zu erreichen waren, die an den Wochenenden von den Besuchern des Olympiastadions und im Sommer von den Konzertgängern, die auf dem Weg zur Waldbühne waren, verstopft wurde. Ähnliches galt für Frohnau im Norden, in das man von der Stadtautobahn nur über eine einzige Verbindungsstraße kam, auf der die Frohnauer unter der Woche morgens und abends Stoßstange an Stoßstange standen und über ihre HiFi-Autoradios RIAS 2 hörten, den deutschsprachigen »Rundfunk im amerikanischen Sektor«, der als Erster der Stadt auch tagsüber jungmenschentaugliche Popmusik sendete.

Dort, wo West- und Ostteil der Stadt direkt aneinandergrenzten, also die Stadt geteilt worden war, verlief die Mauer entlang von Straßenzügen mit fünfstöckigen Wohnhäusern oder an Kanalufern. Dort konnten die West-Berliner, die in Kreuzberg, Neukölln oder Tiergarten in solchen Gegenden wohnten, aus ihren Schlafzimmerfenstern in den Osten schauen. Ich sah die Mauer aus unserem Wohnzimmerfenster; sie befand sich auf der anderen Seite der Harzer Straße, im Nordosten von Neukölln, fast direkt am Treffpunkt von Landwehrkanal und Neuköllner Schifffahrtskanal. Hinter dem hässlichen Betonbauwerk mit der eigenartigen Röhre als Krone lag der breite Streifen Land, den man bei uns Todesstreifen nannte, und erst in einigen Dutzend Metern Entfernung davon standen auf der Ostseite die ersten Mietshäuser, vor denen trübgraugelb flackernde Straßenlaternen vereinzelte Trabis beleuchteten, und besonders viele Menschen wohnten dort nach meinem Eindruck nicht.

Schon vor beiden Weltkriegen und also auch lange vor dem Mauerbau war Zehlendorf im Südwesten Berlins diejenige Gegend der westlichen Stadt, in der die Betuchten ihre Villen bauten, in der Nähe des Wannsees, südlich vom Grunewald, grün und ruhig gelegen und exzellent angebunden an die Avus und an breite Alleen, die in Richtung Zentrum führten und an die wunderbare Havelchaussee, über die die Fahrt vom Südwesten in den Nordwesten der Stadt zu einem Ausflug ins Grüne wurde. Wenn man als West-Berliner Junge den Führerschein gemacht hatte und sein erstes Auto besaß, fuhr man im Sommer nachts mit Mädchen zur Havelchaussee, um dort am Ufer auf umgekippten Baumstämmen zu sitzen, die Füße ins etwas muffige Havelwasser zu stecken und herumzuknutschen, und man war dann längst nicht der einzige Jugendliche, der das tat; manchmal fand sich in einer lauschigen Freitagnacht nur mit Schwierigkeiten ein Parkplatz an der zehn Kilometer langen Straße. Viele Alternativen gab es nämlich nicht, etwas Naturromantik abzukriegen und gleichzeitig unbehelligt herumzumachen. Diese Art von Romantik ging allerdings fast komplett an mir vorbei, weil ich meine Fahrerlaubnis erst mit dreißig nachholte, nur Gürsel fuhr mit mir mal an einem Sommerabend dorthin, aber da hatten wir keine Mädchen dabei.

Als ich noch sehr viel kleiner war, gingen meine Eltern manchmal mit mir sonntags am Kleinen Wannsee spazieren, wo Leute unglaublich schöne, riesengroße Häuser auf Wassergrundstücken besaßen – Häuser mit so viel Wohnfläche wie unser gesamtes Neuköllner Mietshaus, in dem zwölf Parteien wohnten, während es in den Villen in Zehlendorf immer nur eine einzige war, wie mir mein Vater erklärte, der dabei ein finsteres Gesicht machte, aber gleich im Anschluss seinen Flachmann aus der Jacke fischte, »um die Leber zu befeuchten«. In den Nebenstraßen zwischen der Clayallee und dem Grenzkontrollpunkt Dreilinden, wo sich rund um die Uhr die Autos stauten, deren Insassen über die Transitstrecke ins von West-Berlinern so genannte Bundesgebiet fahren wollten, herrschten Prunk und Großzügigkeit, aber das sehr teure Bauland dort ließ vor allem in den Achtzigerjahren auch ein paar eigenwillige Mehrfamilien-Betonbauten entstehen, die auf zergliederten Grundstücken fast von Zaun zu Zaun reichten, um jeden kostspieligen Quadratmeter auszunutzen. In diesen Häusern wohnten Leute, die es sich eigentlich nicht hätten leisten können, in Zehlendorf zu wohnen, und die es auf diese Art dann trotzdem versuchten. Die Legende davon, dass das Leben dort besonders teuer wäre, hielt sich auch noch jahrzehntelang nach dem Mauerfall.

Und hinter Zehlendorf waren die Stadt und damit auch das Land, zu der sie völkerrechtlich gehörte, einfach vorbei, an einer so harten, markanten und unüberwindbaren Grenze wie um fast keine andere Stadt der Welt. Das Land jenseits dieser Grenze war selbst auf legalem Weg nur schwer erreichbar, vor allem für die West-Berliner, die nur in die DDR einreisen durften, wenn sie persönlich eingeladen worden waren (lediglich für Ost-Berlin gab es Visa, die wir mindestens drei Tage vorher beantragen mussten), und wohnen konnte man dort natürlich überhaupt nicht. Man wollte allerdings auch nicht. Jenseits der Mauer war alles trüb und grau und traurig und sozialistisch (was mein Vater eigentlich mochte, aber nicht auf diese Art, und trotzdem war es ihm nach der Wende peinlich, wie intensiv sich die ehemaligen DDRler auf die westliche Lebensart stürzten), und auf die Idee, dorthin überzusiedeln, kamen während der gesamten Existenzzeit der DDR nur eine Handvoll Leute, die es wahrscheinlich allesamt insgeheim bereut haben.

Diese Besonderheit, dieses Inselhafte, das war aber nicht nur etwas Geografisches oder Politisches, sondern es gehörte uns, es machte uns aus. In West-Berlin zu leben, aus West-Berlin zu kommen, das war mehr als nur originell, das war fast heldenhaft, es war skurril, es war düster und bedrohlich und ein bisschen sexy und zugleich ein Symbol für Freiheit. Es war überall auf der Welt sofort ein Gesprächsthema, es machte uns interessant und verlieh uns Coolness. Und es einte uns West-Berliner, obwohl die meisten das abgestritten hätten, weil offen gezeigte Emotionalität oder Solidarität in der Stadt zu keiner Zeit besonders hoch im Kurs stand. In West-Berlin war eine irre Menge los, die originellsten Leute kamen, um bei uns zu leben, zu arbeiten, Musik und Kunst zu machen oder, ganz simpel, der Wehrpflicht zu entgehen (was dazu führte, dass nach 1990 noch ein paar schwäbische und bayerische Exilanten eingezogen wurden, die da schon treu-sorgende Familienväter in den Dreißigern waren und mitten im Berufsleben standen), es gab alles und noch mehr als das, und natürlich merkte man es im Alltag überhaupt nicht, dass da irgendwo – meistens aber eben nicht in Blickweite – eine Mauer war, die ein anderes, gefährliches Land gebaut hatte, das unsere Existenz zum Teufel wünschte. Die Fläche von West-Berlin betrug schließlich fast fünfhundert Quadrat-kilometer, und selbst ohne die andere Hälfte war die Stadt einwohnerzahlenmäßig die größte Deutschlands.

Als sich in den letzten zwei Monaten der Achtziger alles änderte, wurde das Verschwinden dieser ganz besonderen, einzigartigen Stadt eingeläutet, und eine völlig andere Stadt nahm ganz allmählich ihre Stelle ein. Eine sauberere, offe-nere, buntere, optisch attraktivere, spektakulärer bebaute, aber auch eine in vielen Hinsichten deutlich langweiligere Stadt; unterm Strich einfach eine Großstadt wie viele andere, letztlich nur noch eine verdammte Sehenswürdigkeit. Kul-turelle Zentren verschoben sich, Kieze wanderten und ver-loren oder gewannen an Bedeutung, Bevölkerungsgruppen migrierten, Gegenden wurden teurer, von denen man das nie vermutet hätte, und mit der Zeit war kaum noch zu erkennen, wo es Grenzen gegeben hatte, wo dieses ulkige Geschichtsphänomen namens West-Berlin geendet und der schreckliche Osten angefangen hatte. Und dort, wo die westliche Stadt im Norden, Westen und Süden früher an der Mauer begrenzt gewesen war, gab es jetzt *Umland*, ganz leicht zu erreichen, oft noch spärlich bebaut und während der ersten Nachwendejahre ziemlich billig zu haben, zumindest der Teil davon, der zur Wende nicht unter staatlicher Zwangsverwaltung gestanden hatte und nach dem Mauerfall zum Streitobjekt zwischen derzeitigen Bewohnern und den Erben jener wurde, die man damals enteignet hatte. Lustige kleine Örtchen, deren Namen wie »Mahlow« oder »Ziethen« wir schon von unseren Straßennamen kannten, aber nie mit Orten in der DDR in Verbindung gebracht hatten, überwiegend noch im pittoresken DDR-Look; Orte, die nach und nach an die Verkehrsnetze angebunden und mit topaktueller Infrastruktur beglückt wurden. Etwas, das die meisten West-Berliner nie gekannt hatten, gab es damit plötzlich: Vororte. Ausdehnungs- und Rückzugsmöglichkeiten in Stadtnähe. Echtes Landleben, nur ein paar Minuten, schlimmstenfalls eine halbe Stunde vom Zentrum entfernt, und das – zumindest anfangs – zu fantastisch günstigen Preisen. So bildete sich das, was bald den Namen »Speckgürtel« bekam – ein Band aus Dörfern rund um Berlin, vor allem aber rund um West-Berlin, das als Platz zum Leben immer attraktiver wurde. Nicht nur für die Berliner, sondern in zunehmendem Maße auch für jene Leute, die vor allem aus dem Westen hierherzogen, um in Berlin zu arbeiten, aber nicht in Berlin wohnen zu müssen.

Als eine Perle im Speckgürtel galt von Anfang an Kleinmachnow, eine Elftausend-Seelen-Gemeinde südwestlich von West-Berlin, direkt an der Grenze endend, hinter der aus Kleinmachnower Sicht der Villenbezirk Zehlendorf lag. Nach dem Mauerfall konnte man Zehlendorf auf der Machnower Straße durchfahren und das Ortsausgangsschild für Berlin teilte sich dort, wo man die ehemalige Zonengrenze überquerte, den Platz mit dem Ortseingangsschild von Kleinmachnow, das im Süden am Teltowkanal und der Machnower Schleuse endete, die auf dem Wappen von Kleinmachnow zu sehen ist. Von dort aus ist sind es nur noch ein paar Fahrminuten nach Potsdam, und im Westen gab es bald einen Anschluss an die A115, die Autobahn, die auf Berliner Stadtgebiet Avus heißt und praktisch direkt ins ehemalige Westzentrum führt. Besser geht es kaum.

Der Ort selbst ist in etwa so alt wie Berlin, also gute siebenhundert Jahre. Bis zu den Zwanzigern des zwanzigsten Jahrhunderts war er eine Art Villenkolonie südlich der Stadt, aber dann beschloss man, dort ziemlich viele gleich aussehende Einfamilienhäuser zu bauen, um die Bedürfnisse der wachsenden Mittelschicht zu befriedigen. Ein Architekt namens Adolf Sommerfeld entwarf einen Haustyp, der heute noch überall in Kleinmachnow zu sehen ist; auch wir bewohnen eines dieser Häuser. Es ist zweigeschossig und hat ein Spitzdach, dessen Giebel zur Straße weist. Der Preis, den man inzwischen dafür auf dem Immobilienmarkt bekäme, ist obszön.

Nach der Wende gab es um keine andere Region der ehemaligen DDR mehr Eigentumsstreitigkeiten als um diese, weil so viele Objekte unter Zwangsverwaltung in so reizvoller (und täglich teurer werdender) Lage gestanden hatten und es zu Auseinandersetzungen zwischen den Bewohnern und den Erben der Enteigneten kam – Prozesse wurden geführt, die alle bis dahin bekannten Maßstäbe sprengten. Gleichzeitig wuchs die Gemeinde stark, weil weiteres Bauland erschlossen wurde, um der Nachfrage zu begegnen, und im Vergleich zu 1990 hat sich die Bevölkerungszahl bis heute verdoppelt. Es sind insgesamt trotzdem nur gute 20 000 Einwohner, also gerade ein gutes Zehntel der Anzahl, die beispielsweise in Berlin-Neukölln lebt.

Zweihundertfünfzig bis zur Null

Die Kinder mögen Silvester. Lavida mag sowieso jede Art von Feier oder Festivität, sie ist gerne unter Leuten, sie steht drauf, sich zu präsentieren, wobei sie meiner Meinung nach nicht immer geschmackssicher rüberkommt, und sie lässt sich gerne bewundern, für ihre Jugend, ihre Frische, ihre Weiblichkeit, ihr Selbstbewusstsein (wovon sie tatsächlich eine Menge hat). Favel fährt vor allem auf Feuerwerk ab, sonst sind gesellige Anlässe eigentlich nicht so sein Ding, aber Feuerwerk fand er schon als kleiner Scheißer total super. Er stand bereits als Fünfjähriger die ganze Zeit mit offenem Mund und sich an meinem Bein festhaltend in der Kälte und versuchte, die Flugbahn jeder einzelnen Rakete zu verfolgen. Seit Lambert in den Meisenring 17 eingezogen ist, ist das Feuerwerk vor unserer Haustür nachgerade spektakulär, weil der Softnazi von nebenan jede Gelegenheit sucht, um ordentlich auf die Kacke zu hauen, und mit einem ganzen Lieferwagen voller schweineteurer Feuerwerksbatterien kann man das durchaus tun. Weil sich ein paar andere von den Nachbarn aber nicht von Populisten-Lambert die Butter von der Stulle nehmen lassen wollen, ist ein kleiner Wettbewerb entstanden, über den natürlich niemand spricht, weil wir alle weiterhin versuchen, so zu tun, als gäbe es Lambert überhaupt nicht, als wäre der Meisenring nach wie vor nazifrei. Inzwischen wird in unserer *Hood*, wie Favel das gerne nennt, also bis mindestens drei Uhr am Neujahrsmorgen ohne Unterbrechung in Batteriestärke geballert, während die Anwohner der Straßen drum herum längst in der Falle liegen. Das wird zwar ungefähr ab eins ein bisschen langweilig, aber mein Sohn liebt es trotzdem. Dafür lässt er sogar seinen PC eine Weile stehen, obwohl das flackernde Gerät längst so etwas wie ein Körperteil von ihm ist, aber am frühen Abend, wenn die Gäste eingetroffen sind, verzieht er sich schon nach einer Viertelstunde wieder in seine Kemenate, um dort zu zocken, zu *trainieren*, wie er behauptet, denn es ist sein Traum, E-Sports-Profi zu werden. Zum Essen und um kurz vor zwölf zum Anstoßen und für das Feuerwerk kommt er dann wieder aus seiner Höhle, dem einzigen Zimmer im Haus – ach was, in ganz Kleinmachnow, sogar in ganz Brandenburg, wenn man die Altenheime nicht mitzählt – mit einer eigenen Türklingel. Er kann sich nicht konzentrieren, behauptet er, wenn er ständig mit unangekündigtem Überraschungsbesuch rechnen muss. Wenn man seine Zimmertür öffnet, ohne vorher geklingelt zu haben, rastet Favel aus.

Tabea hat keine besondere Meinung zu Silvester; für sie ist das irgendeine Party unter vielen, zu einem Anlass, der ihr selbst nichts bedeutet, außer dass halt wieder ein Jahr vorbei ist und schon wieder ein neues anfängt, was an und für sich kein Grund zum Feiern wäre. Man könnte genauso gut jeden Monatswechsel feiern, meint sie. Sie sieht das also so ähnlich wie ich, aber wegen der Kinder und weil wir gerne Freunde bei uns haben, machen wir halt mit. Wenn man eine Familie ist, tut man Dinge, weil man eine Familie ist, und das wiederum liebe *ich*, ganz egal, wie blöd oder künstlich mir der Anlass vorkommt. Also sind eigentlich alle zufrieden. Wir bereiten das Fest zusammen vor, wir überlegen uns, wen wir einladen, wir planen das Menü gemeinsam (die üblichen Grausamkeiten wie Raclette oder Fondue gibt es bei uns nicht, dafür Dinge wie Pizzabackwettbewerbe, oder wir grillen frischen Fisch bei Eiseskälte auf der Terrasse), und Favel geht mit mir am Tag vorher zum Feuerwerkseinkauf, für den wiederum Tabea das Budget festlegt, jedenfalls in etwa. Meistens verliere ich den Kassenbon leider auf dem Heimweg, bleibe aber ganz sicher immer unter dem Limit. Ja, es ist ein bisschen umweltschädlich, aber, ganz unter uns: Der Planet geht sowieso unter.

Dieses Silvester allerdings ist besonders, weil Gürsel kommt. Ich habe ihn seit fast zehn Jahren nicht mehr live gesehen, weil er schon seit den Nullerjahren in New York lebt, nicht nur, aber auch, um möglichst weit weg von seiner, wie er sie nennt, *beschissenen* Familie zu sein, die immer noch jeden Sommer in der Türkei verbringt und dort so tut, als wäre sie nur für ein paar Tage weg gewesen. Wir mailen, messengern und skypen ziemlich oft, also bin ich im Bilde – er ist mir jederzeit näher als die wenigen anderen echten Freunde, die ich habe, die *wir* haben; schon seit Jahrzehnten gibt es das eigentlich kaum noch, dass Tabea und ich unser Umfeld getrennt voneinander erweitern. Gürsel arbeitet als hauptamtlicher Geschäftsführer einer internationalen NGO, die sich mit den Folgen von Vernetzung, KI und intelligenter Unterhaltungselektronik auf das soziale Leben befasst. Er ist mit einem bekannten Fotografen liiert, der für die *Times* arbeitet und der ihn vielleicht begleiten wird. Außerdem, und das ist eine Sensation, wird uns Rafael beehren, Tabeas Bruder, der damals, nach Israel, auf Weltreise ging und dann lange als verschollen galt und der inzwischen eine Familie im Hinterland von Brasilien hat. Warum er in Berlin ist, weiß ich nicht. Vielleicht will er wirklich nur seine Schwester sehen, doch eigentlich funktioniert Rafael nicht so.

Es wird ein schöner Abend. Gürsel, der nur zwei Monate älter als ich ist, hat weiße Haare, was seine dunkelbraunen Augen stark betont, aber es ist ihm nicht anzusehen, dass er sich seit über dreißig Jahren einen Cocktail von Medikamenten reinzieht, um das Virus in Schach zu halten. Die Medis sind inzwischen auch deutlich sanfter und nebenwirkungsärmer als in der Anfangszeit, als man Infizierte noch unter pharmazeutisches Sperrfeuer nahm, um mit maximalem Einsatz Minimales zu erreichen, und das waren höchstens ein paar Wochen Lebensverlängerung. Nicholas, sein Freund, ist ein schlanker, großer Mann, zehn Jahre jünger als Gürsel, und ein sehr sympathischer, interessierter Typ, der gerne zuhört und verblüffend gut deutsch spricht, was er ausschließlich von Gürsel gelernt hat. Die beiden können keine zehn Sekunden die Finger voneinander lassen, obwohl sie schon seit zwölf Jahren zusammen sind, aber das ist nichts im Vergleich zu Tabea und mir, die wir immer noch ständig die körperliche Nähe des anderen suchen, und bei uns sind es jetzt mehr als drei Jahrzehnte, die Pause mitgerechnet sogar vier.

Rafael kommt spät, erst nach elf, und mir stockt der Atem, als er plötzlich im Wohnzimmer steht. Er sieht auf den ersten Blick aus, als wäre überhaupt keine Zeit vergangen, als hätte er sich in den Achtzigern in eine Kryokapsel gelegt und wäre erst auf dem Weg hierher wieder aufgetaut worden. Möglicherweise hat die Familie irgendeinen genetischen Vorteil; Tabea sieht auch aus, als wäre sie höchstens vierzig; meine Vermutung von damals hat sich also bestätigt, aber Rafael hat noch mindestens drei, vier Schippen draufgelegt – eine Schippe je Dekade. Er nennt seine Schwester »Bea«, daran kann ich mich von früher überhaupt nicht erinnern; der Kosename passt für mich nicht, gehört eher zu einer Beate, aber es gibt zu ihrem Namen auch keine brauchbare Verniedlichung. Ich habe Tabea aus Jux mal *Tabbi* genannt, da hat sie mir erklärt, dass ich, wenn ich vor meinem Tod auch nur noch ein einziges Mal Sex mit ihr haben will, nie wieder diesen bescheuerten Kosenamen in den Mund nehmen darf. Als sich Rafael nach einer langen Begrüßungsorgie setzt – Tabea hat ihn mehrere Jahre nicht gesehen, will ihn einfach nicht loslassen, so gerührt habe ich sie lange nicht mehr erlebt, aber da ist noch etwas anderes, das ich nicht zu fassen kriege – und sich ein Proseccoglas schnappt, erkenne ich allerdings, wie stark er nachgeholfen hat. Seine Züge sind wächsern und unelastisch, seine Haut ist wie aus dem 3D-Drucker, seine Mimik ist eingeschränkt, er kann nur noch mit dem Mund lächeln, während der Rest seines Gesichts eine starre Maske bleibt, und seine dunklen, vollen, ungewöhnlich symmetrisch verteilten Haare sind mit ziemlicher Sicherheit größtenteils Implantate. Rafaels Gebiss sieht fast ein bisschen lächerlich aus, so gleichmäßig und gleichfarbig und auf artifizielle Weise strahlend-vital. Aber seine Hände sind altersfleckig, was trotz der intensiven Bräune gut zu erkennen ist, und die

Haut seiner Unterarme oder die am Hals verrät bei intensiveren Bewegungen deutlich, wie lange es sie schon gibt. Doch ich kann ihn gut verstehen und finde das sogar sympathisch. Altwerden, das ist wirklich nichts für Züchter flauschiger Kuschelkaninchen. Und man tut niemandem außer sich selbst weh, wenn man ein bisschen nachhilft, um gegenzusteuern. Man macht sich vielleicht lächerlich, aber jeder Mensch hat unbedingt das Recht, sich lächerlich zu machen. Freiheit bedeutet auch, sich schaden zu dürfen, selbst aus absurden Gründen.

Später machen wir mit ihm einen Rundgang durchs Haus, und als wir oben in Lavidas Zimmer stehen, das sie ruhig mal aufräumen könnte, sagt er: »Hier also ist meine Mutter zur Welt gekommen.« Ich bin überrascht, dass er das weiß. Das Haus gehörte – wie viele andere Häuser hier – zu den zwangsverwalteten, war aber das Erbe von Tabeas Eltern und damit auch ihres, also das meiner Frau. Rafael war unauffindbar, als das Testament damals eröffnet wurde, das Tabea ohnehin als Alleinerbin vorsah, aber er sagt nichts weiter zu dem Thema, nur »Ganz hübsch« und solche Dinge, bis wir ihn zurück ins Wohnzimmer führen. Auf dem Weg durch den Keller finde ich noch Bapu, der sich hinter dem Wäschetrockner in einen viel zu kleinen Wäschekorb gerollt und die Vorderpfoten über seinen Kopf gelegt hat. Er ist der Einzige im Haus, der Silvester wirklich hasst. Lautstärke macht ihm sonst nichts aus, aber die Ballerei nervt ihn zu Tode.

Im Wohnzimmer zieht Rafael sein Smartphone hervor und zeigt Fotos von seiner Familie. Das ist einigermaßen bizarr; seine Frau, eine indigene Schönheit, ist höchstens fünfundzwanzig, und zwar ganz ohne künstliche Unterstützung, quasi *bio*, also ist sie fast vier Jahrzehnte jünger als er, wenn ich richtig rechne, und seine drei bildschönen Kinder sind fünf, zwei und ein halbes Jahr alt, erklärt er uns einigermaßen stolz, was zugleich bedeutet, dass er sie mit gewisser Wahrscheinlichkeit nicht mehr erwachsen erleben wird, möglicherweise nicht einmal alle Wechsel in die Oberschule. Tabea betrachtet die Bilder, auf denen sie erstmals ihre zwei Nichten und ihren Neffen sieht, und ihr Gesicht zeigt dabei ein sanftes, freundliches, mitfühlendes, begeistertes Lächeln. Ich weiß nicht, ob Rafael ihr Geheimnis kennt, um ihre Fähigkeiten weiß, weil das nie ein Thema war – es gab zu selten Nachrichten von ihm, um länger über ihn zu sprechen –, aber es ist ihr Piep-piep-piep-ich-hab-euch-alle-lieb-Gesicht, wie ich das für mich nenne, diese perfekte, *sehr wahrscheinlich* aber unechte Freundlichkeit, diese immer noch extrem gewinnende, stark vereinnahmende Mimik, die einen glauben lässt, sie würde vor Freude fast umkommen, weil es einen gibt. Aber eigentlich kann ich mir nicht vorstellen, dass er das nicht weiß, zumal Rafael damals viel und gut fotografiert hat, also ein sehr guter Beobachter sein muss. Und Tabea fliegt einfach auf, wenn man sie eine Weile kennt und um sich hat, weil es aus statistischer Sicht einfach unvermeidlich ist, dass man keinen dieser gezielten Mimikwechsel miterlebt. Sogar unsere Kinder wissen das. Also, okay, Lavida weiß es wahrscheinlich. Bei Favel habe ich nicht die geringste Ahnung davon, was er weiß und was nicht.

Rafael ist stolz auf seine Familie, und er scheint glücklich zu sein, so richtig glücklich. Er fängt ein Gespräch mit

Nicholas an, über Fotografie, sie sprechen englisch, was Rafael mehr als fließend, also perfekt beherrscht, und es zeigt sich, dass sie gemeinsame Bekannte in der Fotografenszene haben. Rafael fotografiert nämlich auch gelegentlich noch, aber die Fotografie ist keine Kunst mehr, wie er meint, weil die ungeheure Bilderflut, die die Smartphones nach sich gezogen haben, die Qualität erschlagen hat, und dann ist da noch die KI, ein Thema, das Nicholas und Rafael gleichermaßen aufregt – vor allem, weil das Material, mit dem die KIs angelernt werden, von Menschen stammt, die davon aber nichts haben, die für ihre geistige Leistung, die da gebraucht wird, nicht vergütet werden. Beim Essen reden wir wieder alle miteinander, und wir erfahren endlich, warum Tabeas Bruder in Deutschland ist – er muss bei der Deutschen Rentenversicherung vorstellig werden, um seine Ansprüche geltend zu machen, er muss beweisen, dass er er ist, also wirklich Rafael Folkers, der jetzt in Brasilien wohnt und fast nie in Deutschland gelebt hat, der sogar als verschollen galt, und erst dann wird er die Talerchen bekommen, denn er hat brav eingezahlt und ist jetzt tatsächlich im Rentenalter. *Er ist im Rentenalter.* Für ein paar Augenblicke setzt meine Wahrnehmung komplett aus, weil mich der Gedanke so schockiert. Rafael, der Bruder meiner Frau, ist ein *Rentner.* Ich verbinde diesen Begriff mit Birkenstock-Sandalen, mit grauen, billigen Stoffhosen von C&A, die fast bis zur Brust hochgezogen sind, über nicht weniger billigen, dünnen, weißen Hemden, unter denen man die Schießer-Unterhemden sieht, ich denke an Rollatoren und gruselige Treppenlifte und Krücken und an Menschen, die nach zwei Treppenstufen erschöpft zu schnaufen

beginnen, an minutenlange Kleingeldzählerei an der Supermarktkasse, an schmuddelige Parkbänke und Tupperdosen
mit Apfelschnitzen, aus denen zitternde, faltige Hände, die
in dicken, gelben Fingernägeln enden, etwas nehmen, das
dann mühevoll und elend langsam gemümmelt wird, wobei
hin und wieder kleine Apfelstückchen auf dem C&A-Hemd
landen. Ich verbinde den Begriff mit viel zu hoher Redelaut-
stärke, mit einer gewissen Muffigkeit, mit dem Geruch der
Vergänglichkeit, mit spärlichen Resthaaren, die angefeuch-
tet und schräg über die Glatze gekämmt werden, mit Bärten,
die sich nicht mehr ganz abrasieren lassen, weil die dicken,
krautigen Barthaare in zu tiefen Falten wachsen, mit beleg-
ten, großporigen Zungen, die das obere Gebiss in die richtige Position schieben, weil die Haftcreme allmählich versagt,
mit klobigen, pflasterfarbenen Hörgeräten, die hinter riesigen
Ohren klemmen, aus denen weiße Haarbüschel wachsen, die
aber kaum von der noch größeren Nase ablenken, durch deren gewaltige, stark bewaldete Löcher man fast ins Hirn blicken kann, mit Brillen darauf, die so dick sind, dass sie die
Augäpfel entzünden würden, richtete man den Blick zu lange
in Richtung Sonne. Ich verbinde den Begriff mit Schlagern
und mit Volksmusik, mit Sendungen im Linearfernsehen,
die von Florian Silbereisen moderiert werden, mit püriertem
tem Essen, mit Bestellungen im TV-Shop, mit Kaffeefahrten,
mit Einsamkeit und Nutzlosigkeit und dem Warten auf das
unvermeidliche Ende, das für alle gleich ausfällt: Licht aus,
Feierabend für immer.

»Alles okay, mein Süßer?«, fragt Tabea und legt ihre linke
Hand auf meine rechte. Ihre feingliedrigen Hände sind im-

mer noch wunderschön, aber natürlich sind auch dort ein paar erste Flecken zu sehen.

»Rentner«, sage ich und atme tief durch. »Nicht zu fassen. Rafael ist Rentner.«

Rafael nickt langsam und sieht mich dabei an, seine Mundwinkel gehen ein bisschen nach oben; möglicherweise lächelt er, aber mit diesem Gesicht geht das nicht mehr wirklich. »Lange hast du da auch nicht mehr hin, mein Freund«, sagt er dann und hebt sein Glas. Ich antworte mit der freundlichsten Stimme, zu der ich fähig bin: »Fick dich«, und alle lachen.

Als ich Tabea später in der Küche treffe, um Getränke zu holen, sieht sie nachdenklich aus, als würde etwas nicht stimmen.

»Was ist?«, frage ich.

Sie schaut zur Antwort erst mich an und dann in Richtung Wohnzimmer. »Ich müsste mal mit ihm alleine reden«, sagt sie. »Mit Rafael. Aber ich kriege ihn nicht zu fassen.«

»Und worüber?«

Sie mustert mich und schaut dann wieder zum Wohnzimmer. »Das kann ich dir nicht sagen, bevor ich es ihm gesagt habe«, antwortet sie leise und zuckt die Schultern. Dann küsst sie mich. »Ist aber nichts Schlimmes.«

Er verabschiedet sich von uns, als wir alle draußen auf der Straße sind und den irren Effekten zuschauen, die man heutzutage als Privatperson in den Himmel jagen darf, oder die Nachbarn (außer Lambert) umarmen, die vorbeigeschlendert kommen, um uns ein feines neues Jahr zu wünschen. Er muss los, weil er noch Freunde treffen will, wie er behauptet, was Tabea traurig macht, wie ich ihr deutlich anmerke, obwohl sie lächelt. Rafael schafft es tatsächlich, ein Taxi heranzurufen, und dann verschwindet er im pyrotechnisch erzeugten Nebel, weil das Taxi nicht in den Meisenring kommen wird, der zu einer Feuerwerks-Fußgängerzone geworden ist. Lambert hat viele Gäste, die sich jetzt vor seinem Grundstück drängen, und er hat tatsächlich einen Profi-Feuerwerker angeheuert, der von einem stabilisierten Autoanhänger aus richtige Feuerwerksbomben abfeuert, die den Kleinmachnower Himmel hell und in allen vorstellbaren Farben aufleuchten lassen und wirklich alles in den Schatten stellen, was die Nachbarn aufgefahren haben. Seine Gäste – andere Nazis, nehme ich an – jubeln und klatschen, aber der restliche Meisenring lässt sich auch nicht lumpen. Wie auf Kommando gehen zig Batterien gleichzeitig los, und obwohl sie nicht so hoch kommen wie das Zeug von seinem Profi und längst nicht so laut sind und nicht ganz so tolle Effekte haben, legt sich eine leuchtende Decke auf den Himmel über uns, die so dicht ist, dass man Lamberts darüber explodierendes Profifeuerwerk von einer Sekunde zur nächsten nicht mehr sehen kann. Favel drückt meine Hand, so aufgeregt ist er, er ist heute derjenige von uns, der die Reihenfolge bestimmt und abfeuert, schließlich ist er fünfzehn. Scheiße, er ist schon *fünfzehn.*

Gürsel und Nicholas gehen um halb vier, bleiben aber noch ein paar Tage in Berlin, Tabea und ich sind völlig fertig, doch die Kinder sind noch draußen unterwegs, schauen den Nachbarn zu, trinken möglicherweise hier und da ein Schlückchen Sekt; sollen sie doch, Lavida ist schließlich sechzehn. Wir gehen ins Bett und liegen dann nebeneinander, schauen durchs Dachfenster über uns und sehen die wirklich allerletzten Reste explodieren. Tabea liegt rechts, weil sie einfach immer rechts von mir sein muss, was nicht nur daran liegt, dass sie Linkshänderin ist. Ich schiebe meine rechte Hand hinter ihren Rücken, sie kommt näher, legt ihren Kopf auf meine Schulter.

»Frohes neues Jahr, meine große Liebe«, sage ich und atme beglückt ihren Duft ein, der mir so vertraut ist wie mein eigener.

»Du mich auch«, antwortet sie lächelnd. Es knallt laut, sie zuckt zusammen, irgendwer hat noch eine teure, große Rakete gefunden, der Himmel leuchtet in Rot und Grün und Violett auf. Ich ziehe sie weiter an mich, wir küssen uns, berühren uns; es ist immer noch irre schön, sie zu fühlen, zu streicheln, ihren Körper wahrzunehmen, ihre Weichheit und Wärme und Tabeahaftigkeit, und ich hoffe dringend, dass es sich für sie auch hauptsächlich gut anfühlt. Und dann führt es zum Nächsten, und wir schaffen es über diese eigenartige Schwelle, die sich einfach irgendwann ergibt, wenn man so vertraut miteinander ist, aber nicht mehr ständig über alles redet, und dann vögeln wir, ganz entspannt und genießerisch und in diesem wunderbaren Rhythmus, der *unser* Rhythmus ist, weil das unser Leben ist, unsere Liebe, unser Dasein. Scheiße, denke ich, wie großartig. Ich denke das sehr oft, und es ist keine Dankbarkeit (ich wüsste auch nicht, wem ich dankbar sein sollte, außer uns selbst) und ganz sicher keine Demut oder irgend so ein Blödsinn, sondern eine Art des inneren Feierns, und ich bin so entspannt, dass ich fast nicht merke, wie wir tatsächlich beinahe gleichzeitig kommen. Aber dann, ganz kurz vor dem Einschlafen, erwischt mich ganz kurz dieser Gedanke, den ich nie abstreifen konnte, der mich manchmal in solchen Situationen traktiert und den ich echt widerwärtig finde: *Sie ist eine so verdammt gute Schauspielerin …*

Als ich erwache, weiß ich sofort, dass Neujahr ist, und das bedeutet, dass ich eine Mikrosekunde später diesen Gedanken habe, der mir vor über fünfzig Jahren von meiner Mutter implantiert wurde und den ich früher sehr mochte, aber in genau diesem Augenblick *hasse*: Es sind jetzt noch zweihundertfünfzig Tage bis zu meinem Geburtstag. Aber dieser Geburtstag in zweihundertfünfzig Tagen, das wird nicht irgendein Geburtstag sein, sondern ein ganz besonderer, ein Geburtstag direkt aus der Hölle, ein Den-will-ich-nicht-feiern-Geburtstag, sogar ein Den-will-ich-nicht-haben-Geburtstag, weil die zweihundertfünfzig Tage eine Null nach sich ziehen werden, und zwar die verdammtnocheins sechste Null meines Lebens (jedenfalls an einer zweistelligen Zahl; im ersten Lebensjahr ist man ja auch irgendwie null und dann null Komma irgendwas, bis man seinen ersten Geburtstag feiert, der genau genommen schon der zweite ist). Ja, es ist nur eine Zahl, aber jede Zahl steht für etwas, das mit ihr gemessen wird, das man mit ihrer Hilfe *vergleicht*. Ich fühle mich eigentlich immer noch wie ein Teenager, wenn man ein paar Feinheiten beiseitelässt, aber ich werde im kommenden September Scheißesechzig werden, und das ist wirklich eine harte Kante. Der Gedanke macht mich auf merkwürdige Weise wütend, eine Art von Wut, die ich zum ersten Mal in meinem Leben spüre, eine melancholische, ausweglose Wut, die mit einer Ahnung von Trauer und Verlust verbunden ist und die meine Haut brennen lässt, wie ich überrascht bemerke. Ich liege wach und höre Tabeas gleichmäßigen, immer ein kleines bisschen zu lauten Schlafatem, sehe durch das Dachfenster den trübgrauen, noch nicht besonders hellen Januarhimmel, und ich kann es nicht fassen, kann es einfach nicht glauben. Noch ein Vierteltausend Tage, und ich werde von dieser Klippe springen, in die graugrüne Brandung des Scheißealtseins, des Sorichtigaltseins, und es wird kein Zurück geben, keinen – wenn auch mühseligen – Kletterweg, der wieder nach oben führt, an dessen Ende alles wieder gut ist, ganz im Gegenteil. Ich bin sicher, dass ich jedes Mal, wenn mich jemand nach diesem Tag im September nach meinem Alter fragen wird, einen kleinen Tod sterben werde, während ich die wahrheitsgemäße Antwort gebe, und selbst wenn mein Gegenüber dann sagen wird: »Wow, Sie haben sich aber super gehalten«, was ich schon seit mindestens zwei Dekaden ständig bei solchen Gelegenheiten zu hören bekomme, wird das nichts besser machen, eher im Gegenteil. Denn das bedeutet nämlich: Okay, Sie sehen zwar noch ganz gut aus, aber faktisch sind Sie ein alter Mann. *Ein alter Mann.* Einer, der sich statistisch betrachtet im letzten Lebensviertel befindet, sehr positiv formuliert (bei einem Tortendiagramm wäre die Entsprechung von sechs Tortenstücken rot und nur noch zwei wären grün), aber eigentlich eher im letzten Fünftel, jedenfalls mit etwas Glück. Für nicht wenige Männer ist es sogar die letzte Null, die sie lebend erleben.

Dabei fühle ich mich nicht einmal entfernt so. Ich bin fit und habe eine gute Kondition, ich muss nicht häufiger zum Arzt als früher oder mit irgendwelchen Verschleißsachen

(Knie, Hüfte, Augen – so was), allerdings gehe ich seit gut fünfzehn Jahren regelmäßig zur Koloskopie, um Darmkrebs vorzubeugen (und weil ich total auf Propofol abfahre – und auf das schleimige Abführzeugs, das man am Tag vorher saufen muss). Ich sehe und höre und rieche noch gut, ich muss nur zum Lesen eine Brille tragen, oder wenn ich mich nach schlechtem Schlaf an den Rechner setze, aber eine ganz schwache. Mein Stuhlgang ist fest, farblich im Spektrum und kontrolliert und findet ausschließlich zu den üblichen Tageszeiten statt. Ich kann auch keine Verschiebung meiner Interessen feststellen, etwa in Richtung Linearfernsehen mit Quizshows und Volksmusik, ganz im Gegenteil habe ich nie zu den Leuten gehört, die sich an irgendwas aus ihrer Jugend klammern, die noch zu den Konzerten ihrer Lieblingsbands aus der Pubertät rennen, obwohl deren Sänger im Rollstuhl auf der Bühne sitzen, die Songtexte von Telepromptern ablesen müssen und nur noch eine Achteloktave Stimmumfang haben, während man im Publikum steht und ausgeblichene Shirts von den ersten Touren der Band trägt, damals noch in Größe M gekauft und deshalb schon seit vierzig Jahren eigentlich zu klein zum Öffentlichtragen (weshalb hin und wieder ein Hügelchen des leicht behaarten Bauches hervorschaut). Nein, ich höre mir immer wieder neue Musik an. Der einzige Musiker, dem ich in gewisser Weise die Treue gehalten habe, ist Ayksen Brahoon, dessen »Snow« ich immer noch gelegentlich ganz gerne höre, vor allem »Frozen Water«. Tabea und ich haben nur zwei Aggregatzustände (flüssig, fest) durchlaufen, und ich bete zu allen jemals ausgedachten Göttern, dass es auch bei diesen beiden bleibt. Brahoon müsste ungefähr achtzehn Jahre älter als ich sein, und er ist immer noch ständig auf Tour, sogar häufiger als früher, dafür gibt es nur selten Platten von ihm, weil er, wie er mal erzählt hat, lieber auf der Bühne als im Studio steht, denn das bedeutet es schließlich, Musiker zu sein: auf einer Bühne zu stehen und Musik zu machen. Aber ich lese auch nur über ihn, ich hole mir keine neuen Alben und will ihn auch nicht mehr live sehen. Das habe ich in den Achtzigern und Neunzigern insgesamt zweimal getan, und es war ganz gut, und es war genug.

Ich seufze sehr leise, um Tabea nicht zu wecken – sie liebt es sehr, ausschlafen zu können. Im Bad stehe ich vor meinem Neujahrsspiegelbild und denke: »Ich werde sterben.« Nicht gleich heute, nicht morgen, aber es ist eine der kommenden Stationen. Nein, ich denke es nicht nur, ich habe es wohl auch laut gesagt, denn aus dem Schlafzimmer nebenan kommt Tabeas leise Stimme: »Alles in Ordnung bei dir, Alex?«

»Ich werde sterben«, wiederhole ich lauter. Das leichte Brennen meiner Haut lässt nach, seit ich ihre Stimme gehört habe.

»Das stimmt«, sagt sie und gähnt vernehmlich. »Und willst du im Bad sterben? Im Bett ist es viel gemütlicher.«

»Ich will das Bett nicht mit meiner Leiche beschmutzen«, antworte ich, und wir lachen beide. Aber ich bleibe trotzdem stehen, beuge mich zum Spiegel und suche mein Gesicht, meinen Hals, meine Haare nach Alterszeichen ab. *Eben hast du noch herausgefunden, wie man sich vorsichtig den ersten Bartflaum entfernt, und im nächsten Augenblick musst du dir regelmäßig die Haare abrasieren, die dir aus den Ohren wachsen*, denke ich. Aber das ist längst nicht alles. Ich weiß, dass man sich selbst nicht so sieht, wie man tatsächlich aussieht (weil man immer schlechter sieht und das Bild im Spiegel immer unschärfer wird, weil man nahe vor dem Spiegel steht, was man aber nicht wahrhaben will), doch ich weiß ja auch tausend andere Dinge, von denen ich trotzdem nicht ganz sicher bin, dass sie stimmen. Aber noch bevor ich damit anfangen kann, die grauen Strähnen in den Haaren oder die grauen Exemplare in den Augenbrauen oder die Länge der feinen Haare in den Ohren oder die Fältchen am Hals genauer unter die Lupe zu nehmen, steht Tabea hinter mir, umarmt mich erst in Brusthöhe und legt mir dann beide Hände vor die Augen. »Es ist alles super so, wie es ist«, sagt sie leise und zieht mich dann ins Schlafzimmer zurück.

Eine Weile später liegen wir immer noch im Bett, und ich grüble wieder.

»Meinst du«, frage ich. »Meinst du, es gibt etwas wie einen Sinn hinter alldem?«

Sie beugt sich hoch und linst auf meinen Nachttisch, wo meine Abendlektüre liegt. »Liest du heimlich Coelho, oder was ist los?«

Ich lache. »Nein, ernsthaft. Ich weiß, das ist so eine Pennälerfrage oder wenn man am Stammtisch nicht weiterweiß, aber ich will das wissen. Also, was meinst du?«

»Mmh. Du meinst, so eine innere, persönliche Bedeutung, abseits des Offensichtlichen, also Arterhaltung und all diesen Quatsch? Etwas, das jeder für sich finden und ausfüllen muss, sozusagen? Mein ganz persönlicher Sinn?«

Ich nicke.

»Mmh.« Sie schaut zum Fenster über uns. »Ich glaube

nicht, dass es so etwas gibt. Der Sinn des Lebens ist ganz einfach, möglichst lange nicht zu sterben.« Sie sieht mich an. »Ja, genau, das ist der Sinn. Und, okay, dabei möglichst viel Spaß zu haben und es den anderen gut gehen zu lassen. Aber der Sinn des Lebens ist, möglichst lange nicht zu sterben.« Tabea nickt und lächelt.

Ich bin verblüfft. Wie cool und wie klug! Okay, sie ist sowieso die coolste und klügste – und schönste – Person auf allen bewohnten Welten des Universums, aber manchmal haut sie mich echt noch aus den Latschen. Ich nicke wieder. »Das könnte es sein«, sage ich, obwohl sich ihre merkwürdige Behauptung noch in meinem Gehirn hin und her dreht.

Begegnungen

Der Mai hat die Wetterkarte auf links gedreht; es ist schon seit Tagen hochsommerlich heiß, und die Natur hat ihr jährliches Coming-out in Rekordgeschwindigkeit absolviert. Jetzt ist alles in dieses Frischgrün getaucht, das ich sehr liebe, und die Spät- und Langblüher tupfen ebenfalls ein paar freundliche Farben hinzu. Als ich aus der ReDeDidl-Filiale komme, den gefüllten Einkaufswagen vor mir herschiebend, muss ich blinzeln, so hell und warm ist die Sonne am knallblauen, schon seit drei Wochen wolkenlosen Himmel. Ich bleibe einen Moment stehen und genieße es, oder ich will es genießen, aber neben dem Eingang zum Supermarkt steht dieser alte Mann, der bei gutem Wetter immer hier steht, mit seinem Akkordeon und der Schiffermütze, die vor ihm auf dem Fußboden liegt, umgedreht und mit ein paar Münzen bestückt. Er trägt so eine Art abgewetzten, dunklen Maureranzug, und er spielt und singt Shantys, aber meistens tut er nur so, quietscht auf dem Akkordeon herum und singsangt etwas wie »Hä-nänä-nänä«, bis jemand so nahe kommt, dass Text und Melodie erkennbar würden, dann schaltet er rechtzeitig vom Draft- in den Produktivmodus; meistens auf »Wir lagen vor Madagaskar«, »My Bonnie« oder »'ne Buddel voll Rum«. Er ist leider nicht gut, und er guckt die Supermarktbesucher auch noch wütend an, als wären sie schuld, dass er hier stehen muss, dabei bin ich ziemlich sicher, dass er in der Villa zwei Ecken weiter in Richtung Machnower Markt wohnt. Da habe ich ihn nämlich schon zwei-, dreimal im Schaukelstuhl auf der Veranda gesehen, in ganz anderen Klamotten als hier. Und mit jemandem schimpfend, der sehr wahrscheinlich sein Hausangestellter war. Ich lasse den Shanty-Opa (der vielleicht nur zehn Jahre älter als ich ist, plusminus, *fuck*) rasch links liegen und schiebe den Karren weiter in Richtung Auto. Es ist halb elf am Samstagvormittag, der Parkplatz bei ReDeDidl füllt sich jetzt rasch, und es gibt erste Nickligkeiten um Vorfahrt und vermeintlich gute Plätze (Platz genug ist hier eigentlich jederzeit), es gibt ein paar Elektroautofahrer, die alte Menschen anhupen, die extrem gemütlich in der Fahrbahnmitte über den Parkplatz schlurfen und nicht mit geräuschlosen Autos rechnen (oder rechnen *wollen*, weil sie mit jeder Art von Aufmerksamkeit zufrieden sind), es gibt einen kleinen Streit am Eltern-mit-Kindern-Parkplatz, den ein Mann mit einem riesigen Landrover Defender belegt hat, der sich einen Dreck darum schert, dass eine Frau in einem *noch größeren* SUV auch gerade dort einparken wollte, eine Frau, die einen ganzen Kindergarten auf der Rückbank zum Einkaufen mitbringt, möglicherweise aber nur, um die Legitimation für diesen Parkplatz zu haben. Und so weiter. Es ist wie überall am Samstagvormittag auf den Parkplätzen der Vorort-Supermärkte.

Als ich die sechs, sieben Jutetaschen mit dem Wocheneinkauf gepackt habe und ins Heck unseres Kombis lade, teilt sich direkt vor meinem Auto das Gebüsch, das zwei Parkplatzreihen voneinander trennt, und ein blasser, rothaariger

Mann materialisiert sich völlig geräuschlos keine drei Meter von mir entfernt. Er hat neben einer laminierten Karte, die ihn als Mitarbeiter von »Cool Parken« ausweist, eine Digitalkamera um den Hals hängen, und er trägt ein Klemmbrett in den Händen, aber die Art, wie er durch das dichte Gebüsch gekommen ist, war wirklich fast magisch. Es gibt in einer The-Simpsons-Folge diese Szene, Homer kommt da auf genau die gleiche Art aus dem Gebüsch und verschwindet wieder darin, als würde ihn das Gebüsch erst gebären und dann wieder in sich aufnehmen. Der Blick des Rothaarigen scannt sofort die Frontscheiben der sieben, acht Autos, die hier stehen, und beim Wagen, der rechts von meinem steht, wird er fündig. Für die Dauer eines Kolibriflügelschlags huscht ein Lächeln über sein ansonsten völlig teilnahmsloses Gesicht, dann zückt er die Kamera und macht ein paar Fotos von dem Wagen, anschließend beginnt er damit, auf seinem Klemmbrett ein Formular auszufüllen, wobei er rhythmisch den Kopf hebt und sich umsieht – er rechnet jederzeit mit Unbill, er macht den Job also schon länger. Ich packe fertig und schließe die Heckklappe; Sorgen machen muss ich mir nicht, denn ich habe natürlich eine Parkscheibe aufs Armaturenbrett gelegt, obwohl die Rechtsgrundlage für die »Vertragsstrafe«, die hier eingetrieben werden soll, ziemlich wackelig ist. Mein Parkplatznachbar aber hat leider nicht an das Scheibchen gedacht. Als ich den Einkaufswagen weggebracht habe und ins Auto klettern will, kommt dieser Parkplatznachbar gerade, ein kopfhaararmer Mann in den Fünfzigern in Shorts und weißen Socken und Sandalen, der nur ein paar *Items* geholt hat, wie Favel das nennen würde – vermutlich hat ihn die Gattin rasch noch mal losgeschickt. Er sieht den Parkplatzwächter und ist erkennbar irritiert, dann begreift er, was sein Fehler war. Er macht drei Schritte auf den Rothaarigen zu und fängt an, ihn zu beschimpfen. Es gibt kein Vorwärmen, keine Präeskalationsphase, er legt gleich richtig los. Der Wächter reagiert nicht, einfach überhaupt nicht, macht nur weiter seinen fürchterlichen Job. Der aufgeregte Käufer kommt dem anderen Mann immer näher, der seinerseits das Formular zu Ende ausfüllt und so tut, als wäre er selbst die einzige Lebensform auf diesem Planeten. Er trennt einen Teil des Bogens sorgfältig ab, weiterhin unter dem lauten und sehr nahen und vermutlich auch ein bisschen feuchten Ausstoß des Autobesitzers, beugt sich dann in einer sehr geschickten und unerwarteten Bewegung an diesem vorbei, klemmt das Stück Papier rasch an die Scheibe, dreht sich um und verschwindet wieder so durch das Gebüsch, wie er gekommen ist. Ich muss lächeln, lasse den Motor an, drehe mich meinerseits um und fahre vorsichtig aus der Parklücke.

Kurz bevor ich in den Meisenring einbiege, unterbricht der Bordcomputer das Autoradio und meldet »Eine neue Nachricht«. Das passiert häufig, wenn ich vom Samstagseinkauf auf dem Weg nach Hause bin. Tabea ist noch irgendwas eingefallen, das ich unbedingt mitbringen muss, aber sie ignoriert, dass ich schon seit fast einer Stunde unterwegs bin und sehr wahrscheinlich nicht noch einmal zurück zum Regal mit dem Rührkuchen oder der Marmelade dackeln kann, weil ich längst im Auto sitze und die Tiefkühlkost im Kofferraum vor sich hin taut. Immerhin sind die Temperaturen schon sommerlich, obwohl es erst kurz nach halb elf ist, und die Klimaanlage wirkt nicht bis in den Kofferraum. Außerdem verwende ich die Klimaanlage so gut wie nie. Ich mag Wärme. Und das Auto hat nicht einmal einen Kofferraum; es ist ein Kombi.

Ich tippe auf das Symbol zum Abspielen der Nachricht. Die nette Frauenstimme, die vorher die Nachricht angekündigt hat, erklärt jetzt etwas ungelenk: »Kah Schrägstrich Eff.« Auch das ist typisch, Tabeas Abkürzungssprache bei Nachrichten, die sie sich mit dem Aufkommen der SMS ausgedacht und nie wieder abgewöhnt hat, obwohl heutige Smartphones besser als man selbst und eigentlich schon im Voraus wissen, was man schreiben will, außerdem gibt es Sprachsteuerung, aber Tabea will nicht mit Maschinen sprechen (wie Babsi Lambert, unsere Nachbarin, die ständig ihre Sprachassistenten anschreit, weil sie immerzu falsch verstanden wird). K/F bedeutet: Käse bei François. Das ist eine leichte Aufgabe und außerdem eine schöne Idee, weil ich dann noch einen leckeren Cappuccino trinken kann. François ist der Betreiber des mediterranen Spezialitätenladens »La Côte« an der Thälmannallee, der zugleich ein kleines Bistro ist, in dem man abends Wein oder Kronenbourg vom Fass trinken, feinen Flammkuchen und extrem schmackhafte Zwiebelsuppe essen kann, die einem noch tagelang den Magen verklebt. François ist allerdings kein Franzose, sondern Armenier, und er heißt eigentlich auch nicht François, sondern Hayk, was, wie er mir mal bei einem Gläschen Ararat erklärt hat, so viel wie »Riese« bedeutet. Hayk-François ist kaum ein Meter siebzig groß und glatzköpfig, dafür sind seine Schultern so breit, dass er seitwärts durch Türen gehen muss. Er war noch nie in seinem Leben in Frankreich oder sonstwo am Mittelmeer, hat das allerdings »bald« vor, aber er spricht fließend Französisch, Italienisch und natürlich Deutsch, ist ein exzellenter Koch, hat einen guten Blick für seine Spezialitäten – und sein Cappuccino ist unübertroffen. Ich wende und fahre wieder in die Richtung, aus der ich gerade gekommen bin, doch ich lasse die ReDeDidl-Filiale links liegen, die ich gerade besucht habe, biege kurz dahinter in die Thälmannallee ab und finde ein paar hundert Meter weiter quasi direkt vor dem La Côte einen Parkplatz, neben einem breitbeinigen, hochbockigen Pick-up, einem Edel-SUV mit Ladefläche, an dessen Heck die Botschaft »V8 Turbo Injection« zu lesen ist, was ausgeschrieben so viel bedeutet wie »Ich kippe den Müll wieder zusammen, den du mühevoll getrennt hast, und außerdem ficke ich die Zukunft deiner Kinder«. Jedenfalls würde das Tabeas Angestellte Kriki so sehen. Ich muss an eine Episode denken, die ich vor ein paar Wochen mit ihr erlebt habe und in der auch so ein Karren vorkam. Ich wollte eigentlich Tabea vom Studio abholen, da ihr Smart in der Werkstatt war; es schüttete wie zur Hauptmonsunzeit im indischen Hinterland, aber Tabea bat mich, Kriki nach Hause zu bringen, weil Krikis Fahrrad einen Platten hatte.

Meine Frau machte sich mit einem der großen »Tabeas Yoga-Welt«-Regenschirme zu Fuß auf den Heimweg. Diese Schirme hatte sie mal als Weihnachtspräsent für gute Kundinnen herstellen lassen. Ich konnte das orangegrünfarbene Logo des Studios im dicht strömenden Regen noch für einige Momente in der Luft tanzen sehen, während sich Kriki auf den Beifahrersitz fallen ließ und das Innere unseres Mittelklassekombis skeptisch musterte. Sie nannte mir eine Adresse in Berlin-Zehlendorf, aber als ich Anstalten machte, den Straßennamen ins Navi zu tippen, unterbrach sie mich mit: »Ich sag einfach Bescheid.«

Nach einer kurzen Strecke hielt ich an einem Fußgängerüberweg, den soeben vier Leute überquerten – eine Familie, die seit einem halben Jahr ein paar Querstraßen von uns entfernt wohnte, wie ich wusste, denn ich hatte den Mann beim Gassigehen mit Bapu getroffen und wir hatten uns ein bisschen unterhalten. Seine Frau war IT-Spezialistin bei einem Autozulieferer, und er malte zu Hause Aquarelle, die sich ordentlich verkauften. Das Paar und ihre Kinder im Teenageralter duckten sich unter zwei Regenschirme; ich beugte mich vor, um zu erkennen, ob sie möglicherweise Hilfe brauchten.

»Sie denken sich wahrscheinlich, dass die ein bisschen weit weg von ihrer Flüchtlingsunterkunft sind, oder?«, fragte Kriki mit einem deutlich aggressiven Unterton. Die Familie war dunkelhäutig. Am Rand von Kleinmachnow, kurz vor Stahnsdorf, befand sich ein Containerdorf, in dem einige Flüchtlingsfamilien aus afrikanischen und asiatischen Ländern untergebracht waren.

»Eigentlich nicht«, erwiderte ich wahrheitsgemäß.

»Sie können nichts dagegen machen. Als älterer weißer Mann, aufgewachsen mit all den Privilegien und in einem ausschließlich weißen Umfeld, ist das ein Reflex, der bis in die Kolonialzeit zurückreicht«, dozierte Kriki. Ich könnte ihr jetzt was erzählen, von meiner Kindheit, von meiner Herkunft, von meinen Eltern, meiner Sozialisation, aber ich ließ es. Kriki konnte all das nicht wissen, aber sie wollte es vermutlich auch nicht wissen. Feindbilder funktionieren nur, wenn man nicht zulässt, dass sie von jemandem relativiert werden. Die Simplizität solcher Konstrukte ist nicht als Gegenstand für Diskurse oder Nachprüfungen gedacht.

»Ist das so?«, fragte ich gegen und kämpfte erfolgreich gegen die sanfte Wut an, die mich zu erfassen drohte. Es lohnte sich nicht.

»Wir Persons of Color erleben das tagein, tagaus«, sagte sie noch feierlich und verschränkte die Arme vor der Brust.

»Person of Color?«, fragte ich dann doch einigermaßen überrascht zurück. Kriki hieß eigentlich Christine Kindermann, stammte ursprünglich aus Bayreuth, hatte aschblonde Haare, blaugraue Augen – und sie hatte sich den fränkischen Dialekt abtrainiert, dafür aber das Berlinern angewöhnt. Okay, ihre Haare waren zu Dreadlocks verfilzt, was nach meinem Dafürhalten einigermaßen albern aussah, doch ansonsten deutete nichts an Kriki darauf hin, dass sie, wie sie jetzt behauptete, eine Nichtweiße war.

»Meine Urgroßeltern mütterlicherseits stammten ziemlich wahrscheinlich aus Pakistan«, erklärte sie, noch einen Tick feierlicher. Dann ergänzte sie: »Genau.« Kriki war eine von diesen Frauen, die ständig »genau« sagten, aus welchem Grund auch immer. Ich sah kurz zu ihr. Sie musterte mich stolz und zugleich abfällig.

»Ziemlich wahrscheinlich«, wiederholte ich, während ich kurz nachrechnete. »Sie sind also zu, äh, einem Achtel ziemlich wahrscheinlich pakistanstämmig und beanspruchen deshalb für sich, eine Farbige zu sein?«

»Der Begriff *Farbige* ist rassistisch, wenn er von Weißen verwendet wird.«

»Es ist die Übersetzung von Person of Color. Person von Farbe. Farbige Person. Und ist Weiße dann nicht auch rassistisch?«

»Das ist typisch«, knurrte sie, ohne zu erläutern, was genau. Nach einer kleinen Pause sagte sie: »Da vorne links.«

Ich setzte den Blinker und dachte darüber nach, anzumerken, dass meine Großeltern väterlicherseits, also eine homöopathische Potenz niedriger als bei ihr, nicht nur ziemlich wahrscheinlich, sondern *ganz sicher* syrische Kurden gewesen waren. Oder Kriki darauf hinzuweisen, dass die Unterstellung, wir weißen, älteren Männer würde alle genau gleich ticken, durchaus auch mindestens eine Komponente hatte, die man diskriminierend nennen könnte. Doch ich hielt die Klappe, denn ich fand es spannender, zu erfahren, worauf sie eigentlich hinauswollte.

Doch sie sagte vorerst nichts mehr. Wir schwiegen ein paar Minuten, nur unterbrochen von ihren Ansagen »Jetzt links« und »Da rechts«, aber ich konnte spüren, wie es in ihr arbeitete.

»Dieser Einfluss ist viel intensiver als das weiße, kolonialistische Erbe in mir«, sagte sie plötzlich, als wir das Ortseingangsschild von Berlin passierten. »Ich spüre das. Kulturell und sozial, aber auch intellektuell. Es verdrängt das Weiße. Als wären die asiatischen Gene stärker.« Sie pausierte kurz, und dann: »Genau.«

Ernsthaft?, wollte etwas in mir fragen. Und: Hast du das mal mit jemandem besprochen, der sich auskennt? Übrigens, wie wahrscheinlich ist das überhaupt, das mit den Urgroß-eltern aus Pakistan? Hat das jemand erzählt, oder gibt es Bilder, oder ist das vielleicht nur ein Missverständnis? Aber ich fragte nichts davon, nicht zuletzt, weil mir egal war, wofür sich Leute hielten oder worauf sie sich kaprizierten oder reduzierten, und ich konzentrierte mich stattdessen auf die vom Regen gefluteten Straßen. Ich fuhr kleine Schlenker in Richtung Straßenmitte, wenn ich im diffusen Grau, das Dämmerung und starker Regen erzeugt hatten, Passanten auf dem Gehweg entdeckte, denn die rasch wachsenden Pfützen am Straßenrand erzeugten mächtige Fontänen, wenn ich sie durchquerte.

»Sie können das natürlich nicht nachvollziehen«, murrte sie, als ich nicht antwortete. Wäre ich dem Impuls gefolgt, der durch diese Anmerkung ausgelöst würde, hätte Kriki den restlichen Heimweg zu Fuß gehen können, gerne auch beginnend in der Mitte der tiefsten Pfütze, die sich finden ließ. Aber auch das tat ich nicht. Sie war Tabeas Angestellte und wohl auch Freundin, was ein rätselhafter Aspekt war, und ihre Yoga-Kurse für Rentnerinnen bildeten eine wirtschaftliche Säule des Studios.

Einen Augenblick später musste ich in die Klötzer gehen, weil aus der Nebenstraße ein SUV geschossen kam, ein bulliger Zweieinhalbtonner aus amerikanischer Produktion, dessen kraftvolles Motorblubbern sogar das starke Regengeräusch übertönte. Der Fahrer hatte uns übersehen oder einfach nicht mit Verkehr gerechnet. Es war sehr wenig auf den Straßen los. Die gewaltigen Reifen des Autos erzeugten hinter ihm eine ordentliche Gischt.

»Diese Wichser in ihren metallenen Schwanzverlängerungen!«, wetterte Kriki lautstark, wobei sie mit einer Hand aufs Armaturenbrett schlug. »Diese Monstren sollte man verbieten. Verbrauchen doppelt so viel wie alle anderen Autos, nehmen unnötig Platz weg und sind megagefährlich, und in den Städten braucht das sowieso kein Mensch.« Sie schnaufte. »Nur ihr Männer als Phallussymbole.« Sie drehte sich zu mir und starrte mich wütend an, als wäre ich es selbst gewesen, der mir soeben die Vorfahrt genommen hatte. Ich erhöhte die Geschwindigkeit dezent und schloss zu dem Geländewagen auf, und an der nächsten Ampel standen wir nebeneinander, das SUV rechts von uns. Am Steuer saß eine langhaarige junge Frau, die mit der linken Hand ihr Mobiltelefon in Mundnähe hielt und fröhlich hineinschwatzte, während sie sich null für ihre Umgebung zu interessieren schien. Kriki schaute abwechselnd zu ihr und zu mir, dann sagte sie zur Windschutzscheibe: »Übernächste rechts.«

Ich konnte nicht mehr anders, konnte es nicht beherrschen. Ich lachte los. Ich musste so herzlich und intensiv lachen, dass ich die gesamte Ampelphase verpasste. Als ich Kriki ein paar Minuten später vor dem schmucken Einfamilienhaus absetzte, in dem sie, obwohl sie über vierzig war, mit ihren Eltern wohnte, wie ich später von Tabea erfuhr, liefen mir noch immer die Lachtränen.

»Das ist nicht lustig«, nörgelte sie zum Abschied und stapfte davon. Und das war die einzige Aussage, bei der ich ihr vollständig zustimmte. Deshalb sagte ich noch »Genau!«, aber wahrscheinlich hörte sie das nicht mehr.

Tabea lachte auch, als ich ihr die Episode erzählte, als wir etwas später auf dem Sofa im Wohnzimmer saßen und Tee mit Schuss tranken, um uns aufzuwärmen. Zwischen den Schlucken massierte ich ihre Füße. Ich mag das sehr; Tabea hat hinreißende Füße.

»Sie will unbedingt ein möglichst guter Mensch sein«, sagte sie, entspannt lächelnd. »Mir hält sie ständig Vorträge darüber, dass wir kulturelle Aneignung betreiben, weil wir Yoga unterrichten, schließlich hätten das die Inderinnen und Inder erfunden, die jahrhundertelang von den Europäern kolonialistisch ausgebeutet worden wären, und jetzt würden wir das mit ihrem kulturellen Erbe einfach weitermachen, ohne die Inderinnen und Inder zu fragen. Nur sie mit ihren pakistanischen Wurzeln hätte ein gewisses Recht, solche Kurse zu geben. Weil Pakistan ein Nachbarland ist. Sie will mich dann immer dazu bringen, ein paar Euros pro Teilnehmerin an indische NGOs zu spenden. Aber es ist völlig sinnlos, das mit ihr zu diskutieren, also diese eigenartige Argumentation zu prüfen, weil sie einfach nicht zuhört, ganz egal, was man sagt.«

»Aber – warum macht sie das?«, fragte ich etwas hilflos.

»Ich kann nur vermuten. Ihr Großvater väterlicherseits war Hans-Georg Poggenroth. Sagt dir der Name was?«

Ich schüttelte den Kopf.

»Hat sich Anfang 1945 nach Argentinien abgesetzt.«

»Verstehe.«

»Er ist dort in den Sechzigern von Nazi-Jägern gefunden worden. Dann gab es eine Schießerei mit mehreren Toten, aber Poggenroth war nicht darunter, und er verschwand danach spurlos. In der Ecke, aus der Kriki kommt, kennt jeder diese Geschichte. Poggenroth ist dort ein bekannter Name.«

»Weshalb ihr die Geschichte der ziemlich wahrscheinlichen Urgroßeltern mütterlicherseits lieber ist.«

Tabea nickte.

»Aber warum dann dieses aggressive Gehabe?«

»Möglicherweise hat sie sich das an der Schule angewöhnt. Sie war achtzehn Jahre Lehrerin, bis sie gemerkt hat, dass sie Kinder eigentlich verabscheut. Und jetzt versucht sie, ihr Leben sozusagen zu reinigen, wie mit einem Darmeinlauf. Wozu auch gehört, dass sie alle anderen einbezieht, ob die wollen oder nicht. Jeder muss mit ihrer Haltung konfrontiert werden.«

»Und jede«, ergänzte ich.

»Und jede«, wiederholte Tabea grinsend.

Als ich jetzt aussteige, ist da ein Summen in der Luft, passend zu diesem frühsommerlichen Aroma und der Sonnenwärme, die ich an Hals und Armen sofort auf der Haut spüre. Es gibt einfach keine bessere Jahreszeit als diese. Ich kann nicht anders, ich muss lächeln. François kommt in diesem Moment aus dem Laden, ein Tablett mit einer großen Schale Kaffee und einem Croissant in den Händen, sieht mich, nickt mir kurz zu und grinst dabei ebenfalls. Er stellt Kaffee und Croissant auf den einzigen Tisch, der vor dem La Côte besetzt ist. Am Tisch sitzt ein drahtiger, braun gebrannter Mann mit schulterlangen weißen Haaren und einem grauweißen, sehr gepflegten Vollbart. Der Mann schaut in diesem Moment auch zu mir, lächelt ein ganz allgemeines Lächeln, kein spezielles, sondern so ein Ich-muss-lächeln-wenn-mich-andere-ansehen-Lächeln, und obwohl er eine *Ray Ban Aviator* trägt, erkenne ich dieses Gesicht, denn ich kenne es schon seit Jahrzehnten. Mein Herzschlag setzt für einen Augenblick aus. Ich mache die drei Schritte auf den Tisch zu und sage auf Englisch, als wäre ich ferngesteuert:

»Scheiße, Sie sind Ayksen Brahoon.«

Er nickt und lächelt jetzt doch *speziell,* nimmt die Brille ab und sagt: »Scheiße, ja.« Er nippt kurz an seinem Kaffee und ergänzt dann: »In Europa erkennen mich nicht so viele Leute auf der Straße. Sie müssen einer meiner wenigen Fans hier sein.«

Brahoon trägt Jeans, Hemd, Weste und spitze Lederstiefel. Er ist in den späten Siebzigern und dichter an der Achtzig als an der anderen Null, aber er sieht großartig aus. Wie ein alter Junge.

»Das ist nicht zu fassen«, sage ich. »Sie sind der einzige Musiker, den ich schon seit Jahrzehnten verehre. Nein, das ist das falsche Wort, aber in so einem Moment sind die richtigen Worte irgendwie eigenartig verbaut. Entschuldigung.« Ich habe keine Ahnung, wofür ich mich entschuldige.

»Was ist Ihr Lieblingsalbum?«

»Snow.« Dieses eine Wort in diesem Augenblick ist die Erfüllung eines Traums, ohne dass ich das je geträumt hätte: Ayksen Brahoon sagen zu dürfen, dass »Snow« mein Lieblingsalbum von ihm ist, nachdem *er mich danach gefragt hat.* Wahnsinn. Wahn-Sinn.

»Das ist gut. Wollen Sie sich auf einen Kaffee zu mir setzen?«

»Scheiße, ja. Wenn ich darf. Ich will Ihnen nicht auf den Wecker fallen, und ich könnte es nicht in einem Satz erklären, aber das ist ein großer Moment. Ich bin nicht so ein Fan-Typ, der austickt, wenn er Prominente trifft. Aber Sie ... das ist wirklich unfassbar.« Meine Hände wedeln wie wild herum, während ich spreche. Es ist *absolut* unfassbar.»Das bedeutet mir etwas, aber auch das klingt ziemlich schwach.«

»Setzen Sie sich hin«, befiehlt er fast, aber gutmütig schmunzelnd.

Ich setze mich. »Was machen Sie hier?«, frage ich. »Ist ein Konzert in der Stadt? Haben Sie sich verfahren?«

»Ich bin nicht weit von hier zur Welt gekommen«, erklärt er, und ich nicke; das steht sogar bei Wikipedia. Er ist der Sohn eines amerikanischen GI und einer Deutschen, die kurz nach seiner Geburt gestorben ist. Der Soldat war in Zehlendorf stationiert, im amerikanischen Sektor von West-Berlin, nur vier, fünf Kilometer entfernt von hier. Kleinmachnow grenzt an Zehlendorf. Die Amis hatten in dem Bezirk ihr Hauptquartier.

»Und Sie wollen sich das alles mal ansehen?«, mutmaße ich.

Er schüttelt den Kopf. »Ich habe mir ein Haus gekauft. Hier in Kleinmachnow.« Er trifft es fast, nur das CH bekommt er natürlich nicht hin. *Klainmatschoh*, so in etwa.

»Doch nicht etwa das *Bullshitso*-Anwesen?«

»Ein bescheuerter Künstlername, oder?«

Ich nicke heftig. »Eigentlich hieß er Markus Wegener. Oder heißt. Es gibt ihn ja noch, er sitzt nur im Knast. Noch für ein paar Jahre.«

Brahoon nickt auch. Klar, er muss Wegener kennen, wenn er dessen Haus gekauft hat. Wenigstens indirekt. »Deshalb war es auch ziemlich günstig.«

»Es ist nicht besonders schön, mit Verlaub.« Ich kenne die Fotos, die alle kennen. Es ist *hässlich*. Ein völlig misslungener Stilmix aus diversen Epochen und Gegenden, griechische Skulpturen und Säulen und solches Zeug, dazu ein bisschen Bauhaus und ein paar Fehlgriffe ins Viktorianische. Immerhin bleibt einem der Anblick beim Dranvorbeigehen erspart, weil der Hügel rund ums Grundstück blickdicht ist.

»Aber es hat ein Musikstudio im Keller. Und einen Pool. Und jede Menge Platz.«

»Sie werden mein Nachbar?«

»Sieht so aus. Wir können uns gegenseitig zum Grillen einladen. Es gibt einen ziemlich großen Grill auf der Terrasse. Haben Sie Familie?«

»Eine hinreißende Frau und zwei Kinder, die manchmal ein bisschen eigenartig sind.« François kommt, ich bestelle einen Cappuccino. François hat keine Ahnung, wer hier vor seinem Laden sitzt. »Warum kaufen Sie sich ein Haus in Kleinmachnow? Warum nicht in Arizona oder Arkansas oder Alaska?«, alliteriere ich. Es muss noch einen weiteren US-Bundesstaat mit A geben, ich bin ganz sicher, dass es vier sind, aber er fällt mir nicht ein. Dafür aber: *Scheiße, wie cool, ich sitze mit Ayksen Brahoon an einem Bistrotisch und führe ein ganz normales Gespräch! Wahnsinn!*

Brahoon schnauft, beißt von seinem Croissant ab, lässt sich Zeit, mustert mich. »Es wird immer anstrengender in den USA. Bissiger und aufgeregter und härter. Die Ultrarechten können tun und lassen, was sie wollen, aber die Linke hat auch ganz schön viel Öl ins Feuer gegossen. Doch vor allem die amerikanische Lebensweise geht mir allmählich auf den Sack.

Wenn man so viel auf der Welt herumkommt und so viele Leute in so vielen Ländern trifft, fällt einem diese Arroganz und Ignoranz besonders auf. Europa ist ganz anders, obwohl ihr auch eure Probleme habt, durchaus auch mit Ultrarechten, das weiß ich – es ist trotzdem ganz anders. Und ich will meine Ruhe haben. Ich gehe weiter auf Tour, aber ich will auch endlich ein Privatleben. Das geht in L. A. oder meinetwegen auch Anchorage nicht, weil mir da ständig irgendwelche Leute im Pelz hängen, die etwas von mir wollen, und ich einfach zu nett bin, um nein zu sagen. Aber hier geht es. Es ist schön hier.« Er lehnt sich zurück und schaut zum Himmel. »Und ich habe einen deutschen Pass. Natürlich behalte ich mein Anwesen im Valley. Ich will Amerika ja nicht ganz den Rücken kehren.«

»Alabama«, sage ich, weil es mir plötzlich eingefallen ist.

»*What*?«

»Es gibt vier US-Bundesstaaten mit A, Alabama war der vierte.«

»Das gibt ein A+ von mir.« Wir lachen beide. Unfassbar, wie sympathisch er ist.

»Ich muss etwas erklären«, sage ich. »Warum das so ein besonderer Moment für mich ist. Sie treffen wahrscheinlich andauernd Leute, die Ihnen erzählen, wie toll sie Sie und Ihre Arbeit und Ihr Engagement finden.«

»Wir holen Leute nach den Konzerten backstage und quatschen, oder in den Hotelbars, aber meistens ist es nur sehr oberflächlich. Das liegt an der Situation. Wenn man gerade drei Stunden auf der Bühne gestanden hat, lässt die Aufmerksamkeit ein bisschen nach. Aber, ja, ich höre das recht oft.« Er schmunzelt.

»Darf ich etwas erzählen?« Meine Aufregung legt sich allmählich.

Er nickt. »Dann komme ich endlich dazu, mein Frühstück zu nehmen.«

Also erzähle ich. Davon, wie ich als Jugendlicher an »Snow« gekommen bin, das ich bis heute gerne höre, wenn auch viel seltener als früher, und davon, wie seine Platte in dieser Teestube in Neukölln lief, immer und immer wieder, während ich mit dem Mädchen meiner Träume zusammengekommen bin, das heute noch, vierzig Jahre später, meine über alles geliebte Frau ist. Die Frau, der ich an diesem Nachmittag alles über »Snow« erzählt habe.

»Das ist eine schöne Geschichte.«

»Haben Sie je wieder was von Anna Lyrrad gehört?«

Er verzieht das Gesicht. »Das werde ich oft gefragt. Wir haben seit dem Streit in New York keinen Kontakt mehr gehabt.« Er zieht eine Augenbraue hoch. »Alle haben sie für einen Engel gehalten, einfach weil sie so aussah, wie sie eben aussah, aber sie ist ziemlich schnell in die Luft gegangen. Sie konnte richtig brutal werden. Handgreiflich. Die meisten Schäden in dem Restaurant damals hat sie verursacht.«

Und ihre Karriere ist Ende der Achtziger versandet. »Sorry, ich hätte nicht fragen sollen.«

»Nein, ist schon okay. Wenn wir gute Nachbarn sein wollen, muss es auch solche Gespräche geben können.«

»Sie meinen das wirklich?«

Er ignoriert die Frage. »Was machen Sie? Und Ihre Frau?«

»Ich schreibe«, sage ich knapp. »Und meine Frau hat eine Yoga-Schule.«

»Ich mache auch Yoga. Fast täglich.«

»Ihre Yoga-Schule ist nur für Frauen.«

»Ich mag Frauen. Haben Sie das Haus schon mal von innen gesehen?«

»Die Bullshitso-Villa? Nein.«

»Wollen wir zusammen hinfahren? Dann zeige ich es Ihnen.«

Ich kaufe noch den Käse für Tabea und bestehe darauf, Brahoons Frühstück zu bezahlen, weil ich dann, wie auch immer das hier weitergeht, wenigstens sagen kann, ich hätte Ayksen Brahoon mal zum Frühstück eingeladen. Deshalb lasse ich mir von Hayk auch eine Quittung geben, die ich vielleicht später von Brahoon signieren lasse. Als ich den Käse ins Auto packe, überlege ich kurz, wie lange sich das Zeug in den Einkaufstaschen wohl noch bei diesen Temperaturen hält, aber es ist nicht viel dabei, das schnell in den Kühlschrank müsste, rede ich mir ein. Außerdem ist die Bullshitso-Villa nicht weit weg. Brahoon sitzt schon in seinem hochbeinigen Pick-up, die Beifahrertür steht offen, der Motor läuft. Das Auto hat kalifornische Kennzeichen, wie ich erst jetzt bemerke.

»Das wird hierzulande nicht so gerne gesehen, wenn man den Motor laufen lässt«, sage ich und ziehe die schwere Tür hinter mir zu.

»Sehen Sie«, sagt er und nickt. »In Amerika interessiert das keine Sau. Wir Amerikaner verbrauchen das Fünfeinhalbfache an Ressourcen, das man verbrauchen dürfte, um den Planeten zu bewahren. Wussten Sie das?«

Ich nicke. »Und wir immerhin fast noch das Dreifache.«

»Verfluchte Scheiße«, erklärt er.

»*Verfluchte* Scheiße«, wiederhole ich, abermals nickend.

Dann sitze ich neben dem verdammten Ayksen Brahoon in dessen Auto – in *einem* seiner Autos, nehme ich an – und lasse mich von ihm durch Kleinmachnow zum Bullshitso-Anwesen kutschieren. Ich sitze da und mustere ihn von der Seite und kann es nicht fassen. Er schaut ganz entspannt drein, er kennt den Weg schon, er ist nicht zum ersten Mal hier. Dann nehme ich seine Altersmerkmale wahr, die er geschickt kaschiert und gleichzeitig subtil hervorhebt, mit diesen langen Haaren und dem Bart und so, außerdem trägt er jetzt wieder die Sonnenbrille, aber so aus der Nähe sieht man es doch sehr deutlich. Ich habe mir das während der letzten Monate ziemlich angewöhnt, andere Männer, die ich für älter als mich selbst halte, auf diese Art zu mustern. Ich weiß nicht genau, warum ich das mache und was dabei herauskommen soll, aber es geht vermutlich um die Hoffnung, dass ich noch möglichst viel Zeit habe. Mehr Zeit als die anderen, mehr als der Durchschnitt, bestenfalls. Jede Nachricht über die gestiegene Lebenserwartung der Boomer sauge ich auf wie ein ausgetrockneter Schwamm das Wasser eines Platzregens.

»Wann haben Sie es gekauft?«, frage ich, auch, um mich von solchen Gedanken abzulenken.

»Vor drei Monaten. Aber all die Formalitäten haben eine Weile gedauert, und dieser Bullshit-Typ musste ja vom Gefängnis aus zustimmen. Es war ja offiziell noch seins. Außerdem wollte ich längst nicht so viel zahlen, wie er haben wollte, deshalb hat er aus Trotz noch eine Zeit lang blockiert, denke ich.«

Wir kommen zum Grundstück, das von diesem bizarren Zaun aus gebürstetem Stahl umgeben ist, als wäre hier die CIA-Zentrale. Auf den Pfählen, ungefähr alle fünf Meter, hatte Wegener a. k. a. Bullshitso sein Logo anbringen lassen, Dutzende davon, aus Bronze oder Messing, angeblich sogar vergoldet, weshalb es eine Zeit lang ziemlich häufig Polizeieinsätze am Grundstück gab, weil Leute mit Leitern und Eisensägen kamen und sich diese Miniskulpturen holen wollten. Bullshitso – oder sein Management – hat schließlich einen privaten Sicherheitsdienst beauftragt, der rund um die Uhr um das Grundstück patrouilliert ist und die Leute mit Tasern von ihren Leitern geholt hat – bis vor Kurzem noch. Die Logos sind inzwischen verschwunden, der Zaun sieht trotzdem eigenartig aus. Bullshitsos so begehrtes Signet war ein B, dessen senkrechter Balken eine Art orientalischen Dolch darstellte, während die beiden Bögen des Buchstabens wie weibliche Brüste aussahen. Damit ist die Attitüde des Rappers tatsächlich perfekt zusammengefasst – archaische Traditionen (nicht mal seine eigenen, Wegener stammt aus Karlsruhe), Machismo und Sexismus.

Brahoon holt eine flache Fernsteuerung hinter der Sonnenblende hervor, als wir vor dem mächtigen Tor stehen, das daraufhin, hol's der Teufel, im Boden zu versinken beginnt. Ich hatte das für eine Legende gehalten, aber hier wäre tatsächlich nirgendwo genug Platz, um die Flügel dieses Tores aufschwingen zu lassen – die Straße vor dem Anwesen ist zu schmal, und auf der Grundstückseite kommen ja sofort diese eigenartigen Sichtschutzwälle.

»Ich mag das eigentlich«, sagt Brahoon grinsend, während

das Bauwerk geräuschlos verschwindet. »Ich weiß, die Leute halten mich für einen Sozialisten, der ich im Kern auch bin, und ich spende sehr viel Geld. Es ist mir oft peinlich, wie viel ich verdiene. Nur die laufenden Tantiemen für mein allererstes Album« – es hatte schlicht »A. B.« geheißen – »würden immer noch ausreichen, um ein sehr gutes Leben zu führen. Deshalb habe ich *Brahoon For Water* gegründet.«

»Ich weiß«, werfe ich kurz ein. Er nickt. BrafoWa ist eine NGO, die weltweit Brunnen und Wasserentsalzungsanlagen baut.

»Aber ich mag Luxus und manchmal sogar so obszöne Sachen wie das hier. Und das hier ist absolut nichts gegen das, was sich manche reiche Amerikaner leisten. Ich habe einen Freund, einen bekannten Musiker, den Sie auch kennen. Der hat sich in seine wirklich große Villa eine riesige Landschaft bauen lassen mit einem großen Teich darin, und mitten in diesem Teich schwimmt auf einem wirklich großen Floß ein Bett. Das ist sein verdammtes Schlafzimmer. Die ganze Anlage verbraucht so viel Strom wie Alabama, alleine für Bewässerung, Beleuchtung und Klimatisierung. Außerdem hat er einen Kanal graben lassen, damit seine Yacht in einem kleinen Hafen auf seinem Anwesen liegen kann und er nicht anderthalb Kilometer bis zur Küste fahren muss.«

Das Tor ist verschwunden, Brahoon steuert den Pick-up den Hügel hoch, der hinter dem Tor auf uns wartet, was ein bisschen wie Achterbahnfahren ist. Als wir den Scheitelpunkt erreicht haben, sehen wir nur noch den blauen Himmel.

»Man muss sich darauf verlassen, dass die Leute die Gefahr begreifen. Das ist wohl kein Grundstück für Familien mit Kindern.« Er kichert. »Aber vielleicht lasse ich die Hügel noch abtragen. Ich bin ja kein berühmter Rapper.« Er pausiert kurz und schaut mich an. »Rap auf Deutsch. *Geht* das überhaupt?«

Ich zucke die Schultern. Rap liegt für mich geschmacklich bei Polka oder Marschmusik, das ist nicht meins.

Das Gelände wird sichtbar, es sind meines Wissens fast sechstausend Quadratmeter, wodurch die zweistöckige Villa beinahe klein aussieht, obwohl sie riesig ist. Sie hat L-Form, die Kanten haben fünfunddreißig und vierzig Meter Länge. Vor der Villa gibt es eine gewaltige, mehrstufige Terrasse mit mehreren Sitzgruppen und einem Pool, auf dem man surfen könnte. Überall stehen Skulpturen, Säulen, eigenartig geformte Steine und solche Sachen, aber aus der Nähe sieht es nicht ganz so schlimm aus wie auf den Bildern. Das Ensemble dürfte auch einen ordentlichen Stromverbrauch haben, wenn auch nicht ganz den von Alabama.

»Meine Leute haben schon einiges abgeräumt.« Überall wuseln Handwerker herum, und vor dem Grundstück parkt ein halbes Dutzend Lieferwagen – auf das Grundstück fahren kann man mit solchen Autos nicht. Männer tragen Möbelstücke aus dem Haus, Bilder und hässlichen, aber wahrscheinlich teuren Nippes. Als wir aus dem Auto aussteigen, vor einer Garage, die mindestens acht Fahrzeuge aufnehmen könnte, zeigt er auf eine große Holzwanne, die da steht. Sie ist gefüllt mit den Bullshitso-Logos vom Zaun.

»Wenn Sie eines wollen – bedienen Sie sich.«

»Mein Sohn Favel fänd das sicher verrückt. Ich überleg's mir.«

Ein Mann kommt zu uns, ein nicht sehr großer, aber breit-schultriger Mann in den Dreißigern, der eine Stoppelfrisur hat und zu seinen Cargohosen ein grünes Muscleshirt trägt, wodurch er wie ein Statist in einem Film über die Marines aussieht. Er begrüßt Brahoon herzlich, der mich dann vor-stellt und anschließend erklärt: »Das ist Fred, mein Assistent. Er kümmert sich hier um alles.«

Die beiden wechseln ein paar Sätze, dann verschwindet Fred, weil er sich um irgendeine Lieferung kümmern soll.

Das Haus ist gewaltig und gewaltig unpraktisch. Es gibt zig Kamine und überall fantastische Überwachungs- und Un-terhaltungselektronik, darunter ein superteures OLED-TV-Wallpaper mit mindestens acht Metern Kantenlänge, aber es gibt praktisch keine Stellflächen und keinen Stauraum, da-für so viele Brunnen und Wasserspiele, dass ich vom omni-präsenten Plätschern Harndrang bekomme. Im Keller ist ein weiteres großzügiges Schwimmbad, außerdem ein voll aus-gestattetes Tonstudio, in dem unter anderem eine mächtige Sonor-Schießbude steht, also ein professionelles, bühnen-taugliches Schlagzeug, und ein mit dunklem Leder aus-gekleideter Raum, der wohl für BDSM-Spielereien gedacht war.

»Ich habe hier zwei Studios«, sagt Brahoon lachend und legt mir eine Hand auf die Schulter. Ein Handwerker ist ge-rade dabei, eine Liebesschaukel von der Decke zu nehmen. »Interesse?«, fragt mich der Musiker, und ich schüttele den Kopf, obwohl ich das durchaus gerne mal ausprobiert hätte, aber Tabea mag keine … *Hilfsmittel.*

»Das ist ein eigenartiges Haus«, erkläre ich, als wir den Rundgang beendet haben.

Er nickt. »Aber es ist groß, es bietet Platz für meine Gäste, und es ist abgeschirmt. Und Berlin ist nur ein paar Meter weit weg. Vom Flughafen ganz zu schweigen.« Zum BER, der inzwischen immerhin funktioniert, obwohl da echt kein Mensch mehr dran geglaubt hat, ist es von hier nur eine halbe Stunde mit dem Auto.

»Das ist komplett irre, dass Sie jetzt in meiner Nachbarschaft wohnen«, sage ich.

»Wo wir schon dabei sind«, sagt er. »Jetzt würde ich gerne Ihr Haus sehen.«

Auf dem Weg zurück zu Hayk-François kommen wir auf Berlin zu sprechen. Brahoon ist natürlich einige Male in der Stadt aufgetreten, meistens in vergleichsweise kleineren *Venues*, Sälen, die ein-, zweitausend Zuschauer fassen, aber er hat hier mal in der legendären Waldbühne gespielt, Mitte der Achtziger, allerdings nur vor knapp tausendfünfhundert Leuten. In die Waldbühne passen fast 22 000 Menschen, aber der Veranstalter hatte die Fangemeinde einfach total falsch eingeschätzt, und in Amerika konnte Brahoon solche Orte zu jener Zeit schon vier, fünf Abende nacheinander ausverkaufen. Er kann sich an den Auftritt noch gut erinnern und ich auch, denn ich war da, stand damals auf der Wiese vor der Bühne – zu jener Zeit war da eine Wiese – und habe auf Songs aus »Snow« gewartet, aber es kam nur einer, und das war leider nicht »Frozen Water«. Er kann sich noch daran erinnern, dass er auf der Bühne stand und gespielt hat und sich gewundert hat, warum so eine Riesenarena für ihn gebucht worden ist. Dann fange ich an zu erzählen, dass ich West-Berlin zwar nicht vermisse, aber dass die Stadt eben einfach verschwunden ist. Ich erzähle ein bisschen davon, was die Stadt ausgemacht hat, was das für ein Gefühl war, das es jetzt nicht mehr gibt, womit auch ein Stück Identität verschwunden ist, und er hört mir schweigend zu und nickt. Ich vermisse dieses Gefühl nicht, ich finde es jetzt besser, aber ich finde gleichzeitig schade, dass all das weg ist.

»Genau genommen sind Sie auch ein West-Berliner«, stelle ich fest. »Ich meine, Sie sind in der Stadt geboren worden, als Sohn einer Berlinerin.«

Er macht ein zustimmendes Geräusch. »Aber ich habe nur wenige Tage dort verbracht.«

»In dieser Stadt, die es nicht mehr gibt.«

»Das ist eigentlich ein schönes Thema für einen Song«, sagt er dann.

»Finde ich auch. Das habe ich selbst schon häufig gedacht. *That City Vanished.*«

Daraufhin sagt er in Richtung Windschutzscheibe diesen bemerkenswerten Satz: »Dann sollten wir uns mal hinsetzen und zusammen einen Song über diese verschwundene Stadt schreiben.«

Vom La Côte aus fährt er mir mit seinem bulligen Pickup hinterher, und ich fahre extra vorsichtig und ein bisschen zu langsam, damit er nicht mit der Ausrede, er hätte nicht mithalten können, einfach abhauen kann, aber er will offenbar tatsächlich mein Zuhause, *unser* Zuhause sehen, denn er bleibt dicht dran und lässt einmal sogar die Lichthupe aufflammen, als ich zu gemächlich anfahre. Was für ein völlig irrer Gedanke. Jemand, der mal in Tokio vor achtzigtausend Leuten in einem Stadion seine Musik gemacht hat (die Japaner *lieben* Brahoon), der in die verdammte Rock-'n'-Roll-Hall-of-Fame aufgenommen wurde und der einen Stern auf diesem Bürgersteig in Hollywood hat, ein Typ, dessen Songs Leute gecovert haben, die dann Millionen Exemplare der fraglichen Platten verkauft haben, ein Mann, der mit Springsteen *und* Obama *und* mit der aktuellen Inkarnation des Dalai Lama befreundet ist, der fährt gerade hinter mir her in die Straße, in der ich wohne – in einer Gegend, von der weder Springsteen noch Obama oder der Dalai Lama je gehört haben werden. Als wir in den Meisenring einbiegen und ich unser Haus von weitem sehen kann, kommt es mir ein bisschen schäbig, rustikal, unangemessen vor, dabei ist es ein wunderbares Haus, die Erfüllung eines Traums, unser wunderschönes, supergemütliches Heim in Kleinmachnow. Ich schüttele den bösen Gedanken ab, blinke rechtzeitig, um ihm zu signalisieren, dass er für seinen Ladepanzer einen Platz suchen soll, den er aber erst (vor Lamberts Grundstück, juhu) findet, als ich schon dabei bin, die Taschen aus dem Auto zu holen. Tabea reißt die Tür auf und ruft: »Mensch, Alex, ist dir was passiert? Das hat ja ewig gedauert!« Ihrem Gesicht ist Sorge abzulesen, und ich nicke. »Ja, mir ist was passiert. Du wirst einfach nicht glauben, was mir passiert ist.«

Im nächsten Augenblick steht Brahoon neben mir, nimmt sich ein paar Jutetaschen aus dem Kofferraum und geht aufs Haus zu.

»Das ist Ayksen Brahoon«, sagt Tabea konsterniert, und ich nicke lachend. Als der Musiker mit den Einkäufen an ihr vorbeiwill, umarmt sie ihn einfach. »Das ist ja toll«, sagt sie auf Englisch.« Und dann zu mir: »Wo hast du den denn gefunden?«

»Bei François, er saß vor dem La Côte. Er hat die Bullshitso-Villa gekauft. Er wird unser Nachbar. Und er will zum Grillen kommen.«

»Das ist ja fantastisch.«

Brahoon lässt sich das Haus zeigen, das natürlich einen *Tupfer* kleiner als sein neues ist, aber er findet es gemütlich und viel solider als das, worin die Amis wohnen. Es ist das erste Mal in seinem Leben, dass er in Deutschland ein normales Wohnhaus besichtigt. Ich muss auch noch die Tür zu meinem Arbeitskabuff öffnen, nachdem ich erklärt habe, wozu die Holzhütte im Garten ist, denn er will sehen, wie mein Kreativzentrum aussieht. Als er den Fender-Nachbau an der Wand bemerkt, sagt er, ohne sich die Details anschauen zu müssen: »Hoffentlich haben Sie für das Ding nicht viel bezahlt. Spielen Sie Bass?« Brahoons Sammlung an elektrischen Saiteninstrumenten ist legendär. Bei seinen Konzerten stehen mindestens zwei Dutzend Gitarren bereit; er benutzt fast für jeden Song eine andere.

»Sagen wir's mal so«, erwidere ich und schüttele dabei den Kopf. »Ich wäre die perfekte Begleitung für eine A-capella-Band.«

Er lacht höflich. Dann trinkt er mit uns noch ein Bier auf unserer Terrasse, Favel freut sich ehrlich über das Bull-shitso-Zaundings (ich kann seinem Gesicht ablesen, dass er darüber nachdenkt, für wie viel Geld er das wohl bei eBay verticken kann und wie viele Credits auf seinen Gamingportalen das ergibt), lässt die Begrüßung über sich ergehen, die er natürlich unspektakulär findet, weil da einfach nur ein alter Musiker aus den USA sitzt, der vor allem total oldschool *akustisches* Zeug macht, ganz ohne Samples, Loops und den anderen Schnickschnack, den hier außerdem fast keiner kennt und aus Favels Generation sowieso absolut niemand. Brahoon lächelt dazu, fragt nach dem Musikgeschmack unseres Sohnes, und als er dann bei zwei, drei Namen »Kenne ich persönlich« oder »Mit der habe ich mal ein Duett gesungen« oder »Der hat was von mir gecovert« sagt, wacht Favel doch ein wenig auf, verschwindet aber in Richtung seines Zimmers, als die Höflichkeitszeit abgelaufen ist. Mir kommt wieder mal der Gedanke, dass ich mich ein bisschen mehr dafür interessieren sollte, was er da oben in seiner Höhle macht. Lavida ist irgendwo unterwegs. Brahoon verabschiedet sich schließlich auch, es kämen später am Tag noch Leute von ihm aus den USA, aber er gibt mir eine Karte mit seiner Mobilfunknummer und ich ihm eine mit meiner, und dann sagt er noch: »Das mit dem Songtext machen wir wirklich. *That City Vanished.*« Er meint das ernst, ich nicke wie blöd, und Tabea sagt zur Verabschiedung: »Ohne Sie hätten wir bei unserem ersten Date kein Thema gehabt. Danke dafür.«

Er erwidert: »Die Geschichte kenne ich schon, sie ist schön.« Er umarmt mich und küsst Tabea auf die Wange und geht winkend zu seinem Auto.

»Wir sind mit Ayksen Brahoon befreundet«, sagt Tabea und schüttelt fassungslos den Kopf.

»*Ich* bin mit ihm befreundet«, erwidere ich lachend. »Du bist nur die Frau des Freundes. Das ist ein bisschen wie die *Zahnarztehefrau* früher in dieser sexistischen Fernsehwerbung.«

»Und du kannst mich mal. Übrigens ist das Eis geschmolzen, und der Käse hat sich verflüssigt, und den Lachs können wir, glaube ich, auch wegwerfen.«

»Ein kleiner Preis für ein großes Ereignis«, erkläre ich feierlich.

Klassentreffen

Nachdem Tabea die Klasse verlassen hatte, zerfiel die Gemeinschaft so schnell wieder, wie sie zu aller Überraschung entstanden war. Sie zerbröselte wie eine ausgetrocknete Sandburg, in die jemand am Ende eines heißen Tages am Meer hineinstolperte. Die Cliquen bildeten sich nicht erneut, weil alle ehemaligen Cliquenmitglieder inzwischen erkannt hatten, wie erbärmlich gering der Zusammenhalt in ihren Gruppen eigentlich gewesen war, und für die oberflächlichen, pragmatisch orientierten Freundschaften galt dasselbe. Es war, als hätte jemand den Kleber aus einer komplexen Modellfigur, einem 3D-Puzzle entfernt – plötzlich war da wieder nur ein Haufen ungeordneter Einzelteile, ein Durcheinander von postpubertär-egoistischen Einzelinteressen, die der gemeinsamen Idee beraubt worden waren, des bindenden Gemeinschaftsinteresses: Tabea zu gefallen und Tabea glücklich zu machen, einen Hauch Tabea abzubekommen, wenigstens ein Lächeln im Vorbeigehen, einen Gruß, ein Nicken. Als es endgültig zu Ende war und wir die lahme Abifeier absolviert hatten, trennten sich auch unsere Wege. Niemand trat das gleiche Studium an wie irgendein anderer aus der Klasse, man verteilte sich auf die Berliner Unis oder sogar die in entfernten Städten, einige machten Ausbildungen, anderen war das Abitur bildungsmäßig ausreichend, vor allem Mädchen, für die seinerzeit als gesellschaftlich implantierte oberste Prämisse galt, baldmöglichst gut zu heiraten, viele Kinder zu bekommen (idealerweise Jungs) und einen Mann bei seiner Karriere dienend zu unterstützen. Ich hatte während der folgenden Jahre mit niemandem mehr direkten Kontakt, und ein halbherzig organisiertes Klassentreffen in einer langweiligen Touristenkneipe drei Jahre nach dem Abschluss lockte gerade mal die Hälfte von uns an und dann auch noch hauptsächlich die Langweiler. Das Treffen dauerte ganze anderthalb Stunden und war mit Angeberei und gegenseitigem Belauern ausgefüllt. Folgerichtig gab es jahre-, sogar jahrzehntelang kein weiteres Treffen, bis sich eine frühere Mädchenclique zufällig wiederfand und bei einem gemeinsamen Prosecco-Abend auf die Idee kam, uns alle wieder zu vereinen, wenn wir mehr oder weniger im fünfzigsten Lebensjahr wären. Das war vor knapp acht Jahren gewesen, und ich war zu dieser Zeit zwar schon im zweiundfünfzigsten, aber dass ich anderthalb Jahre älter als der Rest gewesen war (und immer noch bin), daran erinnerte sich niemand mehr, und mein Aussehen verriet mich auch nicht. Die ehemaligen Mädchen, die jetzt, wie sie sich gern nennen ließen, *Frauen in den besten Jahren* waren, waren auf diese Idee gekommen, und der direkte Anlass war Melanie Paulsen gewesen, die vorübergehend zu einer gewissen Berühmtheit gelangt war – durch die Teilnahme an einem Reality-Fernsehformat, bei dem es darum ging, innerhalb eines halben Jahres von einer Adipositas x-ten Grades auf ein halbwegs normales Gewicht zu kommen, und ein legendärer Auftritt von Melanie in dieser Show war sogar weltweit viral gegangen: Sie war tatsächlich vor laufender Kamera nackt in die Badewanne gestiegen, die sie sozusagen vollständig ausgefüllt hatte, und hatte darin sitzend dann »I Will Survive« gesungen. Und das nicht einmal schlecht. Währenddessen hatte sie mit einem großen, rosafarbenen Badelappen versucht, die Körperregionen von sich zu erreichen, die zu reinigen normalgewichtige Menschen keine Mühe kostete, Melanie Paulsen aber extrem herausforderte. Die Fernsehleute hatten teilweise mehr als achtzig Prozent der Bildfläche verpixeln müssen, um mit den Aufnahmen nicht auf dem Index zu landen.

Zu diesem zweiten Klassentreffen kamen überraschend viele Ehemalige, nämlich alle, bis auf Tabea. Es gab sogar interessante Gespräche dort, ein paar Leute zeigten Handyvideos oder ihre eigenen Werdegänge, verpackt in kleine Power-Point-Präsentationen, die auf mitgebrachten Laptops liefen – überall strahlende Kinder, kuschelige Haustiere, grüne Vorgärten, glänzende Mittelklasseautos und von Germanen bevölkerte Mittelmeerstrände. Jemand stellte einen Beamer auf und projizierte gescannte Fotos von unseren drei Klassenfahrten an die Kneipenwand; Reisen, die wir zwischen der Siebten und Elften unternommen hatten: unscharfe, körnige, sepiafarbene, schlaksige Jugendliche, die Zigaretten hinter die Rücken hielten, weil sie bemerkt hatten, dass Kameras auf sie gerichtet wurden, allesamt in schrecklichen Siebzigerjahreklamotten wie Bell-Bottom-Jeans, orangebraunen Hemden oder Windjacken aus diesem papierähnlichen Stoff, cliquenweise aufgestellt, in einer Bildqualität wie bei einem Blick durch fettiges Butterbrotpapier. Es war erschütternd, zu sehen, wie intensiv und nachhaltig alle gealtert waren, und ich fand, dass ich der Einzige war, der seinem Damals-Ich jetzt noch in positiver Weise ähnelte. Tatsächlich sprachen mich mehrere ehemalige Mitschüler darauf an, dass ich noch keine grauen oder – wie in vier Fällen gut sichtbar – sogar strahlend weißen Haare hatte (oder überhaupt noch Haare – einige meiner männlichen Mitschüler hatten untertassen-große hautfarbene Kalotten in der Schädelmitte, umkränzt von spärlichen Fransen), sondern nach wie vor dunkelbrau-nes, ziemlich dichtes Haar, das nur sehr vereinzelt helle Här-chen enthielt, und man mutmaßte, dass ich tönen oder färben würde, was nicht zutraf, wie Stefanie Jungbluth herausfand, die meinen Scheitel und Haaransatz lachend untersuchte. Für Stefanie hatte ich mich in der zehnten Klasse eine Weile in-teressiert, weil ich gemeint hatte, sie wäre die Richtige, um die ersten ernsthaften sexuellen Erfahrungen zu sammeln, aber bis auf lahme Herumknutscherei bei einem schreck-lichen Popkonzert im damals modernen ICC und ein we-nig Herumgeknete an ihren unspektakulären Brüsten nach einem gemeinsamen Nachmittag im *Tee-In* passierte seiner-zeit nichts (ich erinnere mich, dass sich ihre Brüste eigen-artigerweise *kühl* angefühlt hatten). Inzwischen war Stefanie, von der berührt zu werden mir ziemlich unangenehm war, in die Breite gegangen, vor allem im Gesicht, und ihre feuer-rote Frisur mündete am Scheitel in einen zwei Zentimeter breiten Kanal aus grauweißen Haaren, dekoriert mit ein paar Schuppensprenkeln. So ging es fast allen, und das war dann auch meine zweitbeste Erinnerung an dieses Treffen: Eigent-lich der Einzige gewesen zu sein, der noch seine jugendliche Haarfarbe hatte, was auch immer ich mir darauf einbilden könnte. Die mit Abstand beste Erinnerung aber bestand darin, dass mich irre viele Ex-Mitschüler auf mein damaliges Verhältnis mit Tabea ansprachen und dass in nicht wenige Gesichter ein ehrfürchtiger Ausdruck trat, wenn ich davon erzählte, dass wir inzwischen verheiratet wären, zwei hinreißende Kinder hätten und in fucking Kleinmachnow wohnten. Als ich dann noch Fotos von Tabea zeigte, war es still geworden, bis jemand ehrfürchtig fragte: »Sind das *aktuelle* Fotos?«, und ich grinsend zur Antwort nickte.

Tabea selbst hatte lachend abgewinkt, als die Einladung kam. »Diese Leute interessieren mich *so* viel«, erklärte sie und schnippte mit den Fingern, was sie viel besser konnte als ich – bei Tabea knallte es richtig, während es sich bei mir lahm und dumpf anhörte. »Sie haben mich damals nicht interessiert, und sie tun es heute nicht. Außerdem habe ich fast alle vergessen, ich war ja nur kurz dabei. Nur die dicke Paulsen und dieser Modeltyp, der so cool war. Wie hieß der noch?« Ich verzog das Gesicht; auf Birger Fläming war ich in der Elften eifersüchtig gewesen und wurde es auch jetzt sofort wieder, weil sich Tabea an ihn erinnerte, obwohl sie mir damals versichert hatte, ihn zwar hübsch und *nett* zu finden, dass es damit aber erledigt sei. Und dass ich tausendmal interessanter sei, was ich für übertrieben hielt, aber hundertmal stimmte schon. Sie trug mir trotzdem auf, Fläming und Paulsen zu grüßen, wenn sie kämen, aber wirklich *nur* die.

Immerhin hatte sich Birger Fläming auch exzellent gehalten, und er war inzwischen Rechtsanwalt, arbeitete aber in der Öffentlichkeitsarbeit für einen multinationalen Konzern. Er wohnte, wie er bescheiden erst nach mehreren Nachfragen, dann aber, wie ich zu erkennen meinte, durchaus gerne zugab, derzeit in einem riesigen Haus in einem Vorort von München, aber der Konzern, der große Stücke auf ihn hielt, versetzte ihn häufig. Birger trug eine weißgraue Wiese im Gesicht, aber eine extrem gepflegte Wiese, weitab vom Hipster-Gebüsch, und die von vielen hellgrauen Strähnen durchsetzten, fast schwarzen Kopfhaare waren modisch frisiert, ziemlich jugendlich sogar, ein wenig mangamäßig, was aber nicht lächerlich wirkte, ganz im Gegenteil. Birger Fläming wirkte vital und fünfzig-ist-das-neue-dreißig-mäßig-jung, was durch seine dezente Gesichtsbräune, die leuchtenden hellblauen Augen und den lässigen, aber teuren Anzug betont wurde. Er war beim Treffen der Einzige, der nicht andächtig schwieg, als ich Fotos von Tabea herumzeigte, sondern strahlte, meine rechte Hand beidhändig ergriff, schüttelte und dabei sagte: »Das habe ich damals schon gewusst.« *Im Gegensatz zu mir*, hätte ich beinahe geantwortet, schaffte aber noch eine würdevolle Erwiderung, »ich könnte nicht glücklicher sein« oder so was.

Er enttäuschte mich ein bisschen, als ich ihn eine Stunde später draußen traf, wohin ich geflüchtet war, um etwas frische Luft zu schnappen – der Veranstaltungsort war eine Bar, in der geraucht werden durfte –, während er drinnen nicht geraucht hatte, jetzt aber rasch eine Kippe hinter dem Rücken versteckte, wie wir damals alle auf unseren Klassenreisen, wenn jemand fotografierte, weil uns unsere Eltern zu Hackfleisch verarbeitet hätten. »Es ist mir peinlich, dass ich diese beschissene Sucht nicht loswerde«, sagte er grinsend, als ich in Richtung seines qualmenden Rückens genickt hatte. »Ich rede mir ein, dass es nicht ganz so schlimm ist, wenn ich heimlich rauche.«

Bevor ich antworten konnte, wurden wir beide abgelenkt, weile eine teure Mercedes-Limousine direkt neben uns hielt und Melanie Paulsen mit etwas Mühe auf der Beifahrerseite ausstieg. »Halten Sie sich bereit«, befahl sie ihrem Fahrer noch, bevor die zweieinhalb Tonnen Auto geräuschlos davonglitten. »Wenn ich abgeholt werden will, dann innerhalb von fünf Minuten.« Dann drehte sie sich zu uns, musterte uns abwechselnd und sagte: »Bengt und Fläming, die beiden schönsten Jungs von damals, was für eine hübsche Begrüßung. Ist einer von euch Single?«

Sie hatte in der Abnehm-Show seinerzeit nicht gewonnen, aber immerhin fast die Hälfte ihres Gewichts verloren, wodurch sie jetzt noch ungefähr das dreifache Normalgewicht hatte, doch sie sah *gut* aus. Melanie Paulsen war inzwischen Buchautorin und *Influencerin* (einer der dämlichsten Neologismen der letzten fünfhundert Jahrzehnte, dazu ein Begriff, der eine Un-Tätigkeit zu adeln versuchte), machte Werbung für Mode und trat häufig in Talkshows auf. Auch wenn sie wahrscheinlich immer noch nicht zusammen mit dem Wasser in eine normal große Badewanne passte, verfügte sie über eine attraktive Ausstrahlung, was natürlich mit ihrem Erfolg und ihrer Bekanntheit zu tun hatte, aber nicht nur. Sie war tatsächlich hübsch.

»Melanie, altes Walross«, sagte Birger lächelnd und umarmte sie. Melanie Paulsen stutzte kurz und umarmte den Mann dann ihrerseits, was Birger Fläming zum Ächzen brachte. Als sie ihn losließ und Anstalten machte, mich ebenfalls ein bisschen an sich zu pressen, hob ich abwehrend die Hände, beugte mich aber vor und hauchte einen Kuss nur ein paar Mikrometer an ihrer Wange vorbei. Neben mir selbst hatte Melanie damals am meisten von Tabeas Anwesenheit profitiert, und ich hatte das Gefühl, dieser Selbstbewusstseinsschub reichte bis heute. »Hast du noch Kontakt mit ihr?«, fragte sie folgerichtig als Erstes, und als ich ihr erzählte, wie es um uns stand, brach sie in Rührungstränen aus. Fläming ging wieder rein, aber Melanie blieb noch einen Moment mit mir draußen, steckte sich eine dieser länglichen, schmalen Zigaretten an, die mal extra für Frauen auf den Markt gebracht worden waren und die es überraschenderweise noch gab, legte den Kopf schief, lächelte und sagte: »Ich wusste schon damals, dass es nicht ganz echt war. Dass sie uns ein bisschen verarscht hat.« Ich nickte und zwinkerte ihr zu. »Aber das war okay. Es hat immerhin mein Leben verändert.« Sie lachte keckernd. »Ich bin peinlich, ich weiß, aber ich bin wirklich und wahrhaftig mit mir im Reinen, außerdem geht es mir blendend.« Ich nickte. »Und das habe ich zu einem Gutteil Tabea zu verdanken.«

»Ich werde ihr das ausrichten.«

»Das war klar, dass sie nicht kommen würde.«

»Ich soll dich aber herzlich von ihr grüßen. Du bist die einzige Schülerin, an die sie sich noch erinnert.«

Sie lachte herb. »Das glaube ich gerne. Ich muss ihr damals *ordentlich* auf die Eierstöcke gegangen sein.«

Überraschungsbesuch

Weil ich zu Hause arbeite, das Haus aber nicht genug Räume für ein Büro hat und ich nicht im Kellermuff meine Texte tippen will, haben wir ein Gartenhaus in Blockhausbauweise aufgestellt, das fast fünfundzwanzig Quadratmeter Grundfläche hat und gerade so zwischen die Kiefern passt. Der Eingang ist an der Seite, und nach vorne haben wir eine große, bodentiefe Glasfläche einsetzen lassen, die nur in einer Richtung lichtdurchlässig ist, so dass ich zwar nach draußen schauen kann, bei normalen Lichtverhältnissen aber niemand sehen kann, was ich drinnen tue. Wovon das meiste natürlich auch komplett harmlos ist. Ich habe in meiner Hütte einen großen, hölzernen Schreibtisch, der direkt hinter der Scheibe steht, einen Arbeitstisch und ein paar Regale, außerdem Wasseranschluss, eine relativ sparsame elektrische Heizung und einen Kaffeevollautomaten, der okayen Kaffee produziert. An einer seitlichen Wand hängt der viel zu teure gefälschte *Fender Precision Bass*, den ich mir vor ein paar Jahren online bei einem Windhund gekauft habe, der nach dem Kauf nicht mehr zu erreichen war, aber das Instrument reicht aus, um hin und wieder mit Kopfhörer und Smartphone ein paar einfache Bassläufe zu üben. Wenn sich doch irgendwann die Chance ergibt, eine Band zu gründen, die *The Disease* heißt und vor Robert Smiths *The Cure* spielen kann, wäre ich gewappnet, jedenfalls war das der Gedanke, als ich mir das Ding geholt habe.

Mit dem vorderen Gartentor bin ich über eine Video-Gegensprechanlage verbunden, die ich seinerzeit in meiner Auftragsbesprechung zwar abstrafen musste (komplizierte Installation, unbefriedigende Bildqualität, geringe Ausfallsicherheit, unverständliche Anleitung, zu teuer – also lauter Kriterien, die sich nur schwer mit Messdaten widerlegen lassen), die aber eigentlich super ist. Ich kann weitwinklig beobachten, was vor dem Grundstück geschieht, auch ohne dass es dort bemerkt wird, die Bildqualität ist tatsächlich bestechend, und die dazugehörige Smartphone-App spiegelt alle Funktionen der Anlage fast ohne Verzögerung. Selbst wenn ich also im Haus bin und auf dem Klo sitze, kann ich mit dem DHL-Boten sprechen und ihm Anweisungen geben. Da der DHL-Bote – er heißt Ahmend – und seine Kollegen der anderen Parcel-Services ziemlich oft kommen, ist das eine wichtige Funktion.

Brahoon hat mir gestern, also am Tag nach unserem Treffen, noch eine SMS geschickt. Er schrieb, dass er es cool findet, uns kennengelernt zu haben, und dass er hofft, dass wir gute Freunde werden – darauf kann er *wetten* –, und er bittet mich, mir Gedanken zu dem Song zu schicken, falls ich welche habe, weil er sein neues Studio damit einweihen will, an diesem Stück zu arbeiten. Ich habe ihm sofort mit den ersten Zeilen geantwortet, die ich schon länger im Kopf hatte:

That City Vanished

We were two sides
of the same tribe
No secrets
Nothing to hide
We knew each and everything about
one another
So young and restless
Surrounded by (the Berlin) the forever wall

Er hat geantwortet, dass er das *We* durch ein *They* ersetzen würde, wenn er das Stück singt, was ja das Ziel der Angelegenheit wäre, aber dass es total in die richtige Richtung geht, und ich solle weiter liefern, gerne auch Stichworte und Gedanken. Er sei jetzt für ein paar Tage unterwegs, aber bald wieder in Kleinmachnow, dann könnten wir uns zusammensetzen und weiter an dem Text schreiben. Ich habe mir einen Screenshot von der Kurznachricht auf A4 gezogen und ausgedruckt und in meiner Holzhütte an die Wand geklebt, so kann ich immer wieder hinschauen und mir bestätigen, dass das wirklich passiert. Ich bin mit einem Rockmusiker so gut wie befreundet, und wir schreiben zusammen einen Song. Ich beschließe, irgendwann in den Keller zu gehen und nach meinem Mathe-LK-Heft aus der Elften zu suchen, das da noch irgendwo sein muss. Das würde ich dann danebenhängen.

Ich bin so mit Songtextdichtereibrainstorming beschäftigt, dass ich erst nicht mitkriege, dass es geklingelt hat. Beim vermutlich zweiten oder dritten Mal verbinde ich mich mit der Gegensprechanlage. Es ist unser DHL-Bote.

»Hey, Ahmend«, rufe ich ins Mikrofon. »Sorry, hat einen Moment gedauert.«

»Kein Problem, Herr Bengt«, ruft Ahmend fröhlich zurück. »Ich habe wieder einen Haufen Pakete für dich.« Das hat er von Anfang an gemacht, *Herr Bengt* sagen und mich duzen.

Er ist in den Dreißigern, er lacht immerzu, und er hat ein ziemlich lustiges, kreisrundes, aber irgendwie unaufgeräumtes Gesicht (der Übergang zwischen Kopfhaaren und Bart beispielsweise wechselt anscheinend ständig seine Position), und er schwitzt bei jedem Wetter, als würde er alle Pakete – es sind Hunderte am Tag, wie er immer wieder berichtet – zu Fuß auf seinem eigenen Rücken durch Kleinmachnow transportieren. Ahmend kommt aus Albanien, aber achtzig Prozent der Albaner arbeiten außerhalb Albaniens, das erzählt er auch bei jeder Gelegenheit gerne wieder. Und dass Albanien ein Superland ist und früher oder später den ganzen Rest von Europa abhängen wird, womit auch immer – vielleicht als das Land der Paketzustellhelden. Deshalb spart er auch auf ein Haus in Tirana oder irgendwo an der Ägäis. Bald ist es so weit. Er muss nur noch eine Frau finden, die ihn erst heiratet, dann das Haus in Schuss hält, am besten eine Polin, die arbeiten echt super, es geht nichts über Polinnen, eine Deutsche ginge notfalls auch, die arbeiten auch gut, sagt Ahmend grinsend, und wenn ich entgegne, dass er schon etwas gestrige Ansichten hätte, lacht er mich aus. »In Albanien«, sagt er dann, »gelte ich quasi als Kommunist.«

Heute sind es nur drei Pakete, mein Pensum für diese Woche. Ahmend unterschreibt für mich auf seinem Tablet, beinahe sogar authentisch, das macht er seit einer Weile so.

»Merkt keine Sau«, sagt er. Er dackelt zu seinem gelben Lieferwagen, über den er gerne schimpft. »Batterieantrieb ist Scheiße. Hat keinen Bums. Weißte, Herr Bengt, *Bums*.« Dabei grinst er anzüglich. Und ich weiß *nicht*, was zur Hölle er meint, ob er mich anmachen will oder einfach nur gerne irgendwie sexistisch redet oder ob ich in den völlig falschen Schubladen suche. Ich schaue ihm zu, wie er in den Laderaum klettert, wo er eine ganze Weile rumrumoren wird, begleitet von lauten Poltergeräuschen. Keine Ahnung, was er da genau tut, aber er macht das jedes Mal, und erst nach einer guten Viertelstunde fährt er weiter. Die Pakete, die er mir bringt, sind jedoch immer heil und völlig unbeschädigt. Vielleicht, denke ich, hat er da einen Sandsack drinhängen, und er trainiert nach jedem Anhalten, was auch die übermäßige Schwitzerei erklären würde.

Da steht noch ein Lieferwagen, bemerke ich jetzt, beziehungsweise ein Möbelwagen, vor dem Meisenring 8, dem Haus, in dem Möllers aus Gladbach bis vor zwei Monaten gewohnt haben, die aber zurück nach Gladbach sind, weil die Sportmedizinerin Lisa Möller irgendeinen extrem coolen Job bei Borussia bekommen hat. An dem Lieferwagen tut sich nichts, aber jetzt kommt von hinten ein Auto angefahren, ein großer, neuer, dunkler BMW, und als er näher kommt, erkenne ich ein Münchener Kennzeichen. Ich will aber nicht als neugierig dastehen, außerdem sind die drei Pakete ein bisschen schwer, also latsche ich zurück zu meiner Holzkemenate im Garten.

Ich mache das eigentlich nur noch aus Loyalität. Dieser Job hat mal eine kurze Zeit lang das Futter für uns bezahlt, und ich weiß gar nicht mehr genau, wie ich an diese Arbeit gekommen bin. Eine Agentur, die in Solingen sitzt, beauftragt mich, bei den großen Online-Versendern, vor allem aber beim Versandgiganten *zonaman* bestimmte Produkte zu bestellen, und ich muss diese Produkte dann rezensieren, wobei die Agentur vorschreibt, welche Bewertung ich abgeben soll, ob es also zehn hochgereckte Daumen werden oder einer, der nach unten zeigt. Dass sie mir vorschreiben, wie die Wertung ausfallen soll, ist allerdings nirgendwo schriftlich festgehalten – das hat mir nur ein Mitarbeiter am Telefon erklärt, und ich finde das heraus, indem ich das Auftreten des Buchstabens »E« in der Mail mit der Testaufforderung zähle. Je nachdem, durch welche Zahl diese Anzahl teilbar ist, so viele hochgereckte Daumen soll das Produkt bekommen. Weil ich eine echte Person mit einem echten Account bei zonaman bin, wird bei meinen Rezensionen dieser lustige Typ mit der Einkaufstasche angezeigt (der auch eine Frau sein *könnte*, aber er wird inoffiziell als »Der Zonaman« bezeichnet, während das Logo für die Bude schlicht ein grünes, kleines Z ist), der so eigenartig grinst und einen grünen, hochgereckten Daumen auf der Brust trägt, der kaum Ähnlichkeit mit dem Facebook-Symbol hat. Daneben steht dann auf Kauderwelsch: *Echte*r Käufer*in.* Das hat tatsächlich eine besondere Wirkung. Die Agentur steuert, dass ich nur Produkte bekomme, die auch glaubwürdigerweise jemand wie ich bestellen würde, ich muss also (noch) keine Schlankstützwäsche testen, keine Hormonpräparate oder Windeln, weder für ganz junge Menschen noch für ganz alte. Ich kann Anforderungen auch ablehnen. Manchmal muss ich mehrere Rezensionen schreiben, die die Agentur dann an andere Leute verteilt, die auch Accounts haben, manchmal sogar absichtlich in totalem Honkdeutsch (»Der Schalter des Gerät's is nach zweimal kabottgegangen, und ich bin totalwütent, während ich dies Rezession schreibe«), weil es dafür auch Zielgruppen gibt, weil Leute also gezielt nach nicht so professionellen Texten suchen, die sie deshalb für glaubwürdiger halten. Unterm Strich ist fast alles Lug und Trug, aber ich setze mich mit den Produkten tatsächlich auseinander, ich lasse sehr subtil zwischen den Zeilen hindurchscheinen, wenn ich eigentlich total anderer Meinung bin, und ich kann das Zeug anschließend behalten, neben einem wirklich ordentlichen Honorar – es muss sich für die Hersteller also richtig lohnen, entweder sehr gute Besprechungen für eigene Produkte zu bekommen oder Fremdprodukte abzustrafen. Meistens verschenke ich die Sachen anschließend, oder ich verticke sie als »gebraucht, wie neu« online weiter, auf den Gebrauchtbörsen. In guten Wochen nimmt Ahmend genauso viel wieder mit, wie er gebracht hat. Tabea, die sich nicht sehr dafür interessiert, was ich so mache, habe ich gesagt, ich würde Produktbeschreibungstexte für eine Agentur verfassen, die dann als Grundlage für das Marketing verwendet werden, was ja eine recht große Schnittmenge mit der Wahrheit hat. Auf ihre Frage, warum ich das Zeug über zonaman bekomme, wenn es doch im Rahmen des Marketings geschieht, habe ich mit einer stotterigen Antwort angefangen, aber da klingelte zum Glück gerade ihr Telefon.

Dieses Mal habe ich einen Staubsaugerroboter zu besprechen, ein Bestecksset und Funkgeräte. Einen Staubsaugerroboter haben wir tatsächlich schon, nutzen ihn aber kaum, weil das Haus zu verwinkelt ist und zu hohe Schwellen hat, und unser Besteck ist viel schöner als das, was ich gerade ausgepackt habe (das aber dennoch zehn hochgereckte Daumen von mir bekommen wird), und mit Walkie-Talkies wüsste ich wirklich nichts anzufangen.

Ich mache mir einen Caffè Crema und überfliege dabei die Bedienungsanleitung des Staubsaugers. Er soll von mir nur einen Daumen bekommen oder bestenfalls zwei, weil der eine Daumen oder ein Daumen nach unten zu unglaubwürdig wären, was bedeutet, dass die Agentur von einem Konkurrenzhersteller oder -anbieter beauftragt worden ist. Entsprechend lautet der Wunsch auf eine ziemlich ausführliche, gut begründete Besprechung, die das Ding nicht ganz schlecht dastehen lässt, aber doch schlecht genug, um die Konkurrenz – welche genau auch immer – besser erscheinen zu lassen. Das Gerät selbst macht auf den ersten Blick einen hochwertigen Eindruck, aber die deutsche Fassung der Bedienungsanleitung ist offenbar maschinenübersetzt, was auf jeden Fall in meine Rezension einfließen wird, obwohl sogar ein mehrfach Hirnamputierter verstehen müsste, wie das Ding zu bedienen ist. Elektrogeräte so oder so zu bewerten ist ziemlich einfach, weil das Anwendungsgebiet eine große Rolle spielt, und man kann immer behaupten, irgendwas wäre abgefallen, hätte sich verbogen oder wäre bei normaler Nutzung gebrochen. Beim Besteckkasten, der von mir die Höchstnote bekommen soll, sehe ich auch keine Probleme, aber zu den Funkgeräten muss ich mir eine Geschichte ausdenken. Ich nehme an, dass es einige Berufsgruppen gibt, von denen Funkgeräte verwendet werden (Bauarbeiter, Tierpfleger, Privatdetektive, Landvermesser), aber im Consumersegment? Na, mir wird schon was einfallen. Ich habe bis zum Ende der Woche Zeit. Und gerade heute bekomme ich wieder ein leicht schlechtes Gewissen bei dieser Arbeit, die ich mir nicht immer dadurch schönreden kann, dass ich mir sage, dass ja keine einzige all dieser vermeintlichen Laienbesprechungen objektiv oder fair oder verlässlich ist, weil Fans das Zeug der Leute, die sie anbeten, immer über den Klee loben, ganz egal, wie scheiße es im Einzelfall auch mal ist und umgekehrt. Diese ganze Bewerterei ist ein einziger Sumpf, und ich bin nur eine kleine, schillernde Blüte am Rand. Eigentlich müsste ich das auch nicht mehr tun, aber dann macht es hin und wieder echten Spaß, zumal ja manchmal das vorgegebene Urteil dem entspricht, zu dem ich selbst auch gekommen wäre. Meistens aber, zugegeben, ist es andersherum. Sonst müsste die Agentur ja nicht aktiv werden.

Es klingelt abermals, und als ich auf den Monitor schaue, bekomme ich erst einen Schreck, weil da ein Mann im Anzug zu stehen scheint, den ich nicht erkenne, aber er steht auch seitlich zur Kamera. Meine Reaktion stammt sozusagen noch aus den Neunzigern, als ich im Wedding gewohnt habe und der Besuch solcher Leute meistens bedeutete, dass ich eine fällige Zahlung ein paar Monate zu lange hinausgezögert hatte.

»Hallo?«, sage ich möglichst freundlich. Wir zahlen schon seit Jahren alle Rechnungen überpünktlich.

Der Mann dreht sich zur Kamera, jetzt erkenne ich ihn. Es ist fucking Birger Fläming, mein ehemaliger Klassenkamerad.

Der einzige Schüler, an den sich Tabea noch erinnern konnte, von Melanie Paulsen abgesehen.

»Bengt? Bist du dadrin?«, fragt er und kommt mit dem Gesicht so nahe an die Kamera, dass ich die Poren auf seiner Nase zählen könnte. Dann schielt er und wackelt dabei mit dem Kopf hin und her. Als Ulknudel habe ich ihn nicht in Erinnerung, aber wir waren auch keine Freunde damals, haben außerhalb der Schule keine Zeit miteinander verbracht.

»Scheiße, Fläming. Komm rein. Ich bin hinten im Garten. Einfach am Haus vorbei. Das geht beiderseits.« Linksseitig allerdings dicht an den Mülltonnen vorbei. Ich betätigte den Türsummer und schaue ihm dabei zu, wie er aus dem Bild verschwindet, aber das Tor offen lässt. Und während er das tut, zähle ich ein paar Zahlen zusammen. Der Umzugswagen. Der BMW mit dem Münchener Kennzeichen. Fläming wird mein neuer Nachbar. Er hat das Haus der Möllers gekauft oder gemietet. Eher gemietet. Das Haus gehört – wie das Haus der Butzkes – Erika Jablonski, und die verkauft ihre Häuser nicht, bevor sie nicht mindestens fünfmal so viel wert sind, wie sie ursprünglich dafür bezahlt hat. Was in Kleinmachnow allerdings überraschend schnell gehen kann.

Er sieht aus wie vor acht Jahren, mit einem möglicherweise ganz leicht geringeren Schwarzanteil im Haar als damals, was aber auch am jetzt sehr viel helleren Sonnenlicht liegen kann, und als er mir näher kommt, sich um die eigene Achse drehend, um Haus und Grundstück zu betrachten, kann ich schon aus drei, vier Metern Entfernung viele Fältchen entdecken, die er seit unserem letzten Treffen vor acht Jahren dazugesammelt hat, unterhalb der Ohren, am Hals, an den Händen. Ich bin einerseits irritiert, dass ich neuerdings vor allem auf so etwas achte, auf die Anzeichen des Alterns bei anderen, um sie mit meinen eigenen Merkmalen zu vergleichen (ich bemerke besonders viele Rollatoren, die von Menschen geschoben werden, die so große Tränensäcke in ihren zerklüfteten Gesichtern haben, dass man darin Kängurus aufziehen könnte, und frage mich dabei jedes Mal, wie alt der fragliche Mensch wohl ist und wie weit von meinem Alter entfernt), andererseits empfinde ich einen kleinen, angenehmen Hauch von Glück, wenn andere offenkundig schneller verfallen als ich. Wobei es eine Übertreibung wäre, das bei Birger Fläming schon »Verfall« zu nennen. Er wirkt zwar ein bisschen mitgenommen, weil er wahrscheinlich sechs bis acht Stunden Autofahrt hinter sich hat, aber er sieht immer noch klasse aus und mit Sicherheit besser als achtundneunzig Prozent aller anderen Achtundfünfzigjährigen hierzulande. Die Haare sind genauso cool wie damals, der Bart wirkt einen Tick strubbeliger, doch eigentlich sieht er aus wie ein Klamottenmodel für einen Anbieter, der sich auf besser situierte, extrem fitte *etwas ältere* Männer spezialisiert hat. Er hat ein perfekt sitzendes weißes Hemd an, an dem nur sehr kleine Schweißflecken unter den Achseln zu erkennen sind, dazu eine exzellent geschnittene Anzughose, die ein bisschen verknittert ist, und er trägt das passende Jackett über dem Arm. Seine Schuhe aus dem Leder unmittelbar nach der Geburt geschlachteter Kälber haben italienische Kinderarbeiter mit dem Mund genäht. Ich würde mit solchen Schuhen unseren Garten nicht betreten. Ich würde solche Schuhe in eine Vitrine stellen und anstarren. Okay, ich würde sie mir aber auch im Leben nicht kaufen. Schuhe sind nur Schuhe.

Fläming bleibt vor mir stehen und mustert mich. »Ich wollte das damals beim Klassentreffen schon sagen. Du bist doch zwei Jahre älter als wir alle, oder? Dann wirst du sechzig in diesem Jahr. Oder bist du's schon geworden?« Etwas ist mit seinem Gesicht, fällt mir auf. Irgendwas stimmt da nicht, aber nicht wie bei Rafael. Es ist nicht so maskenhaft wie bei meinem Schwager, aber diese Glätte an Stirn, Wangen und Kinn, diese Farbgleichförmigkeit wirkt auch nicht ganz natürlich.

»Das ist ja mal eine Begrüßung nach meinem Geschmack.« Ich verziehe das Gesicht.

Er kommt den letzten Schritt auf mich zu und umarmt mich kurz, aber recht herzlich. Ich rieche Raucharoma – er ist die Sucht also immer noch nicht los –, nehme aber außerdem einen Geruch von Drogerie, Abteilung »Gesichtspflege & Anti-Aging« wahr, sehe seine Gesichtshaut aus nächster Nähe. Fläming trägt Make-up. »Nein, was ich wirklich sagen wollte«, beginnt er einen Satz.

»Dass ich mich gut gehalten habe«, souffliere ich.

»Exakt. Sogar sehr gut.« Er dreht sich noch einmal im Kreis. »Hübsch habt ihr es hier. Ist Tabea da? Die würde ich ums Verrecken endlich gerne mal sehen.«

»Du hast keine Chance, Fläming. Sie ist mir treu.«

Er lacht. »Alter, nicht im Traum. Außerdem« – er wird etwas leiser, dabei ist hier weit und breit niemand außer uns – »wenn du erst *meine* Frau gesehen hast, guckst du Tabea nicht mehr mit deinen Hühneraugen an.«

Wir lachen beide, ich erzähle ihm, dass Tabea gerade zwei Querstraßen weiter in ihrem Yogastudio ist, und biete ihm was zu trinken an, und obwohl Montagvormittag ist, entscheiden wir uns für ein Bier auf der Terrasse. »Ist ein bisschen spießig hier, aber nett«, sagt er, als wir uns zugeprostet haben. »In Ottobrunn hatten wir allerdings mehr Platz.« Er zieht eine Zigarette aus der Jacke, schaut mich mit diesem Darf-ich-Blick an, und ich nehme einen Aschenbecher vom Boden, den wir für unsere seltenen Rauchergäste hier haben. Er genießt den ersten Zug fast ein bisschen zu sehr.

»Oh, es ist gar nicht so spießig«, widerspreche ich dann. »Wir haben hier eine recht schillernde Bevölkerungsstruktur. Gleich links« – ich zeige auf das Grundstück der Lamberts beziehungsweise auf die Koniferen, die es von unserem abtrennt – »wohnt ein waschechter Nazi, ein Bundestagsabgeordneter der ApPD. Gegenüber wohnen die Borowskis, die sind aus Schwaben hierhergezogen, die mit der BaWü-Flagge im Vorgarten. Borowski produziert Fernsehserien. In der Eins wohnt ein Youtube-Influencer mit ganzen zehn Followern. Im Haus rechts von deinem sind die Butzkes, Leute aus dem Berliner Wedding, die sich das hier eigentlich nicht leisten könnten. Und so weiter.«

»Die mit dem Taxi vor der Tür? *Eroticolosseum*?«

Ich nicke. Bernhard Butzke hat zwei Jobs, einer davon ist das nächtliche Taxifahren, und das macht er mit einer Schüssel, auf der Werbung für diesen Megapuff an der Berliner Stadtautobahn klebt. »Die sind aber total nett. Wenn man sie mal trifft. Sie arbeiten rund um die Uhr, nur für die Miete.«

»Und du?«

»Ich schreibe Gebrauchstexte«, sage ich unbestimmt; mehr sage ich nie. »Das bezahlt unser Futter. Tabea finanziert das Schloss und die Ländereien. Das da ist mein Büro.« Ich nicke in Richtung meiner Holzhütte. Fläming schaut hin und zwinkert mir zu, aber ich kann nicht deuten, wie er das meint.

Er erzählt, dass er wieder versetzt worden ist, von seinem Konzern, der seine Zentrale perspektivisch nach Berlin verlegen will, dass er aber überlegt, bei denen aufzuhören und in eine Kanzlei einzusteigen oder selbst eine zu eröffnen, weil er noch ein paar Jahre als Anwalt arbeiten will, von der Öffentlichkeitsarbeit hätte er die Schnauze voll, so viel könne man selbst als Anwalt nicht den ganzen Tag lang lügen. Das Haus hier in Kleinmachnow haben sie nur gewählt, weil er sich daran erinnern konnte, dass ich damals erzählt habe, hier zu wohnen, und dann ist er an den Grundstücken entlanggeschlendert, um ein bisschen Luft zu schnappen und sich die Gegend anzuschauen, und hat meinen Namen an der Tür gelesen. Unseren Namen. Ich höre ihm zu und finde das irgendwie recht nett, dass Fläming jetzt unser Nachbar sein wird, dass also hier jemand wohnt, der Geschichte mit mir teilt, wenn auch erst mal für ein Jahr, dann mal schauen, aber ich spüre auch, wie ein kleines bisschen Eifersucht in meinem Hinterkopf herumstichelt. Merkwürdigerweise ist bei Flämings Persönlichkeit eine etwas unsympathische Note dazugekommen, an die ich mich nicht von früher erinnern kann, aber wir waren ja auch nie Freunde. Vielleicht war er immer schon so, auf diese mehr oder weniger subtile Weise einen Tupfer herablassend, und ich habe das nur nie bemerkt.

Plötzlich wird es von links ein bisschen lauter – ziemlich grausige Musik ist zu hören. Ich erkenne außerdem die Stimme von Barbara Lambert, Lamberts Frau, die er *Babsi* nennt und die, wie sie mir mal bei einem unserer seltenen Gespräche am Zaun gestanden hat, fürchterlich gerne »was arbeiten« würde, was Lambert aber streng verbietet, denn nach seinem Rollenverständnis gehören die Ehefrauen respektabler Männer ins Haus (und dort vor allem in die Küche oder ins Schlafzimmer) und bei entsprechenden Anlässen im hübschen Kleid an den Arm des Mannes. Barbara Lambert ist erst in den frühen Vierzigern, sieht aber deutlich älter aus, was nicht nur daran liegt, dass sie sich ziemlich omahaft stylt, also in Klamotten herumläuft, die normalerweise viel ältere Frauen tragen, und sich Frisuren machen lässt, die nach Sechzigerjahre-Heimatfilmen aussehen. Inzwischen hat sie ein Ehrenamt gefunden, was ohne Zweifel nicht leicht war, weil niemand die Frau eines Rechtspopulisten beschäftigen will, nicht mal für lau. Sie ist an vier Vormittagen in der Woche bei der katholischen Gemeinde engagiert, für die sie überall in der Stadt Sachspenden abholt, die dann auf regelmäßigen Flohmärkten vertickt werden, für »gute Zwecke«. Aber montags ist sie zu Hause, und dann streitet sie besonders gerne mit Siri, der Apple-Sprachassistentin, wie auch jetzt gerade. Die laute Musik ist die Art von Musik, die Vater Lambert gerne hört, so eine Art Marsch-Metal, brachiale deutsche Texte zu Höllengeschrammel, aber Siri hat da wohl was falsch verstanden, denn die Musik wird immer lauter, während eine extrem genervte Babsi Lambert schreit: »Hey, Siri, spiel *entspannte Popmusik*!«, aber die Spracherkennung interessiert sich einen Scheiß dafür und zieht stattdessen das Volumen für die Metallpolka nur weiter hoch. Die Hausherrin krakeelt den Wunsch noch zweimal, dann ist es plötzlich still. Birger und ich blicken beide grinsend zur Nachbarterrasse, die durch die Koniferen allerdings von unserer aus nur teilweise zu sehen ist. Barbara Lambert erscheint dort, stellt feierlich einen zylinderhutgroßen, grauen Gegenstand auf den Terrassentisch und sagt dann sehr laut: »So.« Es dürfte sich um einen *HomePod* handeln, einen dieser vermeintlich intelligenten Lautsprecher, die keine Bedienelemente haben und mit denen man deshalb reden muss, was offenbar nicht immer klappt. Wir lachen beide, Barbara Lambert stapft wieder ins Haus zurück. Vermutlich putzt sie; die Lamberts haben keine Putzhilfe, weil er das, wie ich ebenfalls am Zaun erfahren habe, »zu riskant« findet.

Birgers Telefon klingelt, er zieht es aus der Innentasche des Jacketts, checkt das Display, lächelt, macht die Wischgeste. »Schatz«, sagt er. Wenig später dann: »Ich bin schräg gegenüber, drei Häuser weiter, bei meinem alten Freund.« – »Ja, genau bei dem.« – »Nein, Nummer fünfzehn, glaube ich.« – Ich nicke. – »Ja, das Tor ist noch offen, komm einfach rein, wir sind hinten im Garten.« – »Ich dich auch.«

»Meine Frau«, erklärt er, drückt hastig die Zigarette aus, nimmt den Aschenbecher vom Tisch und schiebt ihn hinter sich unter ein Sitzpolster, das da am Boden liegt.

»Ach was«, sage ich und schaue kurz zum Sitzpolster. Wir sitzen einen Moment schweigend da, nippen an unseren Bieren, Birger mustert den Garten, und ich mustere ihn. Jetzt bemerke ich, dass da eine gewisse Unruhe ist, eine Unausgeglichenheit; irgendetwas stimmt nicht. Er mag sich darüber freuen, mit mir hier beim Bier zu sitzen, aber er ist nicht wirklich glücklich darüber, in Kleinmachnow zu sein.

Dann kommt sie. Mandy Fläming, früher Mandy Albers, die mal Schlagersängerin war – ihr größter Hit hieß, und ich bin ein bisschen erschüttert, dass ich das weiß, »Ich glaub, du liebst mich gar nicht (du willst nur meinen Körper)« – und die vor zehn, zwölf Jahren für Deutschland Fünfte oder Sechste beim ESC geworden ist, sich dann für den Playboy ausgezogen hat, anschließend in zwei oder drei Folgen einer extrem grausigen Daily Soap mitspielte und danach von der Bildfläche verschwand – weil sie Birger Fläming geheiratet hat, der Fensterkreuz mal Pi zwanzig, fünfundzwanzig Jahre älter als sie ist. Sie ist auf eine Art attraktiv, die ich unattraktiv finde, auf diese glatte, gezielte, selbstgefällige Art. Sie ist zweifelsohne eine schöne Frau, aber sie muss nicht einmal den Mund aufmachen, damit ich entscheiden kann, dass im Lexikon neben dem Wort »Hochnäsigkeit« ihr Bild zu sehen ist. Sie küsst Birger, kräuselt dabei kaum sichtbar die Nase und reicht mir dann die Hand, anschließend schaut sie sich um und sagt überraschend freundlich: »Nett.«

Mandy Fläming setzt sich zu uns und lässt sich von mir ein Mineralwasser bringen, und während sie so dasitzt, die wirklich langen Beine übereinandergeschlagen, in diesem Kleid, das aussieht, als hätte es jemand für sie und genau diesen Moment und dieses Licht und diese Situation entworfen, denke ich, dass es das ist, was mir an Birger auffällt: Mandy Fläming ist keine Frau für Kleinmachnow, jedenfalls nicht für den Meisenring. Sie wäre gegenüber vom Bullshitso-Anwesen (oder darauf) besser aufgehoben oder in einem dieser fantastischen Designerhäuser weiter hinten in den Nebenstraßen, diesen Millionendingern mit Wärmepumpen und Teakholzornamenten an der Fassade, mit Tiefgaragen, Pools und eigenem Spa im zweigeschossigen Keller, unter dem sich außerdem noch ein Atombunker befindet, gleich neben dem Serverraum und dem begehbaren Tresor.

»Euer Rhododendron ist sehr schön«, verkündet sie und nickt in Richtung des Buschwerks neben meiner Hütte. Die Pflanze blüht gerade sehr prächtig. Sie legt den Kopf in den Nacken. »Und ich liebe Kiefern. Ihr habt einen schönen Garten.« Eine Drehung des Kopfes. »Dahinten geht es in den Wald, oder?« Sie zeigt zum Ende unseres Grundstücks.

»Der Boden ist ziemlich sandig«, sage ich nickend und versuche, meine wachsende Überraschung zu verbergen. Bapu kommt sehr gemütlich aus dem Haus getrottet; er verschläft die Vormittage gerne, wenn wir morgens länger unterwegs waren. Der Hund schaut sich auf der Terrasse um, mustert unsere Gäste, schnüffelt kurz an Birgers Schuhen und geht dann zu dem Stuhl, auf dem Mandy Fläming sitzt, legt sich neben dem Stuhl auf die Terrassenfliesen und schaut erwartungsvoll, nein, auffordernd zu ihr hoch. Was dieses Tier an Mimik draufhat, geht auf keine Kuhhaut.

»Dafür gibt es eine Menge Möglichkeiten«, erklärt sie und nimmt einen Schluck Wasser. Sie schaut sich weiter um, während sie sich zur Seite beugt und unseren Hund am Hals zu kraulen beginnt, der eine genießerische Miene auflegt und den Kopf auf die Vorderpfoten absenkt. »Lavendel sollte hier super funktionieren. Astern. Ich bin schon am Überlegen. Ich mag Gartenarbeit total. Schade, dass wir das Haus nicht kaufen konnten. Oder wollten.« Dabei wirft sie Birger einen vorwurfsvollen Blick zu. Bapu lässt dieses Geräusch hören, das ein Schnurren wäre, wenn er eine Katze wäre. Manche halten es für leise Fürze, aber es sind keine.

Ich nicke, doch im Inneren zwinkere ich. Damit hatte ich nicht gerechnet.

»So eine Hütte hätte ich auch gerne«, sagt sie dann zu ihrem Mann und schaut zu meinem Kabuff. »Um in Ruhe zu arbeiten. Das muss schön sein. Gemütlich.«

Ich nicke, inzwischen ein bisschen fröhlich, und frage mich, welche Art von Arbeit sie wohl meint, aber Birger poltert: »Dein Ernst?« Er sagt das in einem Ton, der mir ziemlich missfällt. Dieser Ton sagt: Man muss ein ganz schöner Idiot sein, wenn man in einem Garten im verdammten Kleinmachnow in so einer Holzhütte hockt und das sein Büro nennt.

Mandy funkelt ihren Mann an. »Du bist manchmal ein so arrogantes Arschloch«, knurrt sie. Und dann lächelt sie gleich wieder. »Aber ich liebe dich trotzdem.«

»Trotzdem?«

»Hast ja recht. Deswegen.« Sie schaut mich an, sie ist inzwischen hübscher geworden, finde ich. »Er nivelliert mich«, erklärt sie. »Ich bin sehr bodenständig, manchmal ein bisschen zu sehr, und er holt mich dann in die Realität zurück.« Sie kichert. »In die Realität von Austernbars, Jahrgangschampagner und Rennboottouren auf dem Comer See.«

Ich tippe »Birger Fläming ist bei uns im Garten« in mein Smartphone, als Messenger-Nachricht an Tabea, und dann noch »Er und Mandy Albers werden unsere Nachbarn«.

Sie textet sofort zurück: »Dann hast du jetzt einen Neben-
buhler, Herzchen. Singt sie gerade? Tritt sie beim nächsten
ESC an? Nackt?«

Ich sende ihr einen Scheißhaufen und ein paar Herzen und
dann willkürlich noch eine Wagenladung weiterer Emoti-
cons – darunter die Flagge von Albanien, was für ein Zufall –,
aber sie ignoriert das und schreibt zurück: »*Rücken-Yoga für
reife Mädels II* fällt aus, ich komme mal rüber, halt sie auf.«

»Tabea kommt gleich her«, sage ich. »Bleibt ihr noch einen
Moment?«

Mandy läuft durch den Garten, bückt sich hier und da, streicht
mit der Hand über den Rasen, legt immer wieder den Kopf
in den Nacken, um an den mächtigen Kiefernstämmen ent-
langzusehen, und Birger und ich sitzen auf der Terrasse und
schweigen ein bisschen, als Tabea kommt. Sie steht plötzlich
hinter mir, Birger blickt von seinem Telefon auf, wo er gerade
noch Mails gecheckt hat, wobei mir aufgefallen ist, dass er
manchmal ein bisschen anzüglich gelächelt hat. Jetzt öffnet
er den Mund und schließt ihn gleich wieder. Tabea beugt sich
zu mir herunter und küsst mich herzlich, dann umarmt sie
ihn.

»Du bist älter als früher«, sagt sie. Sie strahlt, hat wieder
in den Ich-liebe-euch-alle-Modus geschaltet, ist eine zweite
Sonne geworden, die unseren Garten bescheint.

»Das liegt am Alter«, antwortet er schwach, während sein
Blick auf eine Weise an meiner Frau hängt, die mir nicht gefällt. »Aber du siehst noch genauso aus wie damals«, erklärt
er. Tabea lacht und setzt sich, steht aber gleich wieder auf, weil

Mandy an den Tisch kommt. Als die Frauen nebeneinanderstehen, ist der Altersunterschied kaum zu erkennen. Tabea trägt ihr lässiges Yoga-Outfit, in dem sie sowieso noch einmal zehn Jahre jünger aussieht, aber wenn sie in diesem Modus ist, vergisst man ihr Alter sowieso sofort.

»Nicht zu glauben«, sagt Birger. Dann klingelt sein Telefon. »Okay, wir kommen gleich rüber«, murmelt er. Und anschließend zu uns: »Die Möbelleute brauchen Hilfe. Wir müssen zum Haus. Aber wir sehen uns ja jetzt öfter.« Das hat er definitiv vor allem zu Tabea gesagt, und ich beobachte interessiert, was in Mandy Flämings Gesicht in diesem Moment geschieht.

Es ist hasserfüllt. Nur für die Dauer eines Wimpernschlags, aber dafür umso eindeutiger.

Als er sich von mir verabschiedet, indem er mich noch einmal umarmt, zischt er mir etwas ins Ohr: »Sechzig. Alter. *Sechzig.*« Ich versuche, den Anflug von Irritation niederzukämpfen, Mandy küsst mich zwei Sekunden später auf die Wange, dann gehen sie ein paar Schritte rückwärts davon, wechseln die Richtung, er wedelt noch mit der rechten Hand, aber kurz bevor sie aus dem Blickfeld verschwinden, dreht sich Birger noch einmal zu mir um und formt dieses Wort mit den Lippen. *Sechzig.*

»Sie ist netter, als ich am Anfang gedacht habe«, sage ich zu Tabea, die sich auf meinen Schoß gesetzt hat und meine Bierflasche austrinkt. Sie nickt.

»Aber er ist ein Filou«, sagt sie. »Da bin ich sicher. Er wildert. Ich schätze, er hat mindestens drei oder vier Freundinnen, und hast du gesehen, wie sie ihn angeschaut hat, als er mich abgecheckt hat?«

Ich nicke. »Sie war richtig stinkig.« Und ich bin das auch ein bisschen, auf meinen Klassenkameraden, der so darauf pochen musste, wie alt ich bin. *Werde.*

»Mmh-mmh«, macht sie zustimmend. »Das hat sie echt nicht verdient. Die ist eine total Nette.«

»Sie hat früher mal Schlager gesungen.«

»Davon abgesehen.«

»Und sich für den Playboy nackig gemacht.«

»Menschen machen Fehler.«

»Sie hat bei *Mein Weg der Liebe* mitgespielt.« Nicht zu fassen, dass ich das weiß.

»Die Serie hat ihre guten Momente.«

Ich muss lachen, wir lachen beide, Tabea kippt den Rest Bier und rülpst sehr leise. Ich finde total sexy, wie Tabea rülpst. Sie schaut auf ihr Handy. »Verdammt, ich habe ja noch *Bauch-Beine-Po.*«

Ich schaue an mir herab. »Ich auch.«

»Ach, leck mich.«

Ich mache eine einladende Geste in Richtung meines externen Arbeitszimmers (das wir für solche Zwecke schon verwendet haben), sie küsst mich (mit Zunge) und zottelt wieder davon, zu Kriki und den lustigen Yogamädchen von Kleinmachnow. Ich schaue ihr hinterher und bin dabei verliebt wie an jenem Nachmittag im Tee-In, in den Achtzigern in Berlin-Neukölln, vor einundvierzig Jahren.

Danach stapfe ich zurück in meine Hütte und fühle mich großartig. Nein, ich werde heute keine Fake-Besprechungen mehr schreiben, sondern wieder an *Waschbär Moses* arbeiten, da wird der nächste Band bald fällig, schon der vierte. Und vielleicht erzähle ich Tabea heute Abend noch von dieser Songtext-Sache mit Brahoon. Vielleicht.

Vielleicht aber auch nicht.

Tiere

Dem Volontariat bei PipRo folgten noch zwei weitere Volontariate, die bis ins kleinste Detail genau gleich abliefen: Wir legten tagein, tagaus Papiersandwiches aus unverlangt eingesandten Manuskripten und Formablehnungen zusammen. Zufällig genau am Tag meiner Verabschiedung vom zweiten Job belauschte ich unfreiwillig einen Schwatz zwischen der Programmleiterin und einem Lektor, bei dem es um die nächsten Bewerbungsgespräche für Volontäre ging. Die Programmleiterin sagte: »Die Volontäre dürfen niemals erfahren, dass wir wirtschaftlich auf sie angewiesen sind. Und sie müssen unbedingt weiter glauben, dass sie Chancen haben, bei uns unterzukommen. Das ist eine der Säulen unseres Betriebs. Ach, was sage ich: Das ist eine der Säulen des Verlagswesens.« Ich räusperte mich, denn die beiden hatten nur zwei Meter von mir entfernt hinter einem Regal gestanden, und verkündete grinsend: »Säule Bengt verabschiedet sich hiermit.«

Danach arbeitete ich zweieinhalb Jahre als Aushilfslektor in einem kleinen Sachbuchverlag, der auf Wirtschaft, Jureterei, Steuersachen und eigenartigerweise auf die Jagd spezialisiert war, aber mit der Zeit bekam ich mit, dass das an den personellen Überschneidungen lag – viele »unserer Jäger«, wie mein Chef sie viel zu liebevoll nannte, waren außerdem

Rechtsanwälte oder Steuerberater oder Unternehmer. Dieser Job brachte mir unfassbar langweilige und unfassbar lange Sitzungen mit zu achtundneunzig Prozent männlichen Autoren ein, die nicht nur übermäßig von sich eingenommen, sondern fast durch die Bank auch ziemlich unsympathisch waren. Das betraf die Rechtsanwälte und die Steuerleute, vor allem aber die Jäger – also Menschen, die sich für die Jagd begeistern, für das Abknallen von Viechern zum Zweck des Viecherabknallens (was sie immer wieder mit Naturschutz und Regulierung und vielen anderen Scheinargumenten schönzureden versuchten, aber *sie knallten einfach gerne Viecher ab*, fertig, und besonders gerne knallten sie Viecher ab, bei denen das eigentlich verboten war und höchstens ausnahmsweise als »Jagdunfall« vorkommen konnte, was aber kameradschaftlich vertuscht wurde). Diese Männer hatten es mir zu dieser Zeit ganz besonders angetan. Als abschließender Höhepunkt meiner Tätigkeit in diesem Verlag hatte ich das große Glück, mit einem gewissen Harald von Sondern an dessen Buch über Fuchsjagd-Reviere in den neuen Bundesländern (die er nur als »Zone« bezeichnete) zu arbeiten, und während dieser acht, neun Wochen wünschte ich mir häufig selbst eine Jagdwaffe, die mich dann allerdings wegen (besonders bestialischen, heimtückischen und quasi aus Sicherheitsgründen gleich mehrfach an derselben Person ausgeführten) Mordes ins Verlies gebracht hätte. Als dem Herrn Autor, einem unglaublichen Schnösel, klar wurde, dass er an seinem extrem wichtigen Buch mit jemandem arbeiten müsste, der selbst nicht die geringsten Jagdkenntnisse besaß, wurde er erst ziemlich mürrisch und schlug dann vor, mir die entsprechenden Erfahrungen im Rahmen eines von ihm gestalteten Jagdwochenendes zu verschaffen, was ich jedoch verweigerte, mit Äußerungen, die mehr oder weniger subtil meine Ablehnung seines Hobbys (das er für eine Art Berufung hielt, und alle Jäger glaubten von sich, allen anderen Menschen überlegen zu sein) codieren sollten, etwa »Bevor ich mich morgens um vier in einen Scheiß-Jagd-Hochstand setze, um per Zielfernrohr unschuldige Rehe zu meucheln, lasse ich mich an der Schraube eines durchgerosteten Containerschiffs festbinden, das die Arktis an der kältesten Stelle durchquert«. Die Arbeit an dem Buch verlief deshalb ziemlich frostig; es war aber auch ein völlig blödes, sehr langweiliges Buch, das wir hauptsächlich herausgaben, weil von Sondern ein Jagdkumpel eines unserer wichtigsten Autoren im Steuerrecht war, und es floppte gnadenlos, woran der Autor mir die Hauptschuld gab, obwohl er praktisch keinen einzigen meiner Vorschläge akzeptiert hatte (was er *mir* zum Vorwurf zu machen versuchte – erfolgreich). Ich wurde fristlos gefeuert und musste eine Abfindung und mein Arbeitszeugnis vor Gericht erstreiten, das mir eine recht gute Note zu geben schien, mich zwischen den Zeilen aber als ahnungsbefreites, kompromissunfähiges Arschloch skizzierte. Mit so was kam man damals noch durch.

Danach schrieb ich eine Zeit lang Film-, Konzert- und Plattenkritiken für ein Stadtmagazin und zweimal sogar Restaurantbewertungen, aber das ging nicht gut, weil das Stadtmagazin beide Restaurants sofort als Werbekunden verlor. Ich verfasste auch Rezensionen zu Belletristik und legte die immer wieder meiner Redakteurin vor, aber das Stadtmagazin veröffentlichte nur Besprechungen von Büchern, deren Autoren gerade auf Lesereise in der Stadt haltmachten, und dann stammten die Texte zu den Büchern meistens von den dazugehörigen Agenturen. Es blieb mir einfach verwehrt, in diesem Bereich auf irgendeine Weise Fuß zu fassen, also gab ich den Gedanken auf. Ich dachte sogar übers Taxifahren nach.

Bis mir die Texte von Christian Mehlborn wieder einfielen, die Geschichten um den Waschbären namens Jesus und seinen Kumpel, den Kröterich Jakob.

Ich recherchierte eine Weile und ermittelte schließlich, dass Mehlborn im Alter von vierundneunzig Jahren vor knapp einer Dekade in der Nähe seines Geburtsortes Darmstadt gestorben war, und ich fand Trauerbekundungen der Industrie- und Handelskammer Darmstadt, für die er wohl in hoher Position gearbeitet hatte (davon war damals auch in seiner Vita auch die Rede gewesen und vom ersten Preis beim Vorlesewettbewerb der Martina-Ritter-Grundschule in Darmstadt/ Martinsviertel-West), aber weder etwas von einem Familienmitglied noch von irgendeinem Verlag oder Buchhändler. Im Verzeichnis lieferbarer Bücher, in den Archiven der Nationalbibliothek und bei *zonaman* fand ich seinen Namen ebenfalls nicht, und als ich in der lieferbaren Belletristik nach dem Stichwort »Waschbär« suchte, begegneten mir zwar einige ulkige Sachen (zum Beispiel ein Kleinkinderbuch mit dem anregenden Titel »Wie ein Waschbär kackt«; Kinder- und Malbücher rund um die Defäkation bildeten offenbar ein eigenes Subgenre, wie einige weitere Klicks ergaben), doch nichts, was in die Richtung wies, der er damals einzuschlagen versucht hatte. Ich setzte mich hin und notierte, was mir von der Lektüre noch einfiel, und das war überraschend viel. Dann änderte ich ein paar Fakten und Details (aus dem Waschbär Jesus wurde der Waschbär Moses, und sein Partner, die Kröte, wurde zum Ganter, und er hieß nicht mehr Jakob, sondern Johannes) und begann damit, die Geschichte noch einmal aufzuschreiben.

Waschbär Moses ist frech, selbstbewusst, mutig und erfindungsreich, aber er ist oft auch unvorsichtig, manchmal ziemlich übermütig und etwas naiv, und da kommt sein Kumpel Johannes ins Spiel, der ein cleverer, logisch denkender und nicht leicht zu beeindruckender Typ ist, was die beiden zu einem idealen, wenn auch in dieser Besetzung nicht ganz neuartigen Team macht. Die erste Erzählung handelte davon, wie Moses an sich entdeckt, dass er jetzt die Menschensprache beherrscht, womit die Forscher auch rechnen, aber er zeigt ihnen nicht, dass er sie versteht, was ihn einiges an Selbstbeherrschung kostet, da sie in seiner Gegenwart zum Beispiel davon reden, das Vieh einzuschläfern, wenn es nicht bald etwas nützt, oder krasse Experimente mit ihm und den anderen Versuchstieren zu machen. Aber der Ganter Johannes, der im gleichen Programm behandelt wird, hat sehr wohl gemerkt, dass Moses die nächste Evolutionsstufe genommen hat, und er coacht ihn. Zusammen spinnen sie dann einen Fluchtplan und brechen aus der Forschungseinrichtung aus, wobei sie noch ein bisschen was darüber erfahren, wo sie herkamen und wo ihre Familien zu finden sein müssten. Denn mit der Behandlung ist ein Gedächtnisverlust einhergegangen, aber auch, wie sie später erfahren, eine deutlich längere

Lebenserwartung. Natürlich gibt es jede Menge eigentlich überlegener Gegenspieler – etwa einen blutrünstigen Jäger, den immerhin ich mir ausgedacht hatte – und eine Liebesgeschichte zwischen Moses und einem hinreißend schönen Stinktierweibchen und all solche Sachen. Der Ganter nennt den Waschbären »Captain«, was er aber ein bisschen ironisch meint (im Original »General«, wenn ich mich richtig erinnerte), der Waschbär sagt zu dem Ganter immer Ente, um ihn zu ärgern.

Anfangs schrieb ich das Zeug vor allem aus Spaß auf, und der Spaß wuchs, weil ich mich doch an vieles erinnerte und mich eigentlich nur an den Meilensteinen entlanghangeln musste – nacherzählen war schon an der Grundschule eine meiner herausragendsten Fähigkeiten gewesen. Die Dialoge bekam ich ganz gut hin, und wo es haperte, ließ ich mir in einem Online-Autorenforum helfen, ohne die Helfer davon in Kenntnis zu setzen, wobei genau sie mir halfen. Und dann war irgendwann etwas fertig, das die Bezeichnung »Roman« möglicherweise verdiente, ungefähr dreihundert Seiten – recht lustig, spannend zu lesen und technisch sehr viel besser als das Original, wie ich fand. Trotzdem ließ ich das Zeug eine ganze Weile liegen, ohne etwas damit zu machen, weil ich ziemliche Gewissensbisse bekam. Okay, Ideen waren nicht geschützt, und auch wenn ich etwas mehr als nur die Idee übernommen hatte, war das, was ich da getan hatte, kein echtes Plagiat, sondern eher in einer Grauzone angesiedelt. Ich hatte keine einzige Formulierung von Mehlborn geklaut, nur halt seine ganze Geschichte, mehr oder weniger, und sie besser erzählt als er. Und er war tot. Mein Vergehen wäre ein rein moralisches, und da ich inzwischen damit angefangen hatte, die Auftragsrezensionen zu schreiben, war meine Hemmschwelle in dieser Hinsicht gesunken. Trotzdem dauerte es noch einige Monate, bis ich mich überwand und das Manuskript – zusammen mit einem perfekten Begleitschreiben – unter einem Pseudonym einem kleinen Verlag anbot. Das war eigentlich nur als Testballon gedacht, aber die Verlegerin meldete sich schon ein paar Tage später über den Mailaccount, den ich für meine erfundene Autorenfigur angelegt hatte, und bot mir einen Vertrag an. Sie fand meinen Waschbär Moses, den ich eigentlich ja nur adoptiert hatte, total super.

Damit brachte sie mich in eine heftige Zwickmühle. Ich reagierte erst nicht und überlegte hin und her, zog in Erwägung, Tabea einzuweihen, aber dann hätte ich ihr erzählen müssen, warum ich Bedenken hatte, und auch wenn sie mich sicher nicht für einen Helden hielt (und auch nicht erwartete, dass ich einer wäre), hätte der Umstand, dass ich letztlich eine Geschichte abgekupfert hatte, möglicherweise, äh, *zu gewissen Spannungen geführt*. Ich dachte darüber nach, Gürsel zu fragen, was er davon hielt, aber Gürsel war schon immer ein Moralist, manchmal ein ziemlich strenger, was gelegentlich sogar in Selbstgerechtigkeit umzuschlagen drohte, und er hätte mir sicher davon abgeraten, irgendwas mit der Geschichte zu machen, und er hätte mich dafür verurteilt, nur darüber nachgedacht zu haben. Andere Freunde oder Bekannte, mit denen ich über so etwas hätte reden können, gab es nicht. Wir hatten nicht wenige Freunde und Bekannte, sogar mehr, als wir terminlich unterbrachten, aber keiner von diesen Leuten war tatsächlich ein Vertrauter.

Dann fiel mir doch jemand ein, der mich verstehen würde, der mich nicht sofort verurteilen würde, der diskret wäre und dessen Meinung ich mehr als nur schätzte.

Gassi gehen

Die höchste Hausnummer im Meisenring ist die 25, und exakt so viele, nahezu gleich aussehende Häuser stehen da auch, fünfundzwanzig Stück – dreizehn auf der längeren, der äußeren Seite, und elf auf der inneren. In den Dreißigerjahren des vergangenen Jahrhunderts hatte ein gewisser Adolf Sommerfeld, seines Zeichens Bauunternehmer, dieses Konzept standardisierter Einfamilienhäuser entwickeln lassen, wofür ihn die Nazis später gefeiert und Kleinmachnow zur Mustersiedlung ausgerufen haben. Die Häuschen zeigen mit ihren seitlichen Fassaden und spitzen Giebeln zur Straße hin, und ihr Erscheinungsbild steht unter Schutz. Wer ein Dachfenster montieren will, kriegt Probleme. Es gibt diese Häuser überall in Kleinmachnow, wo sie mal ganze Straßenzüge beherrschen, wie bei uns, im Meisenring, oder nur vereinzelt zwischen anderen Gebäuden stehen.

Jonathan Plantikow bewohnt Haus Nummer elf, also zwei Grundstücke von unserer Nummer fünfzehn entfernt, und er ist vermutlich das bekannteste Gesicht aus dem Meisenring. In seiner Kindheit haben ihn die anderen Kids *Plantschi* genannt. Damals, vor fünfundvierzig Jahren, als er ein Achtjähriger war, hat es ein Kindershampoo gegeben, das so hieß, und auf dem Schulhof haben sie ihm den Werbesong hinterhergegrölt: »Plantschi ist prima, Plantschi ist 'ne Wucht, mit Plantschi macht das Baden Spaß«, und er hat sich dann in eine Ecke verkrochen und rasch seine Pausenbrote gefuttert, womit das Fundament seiner persönlichen Art der Konfliktbewältigung gelegt wurde. Über die Grausamkeit von Kindern ist schon viel gesagt und geschrieben worden; das stimmt natürlich alles. Aber es gibt noch einen anderen Menschenschlag, der tausendmal brutaler und gewissenloser ist – und das, ohne kindliche Naivität als Entschuldigung anbringen zu können.

Das Essen hat sich nicht nur deshalb zu einer besonderen Leidenschaft von Plantikow entwickelt, der es mag, wenn man ihn *Jon* nennt. Er isst einfach auch gerne und mit großem Genuss. Wann immer ich ihn treffe, hat er etwas zum Essen in der Hand oder im Mund, bevorzugt die *Krusty Corners*, die man beim Biofleischer in der Thälmannallee kaufen kann – gegrillte Schweinebauchecken mit knuspriger Schwarte, von denen Plantikow tütenweise kauft und einen Gutteil schon auf dem Heimweg vertilgt, für den er allerdings auch ein bisschen länger braucht als andere. Bei diesem Biofleischer, dessen Englisch nicht ganz sicher ist, stehen die Kleinmachnower bis zur übernächsten Straßenecke an, wenn Grillwetter ist, dabei schmecken die fertig marinierten, einfachen Nackensteaks aus dem Kühlregal von ReDeDidl viel besser, wenn man mich fragt, was hin und wieder sogar geschieht.

Jonathan Plantikow ist in einer Kleinstadt in der Nähe von Augsburg geboren (also in einer *noch* kleineren Stadt als Augsburg – kaum vorstellbar für gebürtige West-Berliner wie mich). Als er neun war, haben ihn seine Eltern, die beseelte, superfromme, folg- und furchtsame Katholiken waren, zum

Ministrantendienst in der örtlichen Gemeinde verdonnert. Da hat er Pastor Christoph Berninger kennengelernt, einen zu allen freundlichen, etwas breit geratenen, gemütlichen Mann in den Vierzigern. Jonathan Plantikow war keine zwei Wochen im Kirchendienst, als er zum ersten Mal von Berninger gleich nach der Messe vergewaltigt wurde. Diese Geschichte oder die anderen Details aus Jons Kindheit kenne ich nicht etwa, weil Jon sie mir erzählt hat, sondern weil Jonathan Plantikow mit Ende dreißig zum Sprecher jener vielköpfigen Kinderschar wurde, die wie er für eine sehr lange Zeit von diesem Kleinstadt-Pfaffen sexuell missbraucht wurde. Jon wog bereits hundertvierzig Kilo, als er endlich allen Mut zusammennehmen und mit seiner Geschichte an die Öffentlichkeit gehen konnte, was eine dieser vielen Lawinen auslöste, die es aber leider immer noch nicht geschafft haben, die katholische Kirche in den Orkus der Geschichte zu spülen. Siebenunddreißigmal hatte sich Pastor Berninger alleine an Jonathan vergangen, wie Jonathan detailliert (er hat damals Tagebuch geführt) in seinem Buch »Mein erster Sex war unfreiwilliger Analverkehr mit einem katholischen Geistlichen, da war ich neun« erzählt hat. Er hat unfassbare Schmerzen und wahnsinnige Ängste ausgestanden, aber Berninger hatte ihn – wie alle anderen Jungs – nachhaltig eingeschüchtert, nicht zuletzt damit, dass er Gottes Zorn als Waffe einsetzen könnte, nicht nur gegen die Kinder, sondern auch gegen ihre Familien, Freunde, sogar gegen ihre Haustiere, was sehr lange funktionierte, bis Jon, da war er zwölf und hatte fast drei Jahre Martyrium hinter sich, es nicht mehr aushielt und seinen Eltern davon erzählte. Die wollten dem Jungen allerdings nicht glauben, weil sich das mit dem anderen Glauben, der ihnen viel, viel wichtiger war, nicht vereinbaren ließ, und sie verprügelten ihn stattdessen, bis er blutete, und sie befahlen ihm, nie wieder auch nur ein Sterbenswörtchen von dieser schrecklichen Lüge in sein dreckiges Maul zu nehmen, einer absurden, bizarren, unfassbaren Lüge, die er sich nur ausgedacht haben konnte, weil er, der bereits begonnen hatte, eine starke Essstörung zu entwickeln, einfach zu faul war, um seinen fetten Körper am frühen Sonntagmorgen in die Kirche zu schleppen. Plantikow hielt die Klappe, aber ein anderer Junge verriet seiner älteren Schwester Monate später etwas, die damit stracks zum Bischof ging. Das geriet erst viel, viel später an die Öffentlichkeit, weil Berninger kurzerhand in ein Dorf im Rheinland versetzt wurde und die Kinder der örtlichen Gemeinde – vermutlich im Gegensatz zu den Kindern im Rheinland – erst einmal Ruhe hatten. Dieser andere Junge und seine Schwester bekamen von der Kirche Geld dafür, dass sie schwiegen; von derselben Kirche, deren Vertreter in den Achtzigerjahren meinten, Aids wäre eine – möglicherweise sogar gerechte – Strafe für die Sünde gleichgeschlechtlicher Sexualpraxis. Berninger wurde noch zwei weitere Male versetzt, weiteres Unheil anrichtend, aber er wurde nie in irgendeiner Weise zur Rechenschaft gezogen und verbringt seinen langen Lebensabend in einem Kloster im Chiemgau. Manchmal, wenn er dort in der prachtvollen Landschaft spazieren geht, lauern ihm Kamerateams auf, die er nur schweigend angrinst, ganz egal, wie sie ihn zu provozieren versuchen. An einem Herbstabend vor zwei, drei Jahren hat ihn eine Gruppe von vier Männern gestellt und wollte ihn ganz offensichtlich nach allen Regeln der

Kunst verprügeln, aber ein Bauer schritt ein und vertrieb die Kerle, die wenig später von der Polizei erwischt wurden. Es stellte sich heraus, dass keiner von ihnen zu den Betroffenen gehört hatte oder wenigstens mit einem in Verbindung stand. Jonathan wurde zu dem Vorfall befragt und erklärte, dass es ihm missfiele, wenn sich Leute auf diese Weise ein Mandat aneigneten, das sie einfach nicht hätten, und dass es außerdem nicht um Rache ginge. Wer so alttestamentarisch denke, wäre unterm Strich nicht besser als die Täter.

Plantikow sitzt bevorzugt auf einer mächtigen Holzbank in der Sonne. Diese Bank aus Kiefernholzbohlen steht vor seinem Haus, das er von seinen Buchtantiemen gekauft hat und alleine bewohnt; es hat den gleichen Grundriss wie unseres und all die anderen Häuser im Meisenring. Er sitzt da, beißt ab und zu in eine Krusty Corner, nippt an einem Malzbier, blinzelt in die Sonne und genießt es, seine Ruhe zu haben, während er über seine kabellosen Kopfhörer wissenschaftliche Podcasts und Kriminalhörspiele hört, wie er mir erzählt hat. Obwohl er ein Koloss ist und hundertneunzig Kilo auf die Waage bringt, wirkt er auf seine Weise fit; er ist agil und übrigens auch ziemlich schlagfertig, eine Eigenschaft, die ein Relikt der vielen Hänselei ist, die er an der Oberschule aushalten musste, bis er zwei Dinge herausfand: Die Schmerzen, die ihm die anderen Jungen zuzufügen versuchten, wenn sie sich mit ihm schlugen, hielt er leicht aus, weil sie absolut nichts im Vergleich zu den Schmerzen waren, die er schon ausgehalten hatte. Und: Wenn du ein Rededuell gegen jemanden gewinnst, der sich für überlegen hält, ist dessen Niederlage nachhaltiger als bei einem verlorenen Faustkampf.

Als diese Sache herauskam und Plantikows völlig herzzerfetzendes Buch in den Bestsellerlisten aufschlug, schnappten sich die Medien den freundlichen und rhetorisch versierten Mann mit der nachhaltigen Essstörung, die er selbst längst nicht mehr als Störung wahrnahm. Für ein paar Monate war er in Magazinen und Talkshows Dauergast, aber den Höhepunkt seiner Popularität markierte das Rededuell mit einem Kardinal, das er sich vor laufender Kamera live lieferte und haushoch gewann, um es noch nett zu sagen – der Kirchenmann stapfte am Ende rotköpfig und wutschnaubend aus dem Bild. Das Video davon hat eine achtstellige Anzahl Klicks bei Youtube erzielt. Danach hat Jon verkündet, nicht mehr zur Verfügung zu stehen und mit dem Thema für sich abgeschlossen zu haben, und hat die Kampagne anderen Mitstreitern übergeben. Sein Buch aber schlägt immer mal wieder in den Verkaufscharts auf. Eine Produktionsfirma aus Süddeutschland hat vor Kurzem die Filmrechte gekauft und plant tatsächlich, daraus einen Kinofilm zu machen.

Er sitzt, wie fast immer bei gutem Wetter, auch heute auf seiner Holzbank, die Kopfhörer über dem mächtigen Kopf, eine geöffnete Malzbierflasche auf dem kleinen Beistelltischchen und eine transparente Plastikdose neben sich auf der Bank, in der früher Cherrytomaten waren und jetzt Krusty Corners bereitliegen. Er kaut gerade und hat noch ein Stückchen in der Hand, als ich an seinem brusthohen Jägerzaun-Gartentor stehen bleibe, mich auf dessen obere Kante lehne und Plantikow zuwinke. Bapu hat einen Zitronenfalter entdeckt und jagt ihn hinter mir auf Bapu-Art den Meisenring entlang, indem er nämlich hochspringt und direkt neben dem Flattertier in die Luft beißt, was dem zotteligen Hund irrsinniges Vergnügen bereitet. Bapu tut nichts und niemandem etwas zuleide, er ist ein noch freundlicherer Hund als die endfreundlichen Filmhunde Lassie, Beethoven und K-9 zusammengenommen, aber er liebt es, Fangen zu spielen, und dabei ist egal, ob das Gegenüber mitmachen möchte oder nicht. An dieser Stelle ist Bapu ein echter Diktator.

Jon schiebt sich mit der linken Hand den Kopfhörer in den Nacken und mit der rechten das letzte Stück Schweinebauch in den Mund. Er leckt sich die Finger und wischt sich diese dann an seinen Shorts ab.

»Hallo, Alex!«, sagt er und lächelt. Ich bin sehr, sehr stolz darauf, mit diesem Mann befreundet zu sein. Er war es, mit dem ich über diese Romansache gesprochen habe, über den Waschbären Moses und dass es sich dabei ein klitzekleines bisschen um Ideenklau handeln könnte. Er hörte sich das ausführlich an und schwieg anschließend eine Weile, während nur das Knirschen der Schweinekrusten zu hören war. Dann sagte er: »Dir wird wahrscheinlich nichts passieren, und eigentlich ehrst du ja das Erbe dieses Mannes. Außerdem sind die meisten Geschichten sowieso nur Nacherzählungen anderer Geschichten. Aber es ist moralisch trotzdem nicht ganz sauber und deshalb nicht völlig ungefährlich.« Er hob die Hände. »Wirf eine Münze, wirklich. Es ist schön, dass du dir so viele Gedanken machst, aber ohne dich würde es diese Geschichte überhaupt nicht geben, und, falls dich das interessiert: Ich schätze dich sowieso und auch danach noch.« Dabei lächelte er. Ich warf eine Münze und entschied so, den Verlagsvertrag zu unterschreiben. Aber Tabea habe ich erst davon erzählt, dass ich unter die Autoren gegangen bin, als die Belegexemplare eintrafen. Sie hat sich sehr gefreut, bis sie ein Exemplar in den Händen hielt, auf dem mein Pseudonym zu lesen war. *James Wetfield.* »Feuchtfeld?«, hat sie lachend gefragt. »Ist dir nichts Besseres eingefallen?«

»Hey, Jon.« Ich zeige auf meinen Mund. »Diese Dinger werden dich noch umbringen.«

»Das weiß ich«, sagt er nickend und schluckt genüsslich. »Aber *vorher* fühle ich mich sensationell. Weißt du, das ist wie mit Lebensversicherungen. Man spart lange und wettet darauf, dass man die Auszahlung noch erlebt und dann Kohle für was auch immer hat, aber man könnte das Geld auch vorher in ein gutes Leben investieren. Das muss jeder für sich entscheiden.«

Etwas stößt mich am Bein an. Bapu, der offenbar beim Fangen vom Schmetterling geschlagen worden ist, hat einen feucht gekauten Ast neben mir abgelegt und schaut mich jetzt erwartungsvoll an. Ich bücke mich kurz und werfe den Stock in Richtung von Wankls Ferrari, der aber viel zu weit weg ist, um in Gefahr zu geraten. Bapu keult los, wobei es einem legitimen Wunder gleichkommt, dass er es schafft, seinen schlenkernden Gliedmaßenhaufen so zu koordinieren, dass er pfeilschnell davonschießt und dabei sogar eine kleine Staubwolke aufgewirbelt wird.

»Hast du was vor am Wochenende?«, frage ich. »Wir grillen am Samstagabend.«

»Ich habe Besuch, der bleibt noch bis zum Wochenende«, sagt er. »Aber danke für die Einladung. Ich weiß das sehr zu schätzen, wenn man ausgerechnet mich zum Grillen einlädt.

Das ist, wie wenn man Homer Simpson zur Eröffnung eines All-You-Can-Eat-Restaurants bittet.«

»Du warst schon bei uns beim Grillen.« Und zu anderen Gelegenheiten. Und, ja, er hat jedes Mal einen Gutteil der Vorräte beseitigt. Einmal fiel außerdem einer unserer hölzernen Gartenstühle seinem Besuch zum Opfer; seitdem steht ein zurechtgesägtes Stück Baumstamm für Plantikow als Sitzgelegenheit bereit.

Er lacht. »Das war bei einer Party, da waren noch andere, und ich wusste mich halbwegs zu benehmen. Wenn ich mit euch allein bin, gebe ich die Kontrolle ab.«

In diesem Moment geht seine Haustür auf, und ein Mann erscheint, dessen erster Eindruck auf mich ist, dass er *dunkel* ist. Das hat nichts mit seiner (hellen) Hautfarbe zu tun; er wirkt so. Er ist etwa in meinem Alter, also jünger als Jonathan, schmal, seine nackenlangen Haare sind dunkelbraun und, wenn ich das richtig sehe, ziemlich fettig, er hat Augenringe und einen Fünftagebart, seine Augenbrauen sind zusammengewachsen, und er steckt in ausgewaschenen schwarzen Jeans und schwarzem Shirt. Er sieht aus wie ein später Gothic in der Freizeit, dem niemand gesagt hat, dass die Bewegung eigentlich vorbei ist.

»Hey«, sagt er leise und nicht zu mir.

»Alex, das ist mein Freund Matthies. Wir haben uns bei meiner Psychotherapeutin kennengelernt.«

Matthies schaut kurz in meine Richtung und nickt, dann setzt er sich auf die Stufen des Hauseingangs und schaut auf die eigenen Füße. Er ist barfuß.

»Matthies hat einen Sohn.« Jon beugt sich zu seinem

Freund und fragt: »Darf ich das erzählen? Alex ist ein guter Freund.«

Matthies nickt wieder.

»Der war fünfzehn und wollte eine neue Spielkonsole, aber Matthies wollte das an Bedingungen knüpfen. Ein bisschen mehr Anstrengung in der Schule und so, du weißt schon.« Ich nicke, aber ich bin nicht sicher, ob ich diese Geschichte hören will, denn es ist klar, dass sie nicht gut ausgegangen ist. Matthies hat den Kopf so vorgebeugt, dass ich seinen Wirbel sehen kann. »Aber das wollte der Sohn nicht. Er hat dann damit gedroht, zu behaupten, dass er von Matthies missbraucht wird, wenn er die Konsole nicht bekommt. Und als sich Matthies trotzdem geweigert hat, hat er die Drohung wahrgemacht.« Jon erzählt das mit großer Selbstverständlichkeit, aber mir laufen Gänsehäute über die Körperoberfläche. »Nur zwei Tage danach wollte der Sohn alles rückgängig machen, aber da war es schon zu spät, die Anschuldigung hatte sich verbreitet.« Er nimmt sich ein weiteres Stück Schweinebauch aus der Tüte. »Du kannst ja selbst sehen, was dabei herausgekommen ist. Matthies war ein ziemlich erfolgreicher Architekt.«

»Ach du Scheiße«, sage ich leise.

»Das kannst du lauter sagen«, erklärt Plantikow und beugt sich weit nach links, um Matthies eine Hand auf die Schulter legen zu können. Der hebt seinen Kopf und zwinkert Plantikow freundlich zu.

»Ich weiß nicht, was ich sagen soll«, erkläre ich. Bapu schmeißt mir den Stock vor die Füße, ich nehme ihn hoch und werfe ihn in die andere Richtung.

»Viel kann man dazu nicht sagen«, meint Jon.

»Ihr könnt gerne beide am Samstag zum Grillen kommen, wenn ihr möchtet.«

»Das ist nett«, sagt mein Nachbar. »Wir überlegen es uns, okay?«

Ich nicke, und möglicherweise ist bei Jons Freund Matthies auch der Hauch einer Kopfbewegung zu erkennen. »Bis dann vielleicht«, sage ich und schaue mich nach Bapu um. Vermutlich ist er durch den Fußweg, der zwischen Hausnummer elf und neun in den Wald hinter dem Meisenring führt, davongaloppiert.

»Alex«, sagt Plantikow und steht auf, was ihm offensichtlich weniger schwerfällt, als man aufgrund seiner Physis erwarten würde.

»Ja?«

Er kommt an den Zaun, wie ein Containerschiff, das in einen Flusshafen einläuft. Es müsste eine Bugwelle geben, die man spüren kann. Jon legt mir seine mächtige Rechte auf den Unterarm. »Danke, dass es dich gibt«, sagt er. Und: »Du bist ein Guter.« Mir wird warm, und meine Ohrläppchen beginnen zu glühen, und ich kann nur lächeln und dankbar nicken, obwohl ich nicht ganz seiner Meinung bin. Ich schreibe gefälschte Rezensionen für teure Produkte, die von anderen Leuten deshalb gekauft werden, und dieser Tage wird der dritte Band einer immer erfolgreicher werdenden kleinen Romanserie erscheinen, die von mir ist, die ich mir aber nicht ausgedacht habe. Und ein Gutteil meiner menschlichen Anerkennung verdanke ich wohl der Tatsache, dass ich mit der unglaublichen Tabea verheiratet bin. Ich will mich schon auf den Weg machen, da legt mir Plantikow noch die Linke auf meine Schulter. »Ich habe da eine Idee«, sagt er. »Die ich dir mal vortragen wollte.« Er dreht sich kurz zu seinem Besuch um. »Weißt du, Leute wie Matthies. Es gibt nicht wenige von ihnen. Menschen, die fast vernichtet wurden, weil falsche Anschuldigungen als Druckmittel verwendet wurden oder weil andere meinten, sie müssten mit allen Mitteln und ohne Rücksicht auf Verluste für eine Sache kämpfen, die sie für eine gute Sache hielten.« Ich schlucke, er schaut mich fest an. »Du kannst gut mit Worten«, sagt er. »Und da« – er macht eine Kopfbewegung nach hinten – »sind die Geschichten. Ich kenne *einige* Betroffene. Du könntest ihre Geschichten erzählen, und ich würde für Aufmerksamkeit sorgen.«

Ich schaue zu Matthies, dem Verlorenen, dem Vater, auf den der Sohn eine Atombombe geworfen hat, weil er eine verdammte *Playstation* wollte, und lasse die Idee die erste Hürde nehmen. Ich nicke. »Das könnte eine gute Idee sein, Jon. Ich muss darüber nachdenken.«

Er nickt. »Tu das.«

Direkt neben Plantikows Haus führt ein sandiger, mit Grasbüscheln bewachsener Weg in den breiten Waldstreifen, der sich hinter der äußeren Seite des Meisenrings befindet. Rechts davon, in Hausnummer neun, wohnt Isabella mit ihrem unscheinbaren Mann, der nie zu sehen ist, der im Außendienst für ein großes Pharmaunternehmen arbeitet und dessen Namen ich immer vergesse (Martin oder Michael oder so). Unterm Dach ihres Hauses befindet sich ein klimatisiertes Zimmer, in dem Marko liegt, der dreizehn Jahre alte Sohn der beiden, der praktisch seit seiner Geburt Pflegegrad fünf hat (die Einteilung in Pflegegrade gab es damals allerdings noch nicht), denn er kam aufgrund eines schweren genetischen Defekts ohne Extremitäten auf die Welt. Pflegegrad fünf bedeutet, dass man zwar noch am Leben ist, aber faktisch nichts Körperliches ohne Hilfe machen kann. Marko kann sprechen und lachen und weinen, er kann seinen Körper auf die Seite rollen, indem er mit dem Kopf Schwung nimmt, und sein Tor in die Welt ist ein sprachgesteuerter Computer, mit dessen Hilfe er lernt und sich unterhalten lässt, Spiele spielt und mit wildfremden Leuten kommuniziert. Ich habe ein paarmal mit Marko gesprochen; er ist ein kluger Junge, aber nach meinem Eindruck wird er immer trauriger, je älter er wird. Und Isabella hat mir mal erzählt, am Zaun stehend und um Fassung ringend, dass ihr Sohn inzwischen recht häufig davon spricht, dass er sein eigenes Leben nicht für lebenswert hält. Unter anderem gerade eben wieder.

Isabella, die vor Markos Geburt als Softwareentwicklerin gearbeitet hat, ist im Garten, wo sie am Rand eines ihrer sehr gepflegten Gemüsebeete kniet und mit einer kleinen Hacke fuhrwerkt, wobei sie leise vor sich hin summt. Als ich am Grundstück vorbeigehe, hebt sie die linke Hand und winkt mir lächelnd zu; sie hat weiße Airpods Max auf dem Kopf. Ich winke zurück. Isabella ist in den Vierzigern und gebürtige Italienerin. Sie ist ziemlich attraktiv und sportlich, und sie ist eine von Tabeas Stammkundinnen in ihrem Yogastudio im Reiherstieg, keine dreihundert Meter von hier.

Hinter den Grundstücken des Meisenrings verläuft ein Waldweg in drei Richtungen. Ich pfeife nach Bapu, was er hoffentlich hört; sehen kann ich den Hund nirgendwo. Tabea kann sensationell laut pfeifen, aber ich bekomme nur ein Geräusch hin wie ein Teekessel, in dem das Wasser noch nicht ganz kocht. Trotzdem kommt der kalbgroße, grauweiße Mischling plötzlich in hoher Geschwindigkeit von links angerauscht, wirft mir quasi im Vorbei-Tiefflug einen kurzen Blick zu, wobei er zu lächeln scheint, und kachelt dann weiter nach rechts. Natürlich müsste ich ihn hier eigentlich an der Leine führen, aber Bapu eine Leine anzulegen, das ist undenkbar, das passt schlicht und ergreifend nicht zu seinem Charakter.

Ich muss an den traurigen Matthies denken, seit ich bei Plantikow war, und ich stelle mir die rein hypothetische Frage, ob mein Sohn Favel möglicherweise auch zu so etwas in der Lage wäre oder zu etwas Vergleichbarem. Ich wüsste darauf tatsächlich keine halbwegs befriedigende Antwort, und dabei wird mir die erschütternde Tatsache bewusst, dass ich mich mit dem Hund intensiver beschäftige und mehr über das Tier weiß als über meine beiden Kinder. Wir waren einander sehr nahe, bis sie so zwölf, dreizehn wurden, haben viel geredet und gelacht, fast jede Minute der Freizeit gemeinsam verbracht, eine Zeit, auf die wir uns alle täglich wie irre gefreut haben. Wir haben als Familie gelebt – ich wusste um ihre Ängste, Wünsche, Sorgen, kannte ihre schrägen Ideen und ihre Stärken und Schwächen. Ich habe Favels sich rasant verbessernde Hand-Auge-Koordination mitgefeiert und Lavida dabei geholfen, ihre erste Mobbingattacke zu überstehen, wir haben zusammen für die Schule geübt und Geburtstagsgeschenke für ihre Freunde vorbereitet. Obwohl mir bewusst ist, dass sie da schon längst wohlorganisierte Doppelleben geführt haben, wie eigentlich alle Kinder ab dem fünften bis achten Lebensjahr, begann ungefähr zu diesem Zeitpunkt die Abnabelung. Hätten wir uns nicht so spät dafür entschieden, doch noch Kinder zu bekommen, weil uns die Idee plötzlich nicht mehr losließ, Menschen in die Welt zu setzen, die wie wir wären, nur möglicherweise noch bessere Varianten, sondern zu einem normaleren Zeitpunkt, also in unseren frühen Dreißigern, dann wären sie längst aus dem Haus, könnten sogar schon eigene Familien haben, und wir könnten, verdammte Hacke, *eine Oma* und *ein Opa* sein. Großeltern. Die ganz Alten in der Mischpoke. Die, die als Nächste sterben.

Wir machen immer noch recht viel zusammen, der hübsche Favel, der optisch sehr nach Tabea kommt, die ein bisschen verhuschte Lavida, die oft eher einer Puppe ähnelt als einem lebendigen Mädchen, Tabea und ich, aber sie sind inzwischen beinahe wie Mitbewohner in einer WG, wie meine Kommilitonen damals im Wohnheim in Steglitz. Ich finde das nicht gut, stelle ich fest. Es stört mich. Es sollte nicht so sein.

Ich spaziere Bapu hinterher, der Gedanke rutscht in den Hinterkopf. Berlin ist nur drei Kilometer Luftlinie entfernt, aber hier ist es ruhig und idyllisch wie im Schwarzwald. Natürlich ist der Teil von Berlin, der drei Kilometer entfernt ist, der Villenbezirk Zehlendorf und nicht der quirlige Prenzlauer Berg oder das nicht minder quirlige, an manchen Stellen und zu manchen Zeiten lebensgefährliche Neukölln, aber es ist definitiv Berlin, die größte und unterm Strich wohl beste Stadt der Republik. In der ich nicht mehr leben will, sondern

hier, im pittoresken, bürgerlichen, behüteten, sicheren Kleinmachnow, nur drei Kilometer entfernt, aber mit einem Wald
direkt hinterm Haus und Nachbarn wie Jon Plantikow oder
Isabella. Oder Birger und Mandy Fläming. Oder Reto Wankl,
hinter dessen Haus Nummer sieben ich jetzt vorbeikomme.
Er lebt dort mit seiner eigenartigen Tochter Belinda alleine,
seitdem Wankls Frau beide vor ein paar Jahren verlassen hat.
Martha Wankl verstarb beinahe bei einer eigentlich simplen
Koloskopie, weil die Anästhesistin einen gravierenden Fehler
gemacht hatte, und als Martha Wankl dann wider Erwarten
doch noch erwachte und davon erfuhr, beschloss sie, das ge-
schenkte Leben auf andere Weise zu nutzen als das bisherige.
Vater und Tochter gehen nie in den Garten, der deshalb auch
ziemlich verwildert aussieht. Wankl sitzt manchmal auf der
Terrasse und liest Zeitung (das *Handelsblatt* oder die *FAZ*,
Printausgaben), aber weder er noch seine Tochter haben das
geringste Interesse an Gartenarbeit oder -nutzung, weil der
Garten unter Marthas Zuständigkeit fiel und ihr Reich war,
nur ihres. Deshalb ist dort jetzt auch niemand zu sehen. Der
Garten ist ein Denkmal für die verschwundene Ehefrau und
Mutter.

Der Kontrast zum nächsten Grundstück – Nummer fünf –
könnte nicht größer sein. Es gehört Heiko Nimmrichter, der
das Haus mit seiner Frau Sumita bewohnt, die er vor ein
paar Jahren aus Thailand, wie er selbst sagt, *mitgebracht* hat.
Der Rasen der Nimmrichters würde einem britischen Herr-
schaftssitz alle Ehre machen; er hat den Boden so weit wie
möglich glätten lassen, und von den drei riesigen Kiefern abgesehen, die er nicht fällen lassen durfte, gibt es dort nichts

als akkurat von einem permanent tätigen, lautlosen Mäh-roboter geschnittenes, sattgrünes Gras, die Hecken zu den Nachbargrundstücken sehen aus wie aus dem Bilderbuch, und am Rand der sehr gepflegten Terrasse steht ein kleiner Springbrunnen aus Sandstein, der beschaulich vor sich hin plätschert, zeitgesteuert wie die aufwendige, unsichtbare Rasenbewässerung. Heiko Nimmrichter selbst steht eben-falls in starkem Kontrast zu diesem symmetrischen, gewis-sermaßen schlanken Bild. Er hat viel äußerliche Ähnlichkeit mit dem älteren Peter Altmaier, als der Bundeswirtschafts-minister war – Nimmrichter ist breit, ausladend, fleischig, hat keine Haare mehr, aber dafür dicke, wulstige Oberlippen und Ohren wie Untertassen. Er ist Staatsanwalt am Amtsgericht Berlin-Tiergarten, und auf mich wirkt er wie ein Stereotyp dieser Männer, die aufgrund ihres Aussehens alle Energie ins Berufsleben investieren. Allerdings hat mir Isabella gesteckt, dass Nimmrichter am Amtsgericht, wo er maximal fünf Jahre Haft als Strafe zumessen kann, zwar gefürchtet ist, sich aber aufgrund seiner Kompromisslosigkeit karrieremäßig auf dem Abstellgleis befindet, trotz des krassen Nachwuchs- und Per-sonalmangels. Der Anblick von Sumita, seiner schweigsamen Frau, die schon mehrfach abgehauen und jedes Mal einige Tage später reumütig nach Kleinmachnow zurückgekehrt ist, lässt mich immer an Sahnetorte denken, was gar kein so kurioser Vergleich ist: Bei ihr stimmen die Zutaten, aber die Herstellung ist misslungen; Sumita ist schlank und wirkt fra-gil, aber sie hat riesige Hände, breite Plattfüße und ein fla-ches, breites Gesicht, dem es ebenfalls an der Symmetrie fehlt. Aus welcher Richtung man sie auch immer anschaut, man

scheint sie nie von vorne zu erwischen. Sumita ist zum Niederknien freundlich, kann Tabea in dieser Hinsicht natürlich
trotzdem nicht das Wasser reichen, aber sie ist wahrscheinlich der unglücklichste Mensch im Meisenring. Jedenfalls
der unglücklichste, der etwas am eigenen Schicksal ändern
könnte.

Okay, von *K-K-Man* abgesehen.

Ich wandere den Weg weiter nach Osten, gelegentlich höre
ich das Padomm-Padomm von Bapus Pfoten rasch näher
kommen, und dann flitzt das Vieh wieder an mir vorbei,
immer mit diesem Seitenblick, der zu sagen scheint: *Hey,
Mensch, mach doch einfach mit, das macht totalen Spaß.* Dann
knickt der Waldweg wieder ab und mündet in den Meisenring, wo Bapu hechelnd auf mich wartet. Er hat diese Haltung
angenommen, was bedeutet, dass der Moment auf mich zukommt, in dem ich es hasse, einen Hund zu besitzen.

Irgendwo habe ich gelesen, dass es einen Trend gibt, den
irgendwer als *Grab-Faking* bezeichnet hat: Hundehalter streifen sich zwar die Kottüten über die Hand, um sie dann aber
nur scheinbar über die Kacke zu schieben, sondern stattdessen knapp daneben ins Grün zu greifen und nur so zu tun,
als würden sie die warmen, weichen und stinkenden Defä-
kationsprodukte des geliebten Haustiers aufheben. Ich habe
ein gewisses Verständnis für diese Leute, zumal Bapus Aus-
scheidungen entweder eine Schubkarre füllen könnten oder
die Konsistenz von Haferschleim haben; es gibt nur diese beiden Extreme, die aber verlässlich *immer*: Bapu ist ein großer
Scheißer. Und er scheint darum zu wissen, dass es mir besondere Freude macht, hinter ihm aufzuräumen, denn er nimmt

an einer Stelle, an der ich vorbeikommen muss, Haltung ein, legt aber erst los, wenn sein Publikum da ist.

»Na, mach schon, du oller Zottelbär«, sage ich auffordernd und ziehe schon mal eine Kacktüte aus der Hosentasche. Bapus Blick fokussiert auf mich, geht aber zugleich ins Unendliche. Hach, Haustiere sind doch eine unfassbare Freude.

Aber auch das ist bald überwunden, und ich fake nicht, sondern trage die gut gefüllte Tüte bis zur dafür aufgestellten Box am Ende des Waldweges, doch noch ein Hund darf hier vorläufig nicht mehr kacken, denn Bapus eine Ladung nimmt das Volumen der Box vollständig ein.

Das Haus ganz am Ende des östlichen Meisenrings, neben dem diese Kotbox angebracht wurde, ist das hässlichste in der Straße. Es ist zwar baugleich mit allen anderen, aber es sieht aus, als hätte sich seit der Erbauung niemand um Haus und Garten gekümmert – oder sogar darauf hingewirkt, dass es besonders heruntergekommen aussieht. Der Jägerzaun, von dem einige Stücke fehlen, ist schäbig, das Holz marode und an vielen Stellen gebrochen, das Gartentor hängt in rostigen Scharnieren, es gibt keinen Klingelknopf draußen, keine lesbare Hausnummer, und die Klappe zum Briefkasten lässt sich vor lauter Rost nicht mehr schließen.

Im Vorgarten dahinter sieht es so ähnlich aus. Zwischen all dem Wildwuchs, Maulwurfhügeln und Laubhaufen liegen verrostete Fahrradteile, Spaten ohne Stiel, eine wundersamerweise *längs* halbierte Schubkarre und einige Haufen Hausmüll, vor allem aber leere Flaschen, deren Etiketten längst abgewaschen sind. Der Weg, der vom Gartenzaun zur verwitterten Haustür führt, ist kaum zu erkennen. Der Fassade fehlt

es an nicht wenigen Stellen an Putz, und an der rechten Hausecke sind sogar mehrere Steine herausgebrochen, so dass man
beim Betrachten das Gefühl bekommt, das Haus könne an
dieser Seite einknicken. Die Fensterrahmen sind brüchig,
zwei Viertelscheiben am Küchenfenster sind mit weißen Plastiktüten geflickt. Und das Dach sieht aus, als könne es jeden
Moment einstürzen.

In diesem Haus wohnt Karsten Klink. Karsten Klink ist
Anfang dreißig und arbeitslos. Er hat das Haus und ein bisschen Geld von seinen Eltern geerbt, die vor ungefähr zehn
Jahren von einer Südamerikareise nicht zurückgekehrt sind
und nach ein paar Jahren für tot erklärt wurden.

Mit Karsten Klink hat nur mein Sohn Favel marginalen
Kontakt. Wenn die beiden sich auf der Straße treffen, wobei
Klink meistens auf dem Weg zum oder vom Centi-Markt ist,
schwatzen sie ein bisschen übers Gaming. Der bullige, aber
nicht dicke, ziemlich große, immerzu fetthaarige Klink steht
dann, leicht vorgebeugt, vor meinem drahtigen, schlanken
Sohn, gestikuliert und spuckt dabei wohl auch ein bisschen,
und sie tauschen sich über die neuesten Cheats und Glitches
aus, zu Gerüchten über DLCs und Neuheiten in kommenden
Seasons, über e-Sports-Teams, die sie beide begeistern, und
sie schimpfen unisono über die niedrige Bandbreite, die das
Internet im Meisenring hat – wir müssen hier mit erschüt-
ternden 250 Megabit leben (es ist ein Wunder, dass wir nicht
alle längst tot sind – *zweihundertfünfzig Megabit!*). Aber die
Gespräche versanden meistens nach wenigen Minuten; Favel ist sehr höflich, außerdem bemitleidet er Klink. Ich würde
ja auch mit dem jungen Mann sprechen, aber er redet mit

niemandem sonst. Er duckt sich weg, wenn man auf ihn zukommt, er dreht sich sogar um die eigene Achse und wechselt die Laufrichtung, er schüttelt energisch den Kopf oder macht ein eigenartiges Geräusch, das wahrscheinlich bedrohlich sein soll, doch unterm Strich wie eine Mischung aus einem Furz und einem Rülpser klingt. Karsten Klink kann nicht mit Menschen. Er kann zocken, sonst fast nichts, von dem zumindest ich wüsste. Aber seine Lunte ist kurz; wenn er sich bedrängt fühlt, wird er rasend schnell aggressiv, weshalb er in der ReDeDidl-Filiale Hausverbot hat und nur noch zu Centi oder Brutto gehen kann. Bei ReDeDidl wollte er sich mit einem Kassierer prügeln, der ihn gebeten hatte, einen Blick in seinen Rucksack werfen zu dürfen. Bei einer anderen Gelegenheit hatte er eine kleine, alte Dame laut schimpfend durch den ganzen Supermarkt verfolgt, weil er der Meinung war, sie hätte ihm die letzte Avocado absichtlich vor der Nase weggeschnappt, aus purem Hass. Die Frau musste anschließend psychologisch betreut werden.

Na ja, und er ist *K-K-Man*, ausgesprochen: *Käj-käj-mähn*. Das ist sein Name bei Youtube, wo er einen eigenen Kanal betreibt, wie Favel zufällig herausbekommen hat. Favel ist jetzt einer der vierzehn Abonnenten, die K-K-Man inzwischen hat. Es gibt mehrere Dutzend Videos; einige davon habe ich mir auch angesehen, jedenfalls teilweise, weil sie nicht lange auszuhalten sind. Klink sitzt in seinem trübsinnigen Wohnzimmer vor der Kamera und erzählt aus seinem Alltag, oder er kommentiert das Weltgeschehen. Manchmal streamt er sich selbst beim Zocken. Oder er zeigt sich bei banalen Tätigkeiten, etwa beim Kaffeekochen, beim Bügeln, was angesichts der Struktur seines Soziallebens eine mehr als absurde Tätigkeit ist, oder sogar beim Zähneputzen. Am liebsten jedoch stellt er auf seinem Kanal Musik vor, denn Karsten Klink ist zu allem Überfluss Schlagerfan. Er hält Helene Fischer für talentiert, sexy *und* genial, aber das ist nur die Spitze des unförmigen Eisbergs. Von den meisten Leuten, deren überaus schreckliche Musik Klink auf seinem Kanal zu promoten versucht, habe ich die Namen noch nie gehört. Er dürfte ausflippen, wenn er erfährt, dass Mandy Albers unsere Nachbarin geworden ist. Wenn er Musik präsentiert, erzählt er etwas über die Stücke oder über die Interpreten und lässt dann die jeweiligen Songs laufen, wobei er weiterhin zu sehen ist, wie er sich in seinen Gamersessel fläzt, und früher oder später fängt er damit an, mitzusingen. Wenn ihm die Musik besonders gut gefällt, singt er laut in seine Faust, als würde er mit ihr ein Gesangsmikro halten, und er spielt in den Gesangspausen Luftgitarre oder Luftschlagzeug.

Er leidet zu allem Überfluss unter einer starken Ausdrucksschwäche, er spricht Fremdwörter, fremdsprachige Wörter und Anglizismen falsch aus und betont viele Künstlernamen offenkundig unrichtig, er verheddert sich in längeren Sätzen, endet also ganz woanders, als er angefangen hat. Manchmal bricht er aber auch einfach mittendrin ab, steht auf und geht davon, lässt allerdings die Kamera weiterlaufen, und dann hört man ihn irgendwo in seinem muffigen Haus vor sich hin grummeln, als gäbe es unsichtbare Gesprächspartner. In zwei Videos ist deutlich zu hören, wie er Wasser lässt und anschließend die Klospülung betätigt; das Geräusch eines laufenden Wasserhahns folgt nicht. Körpergeräusche sind Karsten Klink aber sowieso nicht peinlich; vermutlich ist ihm nichts peinlich, einfach weil er nicht in solchen Begriffen denkt und weil Peinlichkeit ein Aspekt von sozialer Interaktion und Empathie ist. In fast allen Videos hebt er hin und wieder eine Arschbacke vom Stuhl und lässt ordentlich einen fahren, und wenn er gerade so richtig intensiv beim Gamen ist, knallt er nach ein paar Schlucken Billigcola (die er hektoliterweise trinkt) Rülpser raus, die die Wände wackeln lassen. Außerdem popelt er hingebungsvoll oder pult sich mit den Fingern zwischen den Zähnen herum. Er kratzt sich auch gerne im Schrittbereich. Manchmal steht er dafür extra auf, wodurch der betroffene Körperbereich zentral in den Blick seiner Zuschauer kommt.

Klinks Videos sind zwar peinlich, aber sie sind außerdem banal und völlig harmlos. Er ist auf seinem ganz eigenen Niveau jemand, den man als Agnostiker bezeichnen könnte, seine politische Haltung pendelt je nach Tagesform, schlägt aber nie ins Extreme aus, sondern er versucht tatsächlich, auf seine Art zu differenzieren. Er mag Tiere gerne, schafft es aber nicht, genug Disziplin aufzubringen, damit ein Haustier bei ihm überlebt, und er ist fantastisch einsam. Seit ich diese trübseligen, aber auf eigenartige Weise selbstbewussten Videos gesehen habe, verspüre ich ein herzverkrampfendes Mitgefühl, wenn ich dem Mann auf der Straße begegne, der sich offenbar nicht der Gefahr bewusst ist, der er sich aussetzt, wenn er sich auf diese Art im Internet entleibt. Es sind zwar nur vierzehn Follower, die sein Kanal bislang hat, aber wenn nur ein einziger dazukommt, der das in die falsche Richtung multipliziert, droht ihm ganz erhebliches Ungemach. Und das ist leider etwas, das beinahe zwangsläufig geschehen wird.

Wenn er zu Hause ist, kann man, wenn man am Haus vorbeikommt, fast immer ein leichtes Wummern hören, das Begleitgeräusch seiner Lieblingstätigkeit, verursacht von den mächtigen Subwoofern, die unter dem Tisch lauern, auf dem sein Equipment steht. Sein Equipment, das ist Klinks Ein und Alles – der blinkende Hochleistungs-Gaming-PC, sein Gamersessel, der gewaltige, extrem hochauflösende Monitor, all dieses Zeug. Im Zimmer meines Sohnes sieht es ähnlich aus, aber Favels Verhältnis zur Technik ist ein anderes. Klink *liebt* seine Sachen, sie sind für ihn wie Körperteile. Das und sein Youtube-Kanal. Mehr hat er auch nicht.

Aber heute ist es ruhig. Bapu trottet jetzt neben mir her, während wir das restliche Stück nach Hause gehen, am Rand dieser Straße, die keinen Gehweg hat, sondern nur einen sandigen Streifen zwischen den Vorgärten und der Fahrbahn, die aus zwei unsymmetrisch verlaufenden Linien aus Kopfsteinen, vereinzelten Asphaltflecken, viel Sand und etwas Unkraut besteht. Der Hund hat sein Tagewerk jetzt schon hinter sich, er hat Schmetterlinge gejagt und fliegende Stöcke verfolgt und das Revier hinter dem Meisenring in alle Richtungen gesichert, er hat seine Duftmarken ordentlich platziert, die Lage gecheckt und vor Publikum einen fetten Haufen kurz vor Klinks Haus abgeladen. Die Abendrunde wird kürzer ausfallen, und bis dahin kann der Mischling von seinen Anstrengungen ausruhen und sich hin und wieder ein paar Happen gönnen und von den anderen Rudelmitgliedern einige Streicheleinheiten abholen, aber prinzipiell war's das für ihn schon für heute. Was für ein großartiges Leben!

Doch, hey, das habe ich auch. Schon beim Losgehen freue ich mich darauf, bald wieder zu Hause zu sein, bei diesem wunderbaren, unglaublichen Menschen, bei dieser Frau, die mich nach jahrelanger Trennung wiedergefunden hat und immer noch bei mir ist, mit der ich in diesem Idyll leben darf, mit der ich zwei Kinder habe und diesen ulkigen Hund. Je näher ich unserem Haus komme, umso größer wird diese Freude, und es ist *jedes verdammte Mal* so. Ich kann mit noch so schlechter Laune losmarschiert sein, ungefähr bei Klinks Haus setzt sich dieser Gedanke wieder durch, diese Gewissheit, dass bei allem, was hier und da so schiefläuft – das aber glücklicherweise in sehr kleinem Maßstab –, das große, unfassbare Glück doch wie ein Fels dasteht. Und dass auch, wenn ich bald, nämlich im September, an die schreckliche Schwelle komme, Tabea da sein wird, die überaus attraktive, kluge, liebenswürdige, witzige, großartig organisierte, feinfühlige Tabea, die mich an die Hand nehmen und, so sanft es geht, über diese verfluchte Schwelle bringen wird.

Ich stoße gerade unser Gartentor auf, als das Gartentor nebenan aufgeht, das von Hausnummer dreizehn, unseren direkten Nachbarn auf der östlichen Seite. Manfred Kischhahn tritt auf die Straße, einen großen Müllsack auf dem Rücken tragend. In der Linken hält er seine Autoschlüssel und zielt damit auf die mindestens fünfzehn Jahre alte, aber sehr gepflegte Škoda-Limousine, die vor dem Gartentor parkt. Die Warnblinker leuchten kurz auf, Kischhahn geht zum Heck und sieht mich erst jetzt. In seinem Gesicht erscheint ein freundliches, aber auch nicht übermäßig freundliches Lächeln, er deutet zudem ein Nicken an, ich nicke ebenfalls, selbst Bapu scheint zu nicken, aber er interessiert sich für die Kischhahns ebenso wenig wie irgendwer sonst hier – und umgekehrt. Sie sind ein Paar in den Sechzigern, schätze ich, und sie reden nicht viel, weder mit den Nachbarn noch miteinander. Die beiden verbringen viel Zeit auf der Terrasse oder im Wohnzimmer, gelegentlich gut sichtbar von meiner Bude aus. Sie sitzen nebeneinander, meistens mit dem Rücken zu mir, Händchen haltend, aber beide tragen Kopfhörer und schauen auf unterschiedliche Bildschirme, Manfred auf einen Laptop und Birte auf ein großes iPad. Das machen sie ununterbrochen, sogar beim Essen – sie sitzen nebeneinander und schauen sich unterschiedliches Zeug an. Manchmal kann ich erkennen, was es ist – Birte mag Krimiserien und Tierdokus und alles, was mit dem britischen Königshaus zu tun hat, aber Manfred steht auf Animationssachen, Sportsendungen und Superheldenzeug. Ein schönes, irgendwie aber auch trauriges Arrangement, das die beiden da gefunden haben. Sie scheinen miteinander genauso wenig zu reden wie mit uns, trotzdem versuche ich es immer wieder.

»Wir bekommen neue Nachbarn«, sage ich und neige den Kopf dorthin, wo Birger Fläming eingezogen ist.

Kischhahn wuchtet den Sack in den Kofferraum, den er sorgfältig schließt, dann zielt er wieder mit der Fernbedienung auf das Auto, um es zu sichern. Er nickt lächelnd. Neue Nachbarn sind für ihn vermutlich genauso interessant wie ein Wechsel in der Landesregierung von Bremen.

»Ich kenne die von früher«, ergänze ich. »Ist ein alter Klassenkamerad. Was für ein Zufall, oder?« Dabei ist es kein Zufall, jedenfalls nicht nur.

Er nickt wieder und macht ein brummendes Geräusch, dann schiebt er sich durchs Gartentor und verschwindet. Das war fast ein Gespräch, finde ich.

Waschbärbuch

Obwohl es mir und uns rundum exzellent geht – oder vielleicht gerade deshalb –, habe ich beim Aufwachen immer häufiger diese ersten Gedanken: *Scheiße, ich werde bald sterben. Ich habe nicht mehr lange, nur noch ein paar Jahre. Und es sind nicht die besten Jahre, die vor mir liegen, sondern eher die nicht mehr ganz so guten. Wenn ich erst mal die böse Sechs eingefangen habe, ist der Abstieg unausweichlich, und dann wird es Tag für Tag immer schlechter, bis ich eines Tages einfach nicht mehr aufwache. Wenn ich Glück habe. Wahrscheinlicher werde ich unter hoher Opiatdosierung in einem Hospiz verrecken, an irgendeiner Krebsart, ohne noch was davon zu merken, wie mein Körper von innen aufgefressen wird. Oder ich werde dement wegdämmern und nicht mehr wissen, welche Schuhgröße ich habe und wie meine Frau und meine Kinder heißen.* Und so weiter.

Und dann fange ich an zu rechnen – es ist immer wieder die gleiche simple Subtraktion. Die durchschnittliche Lebenserwartung von in Westdeutschland geborenen Männern meines Geburtsjahrgangs liegt bei verdammten 67 Jahren. *Siebenundsechzig.* Das ist quasi heute plus sieben. Mir ist klar, dass diese Zahl nicht bedeutet, dass man am siebenundsechzigsten Geburtstag exakt zur Geburtszeit – begleitet von einem Gongschlag – den Löffel an den Sensenmann abgibt, und mir ist auch klar, dass sie sowieso nicht für alle Herkünfte, Sozialisationen, Ernährungspräferenzen, Freizeitgestaltungen, für alle genetischen Dispositionen, Vitae und Schicksale dieselbe ist. Aber, hey, was einem klar ist und was man insgeheim, dafür aber umso intensiver *glaubt*, das sind meistens zwei völlig unterschiedliche Dinge mit nur geringer Schnittmenge, und dass man Gedanken an die eigene Determiniertheit nicht mit kristallklarem, stocknüchternem Pragmatismus begegnen kann, das muss man niemandem erklären. Davon abgesehen: Dass ich dem Ende *deutlich* näher bin als dem Anfang, das ist sogar bei optimistischsten Kalkulationen eine unumstößliche Tatsache. Und selbst wenn sechzig das neue vierzig ist – vor hundertfünfzig Jahren war das gute, alte vierzig der übliche Todeszeitpunkt; es ist also eigentlich nichts gewonnen.

Manchmal merkt Tabea, was ich beim Aufwachen denke. Manchmal kann Tabea sowieso meine Gedanken lesen. Sie küsst mich sanft und sagt »Guten Morgen, Liebling«, und dann fragt sie: »Rechnest du schon wieder aus, wie lange du noch hast?« Wenn ich brav nicke, weil ich ihr sowieso fast nichts verheimlichen kann, sagt sie: »Ich verspreche dir, du hast noch mindestens dreißig Jahre, eher vierzig. *Tolle* Jahre. Jahre mit mir. Wirklich. Ich verspreche und schwöre das, bei allem, was mir heilig ist.« Und dazu macht sie ein Gesicht, das mich fast glauben lässt, dass sie wirklich dazu in der Lage ist, solche Versprechen wahr zu machen. Das beruhigt mich dann ein bisschen. Obwohl es nichts gibt, das Tabea heilig wäre, jedenfalls im religiösen Sinn. Ihr Schwur ist also eigentlich nichts wert, aber wenn sie einen so anschaut, dann ist die

Wahrheit ein blau-rosa kariertes Einhorn, das unaufhörlich Goldstaub pupt.

Aber heute wache ich allein auf, weil sie um acht im Studio sein musste, um die Steuer zu machen. Kalinski, unser Steuerberater, besteht auf Pünktlichkeit. Er wartet keine einzige Minute. Wenn man mit ihm um acht verabredet ist und um acht Uhr eins erscheint, sieht man ihn bestenfalls in einiger Entfernung und von hinten, und er reagiert dann nicht mehr, wenn man nach ihm ruft oder ihm hinterherrennt – nein, dann beschleunigt er sogar noch, und Hartmut Kalinski ist ein guter Läufer. Aber er hat für einen Steuerberater immerhin einen ziemlich borstigen Humor (»Eigentlich wollte ich Proktologe werden, aber als Steuerberater kann ich den Arschlöchern gleichzeitig ins Gesicht sehen«), und er macht seine Sache wohl auch gut.

Also schlüpfe ich in leichte Arbeitsklamotten – Jogginghose, Shirt, Flip-Flops – und mache mir einen Caffè Crema zum Frühstück. Den Kaffeetopf und meinen Laptop nehme ich auf die Terrasse, die schon ein bisschen Sonne hat, es ist herrlich angenehm warm, und es duftet nach Natur. Ich checke meine Mails und schaue in mein kleines Autorenforum, wo es aber nichts Neues gibt, ich stöbere ein bisschen hier und da, und am Ende, als der Kaffee fast ausgetrunken ist, öffne ich den Mailaccount von James Wetfield. Da tut sich meistens nichts, weil nur der Verlag diese Mailadresse kennt (Leserbriefe werden einmal im Quartal gesammelt weitergeleitet, aber es sind nicht viele, allerdings inzwischen wesentlich mehr als am Anfang), doch der dritte Waschbär-Moses-Band ist in Produktion, also gibt es möglicherweise ein paar aktuelle Infos. Dieses Postfachöffnen ist mit einem gewissen Nervenkitzel verbunden, denn ich bin immer noch in Sorge, eine Mail vorzufinden, in der die Frage »Sagt Ihnen der Name ›Christian Mehlborn‹ irgendwas?« gestellt wird.

Und tatsächlich macht es heute »Plöng«. Monika Westhaus, die Verlegerin (ich traue mich nicht, sie »meine« Verlegerin zu nennen, weil alles, was dieses Verhältnis gedanklich festigt, es nur fragiler machen *kann*), hat mir geschrieben, und da wir seit zweieinhalb Jahren immer nur direkt aufeinander antworten, hat die Mail jedes Mal den gleichen Betreff, lediglich die Reihe der *Re-AWs* am Anfang wird unaufhörlich länger: »Re: Re: Re: AW: AW: AW: Re: AW: Re: Re: AW: Re: (… …) Waschbärbuch«. Dass es heute auch so ist, beruhigt mich in gewisser Weise, denn ich nehme an, Monika Westhaus, die eine resolute, aber extrem engagierte, auf ihre Art fröhliche und nach meinem Eindruck sehr pragmatische Frau ist (ich habe sie allerdings noch nie getroffen und nur zwei- oder dreimal mit ihr telefoniert), würde eine Mail, in der es um Plagiatsvorwürfe geht, durchaus mit einem neuen Betreff versehen. »Polizei!«, »Haftstrafe!«, »Ich lasse Sie umbringen!« oder so etwas.

Sie schreibt:

Hallo, Herr Bengt.

Die Produktion ist fast durch, die Belege sollten in der kommenden Woche rausgehen. Gute Nachrichten: Wir haben tolle Vormerkerzahlen, fast doppelt so viele wie bei den ersten beiden Romanen zusammen! Wahrscheinlich müssen wir schon nach ein paar Tagen eine neue Auflage drucken.

*Und wenn das so weitergeht, startet der nächste »Moses« in
der Bestsellerliste! Das ist kein Witz!*

*Wir müssen dringend mal reden, nicht nur darüber! Des-
halb möchte ich Sie bitten, so schnell es geht, nach München
zu kommen. Ich lade Sie natürlich ein, und die Bahnfahrt
(1. Klasse! Mit Service am Platz!) dauert nur vier Stunden!
Wäre es vielleicht noch in dieser Woche möglich? Spätestens
in der kommenden? Das wäre mir sehr wichtig!*

Herzlich,

M. Westhaus

Sie benutzt gerne Ausrufezeichen, und als Anrede verwendet sie die gleiche wie Ahmend, unser DHL-Bote: *Hallo, Herr
Bengt.* Sie will mich sehen, weil wir *dringend* reden müssen.
Ich stelle den Laptop auf den Terrassentisch und überlege,
warum wohl. Sicher muss ich mir keine Sorgen wegen der
Plagiatssache machen, die keine ist, aber ich mache mir natürlich trotzdem Sorgen. Ich fand das schick, wie es bisher
war, ich schreibe meinen Kram und schicke ihn ihr, und sie
macht ein lässiges Cover und ein bisschen Lektorat, und dann
werden ein paar hundert Exemplare verkauft, an denen ich
ein paar hundert Euros verdiene. Inzwischen ein paar hundert Euros pro Monat, umgerechnet. Denn abgerechnet wird
nur zweimal im Jahr.

Tabea sagt, dass man potenziell unangenehme Dinge möglichst schnell hinter sich bringen soll, damit man die feinen
Sachen umso mehr genießen kann, und damit hat sie – wie
eigentlich mit allem – natürlich recht. Ich beginne also, eine
Antwortmail an Monika Westhaus zu tippen, nachdem ich

gecheckt habe, dass ich schon morgen nach München fahren könnte. Der Online-Familienkalender sieht keine Termine für mich vor, und auch sonst liegt meines Wissens nichts an. Die fälligen Rezensionen für den Staubsauger, das Besteck und die Walkie-Talkies kann ich auch im Zug schreiben.

Da kommt Lavida barfuß auf die Terrasse getappt, murmelt »*Mohn*, Paps«, was so viel wie »Guten Morgen, lieber Herr Vater« bedeutet, nimmt einen Schluck aus ihrem Teetopf, blinzelt in die Sonne, haucht mir einen Kuss auf die Wange und schmeißt sich dann in diesen superbequemen Hängesitz, den wir nur für sie gekauft haben. Lavida trägt ihren Schlafanzug und meinen Bademantel. Es ist halb zehn an einem Mittwoch, mitten in der Schulzeit.

»Müsstest du nicht …«, beginne ich und ziehe meine Stirn kraus.

Sie kneift die Augen zusammen, beugt sich dann gekünstelt ächzend zum Tisch, nimmt meine Sonnenbrille und setzt sie auf. »Nie hörst du uns zu. Wir haben heute und nächste Woche Mittwoch frei, weil Abi-Prüfungen sind.«

»Ach so. Dann ist Favi auch da?«

Sie nickt. *Favi und Lavi*, so nennen sie sich gegenseitig und wir sie manchmal auch, aber ich werde mit diesen Namen, die natürlich Tabea ausgesucht hat (wobei sie kichern musste), niemals wirklich warm werden – mir hätte etwas Handfesteres vorgeschwebt wie Mark und Melanie oder wenigstens Florian und Frederike oder sogar Luca und Louisa. Andererseits passen ihre Namen auf mysteriöse Weise, aber möglicherweise sind ihre Träger, die ich natürlich abgöttisch liebe, einfach in diese Namen hineingewachsen. *Hey, Leute, das sind Favi und Lavi, ja, ihr habt richtig gehört, Favi und Lavi; bitte, fasst sie nicht zu hart an.* Sonst bringt euch der Papa um und verfüttert eure zerkleinerten Leichen an die Kellerasseln.

Ich brumme nur, schreibe die Mail fertig und sende sie ab. Dann sitze ich mit meiner liebenswürdigen, etwas huschigen Tochter, die ein bisschen was von Audrey Hepburn hat, ein bisschen aber auch von Katherine Hepburn (die Namen beider Schauspielerinnen, die nicht verwandt waren, würden ihr überhaupt nichts sagen; Lavida mag keine alten Filme, und das, was sie meistens anschaut, sind Videos ihrer Liebings-Youtuberinnen und Tiktoker), friedlich schweigend auf unserer Terrasse und wünsche mir, mehr solcher Momente zu erleben. Noch *viel mehr.* Ich beobachte sie, wie sie mit einer Hand ihren Teetopf balanciert und mit der anderen auf ihrem Smartphone herumtut, das auf ihrem linken Oberschenkel liegt. Lavida ist wie Tabea Linkshänderin. Ab und zu reagiert sie auf das, was sie da sieht, mit Kopfbewegungen, manchmal auch mit rhythmischen, aber immer nur für Sekunden. Sie hat einen AirPod im linken Ohr, das andere Ohr ist frei. Es ist wie ein emotionaler Schnelldurchlauf: Ihre Mimik wechselt so rasch wie ihre Fingergesten sind, manchmal schaut sie überrascht, dann grinst sie, ein paarmal erschrickt sie ein bisschen, jeweils für die Dauer eines Wimpernschlags.

So wie ich jetzt, als es abermals »Plöng« macht. Ich muss das irgendwann mal wegkonfigurieren, dass mein Mailprogramm Geräusche macht. Monika Westhaus hat ein Zugticket für mich gebucht.

»Was ist?«, fragt Lavida.

»Ich fahre morgen nach München.«

»Soll schön sein. Obwohl es da so viele Rechte gibt.«

»In Sachsen und Thüringen sind mehr Rechte. *Rechtere* Rechte.«

»Du wieder.« Sie lächelt, schnappt sich ihr Smartphone und steht auf, da kommt Favel auf die Terrasse. Selbst in diesem Zustand – zerrupft von der Nacht, schmaläugig, kaum wach – sieht er wie ein Model aus, wie ein Götterspielgefährte aus der griechischen Mythologie. Ich muss kurz an die Zeit im katapult denken. Big G hätte Favel *angebetet*. Das katapult ist schon lange zu, aber ich nehme mir in diesem Augenblick vor, mal zu recherchieren, was aus Guido geworden ist. Und mich bei ihm zu melden, falls es ihn noch gibt, worauf ich keinen größeren Betrag wetten würde. Fünfzig Cent vielleicht. Diesem Raubbau kann er unmöglich noch drei Jahrzehnte standgehalten haben.

»Hey, Lavi«, sagt Favel zu Lavida und umarmt sie kurz. »Hey, Dad«, sagt er dann zu mir und streicht mir über die Haare. Ich bin ein bisschen eifersüchtig auf Lavida. Favel hat ebenfalls sein Smartphone dabei, aber er benutzt keine Ohrstöpsel, sondern hat einen großen, kabellosen Kopfhörer um den Hals hängen, den ich mal rezensiert habe (tolles Gerät, sensationeller Sound und unglaubliche Akkulaufzeit, durfte aber trotzdem nur zwei Daumen bekommen). Ganz entfernt ist aus dem Ding irgendeine Melodie zu hören.

»Mensch, das ist ja wie Sonntag«, sage ich und schicke das Ticket an meinen Drucker in der Holzhütte, obwohl das eigentlich unnötig ist, aber ich gehöre zu der Generation, die ihr Leben keinem verdammten *Akku* anvertrauen würde.

Favel setzt sich an den Terrassentisch, Lavida schlurft davon, und mein Bademantel wird wieder nach dem ganzen Zeug riechen, mit dem sie sich so einschmiert. Aber es gibt Schlechteres, als nach der eigenen Tochter zu riechen. Als ich Anstalten mache, auch aufzustehen und in meine Hütte zu gehen, macht mein Sohn ein Geräusch. Er hat die Stirn in Falten gelegt und schaut etwas bedröppelt drein.

»Ist was?«, frage ich freundlich.

Er nickt. »Kann sein, dass ich ein bisschen Mist gebaut habe. Gestern Nacht.«

»Welche Art von Mist?« Andere Väter würden sofort an Drogen und ungewollte Schwangerschaften denken, aber Favel verlässt Kleinmachnow nur am Wochenende abends und dann nie für länger als bis um elf, halb zwölf.

»Den, den man schwer wieder wegkriegt.«

»Ach du Scheiße.«

»Also ich weiß nicht. Vielleicht passiert ja auch nichts.« Er schnauft und wirft den Kopf nach hinten; er glaubt sich selbst nicht. »Aber ich habe ein paar Links gepostet. Im Klassenchat. Links zu ihm da.« Favel schlenkert mit dem Kopf in eine unbestimmte östliche Richtung, aber ich weiß, wen er meint. »Zu K-K-Man.« Dabei grinst er, weil *K-K-Man* auch wirklich ein bescheuertes Pseudonym ist.

»Nicht gut«, sage ich ernst.

»Na ja. Meine Kumpels aus der Klasse sind eigentlich nicht so drauf. Also die mobben und *haten* keinen.« Das dürfte stimmen. Die Schule, auf die Favel und Lavida gehen, ist so inklusiv und divers, dass einem nix mehr dazu einfällt, und die Schüler sind in jeder sozialen Hinsicht vorbildlich –

freundlich, ausgleichend, konfliktscheu, gewaltlos. Dafür gibt es keinen Leistungsdruck, und selbst die Komatösen schaffen ihren Abschluss mit Bestnoten, wie damals bei mir, beim Germanistikstudium. »Aber das Zeug ist auch ziemlich krass. Kennst du das Video, wo er Biersorten testet und sich dann auf den eigenen Schoß kotzt? Und einfach weitermacht?«

Bislang nicht. Ich schüttele angewidert den Kopf.

»Jetzt hat er fünfundzwanzig Follower«, sagt Favel. »Das können total schnell viel mehr werden. Kirsche steht da total drauf.« Kirsche ist Favels *total* bester Freund, aber ich weiß nicht mehr sicher, wie der Junge wirklich heißt, möglicherweise Kevin, womit er ein ziemlich später Kevin wäre, die ihre Hochzeit in den Neunzigern hatten, als neun von zehn neugeborenen Jungs so getauft wurden, weil Macaulay Culkin als alleinzuhausebleibender Kevin sämtliche Mutterherzen der westlichen Welt erobert hatte. Er ist ein langer Schlaks aus Zehlendorf, der bei seiner alleinerziehenden Mutter wohnt und schon zweimal fast von der Schule geflogen wäre, aber *jeder und jede hat eine dritte Chance verdient,* ließ der Rektor per Mail-Newsletter verkünden, ohne Namen zu nennen. »Der hat sich krankgelacht. Und Kirsche kennt viele Leute.« Favel schaut unglücklich drein. Ja, Kevin. Kirsche heißt Kevin.

»Du solltest zu Karsten rübergehen und mit ihm reden«, schlage ich vor. »Ihm klarmachen, was passieren kann.« In meinem Magen grummelt es. Klar, das Risiko hat Klink selbst zu verantworten, aber das heißt ja nicht, dass man ihn ins offene Messer laufen lassen muss.

Favel nickt. »Das mache ich später.«

Ausgerechnet am nächsten Morgen werden wir sehr früh geweckt, weil von draußen, seitlich vom Haus, typische Geräusche zu hören sind. Ich habe mir schon zigmal vorgenommen, endlich eine Box aufzustellen, in der die Mülltonnen gut verschlossen aufbewahrt werden, aber ich bin noch nicht dazu gekommen. Ich wollte noch nicht dazu kommen. Um so ein Projekt anzugehen, muss man in einen Baumarkt, und ich bin *lost* in einem Baumarkt. Ich will alles kaufen und aufstellen und anhängen und anschließen und ausprobieren, was ich da sehe, dabei ist das meiste davon schweinegefährlich, etwa der ganze Elektrokram, oder es kann bei falscher Anwendung oder Installation fatale Folgen haben, manchmal sogar letale. Baumärkte sind für mich endloser Reiz und Orte des Schreckens gleichzeitig. Ich wäre gerne handwerklich begabter, weil ich gerne *alles* kaufen und anschrauben würde.

Tabea macht ein grummelndes Geräusch und dreht sich auf die andere Seite, also klettere ich so leise wie möglich aus dem Bett, während von draußen Scharr- und Knackgeräusche kommen und gelegentlich ein leises Scheppern zu hören ist. Merkwürdigerweise interessiert sich Bapu nicht einen Furz für unsere frühmorgendlichen Besucher, aber das kann daran liegen, dass seine gesamte Konzentration auf den Vormittagsspaziergang gerichtet ist. Bapu ist wie ein Leistungssportler, der nur für den Wettkampf lebt, bei dem er seine maximalen Fähigkeiten abruft, während er zu allen anderen Zeiten quasi auf Stand-by bleibt, um die Maschine, die sein Körper ist, zu schonen. Tatsächlich liegt der Hund zusammengerollt in seinem Korb und schnarcht leise, während es jetzt draußen vernehmlich poltert. Nicht einmal seine Schlappohren bewegen sich. Bei uns ist noch nie eingebrochen worden, aber ich glaube nicht, dass dieser Umstand unserem Weltklasse-hund zu verdanken ist. Er würde sich von den Einbrechern eher noch streicheln und füttern lassen. Und ihnen schwanz-wedelnd hinterherhecheln, während sie unser Hab und Gut davontragen.

Ich schleiche auf die Terrasse und greife den Henkel des Wassereimers, der da bereitsteht und glücklicherweise noch fast voll ist. Dann tapse ich auf Zehenspitzen zur Hausecke, hinter der unsere Mülltonnen stehen. Und da sind sie. Drei an der Zahl, zwei größere, in etwa so groß wie ausgewach-sene Hauskatzen, und einer in Kaninchengröße; es ist also eine kleine Familie. Sie haben unsere Hausmülltonne umge-schmissen, die jetzt so liegt, dass die Öffnung zu mir zeigt, und sitzen alle drei auf dem halb ausgekippten Müll darin, Essens-reste mümmelnd. Das ist fast ein beschauliches Bild, es sind hübsche, niedliche Tiere, und natürlich liegen mir Wasch-bären sowieso am Herzen, weil ich quasi mit Waschbären ar-beite und über sie schreibe – ich habe ziemlich umfangreich zum *Procyon lotor* recherchiert –, aber die hier nerven gerade. Borowski schießt mit seinem Luftgewehr auf sie, hat er mir erzählt. Er hat auch behauptet, in BaWü sei das sozusagen zur Selbstverteidigung erlaubt, und er behauptet außerdem, sie hätten ihr Nest bei Klink im Garten. Damit könnte er sogar recht haben, aber dass Leute ohne Jagdschein auf keinerlei Wildtiere schießen dürfen, das hätte ich ihm sogar ohne Vo-lontariat im Jagdbücherverlag sagen können. Alles, was man mit wild lebenden Tieren macht – sogar nach deren Tod –, ohne dafür legitimiert zu sein, gilt hierzulande als Wilderei.

Ich kippe das Wasser in einer raschen, kräftigen Bewegung in Richtung Mülltonne und rufe dazu: »Macht das bei den Nazis!«, aber nicht so laut, dass es die Lamberts hören könnten, die natürlich eine edle, verzinkte, abschließbare Blechbox neben dem Haus stehen haben, in der die Mülltonnen aufbewahrt werden; die Tiere würden dort also nicht fündig werden. Sie knurren mich laut an und zischen davon, der kleine mit einem Zipfel von der Salami im Maul, die ich gestern weggeschmissen habe, weil sie in den Tiefen des Kühlschranks ihr MHD schon um mehrere Monate überlebt hatte. »Merkt euch das!«, rufe ich noch, kann mir ein Grinsen aber nicht verkneifen. Ich mag Waschbären, und irgendwie gefällt es mir auch, dass wir auf diese Weise mit der Natur konfrontiert sind, wenn auch in Form einer invasiven Art. Aber wir haben hier außerdem jede Menge Eichhörnchen, Mäuse, Füchse, Wildschweine und Marder, ich habe schon Blindschleichen, Frösche und Eidechsen gesehen, es gibt Spechte und viele Greifvögel und zu Favels großer Freude handtellergroße Spinnen, die im Herbst oder bei Regen gerne ins Haus gekrabbelt kommen, um dem Wetter zu entgehen. Keiner sonst in der Familie hat arachnophobe Tendenzen, aber wenn Sohnemann eine Spinne sieht, die größer als ein Stecknadelkopf ist, kann man sein Geschrei bis zum Alexanderplatz hören. Meist hilft ihm seine Schwester, die gemütlich angeschlurft kommt, die Spinne einfach in die Hand nimmt und nach draußen trägt, begleitet vom Gewimmer des Bruders.

Ich räume mit einer Müllschaufel den Dreck zurück in die Tonne, latsche anschließend ins Haus, es ist kurz nach fünf, und ich bin hellwach, was auch daran liegt, dass ich heute einen wichtigen Termin habe. In meiner Zeit im katapult und als Tabea und ich noch kinderlos waren, war fünf Uhr morgens eine Zeit, die man aus der anderen Richtung betrachtet hat, also nicht als Aufstehzeit, sondern als eine, zu der man in Erwägung ziehen könnte, möglicherweise demnächst ins Bett zu gehen – das ging bis weit in unsere Dreißiger so. Aber jetzt bin ich fast ausgeschlafen, und in anderthalb Stunden würden wir sowieso aufstehen. Ich mache mir sehr leise einen Kaffee und setze mich wieder raus. Es ist absolut still, bis auf das Zwitschern der Vögel und das Rascheln der Büsche, auf den Spitzen der Koniferen schimmert das morgendliche Sonnenlicht, und es ist so friedlich in diesem Moment, dass mir die Tränen kommen.

Drei Stunden später sitze ich im ICE 1003 von Berlin-Hauptbahnhof nach München-Hauptbahnhof. Das ist ein »Sprinter«, also eine nationale Schnellverbindung, die nur wenige oder keinen Zwischenhalt hat. Wenn alles gut geht, was ja der zweite Vorname der *Deutschen Bahn* ist, bin ich in kaum vier Stunden, also um kurz vor zwölf in München. Monika Westhaus holt mich am Bahnhof ab. Also habe ich noch vier Stunden Zeit, um mir Gedanken zu machen. Gerne auch über Anhaltewege, denn auf dieser Strecke, die für den insgesamt fast 700 Tonnen schweren ICE teilweise in die gebirgige Landschaft gesprengt wurde, wird mehrfach über 300 km/h gefahren. Aber dafür muss das lange Ding erst mal aus der Stadt raus. Ich baue meinen Laptop auf und schließe ihn an, ich checke ins WLAN ein, schalte mein Smartphone auf Vibration, stelle meine Wasserflasche auf den Tisch, neben meinen Thermobecher, den ich mir später auffüllen lassen werde; ich habe den Bahnkaffee in guter Erinnerung. Der Zug ist ordentlich gefüllt, überwiegend mit männlichen Anzugträgern in den späten Vierzigern, frühen Fünfzigern, aber ich sitze an meinem Zweiertisch alleine, und es werden keine weiteren Gäste hinzukommen, denn unser nächster Halt ist zugleich das Ziel, also München. Als ich mit meinen Vorbereitungen fertig bin, sind wir schon im Grünen.

Dann bin ich ratlos, was ich tun soll, und schaue aus dem Fenster, sehe die Landschaft vorbeifliegen, die uns früher, also vor dem Mauerfall, deutlich grauer und armseliger vorkam als die Landschaft weiter westlich, wenn wir hier langgefahren sind, meistens in unseren Autos oder in viel, viel langsameren Bahnen (in denen wir von DDR-Grenzpolizisten, genannt *Grepos*, kontrolliert wurden), und ich bin mir sicher, dass mich meine Erinnerung nicht trügt. Ich muss an die ersten drei Monate mit Tabea denken, was ich immer tun muss, wenn ich in einem Schnellzug sitze. Wir sind in den frühen Neunzigern von Paris nach Lyon im TGV gefahren, weil ich Tabea irgendwann davon erzählt habe, dass der TGV meine Metapher für unsere Liebe war, ganz am Anfang, als wir wussten, dass es tragisch enden würde. Wir hatten bei dieser Zugreise sogar Sex auf der Toilette des Waggons, was sehr lustig war, allerdings nicht sehr erotisch. Ich lehne mich an die Scheibe und versuche, nach hinten zu gucken, um noch etwas von der Stadt zu sehen, aber sie ist schon verschwunden.

Deshalb kommt mir die Idee, mich dem Songtext zu widmen. Brahoon wird dieser Tage in Asien auf Tour sein, wo sie ihn anbeten und er immer noch riesige Hallen füllt, hat er mir noch gesimst, wie man früher gesagt hat, weil heute echt niemand mehr *simst*, sondern fast ausschließlich *gewhatsappt* wird, was mindestens ein so dämlicher Pseudoanglizismus wie *Influencer* ist, von dem es komplett irre Abwandlungen wie *Petfluencer* oder *Kidfluencer* gibt. Aber der Bringer war das Verb *simsen* auch nie, sondern schon altbacken im Moment seiner Schöpfung. Und eigentlich sind Anglizismen hin und wieder ganz nützlich.

Ich würde gerne eine Geschichte aus dem Songtext machen, vielleicht von jemandem, der in West-Berlin groß geworden ist und die Stadt vor dem Mauerfall verlässt und erst Jahrzehnte später zurückkehrt, aber die Stadt, die er kannte, ist komplett verschwunden. Als ich diese Gedanken zu Ende gedacht habe, bin ich für ein paar Momente von meiner Kreativität ganz beglückt, aber viel Zeit, mich darüber zu freuen, habe ich nicht, denn eine deutlich nach Schweiß riechende Zugbegleiterin hat sich neben mir aufgebaut und verlangt nach meiner Beförderungslegitimation. Während sie den Ausdruck kontrolliert, pingt mein Telefon. Ich habe vergessen, mich aus der Gegensprechanlage im Meisenring 15 auszuchecken, weshalb die App der Gegensprechanlage angesprungen ist und mir jetzt ein Livebild zeigt, und zwar von Birger Fläming, der grinsend vor unserem Gartentor steht, zu meiner Überraschung in Jeans und Shirt, das er, der aktuellen (und in meinen Augen etwas seltsamen) Mode entsprechend, nur vorne in die Hose gesteckt hat. Er sieht aus wie ein Student, dessen Bild durch die mittlere Stufe einer »Oldify«-App gejagt wurde. Ich will schon die Sprechfunktion starten und irgendwas rufen wie »Hey, wenn du schnell rennst, erwischst du mich noch, in der Nähe von Luckenwalde, südwestlich von Berlin in Brandenburg«, da kommt Tabea ins Bild, bleibt kurz vor Fläming stehen, umarmt ihn dann und geht mit ihm an der Kamera vorbei ins Haus, während die beiden, mild gestikulierend und lächelnd, aufeinander einreden. Ich bin so verblüfft, dass ich nicht verstehe, was die Zugbegleiterin sagt.

»Bitte?«

»Ich benötige den Lichtbildausweis der Person, für die dieses Ticket gekauft wurde, zur Authentifizierung.«

»Nicht Ihr Ernst«, erwidere ich und starre weiter auf das Bild. Ich klicke die Aufnahmefunktion an, dann macht die Anlage ein Bild pro Sekunde, und ich kann später sehen, wann Fläming wieder gegangen ist. In zwei Minuten, spätestens. Eine Sekunde mehr und er wird perspektivisch zu Hackfleisch in Bapus Napf. Der zwar kein rohes Fleisch mag, aber es geht ja auch um die Geste.

»Ohne Ausweis ist das Ticket nicht gültig«, sagt die Frau ein bisschen knurrig. »Das steht auch auf dem Ticket. Hier.« Sie weist mit dem Daumen auf ein Stück Text.

»Die Fahrkarte hat meine Verlegerin für mich gekauft. Moment, hier.« Ich öffne das Mailprogramm, scrolle durch meine Mails und zeige ihr die Nachricht von Monika Westhaus nebst Anhang. Meine Finger flattern dabei ein bisschen. Was zur Hölle will Birger Fläming von meiner Frau, während ich nicht zu Hause bin? Also, vom Offensichtlichen abgesehen? »Und sie hat wohl versehentlich sich selbst als Reisegast angegeben.«

Sie kneift die Augen zusammen und liest die Mail. »Das ist schlecht«, sagt sie dann. »Und diese Mail ist leider keine Legitimation.«

»Aber das ist ein Ticket mit Zugbindung und Platzreservierung, und ich bin der einzige Mensch, der auf diesem Platz sitzt. Sehen Sie.« Ich stehe kurz auf und präsentiere den dadurch leeren Sitz, während meine Gedanken weiter um Birger und Tabea kreisen.

Die Zugbegleiterin nickt, ohne die Miene zu verziehen. »Das mag stimmen. Aber sollte es nicht stimmen, und die Person, die das Ticket gekauft hatte, beantragt eine Rückerstattung, dann wird es problematisch.«

Ich seufze. »Ich verstehe. Dann muss ich wohl an der nächsten Station aussteigen?«

Ihr Gesicht bleibt unbewegt. »Das müssen Sie sowieso. Aber ich muss mit der Zugchefin sprechen.« Die Frau nimmt den ausgedruckten Fahrschein, schiebt ihn in ihre Jackentasche und geht eine Reihe weiter. Ich bin so konsterniert, dass ich nicht einmal dagegen protestieren kann, dass sie einfach mein Zeug mitnimmt. Aber ich bin ja auch abgelenkt.

Ich sei sehr gut darin, mir Sorgen zu machen, sagt Tabea immer wieder zu mir. Sie meint das meistens liebevoll, aber manchmal verzieht sie das Gesicht dabei ein bisschen, entweder ironisch oder gelegentlich auch etwas genervt, wenn ich es übertreibe, weil ich beispielsweise darauf dränge, dass wir fünf Stunden vor dem Abflug in den Urlaub zum BER aufbrechen, damit wir es rechtzeitig durch die Sicherheitskontrollen schaffen, und dann sitzen wir viereinhalb Stunden lang todmüde und durchgeschwitzt (was bei mir auch an meiner

Flugangst liegt, die ich höchstens einmal im Jahr überwinde, um meiner Familie einen Gefallen zu tun) im Warteraum für das Boarding oder in einem der Flughafenrestaurants, für die sich das viel zu Frühkommen wahrlich lohnt. Wenn Tabea anmerkt, dass ich mir zu viele Sorgen mache, die sowieso nicht erfüllt werden, weil dieses Schlechte, auf das man da in negativer Weise spekuliert, selten das wirklich wahrscheinlichste Ereignis ist, antworte ich: Das mag sein, aber dass man Angst um etwas hat, das heißt doch auch, dass es einem sehr viel bedeutet. Dann lacht sie und erklärt, dass es einen Unterschied dazwischen gibt, ob man fürchtet, etwas wirklich Wichtiges zu verlieren, oder ob man aus Angst, einen Scheiß-Ferienflieger zu verpassen, Wochen vorher am Scheiß-Airport campiert. Das wäre eher ein Anzeichen leichter Paranoia. Und dann wiederholt sie ihren Hinweis darauf, dass es nicht ohne Grund »*sich* Sorgen machen« heißt und dass diese Ideen von katastrophalen Verläufen eben *selbst gemacht* sind und in keiner Hinsicht auf Statistik oder vernünftigen Erkenntnissen beruhen. Es ist reine Schwarzmalerei. Nichts davon passiert.

Jedenfalls meistens.

Ich atme mehrmals tief in den Bauchraum ein und jeweils so lange wie möglich aus, das hat mir Tabea beigebracht. Dann krame ich meine Ohrhörer heraus und suche beim Musik-Streamingdienst nach Ayksen Brahoon. Mir wird eine »Best of«-Zusammenstellung angeboten, die natürlich mit »Being Here« anfängt, dem einzigen Song von Brahoon, der hierzulande bekannter ist, weil er von einer bayerischen Großmeierei in einer bundesweiten Kampagne für Weidemilch verwendet wurde. Und diese Kampagne lief ziemlich lange. Allerdings ist das Lied als eines der wenigen in Brahoons Repertoire eine Coverversion und basiert auf einem irischen Folksong aus dem neunzehnten Jahrhundert, einem Antikriegslied. Ich lasse die Playlist loslaufen, die Geräusche der Zugfahrt entfernen sich, das wechselnde Licht draußen bestimmt die Atmosphäre in meinen leicht melancholischen Gedanken, die allmählich von Tabea und Birger wegdriften. Das wird schon nichts zu bedeuten haben. Ich mache mir wieder mal viel zu viele Sorgen, für die es keinen Grund gibt. Ich genieße das Flackern der Landschaft und konzentriere mich auf den Songtext.

Ich werde aus meiner Konzentration gerissen, als mich jemand seitlich anstupst und offenbar etwas zu mir sagt, und der Geruch verrät, wer das ist, bevor ich hinschaue. Die Zugbegleiterin ist wieder da. »Ich hätte Sie fast vergessen«, erklärt sie und hält mir den Ausdruck entgegen. Ich bin etwas irritiert, kontrolliere dann die Uhrzeitanzeige meines Laptops. Es ist schon kurz vor zwölf. Ich habe zwei Seiten mit Songtextmaterial und weitere drei Seiten mit Stichworten gefüllt. Und vergessen, mir Kaffee nachschenken zu lassen. Wir sind in zwanzig Minuten in München. »Wir kommen pünktlich in München an«, sagt sie und geht davon. Der Fahrscheinausdruck ist abgestempelt. Die Landschaft um uns ist grüner und hügeliger und deutlich bayerischer als die am Anfang der Reise.

Ich lese meinen Entwurf noch einmal durch, korrigiere ein paar Feinheiten, schicke ihn mir selbst als Mail, die ich auf dem Telefon öffne, kopiere den Text dann in das Kurznachrichtendings und sende ihn einfach an Brahoon. Als ich damit fertig bin, stehen schon alle im Gang, weil sie glauben, dadurch schneller aus dem Zug zu kommen. Alle Menschen sind meistens unvernünftig, das ist eine unumstößliche Tatsache.

Monika Westhaus wartet direkt vor der Waggontür, ich erkenne sie sofort. Sie ist zwar ein, zwei Tage älter als auf den Bildern auf der Verlags-Website und in ihrem Facebook-Profil, aber sie ist es, unverkennbar: In den späteren Sechzigern, schätze ich, aber schlank, fit und sportlich. Sie hat lange, zu einem Pferdeschwanz gebundene, strahlend weiße Haare, die in starkem Kontrast zu ihrer Gesichtsbräune stehen, die durch die pragmatische, aber nicht hässliche Metallgestellbrille noch verstärkt wird. Von ihrem Facebook-Account weiß ich, dass sie die Wochenenden nach Möglichkeit rund um die Uhr draußen verbringt, auf ihrem kleinen Hof südlich von München, wo sie ein paar Hunde, zwei Pferde, Ziegen, einen ganzen Haufen Hühner und noch ein paar andere Tiere hat, die werktags von ihrer Freundin versorgt werden.

Mein Telefon piept. »Great text!«, schreibt Brahoon. »I will work on it while I'm in Asia.« Ich muss lächeln. Außerdem schreibt er, dass er jetzt nur noch schwer zu erreichen wäre, weil er sich auf Tour gerne etwas isoliert.

»Schön, Sie endlich mal zu treffen«, sagt Monika Westhaus und umarmt mich. Sie riecht ein bisschen muffig, wie Kleidung, die nach dem Waschen zu lange in der Waschmaschine lag. Ich erwidere die Umarmung trotzdem und sage dann: »Stimmt.«

»Entschuldigung, aber mein Overall müffelt etwas, der lag zu lange in der Waschmaschine.«

»Aber schick.« Ich bin aufgeregt, spüre allerdings, dass meine Aufregung schon abklingt und sich bald legen wird. Monika Westhaus ist eine liebenswürdige Person. Sie lacht; tatsächlich würde ich solche Kleidung in der Öffentlichkeit nicht freiwillig anziehen. »Wie man's nimmt«, sagt sie. »Auf einen Empfang würde ich in dem Ding jedenfalls nicht gehen.« Sie nickt zur Seite. »Kommen Sie. Mein Auto steht im Halteverbot.«

Ihr Auto riecht auch, und zwar nach Tieren, aber nicht wie unser Kombi, der immer eine leichte Note Bapu trägt, obwohl der Hund selten mitfährt, was er auch nicht gerne macht. Ich stelle mir vor, dass die Nutzfahrzeuge der Zoos so riechen. Dabei ist das hier ein Toyota Prius, also alles andere als ein Kleinlaster.

»Ich transportiere mit dieser Karre eine Menge Zeugs«, sagt sie, als wenn sie meine Gedanken erraten hätte. »Und manchmal auch Tiere, jedenfalls die kleineren. Aber man gewöhnt sich dran.«

»Halb so wild«, erwidere ich.

Als wir losgefahren sind, erzählt sie mir, dass sie den Verlag größer aufstellen will und dass das zwar riskant wäre, vor allem im Moment, wo der Wind eigentlich aus der anderen Richtung kommt, aber dass sie gerade deshalb das Risiko gerne eingehen würde, und sie vermittelt mir, dass Moses und ich ein Teil dieses Plans sind, sogar ein wesentlicher Teil, was mir ein wenig Unbehagen bereitet. Ich erzähle in ein paar Sätzen von Jon Plantikow – der Name sagt ihr etwas –, von seinem Kumpel Matthies und von seiner Idee für ein Buch über Betroffene. Die Idee gefällt ihr, behauptet sie.

Dann fahren wir smalltalkend durch München. Das ist nicht meine Stadt, obwohl ich hier ein fantastisches Erlebnis hatte, als kleiner Puper, mit sechs oder sieben. Wir besuchten damals irgendwen, von dem meine Eltern irgendwas erben würden, ich glaube, eine Tante meines Vaters, es war im Frühjahr, und ich hatte die ganze nächtliche Fahrt hierher verschlafen. In der gut besuchten Wohnung, die sich weit oben im Haus befand, also vermutlich im vierten, fünften Stock, ging ich auf den Balkon, weil natürlich alle wieder rauchten, und ich sah Berge. Einfach so. Berge am Horizont. Ich hatte Berge noch nie live gesehen, und da standen sie einfach und ließen sich von mir anschauen, als wenn nichts wäre. Ich stellte mir vor, wie hoch sie sein müssten, dass man sie an diesem klaren Tag schon von hieraus sehen konnte. Jemand kam auf den Balkon, aber ich weiß nicht mehr, wer das gewesen ist, aber ich weiß noch, dass mir diese Person – ich meine, es war eine ältere Frau – eine Hand auf die Schulter legte (das machten Erwachsene damals *immer*) und sagte: »Dahinten ist die Zugspitze.« Das fand ich damals sehr verwirrend, habe aber nicht weiter nachgefragt, weil ich von diesem Anblick so geflasht war. Dass die Zugspitze ein *Berg* ist, erfuhr ich erst später. Von unserem Haus in der Harzer Straße aus sah ich die Mauer und traurige Wohnhäuser in Ostberlin.

Aber ich mag das Münchener Lebensgefühl nicht, und ich finde die Stadt auch nicht so schön, wie sie die vielen Touristen offenbar finden. Für uns West-Berliner war München gleichsam der Gegenentwurf zu unserer Heimatstadt: irre teuer, ziemlich aufgeräumt und traditionell, ein bisschen affektiert und schickimickimäßig, an den Rändern diffus; es war das Herz des konservativsten Bundeslandes und die Heimat aller relevanten Franz Josefs der letzten Jahrhunderte, selbst ein bisschen sozialdemokratisch, aber nicht so richtig, und kulturell natürlich eher Lederhose als Irokese. Während ich darüber nachdenke, beginnt Monika Westhaus schon mit dem Einparkvorgang. Wir befinden uns in einer Gegend mit hübschen fünfstöckigen Gründerzeithäusern. Die Verlegerin ist aufgeregt, merke ich, weil ihr Blick etwas nervös immer wieder zu mir und von mir nach draußen huscht, aber das liegt nicht am Einparken. Dann sehe ich das Plakat auf der anderen Straßenseite.

»Ach du Scheiße«, entfährt es mir, denn das wirklich sehr große Plakat wirbt für *Waschbär Moses dreht auf.*

Sie kichert, was irgendwie nicht zu ihr passt. »Überrascht?«, fragt sie. Und als ich nicke, erklärt sie: »Warten Sie ab, das kommt noch besser.«

In diesem Augenblick kriege ich Angst.

Der kleine Verlag logiert im dritten Stock eines ganz normalen Wohnhauses und nimmt dort eine Vier-Zimmer-Wohnung ein. Monika Westhaus hat zwei weibliche Angestellte in den Vierzigern und zwei männliche Praktikanten in den frühen Zwanzigern, und diese fünf Leute machen alles alleine, bis zum Vertrieb, aber die Coverfiguren von Moses und Johannes hat ein mit Monika Westhaus befreundeter Comiczeichner entwickelt. Die sonnige und gemütliche Gewerbewohnung wird von Bücherstapeln beherrscht, sie ist gefüllt mit Prospektkisten und stapelweise großen Umschlägen, die ich aus meiner Volontärszeit wiedererkenne, aber als mich die Verlagsbesitzerin grinsend in ihr Büro führt, steht mir plötzlich ein lebensgroßer Waschbär Moses gegenüber. Also nicht waschbärlebensgroß, sondern menschenlebensgroß. Er ist gut eins siebzig hoch, aus dicker Pappe, trägt eine *Ray-Ban Wayfarer*, was er sonst auf dem Buchcover nicht tut, er grinst fröhlich und hält mit seinen Vorderpfoten eine Art Bauchladen – ebenfalls aus Pappe –, der mit Dutzenden Exemplaren meiner Romane bestückt ist. Er erinnert marginal an Rocket Raccoon, den Waschbären aus *Guardians Of The Galaxy*. Lavida steht total auf das Marvel-Zeug, aber ich mag es auch ganz gerne, weil es einfach super gemacht ist. Jedenfalls der Teil, der kein Spin-off eines Spin-offs eines Spin-offs ist.

»Davon gibt es mehrere«, sagt Monika Westhaus. »Sie können auch einen haben, wenn Sie wollen.«

»Der ist ganz schön groß«, erwidere ich, ohne auf den Vorschlag einzugehen. Der einzige Zweck, der mir für den großen Aufsteller einfiele, wäre, die anderen Waschbären damit zu erschrecken. Oder Lambert.

Sie nickt. »Und teuer. Aber ich denke, es wird sich lohnen. Wir platzieren ihn in vielen mittelgroßen Buchhandlungen, die ganz großen wollen zu viel Geld für so etwas.« Und, bevor ich etwas erwidern kann: »Aber das Beste kommt noch. Kaffee?«

Ich nicke ebenfalls, nicht zuletzt, weil der Kaffee möglicherweise dieses noch bevorstehende Beste, das mir gelinde Sorgen bereitet, etwas hinauszögert. »Schrecklich gerne.« Sie sagt: »Kommen Sie mit«, und ich folge ihr in die knuffige Küche. Ein Praktikant sitzt da, auf dem Küchentisch liegt ein Stapel dicker Umschläge. Ich empfinde Mitgefühl im direkten Sinn des Wortes.

»Darf ich Sie fragen, wie alt Sie sind?«, frage ich, während sie den Siebträger ausklopft. In der Küche steht eine professionelle Gastro-Espressomaschine. Guido hatte eine ähnliche im katapult.

»Ich werde in drei Wochen achtundsechzig.«

»Und wie lange wollen Sie das noch machen?« Ich versuche, es freundlich, optimistisch und empathisch klingen zu lassen, aber die Frage hat zu starke Konnotationen.

Sie schaut auf, sieht mich ein bisschen verärgert an. »Was ist denn das für eine Frage? Wie lange will man etwas *noch machen*, das man mehr liebt als fast alles andere? Was würden Sie da antworten?«

Ich zucke lächelnd die Schultern, bekomme aber zugleich eine Gänsehaut. Der kleine Verlag bedeutet dieser Frau wirklich sehr, sehr viel. »Das Naheliegendste. So lange wie möglich. Also immer.« Ich kann diese Position gut verstehen und nachvollziehen; mich nur noch zu *beschäftigen*, mit irgendwas und möglichst ohne andere Leute zu stören, um die Zeit rumzukriegen, bis die Kiste bereitsteht, das kann ich mir auch nicht vorstellen, andererseits mache ich in meinem Kabuff nichts essenziell Produktives. Ich muss an einen Begriff denken, der mir hin und wieder begegnet: *End of Life,* abgekürzt *EoL.* Das wird in der Industrie – vor allem im Elektronik- und Softwarebereich – verwendet, wenn ein Produkt nicht mehr hergestellt wird, es aber für eine Übergangszeit noch Service und Ersatzteile dafür gibt. Das Produkt ist also zugleich nicht mehr und doch noch am Leben, man sollte es aber eigentlich besser nicht mehr verwenden. Sein Ende ist absehbar.

Monika Westhaus hantiert weiter an der Kaffeemaschine.

»Genau«, antwortet sie dann. »Ich habe nicht vor, freiwillig in den Ruhestand zu gehen. Schon dieses Wort. *Ruhestand.* Ich will das frühestens hören, wenn es vom Geräusch fallender Erde begleitet wird, die auf einer Kiste landet, in der ich mit vor der Brust gefalteten Händen liege.« Sie gibt ein Ächzen von sich, weil das Einsetzen des Siebträgers offenbar Kraft erfordert. »Dabei will ich eigentlich eine Feuerbestattung.« Sie blickt wieder zu mir auf. »Am liebsten aber natürlich überhaupt keine. Ich hätte nichts dagegen, mindestens tausend Jahre alt zu werden.«

Dann schauen wir dem Kaffee zu, der, von röchelnden Geräuschen untermalt, in zwei Tassen blubbert.

»Sie sind wahrscheinlich brennend neugierig darauf, was ich noch an Überraschungen habe«, meint sie, während wir mit unseren Tassen in den Händen zurück in ihr Büro schlendern.

»Eigentlich bin ich kein sehr großer Freund von Überraschungen«, antworte ich, was nicht ganz zutreffend ist.

Sie setzt sich hinter ihren Schreibtisch und nickt dann. »Aber das wird Sie freuen.« Ich nippe am wirklich leckeren Crema. »Wir haben drei Filmrechteanfragen für Moses«, erklärt sie feierlich, wobei sie die rechte Hand hebt und drei Finger abspreizt. »Eine davon aus den USA. Das bedeutet zwar noch nicht *sehr* viel, weil nach der Anfrage erst einmal nichts passiert, und dann kommt es *vielleicht* zur Option und *ganz vielleicht* etwas später zum Rechtekauf, aber zwei von den Produktionsfirmen sind ziemlich groß. Die fragen nur an, wenn sie es ernst meinen.«

»Ach du Scheiße.«

Sie zieht die Augenbrauen zusammen. »Eigentlich ist das eine gute Nachricht.«

Ich gestatte mir ein langsames Nicken, während es in mir rattert und meine Hände zu zittern beginnen. »Das wäre es normalerweise auch«, sage ich vorsichtig und atme anschließend tief durch. Ach, verdammt. *Ich habe gewusst, dass es so kommen würde.* Diese sympathische, engagierte, begeisterungshungrige Frau, dieser nette Laden, und dann diese unschöne Situation. »Ich glaube, ich muss Ihnen etwas gestehen«, beginne ich dann.

Teil drei

Koma

Aufprall

Anderthalb Stunden später sitze ich wieder im ICE, und ich bin immer noch aufgeregt, weil Monika Westhaus dann doch ziemlich wütend geworden ist. Deshalb musste ich mir auch ein Taxi zum Bahnhof nehmen. Zuerst hat sie vergleichsweise entspannt reagiert, hat mich nachdenklich gemustert, als ich damit angefangen habe, die Entstehungsgeschichte von *Waschbär Moses* zu erzählen. Aber je weiter ich vorankam, umso finsterer wurde ihre Miene, bis ihr sprichwörtlich der Kragen platzte und sie mich mit einem lauten »Genug!« unterbrach, wobei sie gleichzeitig einen Haufen Papier mit dem Handrücken vom Schreibtisch wischte. Ich gehorchte sofort und nippte pflichtschuldig an meiner halb kalten Crema. Erst in diesem Moment fiel mir die Reitpeitsche auf, die hinter ihrem Schreibtisch an der Wand hing, neben zwei Urkunden und einigen Pferdefotos. Am liebsten wäre ich in meine Tasse eingetaucht und durch sie und irgendeinen magischen Tunnel hindurch direkt zurück in meine Holzhütte im Garten von Meisenring 15 geflutscht. Nie wieder Waschbären!

Monika Westhaus war trotz ihrer Gesichtsbräune blass geworden, und mir fiel wirklich absolut nichts ein, das ich hätte sagen können, um die Situation zu entschärfen. Ich hätte das nicht tun dürfen. Aber es war zu spät für ein »Hätte«.

»Ich bin dabei, einiges an Geld in diese Sache zu investieren«, presste sie aus ihrem zusammengekniffenen Mund. »In diese geklaute Sache.«

»Na ja, *geklaut*«, setzte ich an, aber sie unterbrach mich.

»Ist mir schon klar. Wischiwaschi. Es ist so oder so Pferdekacke, ob nun direkt geklaut oder nur indirekt geklaut. Es ist geklaut. Es ist nicht echt. Es ist nicht wirklich von Ihnen.« Ihr Gesichtsausdruck war beängstigend. »Sie haben mich betrogen!«

»Wenn man so will«, nuschelte ich, fand ihre Worte aber eigentlich zu hart.

»Man will! Man will Sie …« Sie unterbrach sich und trat unter dem Schreibtisch energisch gegen das Möbelstück. Das Poltergeräusch war sehr laut. »Gehen Sie raus«, knurrte sie. »Ich muss alleine sein. Gehen Sie!«

Ich schlurfte aus dem Zimmer, das ihr Büro war, und stellte mich draußen vor die Tür. Hinter mir wurde wütend geschrien, aber ich konnte durch die Tür nicht verstehen, was genau – es waren eher Laute als Worte, aber »Pferdekacke« hörte ich doch mehrmals raus. Einer der beiden Praktikanten kam und fragte mich, ob alles in Ordnung sei, während er besorgt zur Tür sah, und ich antwortete: »Im Gegenteil.« Keine halbe Minute später ging die Tür wieder auf, und Monika Westhaus zog mich am Arm zurück in ihr Reich.

»So hat das ja auch keinen Sinn«, sagte sie.

Dann saßen wir uns gegenüber, sie starrte auf die Schreibtischplatte und ich auf die Reitpeitsche.

»Das fällt auf mich zurück. Auf den Verlag. Ganz egal, was wir tun. Es kann uns ruinieren.«

»Das tut mir leid«, sagte ich leise.

»Mir auch«, knurrte sie. »Aber wir müssen Schadensbegrenzung versuchen. Sagen Sie mir alles, was Sie über diesen Mann wissen. Diesen Christian Mehlwurm.«

»Mehlborn«, korrigierte ich.

»Scheißegal. Los!«

Ich gab ihr alles, was ich wusste, erinnerte mich an die IHK Darmstadt und daran, dass es keine Traueranzeigen von Angehörigen gegeben hatte. Sie machte sich Notizen und blickte erst auf, als mir nichts mehr einfiel. Sie sah aus, als wenn sie die Peitsche hinter sich liebend gerne einsetzen würde, und zwar bis Blut flösse. Mein Blut. Hektoliterweise. Und sie hätte mein Verständnis gehabt. Ich schämte mich in Grund und Boden. Ich konnte mich nicht daran erinnern, mich je für etwas so sehr geschämt zu haben.

»Sie gehen jetzt besser«, sagte sie, als ich geendet hatte. »Ich bekomme sonst wirklich Schwierigkeiten, mich unter Kontrolle zu halten.« Also stand ich auf und ging. Ich schlich aus der Wohnung, ohne mich von irgendwem zu verabschieden. Ich ging auch davon aus, niemanden von diesen Leuten je wiederzusehen.

Jetzt sitze ich im Zug. Auf der anderen Gangseite, neben mir, aber an einem größeren Tisch, sitzt eine vierköpfige Familie, die sich über die Anleitung eines Spiels unterhält, das sie während der Zugfahrt spielen wollen, ich schaue lieber aus dem Fenster, das Licht wechselt rasch, weil es hier und da bedeckt ist und sich die vereinzelten Wolken schnell bewegen. Ich will mit Tabea reden; sie ist der einzige Mensch, der mir helfen kann. Sie ist der einzige Mensch, der mich verstehen könnte. Sie ist der einzige Mensch. Sie ist *Tabea*. Aber ich muss mir erst überlegen, wie ich ihr das erzählen kann, ohne sie übermäßig gegen mich aufzubringen, und das kommt mir wie eine unlösbare Aufgabe vor. Vielleicht würde Tabea sogar damit aufhören, mich zu lieben, wenn sie das erführe. Monika Westhaus' Reaktion hat mir das Gefühl gegeben, ein echter Sauhund zu sein, ein Bösewicht, ein niederträchtiger Übeltäter, und auf jeden Fall verachtenswürdig. Ja, sie hätte mich über ihre ambitionierten Pläne durchaus ein wenig früher informieren können, aber es ist die Aufgabe von Verlagen, möglichst viele Bücher zu verkaufen, das ist sogar ihr Daseinszweck. Jeder andere Autor hätte sich das Gesäß abgefreut angesichts dieses Engagements, und sie konnte ja nicht wissen, dass viel Publicity in diesem Fall ein bisschen gefährlich werden könnte. Das konnte nur ich wissen. Das hätte ich wissen müssen. *Das wusste ich.* Ich sehe Schlagzeilen vor meinem geistigen Auge: »BESTSELLERAUTOR HAT TOTEN BESTOHLEN«. Sie werden auf jeden Fall *Bestsellerautor* schreiben, obwohl ich wahrlich keiner bin, weil es ohne den Superlativ nicht geht, weil jeder noch so unbekannte Künstler zum Star oder Superstar wird, wenn er in die Schlagzeilen gerät. Das bedient ganz unsubtil die Sozialneid-Reflexe, das macht das Verhalten dieser Personen noch einmal schlechter, und es lässt sie gefühlt von weiter oben abstürzen, was den Schadenfreudeimpuls verstärkt.

Abstürzen.

Als ich nach *einiger* Grübelei endlich mein Telefon aus der Tasche ziehe und das Display berühre, um es zu aktivieren, geschieht nichts. Also drücke ich die Einschalttaste und halte sie fest, bis ein rotes Batteriesymbol erscheint, das mir verrät, dass der Akku leer ist, vermutlich schon seit einer Weile, denn ich kann mich nicht daran erinnern, wann und wo ich das Ding zuletzt an den Strom gehängt habe. Ich krame das Ladekabel hervor und schließe das Telefon an die USB-Steckdose an. Und während ich darauf warte, dass das Gerät so viel geladen hat, dass ich es wieder verwenden kann, fällt mir Birger Flämings Besuch von heute Morgen ein. Ich werde gleich erfahren, wie lange er bei uns war. Ich schaue zum Display neben der Tür, die in den nächsten Waggon führt, und sehe, dass wir in diesem Moment 304 km/h schnell sind. Die Geschwindigkeit halten wir auch noch, als mein Telefon ein paar Augenblicke später meinen Fingerabdruck zur Anmeldung einfordert.

Und gleich darauf piept es wie wild. Ich habe über vierzig Kurznachrichten, jede Menge Messenger-Nachrichten und zwei Dutzend Anrufversuche verpasst, also quasi mein Kommunikationskontingent für einen ganzen Monat. Mir wird sofort eiskalt, denn es ist klar, dass etwas passiert sein muss. Etwas Schlimmeres als ein halbseidener Plagiatsverdacht bei einem blöden Waschbärenbuch. Etwas sehr viel Schlimmeres. Ich öffne die oberste SMS, die von Favel stammt. »Ruf SOFORT an! Mami ist was passiert!« Die Nachrichten sind alle von ihm oder von Lavida und auch die Anrufversuche. Meine Nackenhaare stehen, mein Herz hat aufgehört zu schlagen, oder es schlägt so schnell, dass die Schläge nicht mehr zu unterscheiden sind, und meine Finger zittern so stark, dass ich das Anrufen-Symbol auf dem Display erst nach einigen Versuchen treffe (genau *davon* habe ich schon ziemlich oft geträumt). Als es endlich klappt, steht jemand neben mir, und ich erkenne den Geruch, obwohl ich zu atmen aufgehört habe. Ich wedle mit der Hand und schnarre »Jetzt nicht!«, während ich darauf warte, dass Favel ans Telefon geht.

»Mami hatte einen schlimmen Unfall«, sagt er sofort, ohne eine Begrüßung abzuwarten. Seine Stimme ist zittrig und voller Angst. »Sie ist in einem Krankenhaus in Berlin. Du musst sofort kommen. Dad, komm sofort. Schnell!«

»Den Fahrausweis, bitte«, sagt die Zugbegleiterin. Ich kann die Tränen nicht unterdrücken und würde am liebsten losschreien.

»Was ist passiert?«, frage ich meinen Sohn. Meine Stimme klingt, als würde mir jemand ein Kissen aufs Gesicht drücken.

»Sie ist überfahren worden. Wir wissen es nicht genau, aber Lavi hat am Telefon *zugehört*. Die Polizei ist hier. Du musst sofort kommen, Papi. Sofort.« Wenn Favel *Papi* statt *Dad* sagt, dann ist alles verloren.

»Ich sitze im Zug«, presse ich hervor. »Ich kann hier nicht raus. Ich bin noch drei Stunden von Berlin entfernt.« Ich beginne laut zu schluchzen, kann es nicht unterdrücken. Sie ist überfahren worden. *Über*fahren. Jemand ist *über* Tabea *gefahren*. Mein Kopf füllt sich in Sekundenschnelle mit schlimmen Bildern.

»Ich muss Ihren Fahrausweis sehen«, insistiert die Zugbegleiterin.

»Den kennen Sie doch schon, verdammt!«, brülle ich. »Lassen Sie mich in Ruhe! Meine Frau hatte einen Unfall.«

»Oh«, sagt sie, bleibt aber neben mir stehen.

»Weißt du, in welchem Krankenhaus sie ist?«, frage ich Favel. Er heult und schnieft und atmet schwer. Und er antwortet nicht, aber ich nehme an, dass er den Kopf schüttelt. »Favel, die Polizei ist noch da? Weiß Lavida was? Kann ich mit jemandem von der Polizei sprechen?«

»Lavi ist auf dem Klo. Eine Polizistin ist noch hier«, sagt Favel und lässt ein Geräusch hören, das mir durch Mark und Bein geht, ein Heulen, Schluchzen und leises Schreien, alles gleichzeitig. »Ich gebe sie dir, Dad.« Er schafft es kaum, das zu sagen. Dann knarrt und knackt es, er hat das Telefon fallen lassen, und schließlich höre ich eine weibliche Stimme. »Herr Bengt, hier ist Polizeimeisterin Yvonne Habeck. Ihre Frau ist an einem Verkehrsunfall beteiligt gewesen. Sie ist mit offenbar schweren Verletzungen vom Rettungshubschrauber ins Hugo-Benning-Krankenhaus in Berlin-Zehlendorf transportiert worden. Wo befinden Sie sich?«

»Ich sitze im ICE von München nach Berlin«, sage ich leise. »Aber wir sind erst weniger als eine Stunde unterwegs.«

»Das ist die schnellste Verbindung«, erklärt die Zugbegleiterin neben mir. »Es hat keinen Sinn, den Zug anzuhalten. Schneller als mit dem ICE kommen Sie nicht nach Hause.« Ich schaue sie kurz an und versuche, dankbar auszusehen, aber ich habe nichts unter Kontrolle. Die Welt ist aus den Fugen.

»Wann sind Sie hier?«, fragt Polizeimeisterin Habeck.

»In gut drei Stunden.« Tabea ist überfahren worden. Ich lasse ein noch schlimmeres Geräusch hören als Favel eben, ich kann nichts dagegen tun. »In drei Stunden. Ist sie ... ist sie *in Lebensgefahr*?« Noch nie ist mir die Bedeutung dieser

Formulierung so bewusst gewesen. *In Lebensgefahr* bedeutet, dass es eine große Wahrscheinlichkeit gibt, dass man stirbt, und wenn man stirbt, wenn Tabea stirbt, dann ist sie tot. *Für immer.*

»Das weiß ich nicht, Herr Bengt. Sie sollten mit den Ärztinnen und Ärzten in der Notaufnahme des Krankenhauses sprechen. Ich würde dort Bescheid geben, damit Ihnen Auskunft erteilt wird, wenn Sie anrufen. Gestatten Sie, Ihre Rufnummer weiterzugeben?«

Ich mache ein zustimmendes Geräusch. »Und was ist mit meinen Kindern?« Mit *unseren* Kindern, aber ich korrigiere mich nicht.

»Es wäre gut, wenn sich jemand um sie kümmern könnte. Wie alt sind Ihre Kinder?«

»Der Junge ist fünfzehn, seine Schwester ist sechzehn.« Sie haben ungefähr die Hälfte der Zeit miterlebt, die Tabea und ich zusammen sind. »Ich werde einen Nachbarn bitten, rüberzukommen.« Jetzt kommt bei mir an, was Favel vorhin gesagt hat. Lavida hat *zugehört.* Tabea und Lavida haben telefoniert, als es passiert ist.

»Gut, tun Sie das. Ich bleibe noch einen Moment und erwarte Ihre Rückmeldung.«

In diesem Moment höre ich meine Tochter schreien. »Mami stirbt! O mein Gott, Mami stirbt! O mein Gott!« Es kommt aus der Tiefe des Hauses und nähert sich; sie wiederholt es einige Male, nimmt dann offenbar der Polizistin das Telefon aus der Hand und schreit es mir ins Ohr. »Mami stirbt! Papa, Mami stirbt! Ich habe es gehört! O mein Gott! Da waren ganz furchtbare Geräusche.«

»Mami stirbt nicht«, sage ich schwach und glaube mir selbst nicht. »Lavida, Schatz, alles wird gut.«

»Sie ist überfahren worden, o mein Gott. Du musst dich beeilen!«

Ich kann kaum sprechen, es läuft mir überall heraus, aus den Augen, der Nase, dem Mund. »Ich sage Jon Plantikow Bescheid, dass er zu euch rüberkommen soll.« Meine Stimme bricht, ich kann kaum atmen.

»Mami stirbt«, wiederholt sie. Leise, unendlich traurig, fassungslos. Dann wird die Verbindung unterbrochen. Ich blicke auf, auf diese Welt, die plötzlich ganz anders ist. Die Zugbegleiterin steht immer noch neben mir und starrt mich an, das Licht flackert nach wie vor vom raschen Wechsel der Wolken, und die Familie, die auf der anderen Gangseite sitzt, hat mit ihrem Siedlerspiel aufgehört, das bereits den gesamten Tisch einnimmt. Die beiden Jungs sind etwas jünger als Lavida und Favel, vielleicht zwölf oder dreizehn, aber die Eltern sind deutlich jünger als Tabea und ich. Sie sehen zu mir, alle vier, und in ihren Augen glitzert es, meine ich wenigstens, zu erkennen, denn mein Blick ist wie durch ein Aquarium. Ich muss das Telefon dicht an die Augen halten, um Plantikows Nummer zu finden, und als er rangeht, sage ich rasch: »Tabea hatte einen Unfall und ist im Krankenhaus, und ich bin unterwegs nach Hause. Kannst du bitte zu den Kindern rübergehen und für sie da sein?«

»Klar, Alex.«

»Ich sitze im Zug und bin erst in drei Stunden zurück.«

»Okay.« Er sagt zum Glück nichts wie »Mach dir keine Sorgen« oder so. »Ich bin in zwei Minuten drüben.«

»Da ist noch eine Polizistin. Ich sage ihr Bescheid.«

»Mmh-mmh. Wenn noch was ist, ruf mich an.«

Nachdem ich die Polizistin informiert habe, die aber noch auf Jon warten will, rufe ich im Krankenhaus an. Um mich herum, im ICE, ist alles still. Die Zugbegleiterin steht da, die Familie schweigt, alle warten auf etwas. Ich bekomme einen Mann ans Telefon, der in der Notaufnahme arbeitet, er ist wohl Arzt, ich verstehe seinen Namen nicht, aber er versteht meinen, und im Gegensatz zu mir ist er ruhig und besonnen, weil das seine Arbeit ist: ruhig und besonnen das Nötige zu tun, während die Welt anderer Menschen aus den Angeln gehoben wird. Ich erfahre, dass sie am Kopf verletzt wurde, sehr stark verletzt, und dass sie im Moment operiert wird. Eine Notoperation. Ein Eingriff, der schnell erfolgen muss, weil sonst großer Schaden entsteht. Weil sie sonst nicht mehr zu retten ist. Weil sie sonst stirbt. Das sagt er nicht, weil er das nicht sagen kann, aber ich weiß es. Er kann mir im Moment auch nicht mehr erzählen, doch jemand wird mich anrufen, verspricht er, man wird mich auf dem Laufenden halten, bis ich in der Stadt bin. In drei Stunden.

Dann ist das Telefonat vorbei, und ich halte das Telefon fest. Ich versuche, meinen Atem unter Kontrolle zu bekommen. Die Zugbegleiterin fragt mich, ob sie mir ein Wasser oder ein Heißgetränk besorgen soll, und ich nicke nur. Die Familie starrt mich an. Ich rufe Favel noch einmal an und erkläre ihm und meiner Tochter, dass ihre Mama gerade operiert wird. Sie schniefen und schluchzen, im Hintergrund höre ich Jonathan Plantikow mit der Polizeimeisterin sprechen.

»Wo war sie denn?«, frage ich Lavida schließlich. »Wo ist es überhaupt passiert?«

»An der Bullshitso-Villa«, sagt sie leise. »Mama lag vor der Einfahrt. Aber es war niemand sonst da.«

Mein Telefon piept und zeigt mir, dass ein unbekannter Anrufer mit mir sprechen will. Weil das möglicherweise das Krankenhaus sein kann, bitte ich Lavida, auf mich zu warten, und nehme das Gespräch an.

»Hallo, Bengt, ja?«, sage ich.

»Alexander Bengt?«, fragt eine Männerstimme, aber nicht die des Arztes, mit dem ich vorhin gesprochen habe, sondern eine tiefere, die zugleich so müde klingt, wie ich mich fühle. »Aus Kleinmachnow? Kann es sein, dass Sie für die Agentur EMVV in Solingen bezahlte Fake-Rezensionen schreiben, die auf *zonaman* veröffentlicht werden? Wenn das so ist, sollten Sie im eigenen Interesse mit mir sprechen.«

Kopfbahnhof

Nach den dreieinhalb allerlängsten Stunden meines Lebens erreiche ich völlig fertig die Notaufnahme des Krankenhauses, in dem Tabea inzwischen nicht mehr in einem Operationssaal, sondern auf der Intensivstation liegt, wie ich durch eines der drei oder vier Updates erfahren habe, die mir der freundliche Mann aus der Notaufnahme gegeben hat, aber jetzt muss ich noch warten, weil ein Mann in den Dreißigern, von dessen irgendwie *zerfleischter* linker Hand große Mengen Blut auf den Boden tropfen, von zwei anderen jungen Männern hereingebracht wird und das Bereitschaftspersonal sich sofort auf das Trio stürzt. Dann stehe ich alleine vor dem verlassenen Tresen, aber hinter mir, im Warteraum der Notaufnahme, sitzen eine Handvoll Menschen, die entweder darauf warten, behandelt zu werden, oder darauf, dass jemand behandelt wurde, den sie begleitet haben. Es ist auf den ersten Blick nicht zu erkennen, wer zu welcher Gruppe gehört; verletzt, gar schwer verletzt sieht niemand von ihnen aus. Ich war mal nach einem Fahrradunfall hier; jemand hatte mich beim Abbiegen übersehen, und ich war nach einem leichten Zusammenprall mit dem Lieferwagen vom Rad gestürzt, aber ich hatte Glück, denn ich blieb ohne große Blessuren, und dann habe ich hier gesessen und eine gute Stunde lang darauf gewartet, dass sich jemand ansehen würde, was längst nicht mehr schmerzte. Ich hatte mir nur den Oberschenkel leicht geprellt. Die Versicherung des Lieferwagenfahrers zahlte mir zweihundertfünfzig Euro Schmerzensgeld.

Schließlich kommt ein junger Mann, der mich fragt, warum ich hier bin, aber noch während er das fragt – ich erkenne seine Stimme – wird ihm, vermutlich aufgrund meines Anblicks, klar, wer ich bin.

»Ich bin Alexander Bengt«, sage ich, während ich mir wünsche, ich wäre nicht Alexander Bengt, jedenfalls nicht dieser hier, jetzt. »Ich glaube, wir haben mehrfach telefoniert.«

»Scheiße, ja«, sagt er nickend, und ich finde gut, dass er *Scheiße* sagt, denn das fasst es perfekt zusammen. »Kommen Sie.«

Ich folge ihm durch die langen Gänge des Krankenhauses und denke dabei ununterbrochen: So endet es also. So endet alles. Dies ist der letzte Tag meines Lebens, der Tag, an dem alles zusammenbricht und in Asche versinkt. Das gesamte letzte Halbjahr habe ich mit Gedanken an meinen verdammten sechzigsten Geburtstag verbracht und geglaubt, dass die Katharsis mit diesem Tag einsetzen würde, und dann kommt knapp drei Monate vorher alles anders und alles auf einmal. Ich rieche Desinfektionsmittel und eigenartige süßliche Aromen und diesen scharfen Reinlichkeitsduft und atme wahrscheinlich Millionen MRSA-Keime ein, und *ich will nicht hier sein.* Ich will nicht sehen müssen, wie Tabea jetzt aussieht, ich will mit keinem Chefarzt und auch mit keiner Chefärztin reden, die mir etwas über Diagnosen und Prognosen und Therapien und Wahrscheinlichkeiten sagen. Ich will, dass wieder gestern ist und ich mich dagegen entscheide, nach Scheiß-

München zu fahren, zu dieser Frau, die sich Reitpeitschen an die Wand hängt, und ich will noch rasch eine Mail an die bescheuerte Agentur schreiben, eine Mail, die ich schon vor Jahren hätte schreiben sollen, und ich will, dass niemand verdammte Filmangebote für den Blödsinn macht, den ich da getippt und ein bisschen abgekupfert habe. Ich will, dass sich das Bild von diesem mir vorauseilenden dynamischen Dreitagebartträger im weißen Kittel in Luft auflöst, von diesem jungen Arzt, der sein ganzes verdammtes Leben noch vor sich hat, und ich will, dass die Wände um mich herum zerfallen und den Blick auf eine Sommerwiese freigeben, die nach Lavendel duftet und vom Sonnenlicht geflutet ist und auf der ich mit meiner Familie bei einem Picknick sitze, wie vor zwei Jahren in der Provence. Ich will, dass meine Kinder zu weinen aufhören und keine Angst um ihre Mutter mehr haben müssen. Um Tabea. *Meine* Tabea.

Aber mein Wille zählt hier nichts.

Wir fahren noch mit einem Fahrstuhl, der so geräumig ist, dass man darin Brahoons Pick-up befördern könnte, und als mir dieser absurde Gedanke kommt, frage ich mich zum ersten Mal, was zur Hölle Tabea an oder auf dessen Grundstück wollte. Ich habe noch im Zug ein eigenwilliges Telefonat mit einem Polizeimenschen geführt, der mir absolut nichts über den Unfallhergang sagen wollte und vermutlich auch nicht konnte, über Beteiligte oder Verlauf oder Zeugen, der mir aber mitteilte, dass Tabea vor der Lieferanteneinfahrt von Brahoons Grundstück nur so schnell gefunden wurde, weil Lavida geistesgegenwärtig reagiert hat und weil ihre Mutter zufällig noch das Standort-Teilen ihres Telefons aktiviert hatte, was sie eigentlich nur macht, wenn sie sich mit jemandem von uns irgendwo treffen will. Ihre Mutter, die nur so rasch ins Krankenhaus gebracht werden konnte, weil Minuten zuvor zwei Straßen weiter ein Rettungshubschrauber gelandet war, der dort aber überhaupt nicht gebraucht wurde, und weil die Rettungsstelle den Arzt und die beiden Sanitäter an Bord bat, zu Tabeas Standort zu laufen, um nachzuschauen, was dort geschehen ist.

Sonst, erfahre ich zwei Minuten nach dem Verlassen des Aufzugs, wäre sie noch vor Ort gestorben.

Die Frau, die mir wiederum das erzählt, ist in Monika Westhaus' Alter und hat sogar eine gewisse Ähnlichkeit mit ihr, mit dem größten Unterschied, dass die Haare dieser Ärztin offenbar gefärbt sind (dunkelrot), was umfangreichere Teile meiner Aufmerksamkeit beansprucht als das, was sie zu mir sagt. Kurz flackert eine Erinnerung an das letzte Klassentreffen und die Haare von Stefanie Jungbluth vor meinem geistigen Auge vorbei. Die Chefärztin erzählt etwas von einem Schädel-Hirn-Trauma und einem hohen Wert auf irgendeiner Skala und davon, dass die Situation sehr kritisch sei und dass sich Tabea im Koma befinde.

Im Koma. Wenn man das Wort rückwärts liest, lautet es: Amok.

Während ich dieser freundlichen, professionell-mitfühlenden Frau lausche, meine ich zu spüren, wie meine Nervenenden wieder zu glühen beginnen, wie etwas mit mir passiert, was ich seit dem Neujahrsmorgen in diesem Jahr häufiger erlebt habe. Ich will nicht, dass das geschieht, aber es bemächtigt sich meiner, ohne dass ich genug Energie hätte, Gegenwehr zu leisten. Ich habe dieses Mal allerdings zugleich das sprichwörtliche Gefühl, unmittelbar zu explodieren, sehr laut und möglicherweise gewalttätig zu werden, was ich noch nie in meinem gesamten bisherigen Leben geworden bin. Aber bevor das passiert, bevor ich mich vulkanesk betätige, tritt eine junge Frau zu uns, die von Kopf bis Fuß in türkisfarbenes Zeug eingewickelt ist, und flüstert der Ärztin etwas ins Ohr. Die nickt dann und sagt zu mir:

»Sie könnten jetzt zu ihr.« Diesen Satz habe ich schon so oft im Fernsehen gehört oder irgendwo gelesen, aber jetzt ist er an mich gerichtet. In diesem Augenblick klingelt mein Telefon. Ich ziehe es aus der Tasche, die Rufnummer ist unterdrückt, was mich an die zwei sehr kurzen Gespräche denken lässt, die ich vor drei und zweieinhalb Stunden mit diesem Typen hatte, der mich, wenn ich das richtig einordne, tatsächlich erpressen will, aber es könnte ja auch die Polizei sein, ein Zeuge des Unfalls, irgendwer, der was Wichtiges zu sagen hat – oder irgendein Gott oder Simulationsleiter, der mir erklärt, dass der Ulk jetzt vorbei ist und dass ich aufwachen kann. Ich werfe der Ärztin einen entschuldigenden Blick zu und nehme den Anruf an.

Aber es ist wieder nur der Typ. »Wenn Sie mir nicht zuhören, kann das böse für Sie ausgehen«, beginnt er.

Meine Nervenenden zischen. »Hör mal, Typ«, sage ich so böse wie möglich und bin überrascht davon, *wie* böse das ist, weil mir, wie ich noch überraschter feststelle, gerade echt *fast* alles egal ist. »Ich kenne wen, der ist IT-Admin bei Vodafone, und der bekommt in zehn Sekunden raus, wer du bist und wo du wohnst, auch mit Scheiß-Rufnummernunterdrückung.

Und ich kenne wen, der war *Sergeant at Arms* bei den *Hells Angels*. Googel ruhig mal, was das bedeutet. Nachdem also der eine Typ herausgefunden hat, wo du wohnst, wird dieser andere mit seinem gesamten *Chapter* bei dir auftauchen und dich und jeden in deiner Nähe zu Schlagsahne verarbeiten, wenn du mich und meine Familie nicht in Ruhe lässt. *Comprende?*« Und dann beende ich mit flatternden Fingern die Verbindung. Diese Drohung habe ich geklaut, und zwar wie Waschbär Moses aus einem Manuskript, das ich damals gelesen habe, und ich musste nur das mit der IT und dem Telefonanbieter ändern, weil es so was seinerzeit noch nicht gegeben hat. Ich habe in meinem ganzen Leben noch niemals mit jemandem auch nur annähernd so gesprochen. Die schlimmste Drohung, die ich je verkündet habe, war die, ohne zu bezahlen, ein Restaurant zu verlassen (ich zahlte doch noch und bekam in der folgenden Nacht eine Lebensmittelvergiftung von dem widerwärtigen Fraß, für den ich nicht hatte berappen wollen und von dem ich nur zwei Bissen herunterbekommen hatte). Als ich während der Wartezeit im Zug hin und wieder darüber nachgedacht habe, wie ich, falls er sich noch einmal meldet, auf diesen Typen reagieren soll, kam mir diese Lösung am besten vor. Viel zu verlieren habe ich nach meiner derzeitigen Einschätzung schließlich nicht. Die Ärztin sieht mich fassungslos an, aber meine Nervenenden hat das beruhigt, sie kühlen etwas ab; es würde mich nicht überraschen, wenn Dampf von meiner Haut aufstiege. Ich komme mir vor wie ein Schauspieler am Ende eines wichtigen Casting-Auftritts: Jetzt liegt mein Schicksal in den Händen des Regisseurs. Dabei glaube ich nicht an »Schicksal« und sowieso an nichts

Metaphysisches, genau wie Tabea. Wenn irgendeiner dieser esoterischen oder religiösen Mythen stimmt, dann gibt es Schlumpfhausen nämlich auch.

»Kann ich jetzt zu meiner Frau, bitte?«, frage ich und bin zum dritten Mal überrascht – darüber, wie ruhig ich plötzlich bin.

Sie nickt zur Antwort nur und geht voran durch eine Tür, auf der *Intensivstation* steht. Ich werde eingekleidet und desinfiziert und dann in einen Raum geführt, in dem es nicht hektisch blinkt oder laut rhythmisch piept, wie das oft in Filmen oder Serien dargestellt wird. Obwohl das Krankenzimmer mit Geräten und Schläuchen und Anschlüssen nachgerade geflutet ist, ist es hier drin ziemlich ruhig, bis auf ein dezentes, sich wiederholendes Schleifgeräusch, als würde jemand mit einem trockenen Tuch im Rhythmus eines langsamen Songs über Holz wischen. All das Material ist um das einzige Bett im abgedunkelten Zimmer gruppiert, auf dem jemand liegt, von dem fast nichts zu sehen ist, denn die Person ist intubiert und in Verbände gewickelt. Die wenigen Hautflächen, die vom Gesicht zu erkennen sind, sind blaugrün oder leicht orangebraun gefärbt, die Lippen um den Tubus herum sind aufgequollen und rissig, aber kürzlich mit heller Creme betupft worden, die Augen sind geschlossen unter dicken, seltsam gefärbten, geschwollenen Lidern. Der Rest des Kopfes ist in Verbände gewickelt. In ihren Armen befinden sich Zugänge und Ausgänge und Sonden und solches Zeug, ihre Hände stecken in dünnen Stoffhandschuhen, wofür es wahrscheinlich Gründe gibt; das hier könnte *irgendwer* sein. Aber dann geht die Schwester am Bett vorbei, um ein Gerät zu überprüfen, und berührt dabei versehentlich die Bettdecke, und dadurch kommt ihr linker Fuß frei. Ich würde Tabeas Füße unter acht Milliarden Füßen erkennen. Deshalb reißt es mir bei diesem Anblick die eigenen Füße weg. Ich werde zwar nicht ohnmächtig, bin aber dicht dran, greife um mich, doch die Leute hier sind erfahren, also werde ich sofort abgefangen, gestützt und zu einem Stuhl bugsiert, der neben dem Bett steht. Mein Blick ist trübe, düster und wieder verschwommen, aber ich sehe den Fuß immer noch, *ihren* Fuß, und ich habe kurz das widerwärtige Gefühl, dass das das Einzige ist, was von ihr noch übrig ist.

»Sie hat die Operation verhältnismäßig gut überstanden«, sagt die Ärztin, bei der sich der skeptische Blick, den sie während meines Telefonats aufgelegt hat, weiterhin hält. Sie spricht langsam und ohne besondere Betonung. »Aber die Situation ist nach wie vor äußerst kritisch. Wir können derzeit keine Prognosen abgeben.« *Das würden wir auch nicht tun,* sagt ihr Gesicht. Sie pausiert kurz. »Ich kann Ihnen im Moment nicht sagen, ob Ihre Frau das überleben wird. Oder mit welchen Beeinträchtigungen zu rechnen wäre.«

»Kann ich bitte kurz mit ihr alleine sein?«

Die Ärztin schaut zur Schwester, die nickt, also nickt die Ärztin auch, dann gehen die beiden Frauen aus dem Zimmer. Ich bin alleine mit dem leisen Schleifgeräusch und dem Fuß und der Behauptung, der Mensch daran wäre Tabea. Ich spüre ihre Anwesenheit nicht. Als ich jetzt laut zu weinen beginne, ist mir klar, dass ein Gutteil der Tränen mir selbst gilt, dass ich mich zu bedauern beginne für den Verlust, für das, was hier geschieht, aber ich kann nichts dagegen machen. Du denkst, so etwas passiert dir nicht selbst, niemals, weil all die schrecklichen Dinge nur anderen passieren, nur den anderen passieren *dürfen*, während du Zuschauer bleibst und unbehelligt durch dein Leben gehst, das sowieso niemals endet, in dem du auch niemals alt wirst oder krank oder arm oder sonst was Schlechtes. All das soll nur anderen Leuten passieren, wenn es schon passieren muss, aber dir doch nicht. Und jetzt sitzt du da und bemitleidest dich selbst, obwohl du überhaupt nicht das eigentliche Opfer bist.

Ich muss mich um die Kinder kümmern, denke ich. Der Gedanke ist lähmend, überhaupt ist jeder Gedanke lähmend, und ich fühle mich plötzlich sehr, sehr müde. Ich möchte schlafen; nach dem Schlafen ist alles meistens besser, wenigstens ein bisschen.

Aber plötzlich herrscht Aufregung im Zimmer – die Ärztin, zwei Schwestern und ein älterer Herr in weißer Montur sind rasch hereingekommen, vollführen routinierte, aber zweifelsohne eilige Handgriffe, eine Schwester hat ein iPad in der Hand, geht auf ein Gerät zu, auf dem jetzt rot gefärbte Warnungen zu sehen sind, bückt sich und hantiert an Knöpfen, aber die Warnungen bleiben rot. Der Mann sagt etwas, die Ärztin dreht sich zu mir. »Sie müssen bitte das Zimmer verlassen. Es kann sein, dass sie gleich noch einmal operiert werden muss.« Ich nicke nur und stehe auf, bin überhaupt nicht schockiert, und als ich etwas später im Gang vor der Zimmertür stehe, wird sie an mir vorbeigeschoben. Der Fuß ist noch frei, ich mache ein paar Schritte, eile dem Bett hinterher und sorge dafür, dass er bedeckt ist. Danach nehme ich mein Telefon hervor und rufe die Kinder an.

Die zweite OP dauert noch einmal anderthalb Stunden, inzwischen ist es spät am Abend. Wir sitzen im Wartebereich, der sich im selben Stockwerk wie die Intensivstation befindet. Favel daddelt an seinem Telefon, Lavida ist eingeschlafen. Ihr Kopf hängt etwas unglücklich über der viel zu niedrigen Rückenlehne des kaum gepolsterten Stahlgestellsitzes, aber Lavida hat einen sehr leichten Schlaf, also versuche ich nicht, es ihr bequemer zu machen. Ich halte meinen vierten Automatenkaffee in den Händen, der grausam schmeckt, und spüre allmählich, dass ich seit dem Morgen nichts gegessen habe, diesem Morgen, an dem alles noch ganz anders war. Jon Plantikow, der selbst keinen Führerschein hat, hat die Kinder mit dem Taxi hergebracht. Ich weiß nicht, ob es sinnvoll ist, hier zu warten, doch eigentlich weiß ich überhaupt nichts. Ich habe ein paarmal versucht, Ayksen Brahoon anzurufen, weil der vielleicht eine Ahnung hat, was vor seinem Grundstück passiert sein könnte, aber ich bekomme immer nur eine englischsprachige Ansage, die verkündet, dass der Teilnehmer nicht erreichbar ist, und ich meine mich daran zu erinnern, dass er mir erzählt hat, dass er sich auf Tour immer von allem anderen abschirmt. Also habe ich ihm eine Nachricht geschickt, vielleicht bekommt er die ja irgendwie. Der mutmaßliche Erpresser hat nicht noch mal angerufen. Ich habe das Gefühl, etwas tun zu müssen. Irgendwas. Da fällt mir ein, dass Tabea ja einen Bruder hat, und meine Smartphone-Uhr sagt mir, dass in Brasilien später Nachmittag ist und weiter im Hinterland, von Osten aus gesehen, sogar erst früher Nachmittag. Allerdings hat sich Rafael seit seinem Besuch zu Silvester nicht von sich aus gemeldet, und die Gespräche mit

Tabea, die ihn ein paarmal angerufen hat, waren immer recht kurz. Trotzdem, er ist ihr Bruder. Er hat ein Recht, zu erfahren, dass sie diesen Unfall hatte.

Ich stehe auf und gehe ein paar Schritte von den Kindern weg, um Lavida nicht zu wecken. Die Verzögerung ist kurz, und Rafael geht schon nach dem zweiten Klingeln ran.

»Hallo, Alex«, sagt er, und es klingt, als wenn er direkt neben mir stünde. »Wie geht's?«

»Nicht so gut«, erwidere ich. »Deine Schwester hatte einen schweren Unfall und wird gerade zum zweiten Mal operiert. Sie ist am Kopf verletzt. Sehr schwer verletzt.«

Er sagt nur: »Oh« und schweigt dann für eine Viertelminute. »Bist du noch da?«, frage ich.

»Ich wollte in zwei Wochen sowieso nach Deutschland kommen«, sagt er. Seiner Stimme ist nicht zu entnehmen, ob er traurig oder schockiert oder sonstwie berührt ist. Er klingt emotionslos, aber vielleicht bin ich auch so überladen, dass ich keine fremden Emotionen mehr wahrnehme.

»Immer noch wegen dieser Rentengeschichte?«

»Nein.« Er schweigt abermals, räuspert sich dann. »Es mag dir ein wenig pietätlos vorkommen, aber es geht um diese Erbsache.«

»Welche Erbsache?« Ich habe keine Ahnung, wovon er redet. Sie ist ja noch nicht tot. Aber dann dämmert es mir.

Er spricht leise, als er antwortet. »Ich werde nicht weiter hinnehmen, dass ihr euch das Haus meiner Eltern einfach so unter den Nagel gerissen habt.« Und damit beendet er einfach die Verbindung.

Um kurz nach Mitternacht liege ich im Bett, in unserem Bett. Ich habe darin noch nie gerne alleine gelegen, ohne sie, ohne Tabea – etwa, wenn sie mal für ein paar Tage auf einem Workshop oder einer Konferenz war oder Freunde von früher besucht hat. Ganz im Gegenteil. Dieses Bett ist nur dann wirklich unser Bett, wenn wir auch beide darin liegen, sonst ist es einfach nur irgendein Bett, in dem ich dann schlecht schlafe, weil ich vor dem Einschlafen die ganze Zeit daran denken muss, wie es ist, ohne Tabea zu sein, und wie scheiße mein Leben früher deshalb war. Aber das spielt heute keine Rolle, denn ich werde es in dieser Nacht sicher nicht schaffen, irgendwann einzuschlafen, denn obwohl ich so müde wie ein Stein tief unten an der Basis der Zugspitze bin, bedeckt vom gesamten Berg, kommt es mir unvorstellbar vor, die Augen zu schließen und wirklich einfach zu schlafen. Es ist einerseits verlockend, andererseits habe ich schon jetzt irre Angst vor dem Aufwachen.

Es klickert auf der Treppe und danach auf dem Fußboden vor dem Schlafzimmer. Dann ist ein Geräusch zu hören wie von einem großen Haufen Wäsche, den man zu Boden fallen lässt. Ich stehe auf und öffne die Tür, vor der sich Bapu zusammengerollt hat, der jetzt aufblickt und mich traurig anschaut. Er kommt sonst niemals hoch zu uns, er schläft ausnahmslos unten in seinem Korb. Ganz am Anfang hat er ein paar Anläufe unternommen, sich ins Schlafzimmer zu schleichen und am Fußende des Bettes auf unsere Füße zu legen, nachdem wir eingeschlafen sind, aber Tabea hat ihm so nachhaltig klargemacht, dass das unerwünscht ist, dass er seine ziemlich schlauen Versuche (einmal hat er sich neben dem

Schlafzimmerschrank versteckt, und wir hätten ihn wirklich fast übersehen) schließlich aufgegeben hat.

»Dir fehlt sie auch?«, frage ich leise, und sofort sind die Tränen wieder da. Er antwortet nicht, also flüstere ich, um die Kinder nicht zu wecken, falls die schlafen sollten, was ich mir aber kaum vorstellen kann: »Wollen wir noch eine späte Runde drehen?«

Der Hund steht auf und tickert die Treppe wieder runter, während ich in Jeans und Shirt schlüpfe, um ihm zu folgen. Es ist warm und sternenklar, die Luft riecht nach Hochsommer. Lambert hat wohl seinen Rasen gemäht, deshalb erfasst mich der Duft von frisch geschnittenem Gras, den ich sehr mag, selbst wenn er aus einem Nazi-Garten kommt, und es ist fast still. Nur ganz entfernt ist das Summen der großen Stadt zu hören. Bei den Borowskis gegenüber ist es dunkel, weil die ausnahmslos pünktlich um zehn ins Bett gehen, und auch sonst ist in keinem der Häuser, die ich von hier aus sehen kann, Licht zu erkennen. Plantikow sitzt manchmal auch nachts vor seinem Haus, futtert Krusty Corners und schaut in den Himmel, und K-K-Man wird sicher noch zocken, aber ich will jetzt nicht die Waldrunde drehen. Bapu schaut mich erwartungsvoll an. »Gehen wir am Studio vorbei«, schlage ich ihm vor, und er trabt gemächlich in die richtige Richtung los, aber alle paar Tapse wirft er mir über die Schulter einen besorgten Blick zu.

Es fühlt sich an, als wären der Hund und ich alleine auf der Welt, und für den Hauch eines Moments bemächtigt sich meiner ein anderes, ganz eigenartiges, unwillkommenes Gefühl: das Gefühl einer unerwarteten Freiheit. Es ist ein verklärter Augenblick, einer, der die Vergangenheit falsch einschätzt und die Zukunft sowieso. Und der Moment, der mir vor mir selbst unangenehm ist, ist auch sehr schnell wieder vorbei. Dafür knockt mich der Gegengedanke fast aus, der eines zweiten, dieses Mal aber totalen, hoffnungslosen, endgültigen Verlusts. Wenn überhaupt – habe ich während der vergangenen Jahrzehnte gedacht –, dann würden wir einander verlieren, wenn ich irgendwann in extrem ferner Zukunft eines extrem späten, schmerzfreien, zufriedenen, nachgerade glücklichen und natürlich natürlichen Todes sterben würde und natürlich lange vor ihr. Und jetzt ist plötzlich alles ganz anders und ganz nahe. Das Schicksal hat die Zeitpläne durcheinandergeschmissen. Ich ziehe die Schultern ein und schaue nicht zu den Häusern, an denen wir jetzt im Meisenring vorbeikommen, aber es ist sowieso überall dunkel. Ein paar Fledermäuse flattern über mich hinweg.

Wenig später bin ich im Reiherstieg und kann in ein paar Dutzend Metern Entfernung das sanfte, grünorangefarbene Licht auf dem Gehweg sehen, das von der dezenten Leuchtreklame stammt, die über der Eingangstür zu »Tabeas Yoga-Welt« hängt. Serifenlose Kleinbuchstaben, ungefähr dreißig Zentimeter hoch und von hinten beleuchtet, das Wort »Tabeas« in Grün, der Rest in Orange. Links daneben ist die stilisierte Skizze einer Frau zu sehen, die den Sonnengruß vollführt, ebenfalls von hinten beleuchtet, in Orange, so dass sich die Farben zweimal abwechseln. Darunter ist in der gleichen Schriftart, dezent in Weiß, von hinten beleuchtet und in deutlich kleineren Buchstaben, zu lesen: »Glück und Bewegung für Mädchen ab dreißig«. Tabea hatte damals unter anderem »Sieht eigenartig aus, ist aber gesund« als Subtitel vorgeschlagen, allerdings nicht wirklich ernsthaft, und es hatte mich wenig Mühe gekostet, ihr die Idee auszureden (oder die knappe Form davon, »Das muss so«). Das mit dem Mindestalter ihrer Klientinnen war ihr allerdings wichtig, denn zu den Dingen, bei denen sie trotz allem schnell die Geduld verlor, gehörten junge Frauen, die ihr ständig erzählten, wie großartig sie *noch* aussähe, vor allem *für ihr Alter*. Längst bevor ich das Studio erreiche, sehe ich all das vor meinem geistigen Auge, und ich erinnere mich daran, wie wir beide auf dem Gehweg gestanden und diese gelungene Mischung aus freundlichem Understatement, einem Hauch Ironie und grafischer Ambition bewundert haben, die auf einem Entwurf von Tabea basierte. Und wie wir zugleich diesen Punkt auf ihrem persönlichen Weg wahrgenommen haben, auf den es sowieso fast zwangsweise hinausgelaufen ist. Tabea hat sieben Studiengänge angefangen, darunter Medizin, Jura und Werkstoffwissenschaften, und zwei davon auch mit dem Diplom beendet, aber sie ist mit keinem Job, der ihr anschließend angeboten wurde, auch nur ansatzweise glücklich geworden. Sie wurde überall hofiert (und pausenlos angebaggert) und mit allen erdenklichen Bequemlichkeiten ausgestattet, sie fand in jeden Job schnell hinein, war natürlich überall sofort sehr beliebt, hat beeindruckende Leistungen abgeliefert und hätte jede Karriereleiter in Windeseile erklommen, aber nichts davon gefiel ihr. Sie wollte das nicht sein. Sie wollte nicht zum Sklaven ihrer Fähigkeiten werden oder sich all diesen Mechanismen unterwerfen müssen, um an irgendwas mitzuarbeiten, das ohnehin nicht ihr Ding war. Auf die Idee mit dem Yogastudio bin ich gekommen; sie war sofort begeistert. Sie hätte das viel früher machen sollen.

Als ich vor dem Gebäude stehe, fällt mir ein, dass ich Kriki anrufen muss. Auch weil sie ein Recht hat, es zu erfahren, aber vor allem, weil sie die einzige Person ist, die sich wenigstens vorübergehend um das Studio kümmern kann. Doch der Gedanke, mit Kriki dieses Gespräch zu führen, ist absolut unerträglich. Ich betrachte den Kursplan, der in ähnlicher Gestaltung wie der Schriftzug selbst gehalten ist und in der halb verglasten Tür hängt. Ich muss an den Tag denken, als mich Tabea hierhergeführt hat, um mir das fertige Studio zu zeigen. Wir standen danach noch eine ganze Weile vor der Tür, hielten uns an den Händen und betrachteten die großen Buchstaben über den drei Schaufenstern, von denen zwei bis zur Scheitelhöhe eines sehr großen Menschen mit blickdichter Mattfolie beklebt sind, in der sich, dezent abgesetzt, das Logo mit der Frau einmal pro Scheibe wiederholt. Hinter der dritten Schaufensterscheibe befindet sich der Studioshop, in dem man Matten, Klamotten, Bücher und Blu-Rays kaufen kann. Und dann passierte etwas; ich sehe die Situation noch genau vor mir.

»Fehlt da nicht so ein Häkchen?«, fragte plötzlich eine kleine, ältere Dame, die sich vor uns gestellt hatte, um zu sehen, was uns so interessierte. »So ein … wie heißt das noch gleich?« Sie hielt zwei ReDeDidl-Einkaufstüten aus Plastik in den Händen, und sie trug cremefarbene, flache Riemchenschuhe und tatsächlich einen Hauskittel, wie ihn Hausfrauen vor Jahrzehnten ohne Unterbrechung getragen hatten, während der Hausherr auch nach der Arbeit seinen Anzug anbehielt, wenn er die Feierabendzigarette rauchte und ein Gläschen Asbach Uralt inhalierte. Ganz erstaunlich, dass so etwas noch hergestellt wurde.

»Ein Apostroph?«, fragte Tabea leise zurück und beugte sich zu der ungefähr einen Meter fünfundfünfzig großen Frau, die ich auf Mitte, Ende sechzig schätzte. Ohne hinzusehen, wusste ich, welches Gesicht meine Angebetete in diesem Moment machte.

»Genau, ein Apostroph. Da fehlt doch einer.«

»Da würde einer fehlen, wenn der Besitzer dieser Einrichtung *Tabeas* heißen würde«, sagte Tabea freundlich.

»Bitte?«

»Der Genitiv-Apostroph ist in der deutschen Sprache nur gebräuchlich, wenn der Eigenname, der im Genitiv steht, auf s, x oder z endet. *Tabeas* würde auf s enden, aber ich heiße *Tabea*.«

»Bitte?«, wiederholte die Frau. Sie sah sich um, möglicherweise nach Hilfe. Ich verkniff mir die Anmerkung, dass selbst der Duden das Deppenapostroph in Verbindung mit Eigennamen längst duldete, was nach Tabeas Überzeugung allerdings nichts bedeutete, außer dass man sich dem Diktat der Deppen gebeugt hatte.

Tabea atmete tief ein. »Sie haben recht. Ich lasse das ändern. Danke.«

»Gern geschehen«, erwiderte die andere, nickte zufrieden und dackelte davon.

Ich drückte die Hand meiner Frau. »Irgendwann wird dich das umbringen.«

Sie nickte und drückte meine Hand ebenfalls, schwieg für einen Moment, wobei sie mich musterte, und dann sagte sie: »Weißt du noch, damals? Dieser Sonntag am Schlachtensee? Als ich dir gesagt habe, dass wir abreisen würden?«

Ich musste nach Luft schnappen, so präsent war die Erinnerung noch. »Niemals werde ich diesen Tag vergessen. Mindestens bis zu meinem Lebensende, aber wahrscheinlich noch länger. Das war der schlimmste Tag meines Lebens.«

Tabea nickte wieder. »Für mich auch. Aber weißt du noch, worüber wir gesprochen haben? Abgesehen von unserer Abreise?«

»Klar«, sagte ich. »Du hast mir eine Erklärung dafür aufgetischt, warum du so freundlich zu allen Menschen bist, so *vereinnahmend* freundlich.«

»Mmh-mmh«, machte sie und sah der Frau hinterher, die in diesem Augenblick zwei Grundstücke weiter durch ein Gartentor ging. »Von wegen, ich wäre latent misanthropisch und würde mir die Dummen nur vom Leib halten, indem ich sie und alle anderen so behandle.«

Ich nickte. »Das war ein bisschen halbseiden. Aber ich wollte an diesem Nachmittag nicht diskutieren.«

»Es stimmte ja auch nicht. Ich habe das nur erzählt, damit du mich möglicherweise nicht ganz so gut in Erinnerung behältst.«

Ich schüttelte energisch den Kopf. »Hat nicht funktioniert.«

Sie nickte abermals, lächelnd. »Aber das mit der Manipulierbarkeit und der Politik stimmte trotzdem.«

»Mag sein.« Ich legte die Stirn in Falten, was nicht dabei half, die Erinnerung zu verbessern, aber bis auf den genauen

Wortlaut konnte ich mich tatsächlich noch an alles erinnern.

»Aber du bist nicht nett zu Leuten … ach was, *nett* trifft es nicht. Du bist nicht *hinreißend* zu Leuten, weil du sie nicht magst. Also quasi aus Gründen der umgekehrten Psychologie.«

»Menschen rühren mich einfach, wenn sie mir gegenüberstehen. Ich kann wenig dagegen tun, ich will ihr Freund sein und ihr Leben verbessern. Unbedingt. Und das funktioniert ja auch. Sobald ich ein bisschen Abstand habe, kann ich ohne Gewissensbisse ablästern.«

Ich nickte. Sie konnte erstklassig lästern.

»Aber im direkten Umgang … wie diese Frau eben.« Sie wackelte mit dem Kopf. »Dumme sind wirklich ein Problem«, murmelte sie noch, wie für sich selbst.

Ich bewegte meinen Kopf in die Richtung, in die Tabea eben noch geschaut hatte. »Sie kommt zurück«, sagte ich.

Allerdings ohne Tüten, aber dafür etwas atemlos.

»Mein Mann sagt, sie haben recht«, plapperte sie los. »Da muss überhaupt kein Häkchen hin.«

Tabea strahlte. »Na, wenn Ihr Mann das sagt.«

Ich schaue zu dem Grundstück, das die Frau damals betreten hat. Im Vorgarten, direkt am Zaun und deshalb sogar jetzt für mich sichtbar, ist da ein drei Meter hoher, weißer Holzgalgen aufgestellt worden, an dessen Spitze an Ketten ein hölzernes Zu-verkaufen-Schild hängt, auf dem außerdem das Logo einer weltweit tätigen Edelmaklerbude zu sehen ist, die am Ende der Thälmannallee eine nobel ausgestattete Filiale betreibt und sich nach meinem Gefühl mehr als die Hälfte aller

Verkäufe hier unter den Nagel reißt – und gefühlt achtmal pro Woche auf persönlich getrimmte Schreiben in sämtliche Briefkästen verklappt, in denen sie sich als Vermittler für den Hausverkauf aufdrängt, für den übrigens *gerade jetzt* der zwingend richtige Zeitpunkt sei. Ich gehe ein paar Schritte in die Richtung, bis ich den Vorgarten schauen kann. Er sieht gepflegt, aber etwas vernachlässigt aus, als wenn hier bis vor wenigen Wochen täglich akribische Gartenarbeit verrichtet wurde. Auf dem Grundstück steht – wie auf dem unsrigen – ein Adolf-Sommerfeld-Haus. Selbst bei diesem Licht kann ich die altmodischen Gardinen sehen, und im Garten sind ganze Garnisonen von verschieden originellen Gartenzwergen verteilt. Vermutlich sind die Makler noch nicht dazu gekommen, klar Schiff zu machen. Oder es ist ihnen egal, weil sich so oder so rasch Käufer finden werden, die dann sowieso alles ganz anders wollen.

Aber das Schild bedeutet, dass die noch nicht so fürchterlich alten Leute umgezogen sind, vermutlich in ein Altenheim oder in eine Einrichtung für betreutes Wohnen. Leute in diesem Alter, die in so einem Häuschen wohnen, mit ihren Gardinen und Gartenzwergen, die ziehen ohne Not nicht mehr aus. Vielleicht ist einer von beiden gestorben. Oder sogar beide, das passiert ja auch hin und wieder. Ich habe die Frau im Hauskittel nicht wiedergesehen, obwohl mir bei ReDeDidl ständig Nachbarn über den Weg laufen. Jetzt muss ich beide Hände auf den Zaun legen. Diese Gedanken machen mich so traurig, dass ich das Gefühl habe, das Gleichgewicht zu verlieren. Bapu gibt ein winselndes Geräusch von sich und stößt mit seiner Schnauze gegen meinen Oberschenkel.

Der Hund ist jetzt elf, fast schon ein älterer Herr nach Hundemaßstäben. Auch ihn wird es nicht mehr ewig geben. Ach, Scheiße. Scheißescheißescheiße.

Als ich zurückkomme, liegen Favel und Lavida in unserem Ehebett und glotzen mir aus verheulten Augen entgegen. Und kurz bevor wir aneinandergekuschelt einschlafen, kommt der Hund dazugekrabbelt und legt sich quer über drei Paar Füße.

Zwischenwelt

Das Telefon weckt mich. Ich bin sicher, dass ich nur ein paar Minuten geschlafen habe, weil sich nichts in mir nach erholsamem Schlaf anfühlt, aber als ich das Telefon in die Hand nehme, das mir eine Telefonnummer mit Potsdamer Vorwahl anzeigt, sehe ich, dass es schon kurz nach zehn ist, also war ich fast sechs Stunden offline. Favel, der sich komplett in Tabeas Decke gewickelt hat, knarzt weiter, aber Lavida hat die Augen geöffnet und starrt trübsinnig an die Decke. In ihren Augenwinkeln glitzern die Tränen. Bapu liegt auf dem Rücken und winselt ganz leise im Schlaf, wobei seine Vorderpfoten leichte Boxbewegungen machen. Nachdem ich all das wahrgenommen habe, sehe ich die Keule auf mich zuschwingen, aber ich ducke mich unter ihr weg, atme tief ein und nehme den Anruf an. Die Kriminalpolizei von Potsdam, unserer Landeshauptstadt (was ein bisschen eigenartig ist, denn Berlin ist viel näher), will mit mir über den Unfall reden und möglichst auch noch einmal mit Lavida. Noch während wir sprechen, kommt ein weiterer Anruf, vom Krankenhaus. Ich klicke die Polizei nach einer kurzen Entschuldigung einfach weg und nehme den Anruf an. *Sie lebt ja noch*, denke ich, aber es ist nur ein Gedanke, kein Gefühl. Vermutlich glitzert es in meinen Augenwinkeln jetzt auch. Ich muss hart schlucken, bevor ich mich melden kann.

Mehr, als dass sie immerhin noch lebt, kann mir die behandelnde Ärztin aber auch nicht sagen, die mich, wie sie erklärt, anruft, um mich auf dem Laufenden zu halten, was ich als Formulierung etwas unglücklich finde, denn hier läuft wirklich nichts und niemand – dafür sehe ich plötzlich wieder Tabeas Fuß vor mir, der unter der Bettdecke hervorschaut. Die Ärztin hat ansonsten nicht viel zu sagen, und in unser gemeinsames Schweigen, das sie ganz offenbar aus Höflichkeit nicht allzu schnell beenden will, fällt das Klingeln an der Gartentür. Ich sage noch rasch, dass ich gegen Mittag ins Krankenhaus komme, und bevor sie etwas erwidern kann, beende ich meinerseits das Gespräch. Es klingelt abermals, ich streife mir rasch mein T-Shirt von gestern über und hüpfe die Treppe runter. Meine irrationale Komponente denkt, dass draußen vielleicht gute Nachrichten warten. Schlechtere sind auch kaum noch vorstellbar.

Am Gartentor steht Christine Kindermann, also Tabeas Mitarbeiterin Kriki, die selbst ernannte *Person of Color*, und sieht mich herausfordernd an, fast ein bisschen wütend, möglicherweise weil mein Geschlecht, meine Generation und meine Ethnie ja sowieso an allem schuld sind, vom Urknall bis Nordkorea. »Wo ist Tabea?«, schnarrt sie ohne vorherigen Gruß. »Das Studio hätte vor einer Stunde aufmachen sollen. Sie geht auch nicht ans Telefon.« Als würde das etwas beweisen, hält sie ihr eigenes Smartphone hoch.

»Tabea ist im Krankenhaus«, antworte ich leise, aber so laut, dass sie es verstehen kann. Ich will es nicht herausposaunen. Ich will nicht, dass Lambert das hört oder Borowski von gegenüber oder irgendwer, der gerade zufällig vorbeikommt, obwohl es im Meisenring praktisch nie jemanden gibt, der zufällig vorbeikommt. Je weniger Leute es wissen, umso weniger wahr, umso weniger endgültig ist es. Ich will, dass es überhaupt nicht geschehen ist. »Sie hatte einen Unfall«, sage ich. »Einen schweren Unfall.« Ein Gedanke schießt mir in den Kopf. *War das schon genug Leben für Tabea?*, fragt mich dieser Gedanke. Ich finde ihn widerwärtig, schüttele den Kopf, und der Gedanke verschwindet zum Glück gleich wieder.

Kriki steht einen Moment bewegungslos da, ihre Mimik ändert sich auch nicht, es ist wie ein eingefrorenes Bild. Dann lässt sie die Hand mit dem Telefon sinken, während ihr Gesicht seine Farbe verliert, zugleich ihre Schultern herabfallen und ihre Haltung verloren geht und flatterig wird, wie das Segel bei einem Segelboot, das in eine Flaute fährt. »Scheiße«, sagt sie leise. Ich nicke nur.

»Wollen Sie reinkommen?«, frage ich möglichst freundlich. Es fällt mir nicht ganz leicht, weil mir ihre Attitüde alles andere als behagt, aber ich muss mit ihr reden, besser jetzt als später. Ich bin auf ihre Hilfe angewiesen, wie mir in diesem Augenblick bewusst wird. Vermutlich nicht nur auf ihre. Ach, Kacke.

Sie blinzelt. »Scheiße«, sagt sie noch einmal, und ich nicke abermals bestätigend. Sie blickt mich an, irritiert und schockiert. »Ja. Wäre das okay, wenn ich reinkäme? Ich will nicht stören.«

Ich murmele etwas Zustimmendes, drehe mich um und gehe einfach ins Haus zurück. Hinter mir höre ich, wie sie das Gartentor öffnet und mir dann folgt. Kriki war schon mehrfach bei uns, und ich war meistens währenddessen in meinem Kabuff, aber sie findet mich sofort in der Küche, wo ich Teewasser für uns aufsetze; merkwürdigerweise habe ich Lust auf Tee. Sie bleibt in der Tür stehen, wie ich wahrnehme, ohne hinzusehen, deshalb erzähle ich ihr in einer kurzen Zusammenfassung sozusagen über die Schulter, was vielleicht geschehen ist und was wir genauer wissen, während ich für uns den Tee vorbereite. Mir ist eigenartig kalt, und ich kann das Gefühl nicht beschreiben, das mich erfasst, während ich berichte. Es ist grausig. Immer wieder sehe ich Tabeas einsamen, nackten Fuß vor mir. Als ich mit dem Bericht fertig bin, ist der Wasserkocher auch fertig, also gieße ich die zwei Töpfe auf und drehe mich zu ihr. Es überrascht mich nicht, dass ihr Gesicht tränennass ist. Es überrascht mich eher, dass ich selbst nicht schon wieder losheule.

»Wir müssen das mit dem Studio irgendwie hinkriegen«, erkläre ich, als wir im Wohnzimmer sitzen. Kriki hält den Teetopf beidhändig und meidet meinen Blick.

»Das Studio ist völlig sinnlos ohne sie, die ganzen Frauen kommen nur ihretwegen«, sagt sie rasch und ergänzt dann, offenbar unüberlegt: »Es wäre ein Friedhof.« Im selben Moment wird ihr wohl klar, dass die Wortwahl nicht ganz passend ist, und sie steckt das Gesicht tief in ihren Teetopf, der ziemlich groß und vergleichsweise symmetrisch ist, obwohl ihn Favel mit elf oder zwölf getöpfert hat. Da war er noch voll auf Bastelarbeiten, auf Zeug, das er mit seinen Händen herstellen konnte – überall im Haus sind diese Sachen zu finden; er war talentiert. Es gibt eine zwanzig Zentimeter hohe Statue von Bapu aus diesem selbsttrocknenden Ton, an der er tagelang gearbeitet und die er anschließend noch mit

Acrylfarben bemalt hat und die fast fotorealistisch aussieht. Aber heute wollen Favels Hände nur noch Mäuse, Tastaturen, Gamepads und Joysticks anfassen.

»Ich weiß«, antworte ich. »Aber wir müssen das trotzdem irgendwie … hinkriegen. Für eine Weile.« Ich wünschte, ich wüsste, wie der Satz weitergehen könnte. Für ein paar Tage, für zwei, drei Wochen, so was. Längstens, bis wieder alles wie früher ist. *Genau* wie früher. »Vielleicht informieren wir die Kundinnen per Mail, dass es einen Krankheitsfall gibt und vorerst nur noch die Kurse, die Sie leiten können.«

»Jemand muss sich um den Shop kümmern. Der läuft nämlich sehr gut.« Vor allem die Blu-Rays mit Tabeas Do-it-yourself-Yoga-Unterricht sind echte Renner, was verblüffend ist, da die Konkurrenz tonnenweise Yoga-Kurse kostenlos bei Youtube verklappt. Wo Tabea nicht vertreten sein will.

»Das kann ich vielleicht selbst, bei veränderten Öffnungs-zeiten«, schlage ich vor. »Nachmittags.« Ich weiß nicht, ob das eine gute Idee ist, weil das Studio komplett auf Frauen aus-gerichtet ist. Aber Kriki nickt, wenn auch ziemlich traurig, richtet sich dann auf und blickt mir in die Augen. »Kann ich sie sehen? Kann man sie besuchen?«

»Ich gehe später wieder ins Krankenhaus. Vielleicht tele-fonieren wir danach einfach, okay?«

Lavida ist plötzlich auch bei uns im Wohnzimmer, immer noch im Nachthemd. Sie ist völlig lautlos hereingekommen, steht jetzt hinter Kriki, die Lavidas Anwesenheit noch nicht bemerkt hat. Kriki schaut mich an, beinahe unterwürfig, so ganz anders als bei unserer gemeinsamen Fahrt nach Zehlen-dorf.

»Wird sie sterben?«, fragt sie leise.

Bevor ich etwas antworten kann, stampft meine Tochter kräftig mit einem Fuß auf. »Nein!«, ruft sie laut. »Nein, nein, nein. Mama wird nicht sterben. Nein!« Dann dreht sie sich um und rennt raus. Dabei schreit sie weiter: »Nein! Nein! Nein!«

»Mein Gott«, sagt Christine Kindermann erschrocken. Sie verwendet damit eine Formulierung, die auch Lavida oft einsetzt und die sowieso häufig von Jugendlichen zu hören ist, die meines Wissens allesamt nichts mit Göttern am Hut haben. Noch überhaupt einen Hut besitzen.

»Vielleicht gehen Sie jetzt besser«, schlage ich freundlich vor und stehe auf. »Ich melde mich, wenn ich im Krankenhaus war.«

Sie nickt. »Ich bereite das Mailing an die Frauen vor. Ist es okay, wenn ich ins Studio gehe? Ich bin da ja sowieso oft ohne Tabea.« Sie schaut zu Boden.

»Klar«, antworte ich. Und dann: »Danke.«

Sie nickt wieder, steht auf und schleicht davon.

Lavida sitzt wieder auf unserem Bett und heult hemmungslos. Favel hat sich aufgerichtet und starrt mich aus seinem – von Augenringen beherrschten – Gesicht an wie jemand, der gerade auf einem fremden Planeten gelandet ist und nicht weiß, wie er den Erstkontakt gestalten soll. Oder warum er sich überhaupt auf einem fremden Planeten befindet.

»So geht das auch nicht«, sage ich bestimmt, deutlich bestimmter, als ich mir vorkomme (nämlich ungefähr wie Pi Patel in seinem Rettungsboot zusammen mit dem Tiger, irgendwo auf sehr hoher See und weit entfernt von allen Ufern, während der Sturm über ihn hinwegtobt). »Zieht euch an, wir fahren zu Mama ins Krankenhaus.«

Sie nicken synchron, Lavida stellt den Tränenfluss ab, und beide marschieren wie aufgezogen davon. Fünf Minuten später treffen wir uns vor der Haustür und stützen uns gegenseitig beim Schuhanziehen ab. Das ist eine wortlos vereinbarte Tradition im Hause Bengt geworden, ungefähr zu der Zeit, als Lavida erstmals damit begann, ihre Schuhe im Stehen zuzuschnüren. Wir lehnen uns mit der Schulter oder der Hüfte gegen ein anderes Familienmitglied und binden im Stehen unsere Schleifen. Das ist einfacher, als um die schmale Sitzbank zu buhlen, und es ist ein Symbol des gegenseitigen Vertrauens, der Zusammengehörigkeit. Das mich jetzt so sehr rührt, dass ich für ein paar Momente keine Luft bekomme, aber ich versuche, mir den Kindern gegenüber, die beinahe Erwachsene sind, möglichst wenig anmerken zu lassen.

Als wir vor die Tür treten, ist es draußen ungewöhnlich laut für den Meisenring in Kleinmachnow an einem Freitagvormittag. Neun oder zehn Männer in den hinteren Zwanzigern marschieren soeben an unserem Haus vorbei, es sieht ein bisschen aus wie ein Vatertagsausflug, denn zwei davon tragen zwischen sich eine Kiste Bier, aber es wäre ein sehr eigenwilliger, nerdiger Männertagsexkurs, denn die anderen halten Smartphones in den Händen und filmen sich, die anderen oder den Meisenring (zwei Telefone sind auf uns gerichtet), und die beiden letzten haben Headsets auf dem Kopf und tragen drüber Helme mit montierten GoPro-Kameras. Alle haben die gleichen schwarzen Shirts an, auf deren Rücken in großen, weißen Lettern KACKABESEITIGUNGSTEAM steht, und sie singen gemeinsam etwas, das ich nicht sofort verstehe, genau wie die Aufschrift ihrer Shirts. Bis sie zum Refrain kommen, als ich gerade mit dem Hausabschließen fertig bin. Der Song ist offenbar selbst gedichtet.

Kackamann, Kackamann, zieh dich warm an,
denn jetzt bist du dran,
Kackamann, Kackamann, lauf jetzt, lauf,
sonst hängen wir dich auf.

»O Scheiße«, sagt Favel und legt sich die Hand auf den Mund.

»Ruf Karsten Klink an«, zische ich. »Sag ihm, er soll das Haus verlassen und sich verstecken. Ich rufe die Polizei.« Favel nickt und zerrt das Telefon aus einer der riesigen Taschen seiner unförmigen Cargojogginghose. Während ich darauf warte, dass in der Notrufzentrale jemand zu sprechen ist, scrollt mein Sohn durch seine Kontakte.

»Ich hab seine Nummer nicht«, sagt er dann und sieht mich äußerst unglücklich an. »Und auch keinen Messengerkontakt oder so.« Einen Moment später hält er mir das Telefon entgegen und zeigt mir ein wackeliges Videobild: »Aber die sind live.« Die Fassade des Kischhahn-Hauses ist zu sehen, Meisenring dreizehn, dann das gerötete Gesicht eines der Typen, der grinsend etwas erklärt. Ich kann das Geschehen parallel ohne Telefon verfolgen. Bevor ich etwas erwidern kann, bin ich mit der Polizei verbunden und erkläre in möglichst knappen Worten, dass es hier meiner Meinung nach eine akute Bedrohungslage gibt. Weil junge, betrunkene Männer offenbar einen meiner Nachbarn aufsuchen und schlagen wollen, dem eigenen Gesang nach sogar unter Inkaufnahme tödlicher Folgen.

Dann nehme ich die Beine in die Hände und renne den Gesangsgenossen hinterher. Auf meiner Haut spüre ich plötzlich wieder dieses Bitzeln, als wenn meine Nervenenden elektrisch geladen wären. Es sind nur knapp hundert Meter zwischen unserer Nummer fünfzehn und Karsten Klinks Haus Nummer eins, schätze ich, und die sonnigen Jungs, die die Todespolka singen, sind eher gemächlich unterwegs, deshalb habe ich eine reelle Chance, vor ihnen anzukommen. Am Grundstück von Heiko und Sumita Nimmrichter überhole ich sie, schaue mich aber nicht nach ihnen um. Wahrscheinlich bin ich kurz online zu sehen gewesen, ein Gedanke, der das Feuer meiner Nervenenden weiter anfacht. Als ich vor K-K-Mans verlottertem Anwesen ankomme, erreicht mich die Frage, was ich hier tun soll. Es ist zu spät, um Klink zum Verstecken aufzufordern. Ich klingele trotzdem, und ich mache das auf die Art, auf die das alle Menschen tun, bei denen es dringlich ist: Ich drücke den Knopf möglichst fest. Aber es passiert nichts, auch nicht nach dem vierten, noch festeren Versuch. Dafür kommt Favel etwas atemlos an, während die Gruppe noch zwei Grundstücke entfernt ist.

»Was bedeutet das?«, frage ich ihn.

»Mmmh-mmh«, macht er und meidet meinen Blick, schaut unsicher zu den nahenden Männern. »Es gibt da diesen Youtuber *Grissliebär*. Der hat mehr als fünfhunderttausend Follower. Er macht Gaming-Reviews und solche Sachen, aber er filmt sich auch, wenn er verreist oder an seinem Haus baut oder beim Arzt ist. Der ist irgendwie auf K-K-Man aufmerksam geworden.«

»Irgendwie?« Und was zur Hölle filmt dieser Typ, wenn er *beim Arzt* ist?

»Na ja«, druckst Favel herum. »Kirsche kennt jemanden, der jemanden kennt, der Grissliebär kennt.« Er schaut zu Boden. »Ich denke, es war Kirsche.«

»Dein Kumpel Kevin.«

Favel nickt. »Karsten Klink hat jetzt schon mehr als zehntausend Follower. Und die provozieren ihn alle, angeführt von Grissliebär. Sie beschimpfen und *haten* ihn, und sie machen sich total lustig über ihn, aber er merkt das nicht so richtig, weil er glaubt, plötzlich megaerfolgreich zu sein.« Mein Sohn schaut zum Haus, wo sich nichts tut, dafür haben uns die jungen Männer fast erreicht. »Karsten kann mit Provokation nicht gut umgehen. Seine Hitbox ist quasi gigagroß. Er hat zurückgemobbt, das haben sie als Herausforderung verstanden, und sie haben ihn dazu gebracht, seine Adresse zu verraten.« Favel sieht mich an. »Dad, solche Leute fordert man nicht heraus«, erklärt er ernst. »Das hier ist nur der Anfang.« *Leute herausfordern*, denke ich, wobei mir der Erpresser einfällt, dem ich mit den Hells Angels gedroht habe. Der Gedanke führt sofort wieder zu Tabea, aber es ist hier zu viel los, um sich in diese Ecke begeben zu können.

Ein weißer Lieferwagen kommt nämlich soeben von der anderen Seite herangefahren, aus der Thälmannallee, und er hält quasi direkt hinter uns. Die bereits erheblich verblasste Fahrzeugbemalung verrät, dass wir es mit dem Lieferservice eines indischen Restaurants in Stahnsdorf – gleich der nächste Ort in Richtung Südwesten – zu tun haben könnten. Während die Fahrerin noch auf unsere Antwort auf ihre Frage, ob hier irgendwo die Nummer eins wäre, wartet, kommen zwei weitere Autos an. Eines davon ist ebenfalls ein Lieferwagen, das andere ist ein Taxi. Aus dem grün-weiß-rotgestreift lackierten Lieferwagen steigt ein junger Mann und holt dann einen Riesenstapel Pizzakartons von der Ladefläche – es sind mindestens zwei Dutzend Schachteln. Aus dem Taxi steigt eine junge, stark geschminkte, schlanke und dunkelhaarige Frau, die einen sehr knappen Rock, schwarze Nylonstrümpfe, Pumps und eine halb transparente Bluse unter einem offenen, mit Kristallen besetzten Jäckchen trägt. Die Frau aus dem ersten Wagen holt inzwischen fünfzehn, zwanzig durchsichtige Plastiktüten aus ihrem Auto, und während die Prostituierte und der Pizzabote abwechselnd auf Klinks Klingel an der Gartenpforte drücken, wobei sie sich gegenseitig mustern (sie etwas irritiert, er offenbar begeistert), trifft die Polizei ein, sogar mit Blaulicht. Die Vatertagsgruppe, auch längst vor dem Grundstück angekommen, jubelt. Die Smartphones werden in alle Richtungen hochgehalten, während sie noch einmal ihr Lied anstimmen. Von Klink ist nach wie vor nichts zu sehen. Die Prostituierte zündet sich eine Zigarette an und fängt dann an zu telefonieren. Vor einigen anderen Grundstücken tut sich jetzt auch was. Ich sehe, dass sich die Kischhahns beide über den Zaun beugen, Jon Plantikow steht vor seinem Gartentor und hält sich die Hand wie den Schirm einer Mütze über die Augen, während er in unsere Richtung schaut, und Babsi Lambert nähert sich vorsichtig auf der anderen Straßenseite, das Telefon am Ohr. Ich gehe zum Streifenwagen, aus dem zwei Polizisten steigen, ein jüngerer und einer, der dicht an der Rente sein dürfte.

»Ich habe Sie gerufen«, sage ich. Dann fasse ich in drei Sätzen zusammen, warum ich das getan habe und was die Hintergründe sind. Während ich das tue, gesellen sich der Pizzabote und die Lieferfahrerin für das indische Restaurant zu uns; beide würden gerne wissen, wer die Lieferungen bezahlen wird, da Karsten Klink mangels Anwesenheit – und weil er, wie ihnen klar geworden ist, sicher nicht der Besteller war – wahrscheinlich nicht dafür aufkommen wird. Die Prostituierte hat sich ein Stück in Richtung Thälmannallee entfernt, steht dort aber und beobachtet das Geschehen, während sie weitertelefoniert.

»Meine Frau liegt nach einem Verkehrsunfall im Krankenhaus, und ich wollte sie gerade mit den Kindern besuchen«, sage ich dem jüngeren Polizisten. »Brauchen Sie mich noch?«

Er nickt. »Wir müssen Ihre Personalien aufnehmen, das geht aber schnell.«

Lavida ist vier Grundstücke entfernt; Jon Plantikow steht inzwischen neben ihr, und die beiden reden miteinander – sie sind körperkonturenmäßig eine Eins und eine Null nebeneinander. Favel ist ein paar Schritte von mir entfernt und hält sein Smartphone in der Hand. Es ist seinem Gesicht abzulesen, dass er die Szenerie gerne filmen würde, aber als er mich jetzt ansieht und ich erstens das Erkennen dieses Gedankens und zweitens meine energische Ablehnung desselben in meinen Blick lege, steckt er das Gerät weg. Einer der beiden Polizisten geht zur Vatertagsgruppe, der andere klingelt bei Klink, wird aber sofort wieder von den Liefermenschen okkupiert.

Der Beamte, der bei den Hassliedsängern steht, wird plötzlich laut, weil die Truppe fast synchron ihre Smartphones in die Höhe hält und ihn filmt oder streamt oder beides. Er fordert die Männer lautstark auf, das sofort zu unterlassen. Der andere Polizist kommt zu mir zurück und lässt sich meinen Ausweis geben. Während er schreibt, ist das tiefe Dröhnen eines sehr teuren Sportwagenmotors zu hören. Es ist aber nicht Wankls Ferrari, der in den Meisenring einbiegt, sondern ein weißer Lamborghini, der neben der Sexarbeiterin hält. Aus dem Auto mit Potsdam-Mittelmark-Kennzeichen, das ich, wie ich meine, auch schon auf dem ReDeDidl-Parkplatz gesehen habe, klettert mühelos und vollkommen selbstverständlich ein topmodisch frisierter schwarzhaariger und -bärtiger Mann in den Dreißigern, der einen Maßanzug trägt und dazu Schuhe, die sogar aus der Entfernung schweineteuer aussehen, was einen originellen Kontrast zum Sandboden der Fußwege im Meisenring ergibt; kurz muss ich an Birger Fläming denken. Er umarmt die Frau für einen Moment, die daraufhin zu den Männern in den schwarzen Shirts zeigt. Er nickt und geht langsam, aber zielstrebig auf die Männer zu. Während er näher kommt, wird es insgesamt ruhiger vor dem Meisenring Hausnummer eins. Die Hände mit den Telefonen sind längst unten, die beiden Lieferfahrer glotzen und schweigen, und sogar die Polizisten sind gespannt, aber der jüngere lächelt.

Der Lude stellt sich vor die Gruppe und mustert die Kerle. Dann zieht er ein Kärtchen aus der Innentasche seines Jacketts und sagt zu einem der Typen: »Du da.«

Der Angesprochene macht etwas widerwillig einen Schritt auf den Zuhälter zu. Dieser – er sieht nach südosteuropäischen Wurzeln aus – drückt dem Mann die Karte in die Hand, sagt: »Bis morgen um die gleiche Zeit habe ich mein Geld«, dreht sich um und geht einfach davon. Es dauert ein paar Sekunden, bis jemand aus der Gruppe reagiert, es wird gerufen und gegrölt und geklatscht, aber der Mann mit der Karte in der Hand ist still und blass. Der Zuhälter würdigt die Gruppe keines Blickes mehr.

»Danke Ihnen«, sagt der Polizist in diesem Moment zu mir und gibt mir meinen Ausweis zurück. »Sie können jetzt gehen.«

»Klink ist bei mir im Haus«, verrät Plantikow, als wir Lavida bei ihm auflesen. »Er ist hintenrum gekommen. Dem geht es echt nicht gut.«

Aber wir müssen zu Tabea. »Sag ihm, er soll seinen Youtube-Kanal abschalten, besser gleich als später«, sage ich. »Und seine alten Videos löschen.« Favel nickt bestätigend und sieht dabei extrem bedrückt aus, aber das muss nicht nur am Klink-Geschehen liegen. »Wir fahren jetzt ins Krankenhaus.«

Plantikow erwidert nichts, doch ich beantworte seine nicht gestellte Frage trotzdem: »Ich sage dir Bescheid, sollte es neue Entwicklungen geben.« Und gleich danach werde ich, je nach Entwicklung, eine kleine Party feiern oder mich im Teltowkanal ersäufen.

Zwei sehr traurige Stunden später stehe ich nicht auf einer Brücke über den Teltowkanal, sondern sitze mit zwei heulenden Kindern, die bald erwachsen sein werden, wieder im Kombi und suche an der Clayallee nach einem Parkplatz. Wir haben heute alle noch nichts gegessen, und obwohl niemand von uns Appetit hat, müssen wir etwas verdrücken, und hier gibt es einen Schnellimbiss, der früher mal ganz gut war. Es ist das Einzige, was mir eingefallen ist, denn wir können uns jetzt unmöglich in irgendeine Pizzeria hocken, und hier gibt es sonst nur Pizzerien – und eigenartigerweise immer mehr vietnamesische Restaurants, die alle *Viet*-Irgendwas-*BBQ* heißen.

Da! Etwa zehn Meter vor mir setzt jemand den Blinker und lässt seinen Tesla kurz darauf aus der Parklücke am Fahrbahnrand gleiten. Ich setze den gegenüberliegenden Blinker und nähere mich langsam, weil ich es selbst hasse, von Parkplatzsuchern unter Druck gesetzt zu werden. In diesem Moment ertönt seitlich von mir ein lautes Dröhnen; einem Verbrennermotor wird ordentlich Gas gegeben, und eine schnittige, sportliche Mercedes-Limousine, die mit diesem matten Lotuslack überzogen ist, wodurch sie zwar nicht schmutzig wird, aber immer ungewaschen aussieht, zieht rasch an mir vorbei. Das Auto, an dessen Heckscheibe ein Aufkleber in der Form der Insel Sylt zu sehen ist, wird kurz darauf wieder stark abgebremst und praktisch gleichzeitig in die soeben freigewordene Lücke gesetzt, wobei sich der Fahrer keine Mühe gibt, ordentlich einzuparken, sondern die Schnauze schräg in den Fahrradweg ragen lässt. Zu seinem oder deren Glück ist gerade kein Radfahrer-Verkehr auf dem Radweg.

Ich spüre sofort wieder dieses Kribbeln auf den Unterarmen, schaue im Rückspiegel nach Lavida und Favel, die aber keine Augen für irgendwas draußen haben, insofern sie durch die Tränenvorhänge überhaupt etwas sehen kön-

nen, und halte dann neben dem Daimler, schalte die Warnblinkanlage an und steige aus. Das Gleiche macht soeben ein
Mann in den frühen Dreißigern, der rote Air Jordans, eine
dunkelgraue Jogginghose von Armani, ein weißes Shirt und
eine verspiegelte Sonnenbrille trägt, deren Gestell mindestens
vergoldet ist.

»Entschuldigung«, sage ich etwas mühevoll, weil ich lieber
etwas anderes sagen würde, in dem eine ganze Reihe mehr
oder weniger subtiler Beleidigungen vorkämen. »Ich hatte
erkennbar den Blinker gesetzt und wollte hier einparken.
Könnten Sie *bitte* so freundlich sein …?«

Er tippt auf seinen Autoschlüssel; der Wagen lässt kurz die
Warnblinkanlage aufflammen und gibt ein dezentes Hup-
geräusch von sich. »*Oppa*, wenn du zu blöd zum Autofahren
bist, dann lass es doch einfach«, sagt er dann. *Oppa.* Er macht
Anstalten, davonzugehen, dicht an mir vorbei, und meine
Haut brennt jetzt. Der Wunsch, all das irgendwie zu entladen,
was in mir ist, ist kaum mehr zu bändigen. Nein, er ist überhaupt nicht mehr zu bändigen. Mein Kopf würde platzen,
wenn ich dem nicht nachgeben würde. Ich muss es einfach tun.
»Arschloch«, sage ich laut, als er nur eine Armlänge von mir
entfernt ist, und ich versuche tatsächlich, einen Faustschlag
im Gesicht des Typen zu landen – einen Stunt, den ich im Leben noch niemals ausprobiert habe, aber ich weiß immerhin,
dass man den Daumen nicht unter die anderen Finger klemmen soll, was ich geistesgegenwärtig auch vermeide. Und ich
würde auch treffen, und zwar durchaus kraftvoll, aber er dreht
den Kopf im letzten Moment leicht zur Seite, so dass ich nur
seine Brille erwische, die nach hinten davonfliegt, gegen die

fahrerseitige Seitenscheibe seines Autos und von dort zu Boden. Noch während ich das zur Kenntnis nehme, haut mir der Mann fast ansatzlos seine rechte Faust mit großer Kraft in den Magen, ohne dass ich eine Chance gehabt hätte, den Schlag abzublocken. Meine Knie knicken ein, ich höre Favel und Lavida hinter mir aufschreien, und fast im selben Augenblick höre ich außerdem das *sehr nahe* Geräusch einer Polizeisirene. Als ich vergeblich versuche, mich an unserem Auto festzuhalten, den Würgereflex zu unterdrücken, den sehr eigenartigen, raumgreifenden Schmerz wegzustecken und diesem Wichser wenigstens gegen die Schienbeine zu treten, wird in dem Streifenwagen, der hinter unserem Kombi angehalten hat, das Blaulicht eingeschaltet. »Hier spricht die Polizei. Sofort aufhören!«, erschallt fast gleichzeitig eine Frauenstimme aus den Lautsprechern auf dem Dach des Einsatzfahrzeugs.

»Ach du Scheiße«, ist das Erste, was ich ein paar Sekunden später herausbringe, als ich wieder genug Luft einatmen kann, um das zu tun. Mein Bauch sendet in Wellen pochenden Schmerz aus, der aber kein richtiger Schmerz ist, sondern eher ein lähmendes, betäubtes Gefühl, das bereits abzuklingen beginnt, und die Übelkeit lässt auch schon ein bisschen nach. *So also fühlt sich das an, interessant.* Mein Gegner hat seine Brille aufgehoben und betrachtet sie nachdenklich, dann beugt er sich zu mir herunter, allerdings nicht, um mir noch eine zu verpassen, sondern er streckt mir die freie Hand entgegen. In der Linken hält er die Sonnenbrille.

»Sorry«, sagt er. »Ich hätte Sie nicht beleidigen sollen.« Er grinst. »So alt sehen Sie auch noch nicht aus. Von wegen *Oppa*. Sie sind doch höchstens fünfzig.«

Ich nehme die Hand und lasse mir hochhelfen, aber ich bin mir nicht ganz im Klaren darüber, was gefühlsmäßig in diesem Augenblick in mir vor sich geht. Ein Teil von mir genießt den Nachhall des Versuchs, den Mann zu schlagen, diese winzige Rache inmitten all der Scheiße, ein anderer Teil wünscht sich, es hätte auch funktioniert und ich hätte ihn getroffen, ein klitzekleiner Teil freut sich über das Kompliment, aber einem weiteren, viel größeren Teil als alle drei anderen Teile zusammen ist das hier unglaublich peinlich. Nein, nicht peinlich, aber es ist beschämend und ziemlich würdelos, vor allem den Kindern gegenüber. Ich bin ihnen ein schlechtes Vorbild. *Wenn Tabea das gesehen hätte!* Lavida und Favel sind ausgestiegen und schauen mich an, Favel eher ratlos, aber Lavida scheint zu schmunzeln – ihr Gesichtsausdruck ist rätselhaft. Eine junge Polizistin ist ebenfalls ausgestiegen und nähert sich uns.

»Es tut mir auch leid«, bringe ich heraus und sehe den Mann an. »Das ist nicht meine Art, jemanden zu schlagen.« Da wir uns immer noch an den Händen halten, können wir sie auch schütteln, was wir tun. Dann lassen wir einander los. Mein Bauch fühlt sich an, als wäre er nicht vorhanden. Ich muss husten.

»Das hat man gemerkt.« Er zwinkert. »Ihnen fehlt da eindeutig etwas Training.«

»Was geht hier ab?«, fragt die Polizistin.

»Nichts«, erklären wir gleichzeitig, wie einstudiert. »Das war ein Missverständnis«, ergänze ich.

»Dann fahren Sie Ihr Fahrzeug bitte weg«, schnarrt sie und dreht sich wieder um.

Der Mann nickt zur Seite, und ich mag ihn trotz der Entschuldigung und des kleinen Kompliments immer noch nicht. »Ich will eigentlich nur einen Brief einwerfen, dann bin ich wieder weg.« Er dreht sich auch um, joggt die paar Meter zum Briefkasten, kommt zurückgerannt, springt in sein Auto und startet es geräuschvoller als nötig. Ich steige in unseren Kombi, zu den Kindern, die auch rasch wieder eingestiegen sind, setze den Blinker und fahre vor die umstrittene Parklücke.

»Dad, bist du verrückt geworden?«, fragt Favel vom Rücksitz. Die Kinder haben sich angewöhnt, zu zweit hinten zu sitzen, auch wenn der Beifahrersitz frei ist. Als Lavida zwölf wurde und ohne Sitzerhöhung nach vorne gedurft hätte, verzichtete sie, und Favel machte etwas später das Gleiche. Der Gedanke, wie nahe sich die beiden stehen und wie innig sie sich lieben, lässt mich für einen Augenblick sogar meine Magengegend vergessen.

»Ich fand das eigentlich cool«, erklärt Lavida. Sie lächelt, zum ersten Mal seit vielen Stunden. »Schade nur, dass du nicht sauber getroffen hast.«

»Es ist immer falsch, Gewalt anzuwenden«, sage ich und muss nach dem Satz ächzen, weil mein Bauch krampft. Das Wort »fast« vor dem »immer« habe ich mir verkniffen.

»Es ist aber auch falsch, sich von irgendwelchen Arschlöchern demütigen zu lassen«, sagt meine Tochter und zwinkert mir zu. Ich nicke gedanklich, atme tief ein und zwinkere Favel zu, was aber an dessen Fassungslosigkeit nichts ändert.

Eine weitere Stunde später ist das Adrenalin wieder auf Normallevel, und ich könnte wenigstens eine kleine Dosis Dopamin gebrauchen. Ich sitze in meinem Kabuff, sehe die Rückseite des Hauses an und lasse es einfach laufen, über die Wangen, das Kinn herunter, auf mein Shirt. »Wir können im Moment nichts für sie machen«, hat die Ärztin gesagt, die ich gestern mit meinem Erpresser-Telefongespräch geschockt habe, und sie hat dabei an mir vorbeigeschaut, aber auch nicht zu den Kindern, die auf der anderen Seite des Bettes standen und sich an den Händen hielten, wie Hänsel und Gretel im finsteren Wald. »Es sieht nicht gut aus, das muss ich ehrlich sagen.« Dann hat sie von möglichen *multiplen Schädigungen* gesprochen, davon, dass immerhin die Verletzungen an den Schädelknochen nach allen Regeln der chirurgischen Kunst behandelt wären und sicher kein größeres Problem mehr darstellten, aber auch von erschwerter Diagnostik im neurologischen Bereich, vor allem in diesem Zustand, nämlich im Koma. Und davon, dass wir warten müssten, uns aber nicht zu viele Hoffnungen machen dürften, womit sie definitiv »eigentlich überhaupt keine Hoffnungen« meinte. Während sie das erklärte, standen wir in diesem leisen, mit Technik vollgestopften, abgedunkelten Zimmer, in dem die unter Bandagen versteckte Tabea lag. Sie war zwar nicht mehr intubiert – die Ärztin hat mir gesagt, dass sie schon gestern hätte selbstständig atmen können –, aber es führten trotzdem noch einige Schläuche in sie hinein und aus ihr heraus, etwa, um sie zu ernähren. Ihre Füße waren nicht zu sehen, dafür aber ihre Hände, und ich musste gegen den Wunsch ankämpfen, die Bettdecke anzuheben und ihre Füße zu betrachten, weil das die Kinder wahrscheinlich irritiert hätte. Möglicherweise hätte ich sogar versucht, die Füße mit nach Hause zu nehmen.

Ich schalte meinen Computer an und wische mein Gesicht trocken, während die Maschine hochfährt. In den Nachbargärten ist nichts los, obwohl das Wetter sehr gut ist. Auf dem Meisenring herrschte ebenfalls Ruhe, als wir aus dem Krankenhaus zurückkamen – keine Spur mehr vom Aufstand des Kacka-Beseitigungs-Teams, das wahrscheinlich in diesem Moment darüber beratschlagt, ob man dem Zuhälter lieber doch sein Geld geben sollte und was geschehen würde, wenn man es nicht täte. Der Gedanke daran bringt mich sogar kurz zum Lächeln.

Ich schnappe mir außerdem mein Telefon, dem ich in letzter Zeit auch nicht viel Beachtung geschenkt hatte, was Benachrichtigungen anbetrifft, aber tatsächlich gibt es wider Erwarten keine wichtigen aufgelaufenen Kurznachrichten oder Messenger-News. Nichts von Brahoon, dem ich das achte oder neunte »Urgent. Please give me a call« sende, aber auch der Erpresser hatte nicht mehr versucht, mich anzurufen, was ein gutes oder schlechtes Zeichen sein kann, doch unterm Strich ist es mir momentan vollkommen egal. Nein, ist es nicht. Ich fühle mich, als wäre ich vor einer gewaltigen Bedrohung in einen Wald geflüchtet, um mich vor dieser Bedrohung zu verstecken, aber der Wald ist sehr jung und besteht noch aus lauter Schösslingen, die keinerlei Schutz bieten, und ich rede mir einfach ein, dass ich trotzdem nicht zu sehen bin, dabei stehe ich alleine und nackt quasi im Freien.

Mein Mailpostfach quillt nachgerade über. Monika Westhaus hat mir mehrere Dutzend Elektrobriefe geschickt, deren

Lektüre mich einige Kraft kostet. Die ersten Nachrichten, die sie noch verfasst hat, während ich im Taxi zum Bahnhof oder im ICE nach Berlin saß und kein Netz hatte, sind wütend, enttäuscht und anklagend, und sie denkt in diesen Mails offen darüber nach, was es sie kosten würde, unsere Zusammenarbeit sofort und endgültig zu beenden, wie sie medial damit umgehen könnte und welche Forderungen an mich das zur Folge hätte. Dann hat sich ihre Aufregung offenbar etwas gelegt, und sie schrieb, erst einmal nicht mehr schreiben zu wollen, was sich eine Viertelstunde später aber wieder änderte, weil sie auf die Idee gekommen war, nach Darmstadt zu fahren, um sich auf die Spurensuche nach Waschbär-Moses-Erfinder Christian Mehlborn und seinem möglichen Vermächtnis zu machen. In den fünf folgenden Mails berichtet sie davon, welche Spuren von Mehlborn sie bereits gefunden hat (es sind nicht viele), und dass sie noch am selben Tag – also gestern – losfahren würde, um zu schauen, wen sie finden könnte, denn es wäre schließlich das Beste, mögliche Vorwürfe direkt an der Basis anzugehen. Das klang fast optimistisch, außerdem wären es mit dem Auto nur vier Stunden von München nach Darmstadt. Von da war dann heute Vormittag die letzte Mail abgesandt worden. Sie wäre vor Ort und würde das Haus aufsuchen, in dem Mehlborn wohl zuletzt gelebt hatte.

Eine andere Mailstrecke kommt von der Agentur, für die ich die Gefälligkeitsrezensionen verfasse – nein, *verfasst habe*, denn wahrscheinlich wird es keine weiteren Aufträge mehr geben, die ich aber auch nicht mehr annehmen würde. Es hätte einen Datendiebstahl gegeben, erklärt die Geschäftsleitung der EMVV, und man hätte den Vorfall, den man genau untersuchen und für den man die Verantwortlichen verantwortlich machen würde, gemeldet und zur Anzeige gebracht und prüfe nun die möglichen Folgen. Als »Partner« der Agentur sei ich, erklärt man außerdem, darauf hingewiesen, dass auch Daten zu mir und meiner Tätigkeit möglicherweise in die Hände Dritter geraten seien und dass es die Möglichkeit gäbe, dass diese Dritten nunmehr mit unhaltbaren Anschuldigungen und vollständig fiktiven Zusammenhängen hausieren gingen oder sogar, was bitte umgehend zu einer Strafanzeige führen sollte, die absichtlich missdeuteten Informationen zu erpresserischen Zwecken einsetzen würden. Die Anwälte der Agentur – es waren also gleich mehrere mit dieser Sache betraut – würden uns, den Partnern, selbstverständlich unterstützend zur Seite stehen, diskret und energisch, wie es in einer der Mails hieß. Wir sollten uns keine Sorgen machen, aber mit allem rechnen, wir sollten allerdings bitte nicht mit der Presse reden und dabei auch an die Verschwiegenheitsklauseln denken, die wir unterschrieben hätten (woran ich mich nicht erinnere; ich erinnere mich überhaupt nicht daran, bei denen *irgendetwas* unterschrieben zu haben). Ich gewinne beim Lesen dieser – teilweise in sich widersprüchlichen – Nachrichten den Eindruck, dass den Leuten in Solingen ganz erheblich die Muffe geht, aber mich lässt der Vorgang ziemlich kalt, weil er Kleckerkram ist im Vergleich zu dem, was in meiner Familie und hier in Kleinmachnow gerade geschieht. Natürlich ist auch das Selbstbetrug, aber ich unterdrücke einfach die Ahnung davon, was hier noch drohen und geschehen könnte. Und trotzdem antworte ich und teile denen mit, dass sich eine männliche Person, deren

Stimme ich wiedererkennen würde, anonym bei mir gemeldet und mich mehr oder weniger subtil bedroht hat, bitte aber auch darum, auf Kontaktaufnahme möglichst zu verzichten, da ich mit einem Unglücksfall konfrontiert bin, der mich vollständig in Anspruch nimmt.

Ein *Unglücksfall*. So würde das ein Unbeteiligter sehen, so würden es andere Menschen sehen, die uns nicht oder nicht sehr gut kennen. So sieht man das bei anderen – das ist die distanzierte Sichtweise. Aus unserer direkten, unmittelbaren Perspektive findet hier gerade die größte Katastrophe statt, die überhaupt vorstellbar ist, und das lässt sich durch nichts relativieren. Unsere kleine Welt droht gerade, komplett unterzugehen.

Und dann ist da noch eine Mail von Rafael. Ich bin ein bisschen überrascht, dass er überhaupt meine Mailadresse hat.

Betrifft: Ansprüche auf Anwesen
Meisenring 15, 14 532 Kleinmachnow

Lieber Alexander,
ich bedauere, was mit Tabea passiert ist, und ich hoffe, dass sie diese Sache gut überstehen wird.
Unabhängig von diesem sehr emotionalen Vorgang muss ich jedoch meine Interessen wahren und habe deshalb eine Anwaltskanzlei in Potsdam beauftragt. Man wird Euch – also Dich – sehr kurzfristig kontaktieren und ein faires Kompromissangebot unterbreiten. Ich kann Dir nur raten, dieses Angebot anzunehmen, denn ich bin bereit, ansonsten mit allen legalen Mitteln Maximalforderungen durchzusetzen.

Das werde ich auch tun, solltest Du Dich nicht bis zu meiner
Ankunft in Berlin für die Annahme des Angebots entschie-
den haben. Es bleiben Dir also noch zwei Wochen.
Alles Gute Euch.
Rafael

Diese Nachricht lähmt mich mehr als alles andere, was heute außerhalb des Krankenhauses passiert ist. Dieses miese Arschloch! Es mag ja sein, dass er tatsächlich noch einen Anspruch auf einen Pflichtanteil hat, aber die Art und Weise, wie er mit mir umgeht, wie er das Schicksal seiner Schwester ignoriert, zu der er doch, wenn ich mich richtig erinnere, ein sehr gutes, inniges Verhältnis hatte, das macht mir wirklich zu schaffen. Vom Gedanken, das Haus zu verlieren, ganz zu schweigen. Ich meine, Scheiße, wenn Tabea stirbt, dann ist sowieso alles egal, aber Lavida und Favel und auch ich brauchen dann trotzdem noch ein Zuhause, obwohl ich mir nicht vorstellen kann und auch nicht vorstellen will, ohne Tabea auch nur einen einzigen Tag lang weiter hier zu wohnen. Ich will überhaupt nichts ohne Tabea, und ich will mir nichts vorstellen müssen und überhaupt. Ach, *Scheiße.*

Aber mir ist auch klar, dass ich sowieso keine vernünftigen Entscheidungen fällen kann, dass ich nichts tun sollte in diesem Zustand, und außerdem liegt das ominöse Angebot der Anwaltskanzlei aus Potsdam ja auch noch nicht vor. Möglicherweise sollte ich mir selbst einen Anwalt nehmen, aber ich habe keinen Anwalt. Wir sind keine Leute, die Anwälte beauftragen oder sogar »haben«. Es gab auch noch nie die Notwendigkeit.

Obwohl.

Birger Fläming ist doch Anwalt.

Dabei kommt mir dann ein anderer Gedanke. Ich starte auf meinem Telefon die App für die Video-Gegensprechanlage und rufe das Videoarchiv von gestern auf. Tatsächlich muss ich von dem Moment an, als Birger kommt und Tabea ihn umarmt und anschließend ins Haus bittet, ganze anderthalb Stunden Aufnahmezeit vorspulen (merkwürdigerweise nennt man das auch bei Digitalaufnahmen immer noch so, obwohl da sicher *nirgendwo* eine Spule ist), bis er wieder zu sehen ist, erst kurz von hinten, aber einen Augenblick später dreht er sich um und winkt in Richtung Haustür, strahlend, und danach hebt er noch die Hand vor den Mund und macht mit der Hand so eine Geste, die, meine ich, wie ein zu meiner Frau hingeworfener Kuss aussieht. Die Haut an meinen Unterarmen erhitzt sich wieder, und eine heftige plötzliche Eifersucht sticht wild in mir herum. Ich muss schlucken. Fläming geht schließlich aus dem Bild, und ich will schon ausschalten, weil mir auch schon wieder die Tränen in die Augen schießen wollen, als plötzlich Tabea zu sehen ist, die aus dem Gartentor kommt, sich zum Haus umdreht und es für einen Augenblick zu mustern scheint, wobei ihrem Gesicht selbst unter diesen Bedingungen große Zufriedenheit abzulesen ist, aber es ist natürlich nicht zu erkennen, ob das dem Haus gilt oder dem, was kurz vorher darin geschehen ist. Daraufhin schließt sie das Gartentor ab und geht lächelnd davon, vermutlich zu ihrem in den Farben des Yogastudios lackierten Smart, mit dem sie dann zu Brahoon gefahren ist und den ich da irgendwann abholen muss, wie mir jetzt einfällt. Außerdem muss ich die Potsdamer Polizei zurückrufen. Interessiert mich eigentlich, wie dieser Unfall passiert ist? Was würde das ändern? Wäre ich nicht nur *noch wütender*? Ich denke über die Szene an der Clayallee nach, versuche, meine Gefühle zu erforschen und die, die ich in diesem eigenartigen Augenblick hatte. Ich schmecke immer noch eine Erinnerung an diesen starken Wunsch, Schaden anzurichten, wehzutun, andere zu *bestrafen*, was, wie mir klar ist, nicht nur mit Tabeas Unfall zu tun hat, aber diese Erinnerung steht direkt neben der an Favels Gesicht, neben seiner Fassungslosigkeit über den plötzlich gewalttätigen Papa, der doch immer Deeskalation und friedliches Miteinander gepredigt hat und der nie aufbrausend war, vor allem nicht, wenn Tabea etwas davon mitbekommen hätte.

In meine Gedanken klingelt das Telefon, und als ich höre, dass die Potsdamer Kripo noch einen Versuch wagen will, mit mir einen Termin zu vereinbaren, glaube ich kurz an Telepathie. Die der Stimme nach ziemlich junge Kriminalkommissarin, die ich am Telefon habe, erklärt mir, dass sie in Stahnsdorf wohnt, also quasi in Spuckweite, und bietet mir an, auf dem Heimweg in Kleinmachnow und bei uns vorbeizukommen, da sie später ohnehin noch einmal den Ort des Geschehens begutachten wolle. Leider hätte es kurz nach dem Unfall recht stark geregnet, weshalb man hinsichtlich der Spurenlage quasi mit nichts dastehen würde. Ich sage ihr, dass ich ihr gerne einen frischen Kaffee koche, wenn sie kommt, und das will sie also am Nachmittag machen; sie freue sich schon auf den Kaffee. Diese Mitteilung irritiert mich ein bisschen, denn der Anlass ist nicht der Kaffee, sondern ein weitaus traurigerer. Das Wort »Spurenlage« beherrscht danach noch ein paar Momente lang meine Gedanken, während mir klar wird, dass meine Frau das Opfer von etwas sein kann, das eine Straftat darstellt. Das ändert zwar auch nichts, aber denken muss ich es trotzdem. Man kann schließlich nicht nur denken, was man denken will.

Dann grüble ich hin oder her, ob ich zu Birger Fläming hinübergehen sollte, um ihm zu erzählen, was geschehen ist – Jonathan Plantikow hat geschworen, vorerst mit niemandem darüber zu sprechen –, und über diese Erbsache zu reden, also über Rafaels Drohungen, wobei ich vielleicht gleichzeitig subtil ausforschen könnte, was er gestern bei uns gemacht hat. Wobei ... ich könnte ihn auch einfach direkt konfrontieren, schließlich gibt es nichts zu verlieren. Und Tabea liegt ja im Koma. Andererseits will ich Birger heute nicht sehen, und die Sache mit Rafael eilt ja nicht. Nichts eilt. Alles endet sowieso.

Und in ein paar Wochen werde ich auch noch sechzig.

Die Polizistin ist freundlich und schwatzhaft, sie bedankt sich tausendfach für den Kaffee, lobt unser gemütliches Haus, schwärmt ein bisschen davon, im Speckgürtel zu wohnen, aber sie und ihr Mann würden ihr Haus gerade sanieren, das sie vor einem Jahr gekauft haben. Es war ein Schnäppchen, verhältnismäßig, denn natürlich gibt es in Berlin und im Speckgürtel keine echten Schnäppchen mehr, und man zahlt für Asbestschuppen mit einem Quadratmeter Wohnfläche, die auf zwei Quadratmetern Land stehen, die bis in mehrere Kilometer Tiefe verseucht sind, längst Milliardenbeträge. Nun sitzen sie in Staub und Schutt und schlagen sich mit

Bauarbeiten die Abende oder die schichtfreien Zeiten (er ist natürlich auch Polizist) und die Wochenenden um die Ohren, ziemlich genau seit einem Jahr (dabei zeigt ihr Gesicht kurz einen etwas schmerzvollen Ausdruck), aber am Ende soll es dann so hübsch sein wie hier, erklärt sie, wobei sie lächelt, mitfühlend und gleichzeitig um Mitgefühl buhlend, womit sie bei mir leider fehl am Platze ist, zumindest hier und heute. Aber ich nicke stumm und lasse sie plappern. Sie ist auf diese robuste Art gut aussehend, wie man das bei Polizistinnen (und manchmal auch bei männlichen Polizisten) zuweilen sieht, so eine echte Durchschnittsschönheit, der es aber an Attraktivität mangelt, und ihre Formulierungen und darin vermittelten Gedankengänge passen dazu. Säße Tabea daneben, nähme man sie nicht mehr wahr, obwohl sie höchstens drei Fünftel so alt wie meine Frau ist.

Bapu kommt angeschlurft und legt sich zu meinen Füßen, wobei er die Beamtin von unten mustert, fast ein bisschen vorwurfsvoll, und sie betrachtet ihn ihrerseits, während sie weiterschwatzt. Ich nehme an, dass Polizisten, die auch schon im Streifendienst unterwegs waren, im Umgang mit Haushunden geschult sind und eher keine Risiken eingehen. Sie ist erkennbar versucht, unserem wuscheligen Hund ins wuschelige Fell zu greifen, aber sie lässt es trotzdem. Stattdessen stellt sie die Kaffeetasse ab, schaltet ihr Tablet an, zückt einen elektronischen Stift und befragt mich zu gestern, aber ich habe nicht viel beizutragen. Danach zeigt sie mir Fotos von der Lieferanteneinfahrt zum Bullshitso-Anwesen. Auf den Fotos ist markiert, wo Tabea gelegen hat, als sie gefunden wurde. Zum Glück ist Tabea selbst nicht zu sehen. Sie lag vor dem Zaun, quasi auf dem Gehweg. Auf den Bildern ist der Boden nass, sie sind also gestern gemacht worden, kurz nach dem Geschehen, doch auch schon nach ihrem Abtransport.

Ich erzähle, dass ich Ayksen Brahoon kenne, dass er sogar schon bei uns war, und ich muss die Frau darüber aufklären, dass wir es hier mit einem echten Prominenten zu tun haben, einer Legende, erste Liga, eigentlich Champions-League, jedenfalls auf dem amerikanischen Kontinent – und in Asien, wo er gerade durch verdammte Stadien tourt. Sie ist überrascht, hört mir aufmerksam zu, macht sich Notizen.

»Unsere Forensik untersucht den Vorgang noch, aber es ist denkbar, dass Ihre Frau auf dem Grundstück von einem Fahrzeug erfasst und ein Stück mitgeschleift wurde, ohne dass die Person im Fahrzeug das bemerkt hat«, sagt sie dann.

»Man sieht fast nichts, wenn man über diese Buckel fährt«, erwidere ich und zeige auf den Hügel, während vor meinem geistigen Auge Bilder davon zu sehen sind, wie Tabea von dem riesigen Wagen mitgeschleift wird, den Kopf im Radkasten eingeklemmt. »Brahoon hat ein sehr großes Auto. Ich bin mit ihm schon diesen Weg gefahren. Also, nein, den anderen, am Haupttor, aber es ist das Gleiche. Wenn man auf der Hügelkuppe ist, sieht man nur noch Himmel.« Vermutlich ist es mit einem schnittigen Sportwagen ebenso, aber das sage ich nicht.

»Ein großes Auto?«

Ich nicke und beschreibe dann den Pick-up. Mir fällt sogar ein, dass der Wagen ein amerikanisches Kennzeichen hat. Eines mit dem Wort »California« darauf, in roter Kunstschrift über großen, dunkelblauen Lettern und Zahlen.

»Wir haben uns auf dem Grundstück umgesehen, da ist kein solches Fahrzeug.«

»Dann ist er damit zum Flughafen gefahren.«

»Das Parken am BER ist sehr teuer«, sagt sie.

»Ich glaube nicht, dass das eine Rolle spielt. Alleine dieses Auto herzubringen hat vermutlich mehr gekostet, als ein Neuwagen gekostet hätte.«

Sie nickt und macht sich wieder Notizen. »Wir werden die Parkhäuser untersuchen.«

Ich verspreche, mich bei ihr zu melden, wenn ich etwas von Brahoon höre. Sie fährt in ihrem alten, etwas verschrammten BMW (das Geld steckt im Haus!) davon, und dann bin ich wieder alleine im Wohnzimmer. Nun, nicht ganz alleine, natürlich, denn Bapu sucht weiter meine Nähe. Von Favel und Lavida ist nichts zu hören. Doch, es poltert ein kleines bisschen oben links, das sind die typischen Geräusche, wenn Favel vor seinem PC sitzt und zockt, dann stampft er unwillkürlich auf oder rammt mit dem Knie seinen Schreibtisch oder schlägt mit der Hand irgendwo gegen, weil er gekillt wurde oder ein Match verloren hat. Lavida wird auf ihrem Bett liegen und Musik hören oder sich Videos anschauen. Oder schlafen, was ich ihr wünsche.

Ich will raus hier, merke ich mit einem Mal. Ich muss hier raus. Ich will weg aus Kleinmachnow, unter Menschen, möglichst fremde Menschen, und ich will mich ablenken. Also drehe ich noch eine kurze Runde mit Bapu, schreibe einen Zettel für die Kinder und mache mich dann auf den Weg in die frühere West-City von Berlin.

I Will Survive

Ich habe die Goltzstraße anders in Erinnerung, aber so ist das mit den Erinnerungen – sie halten selten einem Vergleich mit den Echtdaten stand. Damals jedenfalls kam mir diese Ecke von Schöneberg wohnlicher und auf etwas abgerissene Art gemütlicher vor, gleichzeitig umtriebiger und, wie man seit ein paar Jahren sagen würde, hipper.

Südlich der Hohenstauffenstraße ist die Goltzstraße heutzutage eine Schöneberger Wohnstraße wie jede andere (und es gibt mehrere Hundert). Häuser aus der Gründerzeit stehen neben schrecklichen vier oder fünf Stockwerke hohen, kantigen Häusern aus den Fünfzigern bis Achtzigern, die in Rot, Blau, Braun oder Beige angestrichen sind, und es gibt zwar ein paar etwas schickere Neubauten aus dem jüngeren Jahrtausend dazwischen, aber der Gentrifizierungszug ist noch nicht mit voller Geschwindigkeit durch den Kiez gerauscht. Hier und da sind ein paar Zweckgebäude zu sehen, es gibt alle paar Meter den in Berlin obligatorischen Straßenbaum – beiderseits – und immerhin den zaghaften Versuch, gegen die in dieser Gegend katastrophale Parkraumnot anzugehen, indem die Fahrspuren verengt und dafür Parktaschen angelegt sind. Ab und zu logieren Kneipen, kleine Restaurants oder Geschäfte in den Erdgeschossen, und ich latsche sogar an einem Laden für Yoga-Bedarf vorbei, was mir einen kurzen, aber heftigen Stich versetzt. Die Menge der Graffiti an den Fassaden, Haustüren und heruntergelassenen Erdgeschossjalousien dürfte im Berliner Durchschnitt liegen. Es ist zwar nicht sauber, wirkt jedoch gewissermaßen aufgeräumt; wie eine Altbauwohnung, die man besenrein abzuliefern hat. Ich erinnere mich, dass man früher einen Slalom um die Hundekackehaufen laufen musste, aber das ist endgültig vorbei, jedenfalls in dieser Größenordnung. Je näher man der Hohenstauffenstraße kommt, umso intensiver wird das gastronomische Angebot, aber auch das fühlt sich in meinem Gedächtnis anders an als jetzt in der Realität. Als würden die Pausen zwischen den interessanten Häusern in meiner Erinnerung fehlen und dadurch das Interessante enger zusammenrücken, und genau so funktioniert das ja auch mit dem Gedächtnis: Es merkt sich die guten, die spektakulären Sachen und lässt den Rest einfach weg. Und weil wir mit der Zeit immer weniger spektakuläre Sachen erleben, die Zeit aber an unserer Erinnerung messen, kommt es uns so vor, als würde sie (die Zeit) immer schneller vergehen. Dabei passiert einfach nicht mehr so viel Zeug, das unser Gehirn interessant genug findet, um es abzuspeichern. Die Zeit vergeht nämlich immer gleich schnell, und zwar *viel zu schnell.*

Auf den Gehwegen ist gemischtes, in Familien sortiertes Multikulti unterwegs, die Kinderwagen sind mittelpreisig, das Publikum ist relativ jung, jedenfalls jünger als ich (was inzwischen keine Kunst mehr ist), aber älter als etwa am Boxhagener Platz, dem bekannten *Boxi* in Friedrichshain im ehemaligen Ost-Berlin, wo jetzt alle hinwollen (oder in die Gegend rund um den Kreuzberger Görli, weil sie einfach keine Ahnung haben). Auch ein paar von den omnipräsenten Berlin-Touristen schlurfen herum, schließlich war hier früher mal ein bisschen was los, und ein paar hundert Meter entfernt an der Hauptstraße ist dieses Wohnhaus, in dem David Bowie mal einen lauwarmen Instantkaffee getrunken hat oder so, weshalb in der Umgebung dieses Hauses immer noch Leute umherschlurfen, auf ihre Smartphones starren und sich dann hilfesuchend nach der Gedenkplakette umsehen. Auch ein paar Hipster sind unterwegs, mit ihren Kinnbärten, die mit Haargummis in mehrere Sektionen unterteilt sind, mit ihren Holzfällerhemden, Halstattoos, weißen Turnschuhen und braunen Cord- oder Cargohosen. Unterm Strich könnte diese Straße in jeder größeren Stadt in Deutschland sein.

Nördlich der Hohenstauffenstraße wird es offener, zugleich werden die Wohnhäuser hässlicher, und dann kommt auch schon der Winterfeldtplatz. Hier ist immer noch einiges los, selbst wenn der eigentliche Platz, auf dem sich ein paar armselige Bäume zwischen den Steinplatten verlieren, nicht als Marktplatz genutzt wird, wie jetzt gerade. Ein paar Kneipen hier gibt es seit Jahrzehnten, etwa das legendäre *Slumberland* an der Ecke zur Winterfeldtstraße, aber auch diese Gegend hat das Licht der Jahre ausgeblichen; sie wirkt farbloser, uniformer, homogener. Ich drehe trotzdem um und gehe noch mal in Richtung Süden, etwas weiter jetzt, nämlich dorthin, wo früher das katapult war. Natürlich wird es das nicht mehr geben, aber mich interessiert, wie der Laden inzwischen aussieht, wer oder was sich da eingemietet hat. Anschließend werde ich mir irgendwo eine verrauchte Spelunke suchen und meine erste Druckbetankung seit Jahrzehnten durchführen. Ich muss die Denkerei wenigstens für ein paar Stunden abtöten. Als ich losgegangen bin, hat mich Lavida gefragt, ob ich wieder zu Mama ins Krankenhaus fahre, um mich zu ihr ans Bett zu setzen (und ihre trocknen, kühlen Hände zu halten, die nicht auf die Berührung reagieren – ich habe das versucht, als wir heute bei ihr waren, und es hat wehgetan). Die Frage hat mir kurz ein schlechtes Gewissen verpasst, aber ich weiß von Tabea, dass ihr diese Art von überwiegend symbolischem Liebesdienst zuwider ist. Wir haben mal einen extrem kitschigen Film gesehen, in dem es um genau diese Situation ging, und da hat sie sich fürchterlich darüber aufgeregt, dass der Mann tagelang am Bett seines verunfallten Lebenspartners saß, sich von Automaten- und Krankenhausfraß ernährte und quasi stündlich verlotterter aussah, bis dann der Geliebte die Augen aufschlug und ins versteppte Gesicht des anderen schauen musste. »Was für eine Zeit- und Lebensverschwendung«, hat sie da geschnarrt und meine Hand gedrückt. Andererseits: Sollte sie aufwachen und nicht als Erstes mich sehen, würde mich das zerreißen.

Sollte sie aufwachen.

Als ich noch ein paar Schritte von der Hausnummer entfernt bin, die meiner Erinnerung nach zum katapult gehörte, meldet sich mein Telefon. Ich zucke zusammen, weil das Telefonklingeln inzwischen nur noch mit drastischen Geschehnissen assoziiert ist, aber es zeigt an, dass mich Gürsel zu erreichen versucht. Verdammt, ich habe Gürsels Geburtstag vergessen. Ich bin nicht gut in so was, weiß aber am nächsten

Tag (vorausgesetzt, es ist ein normaler Tag) mit hoher Verlässlichkeit, dass ich gestern etwas verschwitzt habe; Termine und Jubiläen und dieses Zeug sind nicht meins, weshalb ich das meiste davon Tabea überlasse. Sie hätte mich gestern Abend daran erinnert, Gürsel anzurufen oder anzuskypen oder anzufacetimen, aber dazu war sie nicht in der Lage. Wieder sehe ich ihren Fuß vor mir.

»Du hast meinen Geburtstag vergessen!«, ruft er fröhlich ins Telefon. In New York müsste es auf Mitternacht zugehen. Mir wird bewusst, dass ich ausgerechnet Gürsels verdammten *Sechzigsten* verpasst habe. Mein ältester Freund ist zwei Monate älter als ich, also ist er gestern von der Klippe des Grauens gesprungen.

»Alles Gute nachträglich, mein Freund«, sage ich, nachdem ich tief eingeatmet habe. »Du bist jetzt hochoffiziell ein alter Mann«, schaffe ich außerdem.

»Du kannst mich mal!« Er klingt entspannt, es sind laute Partygeräusche zu hören, möglicherweise feiert er heute. Ja, doch – er hatte vor ein paar Wochen etwas davon geschrieben, dass er am Freitagabend nach seinem Geburtstag in irgendeiner Bar in der Christopher Street feiern würde, Nicholas hätte da was organisiert, mich aber nicht eingeladen. Ich wäre ohnehin nicht gekommen, denn ich fliege äußerst ungerne und versuche, das auf das höchstens eine Mal pro Jahr zu reduzieren, wenn wir als Familie in den Süden jetten, wogegen Lavida aus Gründen des Umweltschutzes immer energischer protestiert, aber die Kids werden sowieso bald nicht mehr mitkommen. Fuck, ich darf diesen Gedanken nicht weiterdenken.

»Ich wünsche dir von Herzen alles Gute«, sage ich und erwäge, von Tabea zu erzählen, doch ich will Gürsel die Party nicht versauen.

»Danke! Wir sind im *Duplex* und haben einen Riesenspaß. Nicholas hat vorhin für mich gesungen, das war der Hammer. Schade, dass du nicht hier bist.«

»Und wie fühlt es sich an?«, frage ich. »Also das mit der Sechs und der Null?«

Er lacht, hinter ihm kreischt jemand. »Das ist mir scheiß-e-gal«, sagt er laut. »Echt scheißegal. Ich bin ich, und ich fühle mich, wie ich mich fühle. Scheiß auf die dämlichen Zahlen.« Er scheint das so zu meinen, aber vermutlich ist das dezent alkoholbeeinflusst. *Scheiß* sagt er sonst nicht so oft.

»Wenn du das sagst«, erwidere ich schwach. »Sorry noch mal, dass ich gestern nicht angerufen habe. Können wir morgen skypen? Am Nachmittag, New Yorker Zeit?«

»Eher am Abend!«, ruft er, während im Hintergrund laute Klaviermusik ertönt, die ich kenne; ein ganz spezielles Intro. Gleich wird jemand die Worte »First I was afraid« singen, und ich spüre, wie sich meine Unterarme mit einer Gänsehaut überziehen. »Du, ich muss«, schreit Gürsel gegen die Musik und aufbrandenden Applaus an. »Jackie singt gleich. Jackie ist der Hammer. Bis morgen, mein Guter.« Und dann beendet er das Gespräch. Während ich fünf Meter von der Stelle entfernt bin, an der ich diesen Song einige Dutzend Male und immer kurz nach Mitternacht gehört habe, gesungen von einer Schar Männer, von denen ein erklecklicher Teil das fragliche Jahrzehnt vermutlich nicht überlebt hat.

Als ich noch ein paarmal tief durchgeatmet und mich gefasst habe, schlendere ich die letzten Meter zu dem Haus, dessen Erdgeschoss früher schwarz bemalt war, einschließlich der großen Schaufensterscheibe. Die Fassade ist inzwischen cremeweiß angestrichen. Ein großes Schaufenster gibt es noch, aber das ist nicht schwarz übermalt (auf der Innenseite befanden sich früher Flaschenregale, die Schälchen für die Nüsse, die Reservekondome für die guten Stammgäste und die Schatulle für das Geld), sondern ganz normal durchscheinend, und der Bereich dahinter ist mit ein paar LED-Streifen sanft beleuchtet. Offenbar handelt es sich um eine Art Schreibwarenladen; über dem Fenster steht in kupferfarbenen Buchstaben *Kağıt*, was ich wegen des fehlenden i-Punkts für ein türkisches Wort halte. In einer Reihe von Kiefernholzregalen liegen Schachteln mit verschiedenen Papiersortimenten, dazwischen Stifte, Füller, Tintenfässer, Schreibtischunterlagen und solches Zeug. Ich checke den Namen des Ladens mit meinem Telefon, er heißt tatsächlich *Papier* auf Türkisch. Ich muss ein bisschen in die Knie gehen, um durch die Regale hindurchzusehen. Der Tresen scheint verschwunden, der Raum ist hell und freundlich, überall auf den abgeschliffenen Dielen stehen Kiefernholzregale und -tische, und am Ende, dort, wo es früher hinter der Tanzfläche zu den Klos ging, befindet sich ein kleiner Verkaufstresen, hinter dem eine schwarzhaarige Frau steht, die in diesem Augenblick genau zu mir sieht. Als sie bemerkt, dass ich das bemerkt habe, winkt sie mir zu.

»Sie sind einer von denen«, sagt sie einen Moment später, als wir uns in der Eingangstür treffen. »Oder? Sie suchen nach der Bar, die hier früher war. In den Achtzigern.«

»Woher wissen Sie das?«

»Das passiert am Freitagnachmittag kurz vor Geschäftsschluss manchmal.« Sie mustert mich. »Alte Männer stehen eine Weile vor dem Schaufenster, kommen dann irgendwann zögerlich rein und fragen, was aus dem katapult geworden ist.« Sie zieht die Augenbrauen zusammen. »Ältere Männer als Sie«, relativiert sie dann und lächelt dabei, so dass ich ihr zu glauben geneigt bin.

»Das ist ein schönes Geschäft«, sage ich.

Sie nickt. Sie ist vielleicht Anfang vierzig. »Aber es könnte ein bisschen mehr Umsatz brauchen.« Sie schaut mich an und lächelt, dann zieht sie die Augenbrauen zusammen. »Andererseits. Alle paar Wochen kommt jemand rein, der noch nie hier war, und kauft mir den halben Laden leer. Und ich traue mich nicht, zu fragen, warum derjenige das macht, weil ich Angst habe, dass das Wunder dann verpufft.«

Ich erwidere nichts. Sie legt mir eine Hand auf die Schulter und dreht mich sanft zur Tür. »Sehen Sie, da drüben, zwei Häuser weiter.« Sie zeigt auf die andere Straßenseite. »Da ist, wonach Sie gesucht haben.« Ich beuge mich vor und schaue an ihrem Arm entlang; Tabea hat viel schönere Hände. Dort ist tatsächlich eine Kneipe, die offenbar ein komplettes Erdgeschoss einnimmt. Die Fenster sind hell, die Rahmen drum herum sind rot gestrichen, und in der gleichen Farbe steht in ziemlich großen, kursiv gesetzten Lettern über der Eingangstür: *katapult*.

Ich bedanke mich, nehme ihr eine Visitenkarte ab und schlendere zu der Bar, die natürlich höchstens den Namen mit meinem ehemaligen Arbeitsplatz gemein haben kann.

Auf dem Gehweg davor stehen ein paar schmiedeeiserne Bistrotische, an einem davon sitzt ein Hetero-Pärchen – sie hat einen Latte vor sich, er ein gezapftes Bier. Der große, freundliche und helle Innenraum ist ziemlich leer, jedenfalls ist das gute Dutzend Tische nicht besetzt, aber an der Bar im hinteren Bereich hocken ein paar Leute. Ich frage mich, was das soll, gegenüber der Stelle, wo sich das legendäre katapult befand, einen Laden gleichen Namens aufzumachen, der aber mit dem Original so viel Ähnlichkeit hat wie ein Zwei-Kilo-Rib-Eye-Steak mit einer einzelnen Backerbse. Aber an den Wänden dieser nachlässig arrangierten Coverversion hängen gerahmte, großformatige Porträts, Schwarz-weiß-Fotografien von Männern, die, wie es scheint, für die Fotos nicht posiert haben, sondern möglicherweise heimlich fotografiert wurden. Als ich mich in Richtung Bar bewege und die Bilder im Vorbeigehen betrachte, kommen mir einige Gesichter bekannt vor, genau wie die Hintergründe, die sich bei allen Fotos ähneln, die aber nicht gut zu erkennen sind, weil mit extrem geringer Schärfentiefe gearbeitet wurde und nur die Gesichtskonturen wirklich gut zu erkennen sind. Als ich die Bar erreiche und sich der alte Mann zu mir umdreht, der dort am Rand des Tresens sitzt, fällt mir im gleichen Moment, als ich diesen alten Mann erkenne, ein, wer der Typ auf dem letzten Bild ist. Es ist Keppelberg, der Unternehmenserbe, der mir damals im alten katapult Geld für Sex angeboten hatte.

Der alte Mann an der Bar ist zu meiner großen Überraschung und Freude tatsächlich und ohne den geringsten Zweifel *Big G*, also Guido, der frühere Besitzer des Ladens gegenüber, der Typ, der im rosa Bademantel auf der Goltzstraße stand, vor fast vierzig Jahren, der meine Bewerbung als Tresenkraft entgegengenommen hat und einige Zeit mein Chef war, damals, in einem komplett anderen Leben. Er müsste achtzig oder drüber sein, und so sieht er auch aus, obwohl er braun gebrannt ist und sein sehr faltiges, schmaler gewordenes Gesicht, das von einer weißen Stoppelfrisur gekrönt wird, auf trotzige Art vital wirkt. Er sitzt etwas eigenartig auf dem Barhocker, rechts neben ihm steht ein Rollator an der Wand, auf dem neben vielen anderen ein großer Aufkleber in Regenbogenfarben und einer mit dem Schriftzug des alten katapult zu sehen ist. Er hat mich längst bemerkt und sieht mich aufmerksam an. Als ich vor ihm stehe, sagt er »Schätzchen« und strahlt dabei. Dann streckt er mir beide Hände entgegen. »Dass ich das noch erleben darf.«

Ich bin schlagartig so gerührt, dass ich zu keiner Erwiderung in der Lage bin, also nehme ich seine Hände mit meinen, lasse mich von ihm an sich heranziehen und die herzliche, aber knochige Umarmung über mich ergehen, die außerdem nach Rauch und einem schweren, hoch dosierten Parfum riecht. Er küsst mich aufs Ohr. Meine Augen werden schon wieder nass, und als ich den Abstand zwischen uns ein bisschen vergrößere, sehe ich, dass es ihm ebenso geht.

»Du würdest immer noch so viel Trinkgeld wie früher kriegen«, behauptet er und meint das als Kompliment. Dann schnauft er und wischt sich mit der Fingerkante unter den Augen entlang.

»Na ja. Vielleicht von denen, die aus Eitelkeit keine Brille aufgesetzt haben.«

Er lacht und hustet dann, klopft mit der Hand auf den freien Hocker neben sich. »Schätzchen«, wiederholt er. »Es ist so schön, dich zu sehen.« Guido winkt, hinter dem Tresen bewegt sich ein junger Mann, den ich vorher überhaupt nicht bemerkt hatte, zieht eine Flasche Prosecco aus einem der Kühlschränke und schenkt uns zwei Flöten ein. »Und es gibt so viel zu erzählen.«

Der Laden lebte noch ein paar wenige Jahre, aber das Virus war erbarmungslos, und die Zielgruppe zog sich immer weiter zurück. Einige der Stammgäste, die während der nächsten Jahre starben, hinterließen Guido aus Freundschaft und Dankbarkeit teilweise erkleckliche Summen, allen voran Keppelberg, der den ehemaligen katapult-Chef mit einem fast siebenstelligen Vermächtnis bedachte, wovon sich Guido das Mietshaus kaufte, in dem sich inzwischen das neue katapult befindet, und außerdem ein Häuschen auf La Palma. Hier im Haus bewohnt er zusammen mit seinem fast dreißig Jahre jüngeren Ehemann (der also ungefähr in meinem Alter ist – was für ein beruhigender Gedanke!) die komplette Dachetage, die, wie der Mann hinter dem Tresen einwirft, obszön und dekadent eingerichtet ist, und ich muss versprechen, mir das mal anzusehen. Die Kneipe betreibt Guido nur als Zeitvertreib und aus Nostalgie – er wollte in der Gegend bleiben, in der er zur Welt gekommen ist, keine dreihundert Meter von hier entfernt, in der Apostel-Paulus-Straße. Vorne an der Grunewaldstraße hatte er seine erste Studentenbude, als er sich in Kunstgeschichte versucht hatte, und nur ein paar Meter von hier, in einer Nebenstraße der Goltzstraße, in einer Eckkneipe, die »Zum Sperber« hieß, ist er zum ersten Mal

»Männern wie mir« begegnet. Der *Sperber* war eine gruselige Sechzigerjahre-Kneipe, wie es Hunderte gab, mit Asbach-Reklame über dem Tresen und nikotinverklebten Gardinchen vor den ungeputzten Fenstern, die das lichtscheue Publikum außerdem vor neugierigen Passantenblicken schützen sollten. Irgendwie hat sich dieser Laden zum Treffpunkt entwickelt, irgendwann kamen keine normalen Feierabendtrinker mehr, und die Nächte wurden immer länger, damals noch mit Persiko und Henkell Trocken. Am Tresen dieses Ladens kam Gudio auf die Idee für seinen Club. Und deshalb will er auch jetzt noch hierbleiben, möglichst bis zum Ende, aber er kann nicht untätig sein und will außerdem ab und zu einen kühlen Prosecco trinken können, warum das also nicht mit einer professionellen Struktur umgeben; auf den Umsatz ist er allerdings nicht angewiesen, auf den Tischen wird sowieso nicht mehr getanzt, und die Herbst- und Wintermonate verbringt er meistens auf den Kanaren. Während der anderen Zeit sitzt er gerne hier oder auf seiner Dachterrasse und schaut auf den alten Laden, dessen neue Nutzung ihm so gut gefällt, dass er gelegentlich Leute hinschickt, die auf seine Rechnung irre Mengen Schreibwaren kaufen. Das ganze Zeug verschenkt er dann weiter, oder er stiftet es für karitative Basare, nur nicht bei den Katholiken. Die Fotos an den Wänden hat er alle selbst gemacht. Es gäbe auch welche von mir, ob ich das damals nicht gemerkt hätte. Habe ich nicht.

Das Virus hat ihn verschont, mit der Raucherei hat er allerdings nicht aufhören können, es aber auch nie ernsthaft versucht, nicht einmal, als ihm das linke Bein abgenommen werden musste – er rollt ein Hosenbein bis zum Knie auf und zeigt mir die ziemlich hässliche, mausgraue Prothese, die ihm die PAVK, die Periphere Arterielle Verschlusskrankheit, beschert hat. Ein Lungenflügel ist auch schon dahin, das war der Krebs, der aber wieder weg zu sein scheint, quasi mit dem Flügel den Abflug gemacht hat, wie Guido kichernd erklärt, um anschließend ziemlich unangenehm zu husten. Aber von solchen Kleinigkeiten abgesehen fühlt er sich fit. Zehn, fünfzehn Jahre würde er gerne noch machen, mindestens aber seinen Neunzigsten erleben. Ich hätte da so meine Zweifel, aber manchmal überrascht einen, wie lange der Notstrom noch reicht. Er ist tatsächlich zweiundachtzig.

Dann erzähle ich. Ich erzähle ziemlich viel, während wir erst Prosecco trinken und ich dann allmählich zum Bier übergehe. Es fühlt sich gut an, davon zu sprechen, was alles passiert ist. Ich lasse nichts aus und beschönige nichts, was auf eigenartige Weise wohltuend ist – selbst Tabea gegenüber, die sonst mein Adressat ist, bin ich nicht so offen. Big G kann sich sogar daran erinnern, dass ich damals ab und zu von der mysteriösen, wundervollen Tabea geschwärmt habe. Als ich in der Gegenwart ankomme und vom Unfall und seinen Folgen erzähle, laufen bei ihm wieder die Tränen und bei mir sowieso.

»Das ist ja furchtbar«, sagt er jetzt nur, ganz leise. Ich nicke, und wir schweigen eine Weile.

Dann spreche ich davon, dass mein Sechzigster bald bevorsteht. Wir kommen aufs Älter-, aufs *Alt*werden zu sprechen.

»Es ist halb so schlimm«, behauptet er und zündet sich eine Zigarette an. Ich sehe seinen verbliebenen, schon stark angegriffenen Lungenflügel vor meinem geistigen Auge, der mit letzter Kraft gegen die unaufhörlichen Schadstoffattacken ankämpfen muss. Aber es ist sein Leben. Jeder Mensch hat das Recht, sich so viel Schaden selbst zuzufügen, wie er möchte.

»Ist es das?«, frage ich zurück. Da schüttelt er traurig lächelnd den Kopf.

Ich betrachte die Altersflecken, die seine Handrücken übersäen, während er die Zigarette genau wie früher auf etwas affektierte Art hält. Auch bei mir gibt es schon vereinzelt diese hellbraunen, nagelkopfgroßen Pigmentstörungen, gegen die meine Hautflora nicht mehr ohne Hilfe ankommt, aber bei ihm sieht es aus, als würde er sie *sammeln*. Seine leicht wässrigen, hellblauen Augen folgen meinen Blicken.

»Das ist nicht das Schlimmste«, sagt er. »Längst nicht. Auch die Falten nicht oder die Tatsache, dass alles immer ein bisschen schwerer wird.«

»Und was ist dann das Schlimmste?«, frage ich vorsichtig, doch eigentlich will ich es überhaupt nicht wissen.

»Das Schlimmste ist die Erkenntnis, dass es nie wieder besser wird. Ganz im Gegenteil.« Er nickt zur Seite, wo sein Rollator steht. »Du redest dir anfangs ein, dass es nur eine Phase ist, dass du irgendwann wieder besser laufen können wirst oder ohne Hilfe aus dem Bett kommst oder die Möhre ohne Hilfsmittel gekaut kriegst oder so. Aber das wird nicht passieren. Niemals wieder. Du gehst gemächlich eine Treppe runter, die in einen Keller führt, aus dem du nie wieder rauskommst. Alles, was du aufgibst, ist unwiederbringlich und für immer weg. Für *immer*.« Er seufzt und nimmt einen Schluck Schaumwein. »Aber man redet sich natürlich trotzdem ständig ein, dass es irgendwann wieder bergauf geht, dass du wieder rennen wirst und dein Kleingeld wieder in Sekundenschnelle findest, statt minutenlang die Supermarktkasse zu blockieren, weil du das Ein-Euro-Stück nicht mehr von einer Fünf-Cent-Münze unterscheiden kannst, ohne sie dir einzeln genauer anzusehen und abzutasten. Du hoffst, dass sie ein Wundermittel finden oder dass einfach irgendein Wunder *passiert*. Aber eigentlich weißt du ganz genau, dass jeder dieser kleinen Abschiede für die Ewigkeit ist. Dass es eine Reise ohne Rückfahrticket ist. Eine schreckliche Reise. Jemand hat mal gesagt: Altwerden ist nichts für Feiglinge.«

Ich nicke. Das ist ein Buchtitel gewesen. Ein Fernsehmoderator hatte das Buch geschrieben, einer dieser Siebzigerjahre-Superstars, also in einer Zeit, als es nur drei Sender gab, als sich *alle* Menschen abends dasselbe angesehen haben, aber längst nicht alle in Farbe und durch die Bank in erbärmlicher Auflösung. Als man sein Leben und seine Tagesplanung noch am Fernsehen ausgerichtet hat und es noch nicht einmal Videorecorder gab, und Streamingdienste hatten selbst SF-Autoren nicht im Portfolio. Ist das Kulenkampff gewesen? Nein, nicht Kulenkampff. Fuchsberger. Ja, Fuchsberger. Auch schon tot, vor Jahren gestorben, aber ich erinnere mich an Sendungen mit ihm, in denen er jugendlich gewirkt hatte. Sendungen, die ich *live* gesehen habe.

»Das war die Untertreibung des Jahrhunderts«, ergänzt er nickend. »Sie sickert allmählich in dein Bewusstsein, diese Erkenntnis, dass es auf den Abspann zugeht, dass der Film bald vorbei ist und dass sich keine der guten Szenen darin je wiederholen wird, weil du einfach nicht mehr dazu in der Lage bist, sie noch einmal zu spielen.« Dabei grinst er ein bisschen anzüglich, und ich weiß, welche Art von Szenen aus seinem eigenen Leben er meint. »Du wirst nie wieder rennen, du wirst nie wieder tanzen, du wirst nie wieder einen Sack verficktes Katzenstreu die Treppe hochtragen. Nie. Wieder. Oder auf einen Baum klettern oder wenigstens Fahrrad fahren oder auch nur einen Spaziergang machen. Du bist schon froh, wenn du die Zahnbürste zwei Minuten lang ohne Hilfe halten kannst, aber irgendwann wird auch das vorbei sein, und es ist nicht mehr lange hin.«

»Verdammt.«

»Der menschliche Körper ist nicht dafür gedacht, über neunzig zu werden, sondern für ein Viertel dieser Zeit. Dass wir das trotzdem schaffen, so scheißalt zu werden, ist nicht nur gut.« Dann erscheint ein Lächeln in seinem Gesicht. »Aber ich kann noch ficken, und das mache ich nach wie vor ziemlich gerne. Schätzchen, ich habe viel gefeiert und lebe immer noch. Das macht es aushaltbar. Dieses Wissen, dass es längst vorbei sein könnte. Eigentlich schon seit Jahrzehnten.« Er schaut zu den Fotos. Die meisten dieser Männer sind an den gleichen Ursachen gestorben wie andere Männer auch, hat er mir erzählt. Aids, das hat ein halbes Dutzend seiner Stammgäste erwischt. Und den Laden selbst, natürlich.

Ich nicke und muss an Tabea denken. Der Barmann zapft ein neues Bier und stellt mir einen Schnaps dazu. Wie alle guten Barleute ist er nämlich zugleich Psychologe.

»Gibt es etwas, das du bereust?«, frage ich.

Er schüttelt entschieden den Kopf. »Aber ich beneide die aktuelle Generation um ihre Freiheit«, sagt er nach einer kleinen Pause. »Ein schwules Leben ist so viel einfacher als früher. Dafür ist allerdings auch etwas verschwunden. Alle reden heutzutage von verfickten *Communities*, die es überhaupt nicht gibt, weil damit eigentlich nur Leute gemeint sind, die sich im Namen anderer aufspielen. Aber wir *waren* früher eine Gemeinschaft. Notgedrungen. Heute ist es beinahe ein Privileg, schwul zu sein, heute hat man als Schwuler sogar ein paar Vorteile gegenüber den Heten. Nicht, dass ich das falsch finde, und ich will die alten Zeiten um keinen Preis zurück, aber das hat damals einfach viel mehr Spaß gemacht, jedenfalls nachts im katapult, da war es etwas ganz Besonderes. Tagsüber war es natürlich die reine Hölle.« Er zieht die Stirn kraus, noch krauser, als sie durch die vielen Falten ohnehin ist. »Der Meilenstein war nach meinem Gefühl Wowereits Outing.« Seine Lippen kräuseln sich zu einem etwas abfälligen Lächeln.

»Der frühere Regierende Bürgermeister.« Ich muss kurz überlegen. »*Und das ist gut so*«, zitiere ich.

Guido nickt.

»All das ist auch verschwunden.« Ich ergreife die Gelegenheit und spinne meinen Gedanken von der verschwundenen Stadt ein bisschen vor ihm aus, während ich merke, inzwischen den fünften oder sechsten Drink intus, dass ich zu schweben beginne, dass die Haftung nachlässt, der Alkohol seine Wirkung entfaltet. Das fühlt sich gut an. Das ist genau das, was ich brauchte.

»Wenn alles immer gleich ist, weiß man nichts davon zu schätzen«, sagt er, als ich fertig bin. »Und, ehrlich, Schätzchen – das alte Westberlin war ein verficktes Drecksloch. Das vergisst man gerne, aber es war ein Mülleimer. Du konntest keine zehn Schritte gehen, ohne bis zur Krawatte im Mist zu stecken. Es war laut und auf den Straßen gefährlich. Ich finde besser, wie es jetzt ist. Es ist zwar alles ein bisschen langweiliger, doch die Sauberkeit weiß ich zu schätzen.«

»Aber etwas fehlt.«

Er nickt. »Wenn sich etwas verändert, dann meistens dadurch, dass etwas geht und zugleich etwas anderes kommt. Und wir verändern uns ja auch. Würdest du heute noch von einer scheußlichen Ku'damm-Disco zur nächsten rennen wollen?«

»Natürlich nicht.«

Er nickt, müht sich in die Senkrechte, hangelt sich am Tresen entlang zu seinem Rollator und schiebt in Richtung Klo davon. Hätte er vor dreißig Jahren die Raucherei aufgegeben und ein bisschen früher damit aufgehört, sein Leben als ununterbrochene Party aufzufassen, wäre er vermutlich noch richtig fit, und das ist ein Gedanke, der mich für einen Augenblick tröstet. Wenn man es richtig anstellt, kann man ganz schön alt werden *und noch etwas davon haben*. Ich schaue mich um. Ich habe kaum bemerkt, dass sich der Laden inzwischen gefüllt hat. Es ist zwar nicht voll, aber die meisten Tische sind besetzt, überwiegend mit Menschen in den Dreißigern, denen nicht anzusehen ist, welches ihre sexuellen Präferenzen sind, wo sie herkommen oder wo sie hinwollen oder ob sie irgendeiner Gruppe angehören, ohne sich dafür entschieden zu haben. Mir war so was sowieso schon immer völlig egal, was möglicherweise damit zu tun hat, dass ich früh von meinen Eltern entkoppelt wurde und danach in dieser Stadt aufwachsen durfte, die es nicht mehr gibt, und nicht an einem Ort groß werden musste, an dem solche Dinge bewertet werden. Ich trinke mein Bier aus und fühle mich viel besser, als ich mich fühlen sollte. Deshalb bestelle ich gleich noch ein neues und einen Schnaps dazu. Als ich ausgetrunken habe, schnappe ich mir mein Telefon, gehe nach draußen und rufe Lavida an. Im Meisenring ist alles ruhig, berichtet sie, sie sitzen zusammen im Wohnzimmer und spielen Karten, und Lavida sagt, dass sie versteht, dass ich mal rausmusste. Aber sie nimmt mir das Versprechen ab, dass wir morgen gleich in der Frühe wieder zu Tabea fahren und bei ihr bleiben. Favel unterstützt sie aus dem Hintergrund dabei. Beide glauben, dass es Tabea helfen wird, wenn wir bei ihr sind. Möglicherweise haben sie sogar recht.

Als ich an den Tresen zurückkomme, steht schon das nächste Herrengedeck für mich bereit. Ich überlege kurz, und dann greife ich zu.

Weltmeister

Es ist sehr, sehr lange her, dass ich mal aufgewacht bin und nicht wusste, wo ich mich befand. Ja, in Ferienhotels habe ich manchmal morgens leichte Orientierungsschwierigkeiten, und hin und wieder geschieht es sogar, dass ich lange vor der Morgendämmerung im Meisenring aufwache und der felsenfesten Überzeugung bin, in meinem muffigen, zu kleinen Bett in der Weddinger Müllerstraße zu liegen, aus dem ich gleich aufstehen muss, um anschließend einen echt trübsinnigen, tabealosen Tag zu verleben, und dann durchströmt mich ein heftiges Glücksgefühl, wenn ich begreife, dass es anders ist und auf welche Art anders. Aber so richtig vollständig ohne jede Peilung, wo ich mich befinde und wie ich dahin gekommen bin, das war ich zuletzt in den Achtzigern. Und auch da ist es nur äußerst selten passiert. Zwei-, dreimal, höchstens. Ich habe das immer verabscheut. Als mir der Begriff einfällt, der die Ursache dafür heutzutage bezeichnet, bekomme ich eine Gänsehaut. *Komasaufen.*

Es ist hell und riecht ziemlich eigenartig, aber gut, nämlich überwiegend nach Jasmin und Lavendel, mit einer ganz dezenten Kopfnote von Zigarettenrauch. Ich liege in Seidenbettwäsche, was sich einerseits großartig anfühlt, andererseits ein krass schlechtes Zeichen ist, denn wir besitzen keine Seidenbettwäsche, weil das Tabea irgendwie zu *rutschig* ist. Ich habe wohl alleine in diesem großen und luxuriösen Bett geschlafen, denn die andere Bettseite ist unberührt. Außerdem, merke ich soeben, bin ich vollständig nackt, und nackt schlafe ich nicht mehr, seit Lavida auf der Welt ist; schließlich fühlt sich das mehr als nur falsch an, wenn die Würmer nachts ins Bett gekrabbelt kommen und man liegt darin so gekleidet, wie der Oberschlumpf einen schuf.

Mein Kopf und mein Mundraum fühlen sich an, als wenn sie jemandem gehören würden, der sie achtlos weggeschmissen hat. Meine Blase zwickt heftig, und ich habe ungeheuren Durst.

»Du musst ziemlichen Durst haben«, sagt jemand, der die Tür zu diesem geschmackvoll und modern eingerichteten Schlafzimmer mit dem Fuß aufgestoßen hat und ein Tablett trägt. Der Mann ist in meinem Alter oder einen kleinen Tick jünger, aber grauhaarig, er trägt einen weißen Bademantel und weiße Badeschlappen, beides aus einem Fünf-Sterne-Hotel in Singapur geklaut. Mir wird endgültig klar, dass ich mich in Guidos Wohnung befinden muss, und das da ist mit an Sicherheit grenzender Wahrscheinlichkeit Guidos Mann. Das beruhigt mich ein bisschen.

»Ich bin Francesco«, sagt er und stellt das Tablett auf den stylischen Edelstahlnachttisch. Auf dem Tablett befindet sich eine Flasche mit dem maßlos überteuerten Nobel-Mineralwasser, von dem sich Lavida auch ständig wünscht, wir würden es kaufen, was wir natürlich *nicht* tun, aus den gleichen Gründen, aus denen wie wir uns nicht pausenlos selbst Senftransfusionen verpassen. Außerdem befinden sich auf dem Tablett zwei verpackte Aspirin-plus-C-Tabletten, eine große

Tasse mit herrlich duftendem Caffè Crema, eine Wildrose in einer schmalen Vase und eine kleine Packung, die wohl Pralinen enthält.

Ich richte mich auf und gebe ihm die Hand. »Ich bin Alexander«, sage ich. In meinem Kopf ist ein Echo, außerdem stimmt was mit den Trägheitsdämpfern nicht.

Er nickt lächelnd. »Ich weiß. Ich habe dich heute Nacht hochgebracht. Du warst etwas … derangiert.«

»Derangiert«, wiederhole ich und nehme dann einen Riesenschluck Mineralwasser. Wie großartig. Und der Kaffee ist noch besser. Aber ich muss auch dringend pinkeln, doch als ich mich suchend umsehe, entdecke ich meine Klamotten nirgends. »Ich müsste mal«, sage ich, während erste Erinnerungsfetzen aus der vergangenen Nacht in mein Bewusstsein drängen. Es sind keine schlimmen; ich habe nur gesoffen wie ein Dromedar unmittelbar vor einer mehrwöchigen Wüstentour.

Francesco nickt in Richtung einer weiteren Tür. »Da liegen auch deine Sachen. Ich lasse dich dann mal in Ruhe.«

Während ich es – aus sozialen Gründen im Sitzen – laufen lasse, was sich besser als *alles* anfühlt, betrachte ich das ebenfalls geschmackvoll und ziemlich teuer eingerichtete Bad, bis mir klar wird, dass dieses Badezimmer vor allem behindertengerecht eingerichtet ist. Die dunkelgrauen und marmorierten Bodenfliesen sind rutschgeschützt, das stylische Waschbecken hängt quasi in Kniehöhe, die schicke, gewaltig große Badewanne hat eine Sitzgelegenheit und sogar eine verdammte *Tür*, und überall sind zusätzliche Griffe angebracht. Neben dem Klo befindet sich ebenfalls eine Mimik, die beim Aufstehen helfen soll. Und der gut gefüllte Arzneimittelschrank ist fast so hoch wie unser Kühlschrank. Vermutlich wird Francesco seinem älteren Gatten trotz all dieser Sachen ständig helfen müssen, und hätte Guido seinen Mann nicht, könnte er hier wahrscheinlich nicht mehr alleine wohnen. Ich muss an seinen Vortrag von gestern Abend denken, daran, dass man, wie er gesagt hat, auch irgendwann die verdammte Zahnbürste nicht mehr ohne Hilfe halten kann. Vielleicht ist das der schlimmste Aspekt des Altwerdens. Auf Hilfe *angewiesen* zu sein. Das eigene restliche Leben nicht mehr steuern, kontrollieren, *leben* zu können, quasi eine verrostende Karosserie ohne funktionierenden Motor zu sein. Das erwartet uns zwar nicht alle, aber doch die meisten.

Der Gedanke führt mich sofort zu Tabea und von dort zu den Kindern. Ich benutze die Einmalzahnbürste, die mir Francesco gegeben hat, mache mich dann so schnell wie möglich fertig, trinke noch ein Wasser mit den darin aufgelösten Kopfschmerztabletten, lasse mir im Zeitraffer die unglaublich schöne, großzügig und geschmackvoll eingerichtete, über zweihundert Quadratmeter große Wohnung zeigen, hinterlasse für Guido Grüße (er ist bei der Aqua-Fitness in einem Schwimmbad in Charlottenburg), schnappe mir das wirklich schöne Schreibset, das Guido aus dem Fundus für mich beiseitegelegt hat, und rufe mir im Fahrstuhl ein Taxi. Aber als ich dann im Wagen sitze und an den vielen Geräten vorbei nach draußen schaue, mit denen der Fahrer, der, wie es scheint, keine in Europa gängige Sprache versteht, die Windschutzscheibe planiert hat, kann ich unmöglich sofort Kleinmachnow als Ziel angeben. Die Kids werden auch noch ein paar Minuten länger auf mich warten können. Nein, wenn ich schon eine kurze Nostalgietour durch West-Berlin mache, dann kann ich auch in der Harzer Straße vorbeischauen, der Straße, in der ich meine Kindheit verbracht und in der ich Gürsel kennengelernt habe. Das ist zwar ein ordentlicher Umweg, aber das muss jetzt sein, findet etwas in mir. Ich war seit Jahrzehnten nicht mehr dort, seit meine Eltern weggezogen sind.

Während wir von Schöneberg in Richtung Neukölln schaukeln, lese ich meine Mails, was mich ein bisschen mehr anstrengt als sonst, während mir die Schrift heute Vormittag besonders klein und absichtlich unscharf vorkommt, außerdem wackelt die ziemlich ausgenudelte Karre stark – daran wird es liegen. Mitten in den Versuch, eine sehr ausführliche Mail von Monika Westhaus zu entziffern, ohne die entwürdigende Bildschirmlupe verwenden oder die Schriftgröße hochdrehen zu müssen, kracht ein Anruf von Jonathan Plantikow. Ich bekomme vom Telefonklingeln einen solchen Schreck, dass ich das Gerät fallen lasse und dann im düsteren Biotop zu meinen Füßen danach herumtasten muss. Als ich es gefunden habe, hat Plantikow schon wieder aufgelegt, also rufe ich ihn zurück.

»Was ist eigentlich los mit dir?«, blafft er zur Begrüßung.

»Bitte?«, frage ich vorsichtig zurück.

»Bitte? *Bitte?* Hast du 'ne Meise? Deine Frau liegt mit lebensgefährlichen Verletzungen im Krankenhaus, deine völlig eingeschüchterten Kinder hocken alleine im Haus, und du machst eine Selbstfindungstour durch die Stadt? Und über-

nachtest sonst wo? *Hast du sie noch alle?*« Er ist wirklich auf-
gebracht.

»Ich …«

»Kackegal!«, unterbricht er mich. »Ich habe Lavi vorhin im
Supermarkt getroffen. Was heißt getroffen, ich habe sie *einge-
sammelt*. Sie stand heulend an der Kasse. Wollte eigentlich
Brötchen für sich und Favel kaufen, aber sie war total fertig
und hat am ganzen Körper gezittert.«

»Scheiße«, sage ich leise.

»Das kannst du laut sagen. Kumpel, du versagst gerade als
Mensch, als Mann und als Vater. Und bei versagenden Vätern
werde ich fuchsig.«

»Hey!«, protestiere ich.

»Nix hey. Beweg deinen Arsch hierher. Und lass ihn dann
auch hier. Oder im Krankenhaus, das ist gerade noch erlaubt.
Aber was auch immer du da gerade fährst, steig besser rasch
aus. Sonst setzt es was.«

Und bevor ich etwas erwidern kann, beendet er die Verbindung. Aber ich wüsste auch nicht, was ich hätte erwidern
können.

Allerdings quert das Taxi soeben die Hermannstraße, wir
sind also nicht mehr weit vom Zwischenziel entfernt. Rechts
vor uns an der Ecke zur Flughafenstraße ist ein modernes
Gebäude zu sehen, dessen Anblick mich überrascht, weil das
Haus wie versehentlich hier hingeschissen wirkt; die überwiegend gläserne, ein bisschen futuristische Fassade macht
den Eindruck einer schnell verhallten Kampfansage an all
die Kümmernisse drum herum. Sonst sieht es hier nämlich
wie seit Jahrzehnten unverändert aus, es wirkt unaufgeräumt,

340

laut, anstrengend, verlottert, billig, gefährlich – selbst im Vorbeifahren macht die Gegend dein Eindruck, als würde sie *schwelen*. Dieser Eindruck verändert sich nicht, als wir die Flughafenstraße weiter runtergondeln, in Richtung Rathaus Neukölln. Hier gab es früher viele Trödler, Eckkneipen und billige, aber ganz okaye Restaurants. Die ausnahmslos bis zum ersten Stock mit Graffiti verzierten Fassaden verraten jetzt nicht immer auf den ersten Blick, welche Art von Geschäften sich hinter ihnen befindet, wenn überhaupt, aber ich erkenne ein paar Dönerbuden, Waschsalons, Handyläden und haufenweise Cafés, die nicht nach Cafés aussehen, sondern abweisend und ungemütlich; vermutlich sind die meisten Geldwäschereien. Dann kommt linker Hand das Einkaufszentrum in Sicht, das vor über zwanzig Jahren mit viel Brimborium eröffnet wurde und in das man seinerzeit einige Hoffnung für die Entwicklung dieses Teils des Bezirks gesetzt hatte. Ich muss jetzt beim Anblick des Gebäudes an Essensreste denken, an große Brotstücke, die auf dem Boden liegen und von Ameisen entdeckt wurden, die sie rasch und endgültig abtragen und vernichten. All das Gewusel auf den Gehwegen und die vielen Hipstertouristen, die in waagerecht vor ihre Gesichter gehaltene Smartphones schwatzen, können nicht davon ablenken, dass es dieser Gegend alles andere als gut geht. Dass man hier nicht wohnt, weil man hier gerne wohnen wollte, außer man kommt von der Insel der Durchgedrehten und findet in Berlin sowieso alles total *awesome* – und je schlimmer (»authentischer«), umso *awesomer*. Als wäre das ein verdammter Zoo oder ein Scheiß-Selbstfindungsseminar im großen Stil.

Aber wenige Minuten später erreichen wir die Harzer Straße, an deren nördliches Ende inzwischen auch so ein neumodischer Klotz gehängt wurde, doch hier ist sowieso alles anders, denn während die Seite, die früher zum westlichen Berlin gehörte, quasi noch genauso aussieht wie damals, ist die andere, dicht und modern bebaute Seite vom ersten bis zum letzten Haus erst nach dem Mauerfall entstanden, denn auf dieser Ost-Straßenseite stand die Mauer damals ja, quasi genau dort, wo sich jetzt der Gehweg befindet, und dahinter verlief der breite Todesstreifen. Der Kontrast ist eigenartig und hat etwas Endgültiges, aber zugleich wirkt es hier viel angenehmer und wohnlicher als nur ein paar hundert Meter weiter in Richtung Neukölln-Nord.

Und dann hält das Auto vor der Hausnummer, die ich dem Fahrer (der nicht die geringste Ähnlichkeit mit dem Mann auf der P-Schein-Kopie hat, die rechts unter dem Taxameter hängt) nur mit Mühe vermitteln konnte. Das Gebäude ist vor ein paar Jahren getüncht worden, aber es sieht schlichter aus als in meiner Erinnerung, unscheinbarer und gleichsam primitiver. Ich versuche, dem Taxifahrer klarzumachen, dass er bitte einen Moment warten möge, was er schließlich – auch zu seiner eigenen Erleichterung – begreift, steige aus und sehe an der Fassade empor. Da, im vierten Stockwerk links, ist das Fenster, von dem aus ich den trübgelb beleuchteten Osten beobachtet oder mich mit Gürsel verabredet habe, und da, gleich neben dem Fenster, ist der Balkon, von dem vor Jahrmillionen an einem Silvester meiner Kindheit beinahe dieser betrunkene Freund meiner Eltern gestürzt wäre, und da unten, im Parterre, sind die Fenster, die zur Wohnung der Solaks gehörten, was übrigens auf Deutsch »Linkshänder« bedeutet. Im Erdgeschoss sind sämtliche Jalousien herabgelassen. Und da ist die Haustür, die mir jetzt viel kleiner und dunkler vorkommt als früher, obwohl sich wahrscheinlich überhaupt nichts geändert hat. Keiner der Namen auf den Klingelschildern sagt mir noch etwas, einige Klingelschilder sind mit kaum leserlichen, kugelschreiberbeschrifteten Papierstreifen überklebt, auf denen gleich mehrere Namen stehen. Ich kann mit diesem Gebäude insgesamt wenig anfangen. Und überhaupt lassen mich dieser Anblick und die Situation völlig kalt. Dafür wird mir plötzlich aus einem anderen Grund sehr heiß, weil es bis zu diesem Anblick gebraucht hat, damit mir das klar wird: Jon Plantikow hat natürlich recht. Ich versage gerade auf ganzer Linie, ich bin im Finale der Scheitern-Weltmeisterschaften. Ich habe hier nichts zu suchen. Es gibt keinen Grund und keine Erklärung und erst recht keine Entschuldigung dafür, was ich gerade tue. Ich gehöre nach Kleinmachnow, zu meinen Kindern oder ins Krankenhaus zu meiner Frau; ich gehöre zu meiner *Familie*, nicht zu dieser hier, die es nur noch in meiner Erinnerung gibt, genau wie die gesamte Vergangenheit. Ich muss zurück in die Gegenwart, auch wenn sie gerade scheiße ist. Ich muss helfen, steuern, Hoffnung vermitteln, Verantwortung übernehmen, mich kümmern, planen. Was zur verfickten Hölle habe ich mir nur dabei gedacht?

Aber es sind selbst unter Nutzung der Autobahnen und bei recht freier Fahrt über vierzig Minuten von hier nach Kleinmachnow, einmal quer durch die Stadt, dann die Avus runter, nach unten links raus und kurz hinter dem ehemaligen

Grenzkontrollpunkt Dreilinden ab von der Autobahn. Das ist eine Menge Zeit, um über die Frage nachzudenken, die mir Plantikow am Telefon gestellt hat. Während die Stadt an mir vorbeirauscht und viel später dann der Grunewald und während die Zahlen auf dem Taxameter die Höhe eines durchschnittlichen Wochengehalts erreichen, komme ich auf keine Antwort. Dafür sehe ich Tabeas Gesicht die ganze Zeit vor mir, Tabeas Gesicht in allen Jahren und zu allen Zeiten – die junge und atemberaubend forsche Tabea, die die Elf-Eff des Paul-Besser-Gymnasiums entert, die zauberhafte Tabea, die im Neuköllner *Tee-In* an meinen Tisch kommt, die traurigwunderschöne Tabea, die mir gerade einen Zettel unter der Tür meiner Weddinger Bude durchgeschoben hat, die alles überstrahlende Tabea, die mir im Standesamt Zehlendorf verspricht, mich ewig zu lieben, woraufhin ich die Standesbeamtin bitte, mich zu kneifen, und zwar so kräftig, wie sie kann (was sie verweigert hat). Tabea, mit der vor sich hin rotzenden Lavida auf dem Arm, die noch nicht viel größer als eine Tüte Kartoffeln ist, und dem pausenlos trittelnden Favel im Bauch, die mit mir zum ersten Mal vor dem Zaun des Hauses im Meisenring fünfzehn steht, an der Fassade hochschaut, strahlt und dann zu mir sagt: »Das ist es.« Womit sie einfach alles gemeint und wobei sie mit allem recht gehabt hat. Tabea, die sich so hinreißend über einfache, aber durchdachte Geschenke freuen kann. Tabea, die mich am Neujahrsmorgen vor ein paar Monaten zurück ins Bett bittet und mir verspricht, dass all das noch ganz schön lange so bleiben wird. Tabea, die so verdammt gerne lebt. Tabea, ohne die nicht nur ich nicht leben kann. Ich sehe Lavida und Favel und mich selbst vor mir, wie wir auf einer Wiese stehen, in die ein zylinderförmiges Loch gegraben wurde, in dem soeben eine Urne versenkt wird. Ich kann es nicht unterdrücken und muss seufzen, aber es wird mehr als nur ein einfacher Seufzer; das Geräusch nimmt eine Menge mit aus mir raus. Es ist ein Megaseufzer.

Der Fahrer sucht meinen Blick im Rückspiegel. »Kumpel, alles in Ordnung mit Ihnen?«, fragt er völlig akzentfrei.

»Es ist eher ziemlich wenig in Ordnung«, erwidere ich, lasse die Scheibe ein paar Zentimeter herunter und genieße für einen Augenblick den Fahrtwind auf der Stirn. Dann drehe ich mich wieder zu ihm. »Hatten Sie zwischen Schöneberg und Wilmersdorf einen Deutschkurs?«

Er grinst. »Ich mag Small Talk nicht. Und es ist alles ein bisschen einfacher, wenn die Leute nicht mit einem diskutieren können. Die Leute diskutieren *so gerne*, und sie haben so gerne recht. Aber nur wenige Leute wollen jemandem gegenüber, der ihnen offensichtlich unterlegen ist, um jeden Preis recht behalten.«

»Und Sie sind hauptberuflicher Taxifahrer?«

»Eigentlich schon, aber ich habe mal Germanistik studiert, und die Schulen suchen derzeit ja händeringend nach Quereinsteigern.« Er ist Anfang vierzig, würde ich schätzen, möglicherweise ist er aber auch schon ein paar Jahre drüber. Wie viele Taxifahrer macht er einen etwas abgenutzten und gleichzeitig konservierten Eindruck, als wäre das Taxi eine ganz seltsame Zeitmaschine. »Vielleicht überlege ich mir das noch. Taxifahren ist nicht mehr der Bringer, weil zwar die Tarife quasi monatlich verdoppelt werden, aber keiner mehr mit

dem Taxi fahren will, und auf Uber und diesen ganzen Blödsinn habe ich keine Lust.« Er zwinkert mir zu. »So, da wären wir«, sagt er dann. Und, tatsächlich, wir sind vor meinem Haus angekommen. Unserem Haus. Unserem *Zuhause*.
Auf der Treppe zur Haustür hockt Jonathan Plantikow, mit
seinem gewaltigen Hintern fast die gesamte Breite der Stufe
einnehmend, eine Tüte Krusty Corners in den Händen,
schräg vor ihm sitzt Favel, und Lavida steht hinter den beiden
in der geöffneten Tür. Alle drei sehen mich an, als wäre das
hier das Amtsgericht Tiergarten und ich bin der Kriminelle,
der von ihnen gleich sein Urteil hören wird. Was, wie ich feststelle, okay für mich wäre.

Ich muss mit der EC-Karte bezahlen, weil niemand auf der
Welt so viel Bargeld, wie eine Taxifahrt von Berlin-Schöne-
berg nach Berlin-Neukölln und von dort nach Kleinmachnow
heutzutage kostet, in seiner Brieftasche mit sich herumträgt,
und als ich aussteige, sagt der Fahrer noch: »Alles wird gut.«
Ich bin so überrascht, dass mir nicht gleich eine Erwiderung
einfällt, und als es so weit ist (»Können Sie mir das schriftlich
geben?«), passiert er mit seinem Wagen bereits das Haus von
Birger Fläming und Mandy Fläming, geborene Albers. Mir
fällt ein, dass ich Guidos Schreibset auf dem Rücksitz liegen
gelassen habe, gebe aber dem Impuls nicht nach, dem Auto
hinterherzuwinken und dabei herumzuschreien. Vielleicht
wird die Person, die das Ding findet, glücklich damit. Ich
schaue mich noch kurz um, doch es ist sonst niemand auf der
Straße zu sehen. Im Meisenring herrscht Ruhe. Als ich das
Tor aufschiebe, steht Jonathan Plantikow ächzend auf.

»Das hätte ich nicht von dir gedacht«, sagt er zur Begrüßung, und in seinem Blick ist Verachtung. Mir fällt das Herz in die Schuhe. Wie auf Kommando kommt in diesem Augenblick Bapu aus dem Inneren des Haues getrottet, setzt sich neben Lavida und macht »Wraff« in meine Richtung. Ich weiß, was das bedeutet. Auf Hundisch heißt es: Arschloch.

Teil vier

Der Sinn des Lebens ist, möglichst lange nicht zu sterben

Kaffee, zuckerfrei

Aber es gibt keine verdammte Weltmeisterschaft im Scheitern. Die kann es auch nicht geben, weil jeder von uns auf seine ganz persönliche Weise scheitert und weil wir alle ganz unterschiedliche Startbedingungen haben. Davon abgesehen und viel wichtiger: Es ist in Ordnung, zu scheitern. Es ist ein Grundrecht, auf der Nase oder auf dem Bauch zu landen und sich völlig unangemessen zu verhalten. Vor allem in Situationen, die wirklich alles fordern, in denen man vorher noch nie war und auf die man sich nicht im Geringsten vorbereiten kann. In solchen Situationen ist es sowieso unmöglich, das Richtige zu tun. Als ich jetzt Jonathan Plantikow in mein eigenes Haus folge, als wäre er der Hausherr und nicht ich, ärgere ich mich darüber, dass ich mich von ihm so habe anblaffen lassen. Ja, ich hätte bei den Kindern sein sollen. Ich hätte alles Mögliche tun sollen, früher, später, jetzt, wann auch immer. Aber ich bin auch Betroffener, um es auf Socialmediadeutsch zu sagen, und habe deshalb auch einen gewissen Anspruch darauf, auf meine ganz persönliche, verrückte und vielleicht ein kleines bisschen asoziale Art, traurig, hilflos und total im Eimer zu sein.

Natürlich ist es trotzdem nicht gut, wenn die Kinder darunter leiden – noch mehr leiden, als sie das sowieso schon tun, weil es ihrer Mutter so geht, wie es ihrer Mutter jetzt gerade eben geht (mir fehlen gedanklich gerade die richtigen Worte dafür). Aber das ist offenbar in diesem Augenblick nicht einmal das Hauptproblem, denn das scheint in der fremden Frau zu bestehen, die im adretten Businesskostüm mit übereinandergeschlagenen Beinen in unserem Wohnzimmer sitzt und mich jetzt auf etwas herablassende Art erwartungsvoll anschaut. Sie ist vielleicht um die dreißig, wirkt aber viel respekteinflößender als Personen ihres Alters das normalerweise tun. Diese Frau ist Anwältin oder Schlimmeres.

»Was geht hier vor?«, frage ich laut. Der Anblick der Dame verunsichert mich mehr als nur ein bisschen.

Sie steht auf und sieht mich an. »Dr. Susanne Buscholt«, stellt sie sich vor. »Sie sind Alexander Bengt? Der Ehemann von Tabea Bengt?«

Ich nicke. »Was wollen Sie von mir? Was ist mit Tabea?«

»Ich vertrete Rafael Folkers«, erklärt sie.

»Ihr habt dem Sohn das Haus seiner Eltern weggenommen!«, ergänzt Jonathan Plantikow mit anklagender Stimme. »Wie konntet ihr nur?«

Das Glühen meiner Nervenenden ist schlagartig wieder da, aber ich weiß im selben Moment, dass ich dem Impuls, jemandem wehzutun, nicht nachgeben darf. Nie wieder.

»Sie, Frau Doktor«, sage ich scharf. »Verlassen sofort mein Haus.«

Sie setzt zu einer Erwiderung an, aber ich lasse das nicht zu. »*Sofort.*«

Sie nickt, greift nach ihrer edlen Laptoptasche und geht betont langsam an mir vorbei. »Das könnte bedeuten, dass es jetzt unschön wird«, sagt sie.

»Raus«, sage ich. »Sonst rufe ich die Polizei.«

»Wie kannst du nur?«, wiederholt Plantikow.

»Du hast keine Ahnung«, sage ich zu ihm. »Gerade von dir hätte ich nicht gedacht, dass du urteilst, obwohl du nur eine Seite gehört hast. Also halt einfach die Klappe.«

»Papa!«, ruft Lavida.

»Ich weiß nicht, was euch diese Frau erzählt hat, aber es stimmt so nicht. Und wie könnt ihr in meiner Abwesenheit einfach Leute reinlassen? Und dann auch noch *Anwälte*?«

Die Anwältin, inzwischen an der Haustür angekommen, dreht sich zu mir um. »Wie meinen Sie das?«

»Gehen Sie!«, sage ich sehr laut. »Verlassen Sie unser Grundstück.«

Sie nickt schmallippig. »Das hier ist für Sie«, sagt sie und lässt einen A4-Umschlag auf den Boden fallen.

Ich schnappe mir den Umschlag und folge ihr, drehe mich aber noch einmal zu den anderen um. »Favel, Lavida, ihr bleibt hier. Und du, Jon, gehst besser nach Hause. Wir reden später.« Ich halte abermals kurz inne. »Danke«, sage ich noch zu ihm. »Danke, Mann. *Eigentlich*. Aber das hier gerade hast du falsch gesehen.« Womit ich hoffentlich recht habe. Aber mindestens die Art, auf die Rafael das durchzieht, ist totale, widerwärtige Kacke.

Die Anwältin wendet sich nach links, wo ein topmoderner Elektro-VW steht, in den sie einsteigt, aber ich gehe in die andere Richtung. Es ist nicht weit bis zum Haus der Flämings.

»O Scheiße«, sagt Birger, als ich mit der gesamten und beinahe vollständigen Erzählung geendet habe. »O Scheiße«, wiederholt er. Er ist blass geworden, seine Lippen und seine Hände zittern, und da er außerdem ein ausgewaschenes Shirt und Jogginghosen trägt und offenbar heute noch nicht unter der Dusche war, ist all das Beeindruckende an ihm dadurch wie weggepustet. Ich meine, klar, ich befinde mich letztlich im gleichen Zustand, aber ich bin auch nicht Birger Fläming. Es nimmt mich ein bisschen mit, *wie* erschüttert er ist, aber ich spüre auch echtes Mitgefühl bei ihm. Noch weiß er nicht, dass ich weiß, dass er vorgestern bei uns war. Dass er vorgestern *ziemlich lange* bei uns war. Wo Mandy wohl gerade steckt?

»Das tut mir ungeheuer leid«, erklärt er jetzt und greift nach meinen Händen, genau wie Guido gestern Abend. Ich lasse es zu. Birger Fläming hat schöne Hände für einen Mann, für einen Mann *seines Alters*, und im Gegensatz zu meinen sind auf seinen Handrücken kaum sich abzeichnende Altersflecken zu erkennen. Aber er ist ja auch zwei Jahre jünger als ich. Möglicherweise verwendet er Kressesalbe, um die Flecken zu bekämpfen. Ja, mit dem Gedanken habe ich mich auch schon befasst.

Wir sitzen eine Weile so da, dann löse ich sanft die Berührung und lege den Umschlag auf den Tisch, der bis zu diesem Moment neben mir auf dem Sofa lag, dem einzigen Möbelstück im Wohnzimmer der Flämings, das benutzbar ist. Überall stapeln sich die Umzugskisten, und Birger war wohl gerade dabei, den Couchtisch zusammenzubauen, als ich geklingelt habe. Es ist ein bisschen überraschend, dass er so was selbst macht, aber was weiß ich schon. Die Wände sind frisch tapeziert, und auf allen Böden, die ich zwischen Eingang und Wohnzimmer gesehen habe, lag das gleiche neue Kiefernholz-Laminat.

Er nickt, greift sich den Umschlag, öffnet ihn ohne Hilfsmittel sehr routiniert und zieht einen schmalen Stapel Blätter heraus. Birger braucht keine drei Minuten, um ihren gesamten Inhalt und Tenor zu erfassen. Währenddessen ändert sich seine Mimik vollständig. Aus dem traurigen Mann im samstäglichen Couchoutfit wird ein vollwertiger Rechtsanwalt. Er muss dafür nicht einmal einen Anzug anhaben.

»Ich bin kein Erbrechtler«, sagt er dann, nickt aber wieder. »Er will seinen Pflichtanteil geltend machen, das wäre ein Viertel der Erbmasse. Vorausgesetzt, seine Ansprüche sind durchsetzbar, wäre der aktuelle Wert des vererbten Vermögens Grundlage, zuzüglich Zinsen.« Er legt ein Blatt weg und studiert ein anderes. »Die Eltern sind vor fünfzehn Jahren gestorben?« Als ich nicke, fährt er fort. »Meines Wissens verjähren Erbansprüche nach drei Jahren, vorausgesetzt, man wusste vom Erbfall oder hätte davon wissen können.« Er nimmt sein Telefon zur Hand und tickert ein bisschen darauf herum. »Ansonsten kann die Verjährungsfrist auf bis zu dreißig Jahre ansteigen.«

»Oh«, sage ich.

»Und ihr wärt in der Pflicht, nachzuweisen, dass er davon hätte wissen können. Oder dass er in grob fahrlässiger Weise selbst zu verantworten hatte, dass er nicht davon erfahren konnte.«

Ich muss den Satz einen Moment sacken lassen, um ihn

vielleicht zu verstehen. »Er war quasi verschollen, hat sich total isoliert, und niemand wusste, wo er war«, sage ich. »Nicht einmal die Deutsche Rentenversicherung konnte ihn finden.«

»Aber er ist offenbar nicht für tot erklärt worden.«

Ich schüttele den Kopf.

»Mmh-mmh«, macht er. »Ich habe einen Freund …« Er pausiert kurz und korrigiert sich dann. »Ich habe einen *Bekannten*, der ist Fachanwalt für Erbrecht. Ich würde mich nachher mal mit dem abstimmen. Aber ich sehe im Prinzip nur zwei Möglichkeiten.«

»Zwei.« Mein Telefon plöngt in der Hosentasche, um mich über eine Kurznachricht zu informieren, aber ich ignoriere es. Das Krankenhaus meldet sich sicher nicht per SMS.

Er nickt. »Die eine ist, ihr stimmt dem Vorschlag zu, erkennt also seine Ansprüche an. Das Haus wird bewertet, und ihr zahlt ein Viertel des Wertes an ihn aus, zuzüglich Zinsen seit dem Eintritt des Erbanspruchs. Ich weiß nicht, wie es um eure Liquidität bestellt ist, aber das könnte bedeuten, dass ihr das Haus verkaufen müsst. Da die Preise die Werte der Häuser im Moment noch deutlich übersteigen, könnte Rafael sogar darauf bestehen, dass das Haus verkauft wird. Er hätte sozusagen Anspruch auf den höchstmöglichen Output.«

»Oder zweitens?«

»Ihr streitet euch mir ihm.« Er greift noch einmal nach meiner Hand und drückt sie. »*Du* streitest dich mit ihm, solange es Tabea …« Birger lässt den Satz so enden. »Aber ich würde der Anwältin gleich kurz schreiben, dass ich euch vertrete, dass wir erst einmal überhaupt nichts anerkennen und dass wir ein paar Tage brauchen, um die Sachlage zu prüfen.«

»Das wäre sehr nett von dir.«

Er lächelt, und aus dem Anwalt wird wieder der struppige Mann im Jogginganzug. »So bin ich«, sagt er. Ich erwidere nichts.

Ein paar Minuten später sitze ich mit den Kindern wieder im Auto und bin mit ihnen auf dem Weg ins Krankenhaus. Wir fahren eine Weile schweigend, die beiden schauen aus den Fenstern, als hätten sie sich zum Autofahren-mit-Fensterschauen verabredet, dabei gibt es draußen nichts Besonderes zu sehen. Das hier könnte ein Tag wie jeder andere sein, jedenfalls sieht er danach aus. Der Tag weiß ja nicht, wie es uns geht.

»Es tut mir leid, dass ich nicht bei euch war, aber ich musste mal raus«, sage ich und suche ihre Blicke im Rückspiegel, aber sie lehnen sich extra weit zu den Seiten, so dass ich überhaupt nichts von ihnen sehen kann. »Ich habe doch auch Angst.« Das ist eine maßlose Untertreibung. »Und ich mache mir große Sorgen.« Von hinten ist ein Geräusch zu hören, das alles Mögliche sein könnte, vom Seufzer bis zum Pup. »Aber eines müsst ihr mir unbedingt glauben. Mami und ich haben niemanden betrogen. Es waren die Eltern, die nicht wollten, dass er etwas erbt. Und Rafael war jahrelang verschwunden, Mami hat sich alleine um alles gekümmert, er hat sich nie gemeldet, weshalb sie sogar geglaubt hat, dass er tot ist. Stellt euch das mal vor.« Ich beiße mir auf die Unterlippe. So ein Blödsinn, die Kinder zu bitten, sich vorzustellen, dass jemand tot ist. Sie tun seit zwei Tagen nichts anderes. »Also, verdammt, ich meine, ach.« Ich muss in die Klötzer gehen, weil ich beinahe übersehen hätte, dass die Ampel direkt vor uns auf Rot steht.

»Heißt das, dass wir auch noch ausziehen müssen?«, fragt Lavida leise, als wir gerade wieder anfahren. »Wenn Onkel Rafael recht hat?« Sie ist im Meisenring groß geworden, hat nur ihre ersten Lebensmonate woanders verbracht, und Favel ist hier sogar geboren worden. Kleinmachnow ist ihre Heimat.

Das Geräusch, das jetzt zu hören ist, ist eindeutig ein Seufzer von Favel, der fast an meinen Taxi-Megaseufzer herankommt.

»Wir werden uns irgendwie mit ihm einigen, Lavi«, antworte ich, ohne das wirklich zu glauben. Was auch immer *Onkel Rafael* reitet, das Tier befindet sich nicht mit uns in einem Gespann. »Ich habe einen Anwalt eingeschaltet, meinen alten Freund Birger, der jetzt im Haus von den Möllers wohnt. Der kümmert sich darum.«

Keiner der beiden antwortet, und so bleibt es im Auto ruhig, bis wir das Krankenhaus erreichen.

Als wir auf dem Weg zum Eingang sind, klingelt mein Telefon – es ist Monika Westhaus. Ich lehne den Anruf mit der Kurznachricht »Ich kann gerade nicht sprechen« ab und schalte das Telefon in den Flugmodus, begleitet von einem ganz eigenartigen Gefühl. Eigentlich bin ich sehr gut darin, mir Sorgen zu machen, aber jetzt, als es ausreichend Anlässe gibt, um *wirklich* besorgt zu sein, will nichts in mir diese Aufgabe übernehmen. Als wären die Sorgen und ich nicht in derselben Etage des Gebäudes.

»Wir verlegen sie gerade von der Intensivstation in die Neurologie«, erklärt mir die rothaarige Ärztin, die immer noch von meiner telefonischen Hells-Angels-Androhung irritiert zu sein scheint, jedenfalls hat sie nach wie vor diesen Blick drauf, wenn sie mich anschaut. »Das ist einerseits eine gute Nachricht. Sie benötigt keine intensivmedizinische Betreuung mehr. Der Atemantrieb war von Anfang an da, der Schädeldruck ist jetzt im Normbereich, wir müssen sie nur noch ernähren.«

»Und andererseits?«, frage ich vorsichtig.

Sie schaut zu den Kindern, die hinter mir stehen, und ohne selbst hinzuschauen, weiß ich, wie die beiden jetzt gerade gucken. Aber ich muss diese Fragen stellen.

»Andererseits«, beginnt sie ebenso vorsichtig und sieht an mir vorbei. Sie atmet tief durch. »Andererseits gibt es momentan keine therapeutischen Möglichkeiten, ihr aktiv zu helfen. Auch die Kolleginnen und Kollegen in der Neurologie werden vorerst passiv bleiben müssen. Es liegt jetzt bei Rabea.«

»Tabea«, korrigiere ich, aber freundlich. Wäre diese Ärztin Tabea je in ihrem wachen Zustand begegnet, würde sie den Namen nie wieder vergessen.

»Tabea«, bestätigt sie, während sich ihre Hautfarbe ihrer Haarfarbe angleicht.

Tabea liegt in einem Zwei-Bett-Zimmer, von dem nur ein Bett belegt ist. Es ist wieder etwas mehr von ihr zu sehen, aber das macht es nicht unbedingt besser. Ihre Gesichtshaut hat etwas Papiernes und wirkt um die flächigen lila-grün-dunkelblauen

Farbflecken herum knittrig. Ihre Lippen sind so blass, dass sie sich kaum von der restlichen Gesichtshaut unterscheiden, ihre Haare sehen am Ansatz – der Kopf ist nach wie vor bandagiert – stumpf und filzig aus. Kein Fuß ist zu sehen.

Wir setzen uns nebeneinander auf das andere Bett und schauen sie an. Es ist still in dem Zimmer, nur von draußen sind die gedämpften Geräusche zu hören, die ein geschäftiges Krankenhaus so von sich gibt. Tabea atmet gleichmäßig, ich kann sehen, wie sich ihr Brustkorb unter der dünnen Bettdecke leicht bewegt, und ich meine, ihren Atem zu hören. Vielleicht höre ich aber auch meinen eigenen. Oder den von Lavida oder Favel. Der plötzlich meine Hand nimmt, und nur eine Zehntelsekunde später greift Lavida nach der anderen. So sitzen wir dann da, minutenlang, schweigend. Mir laufen die Tränen, natürlich laufen mir schon wieder die Tränen, und bei den Kindern ist es dasselbe, auch dafür muss ich nicht hinschauen.

Und dann macht Tabea plötzlich ein Geräusch, das sich auch wie ein Seufzer anhört, und ihr Brustkorb hebt sich, und ihr linker Arm hat sich ganz sicher auch bewegt. Wir springen gleichzeitig auf, ich rufe »Tabea!«, und Favel ruft »Mum!«, und Lavida schreit »Mami!«, aber auf den beiden Displays neben ihrem Bett verändert sich nichts Dramatisches, und von einer Sekunde zur nächsten liegt sie wieder ganz genauso da wie vorher, ihr Brustkorb hebt und senkt sich langsam, ihr Gesicht ist knittrig, und ihre Augen bleiben geschlossen, ohne dass unter den fragil wirkenden Lidern irgendwelche Augapfelbewegungen zu erkennen wären. Ich renne, wie von einem Großinsekt gestochen, aus dem Zimmer und finde einen Krankenpfleger, der gerade irgendwas auf einem Wagen anrichtet, bringe ihn laut schreiend dazu, mir ins Krankenzimmer zu folgen, während ich ihm erkläre, dass meine Frau gerade beinahe aufgewacht wäre, aber er schüttelt den Kopf und teilt uns mit, dass so was manchmal passieren würde. Auch Krämpfe und länger anhaltende Spastiken wären möglich, das Gehirn ist eigentlich auf Stand-by, macht überwiegend überhaupt nichts, aber dann feuert plötzlich irgendwas, und der Körper reagiert, das gäbe es, es ist aber eigentlich eine Art Fehlfunktion, in jedem Fall unkontrolliert und kein Zeichen von Bewusstsein. Doch es wäre gut, dass wir bei ihr sind, er wäre sich sicher, dass sie das spürt und dass es ihr vielleicht hilft. Dann legt er mir noch kurz eine Hand auf die Schulter und anschließend trottet er davon, wieder zurück zum Medikamentesortieren.

Wenig später sitzen wir wieder nebeneinander auf der Bettkante, und ich kann fast hören, wie unsere Adrenalinspiegel abfallen, wie wir uns synchron der Fassungslosigkeit entledigen, die uns gepackt hatte. Dieses Mal ist es Lavida, die zuerst nach meiner Hand greift, aber Favel folgt unmittelbar, und dann, nach einigen weiteren Minuten der Stille, fängt er plötzlich zu sprechen an. »Dad, ich muss dir was sagen«, beginnt er, lässt meine Hand los und richtet den Blick auf den Zimmerfußboden. Favel gesteht mir, dass er den MSA möglicherweise nicht schafft, und bevor ich fragen kann, was zur Hölle ein MSA ist (mit dem Akronym *MRSA* könnte ich etwas anfangen, schließlich sind wir in einem Krankenhaus), berichtet er, dass er in Mathe, Deutsch, Englisch und Bio quasi auf Fünf steht und dass sie ihn eigentlich überhaupt nicht in die Zehnte lassen wollten, was nur mit Hängen und Würgen geklappt hat, und weil er in *Info* (ich extrapoliere: Informatik) eine Eins hat, aber dass sein Rückstand so groß wäre, dass er keine Chance sieht, das noch irgendwie aufzuholen, eigentlich sogar nicht einmal mehr, wenn er die *Achte* wiederholen würde, und dann sagt er tatsächlich, aber ganz leise, also gilt es möglicherweise nicht offiziell: »Scheiß-Zockerei.« In diesem Moment fällt mir auch ein, was MSA bedeutet, nämlich *Mittlerer Schulabschluss*, wozu wir früher Realschulabschluss oder sogar *Mittlere Reife* gesagt haben, was im Nachhinein betrachtet eine wirklich bescheuerte Bezeichnung war (sagt man noch »Hochschulreife«?), und noch während ich erleichtert darüber bin, das Rätsel gelöst zu haben, kommt Favels Botschaft bei mir an. Tabea und ich haben ohne dezidierte Absprachen eine Aufgabenteilung vorgenommen, und das ganze Schulzeug ist ihre Sache, meine ich jedenfalls. Ganz sicher bin ich in diesem Augenblick nicht, denn sie hätte mir doch davon erzählt, wenn es Probleme gäbe. Aber Favel, bei dem ich eigentlich davon ausgegangen bin, dass er ein feines Abi macht, denn natürlich ist er der klügste Junge weit und breit, ist noch nicht fertig.

»Das mit K-K-Man«, flüstert er so leise, dass sich Lavida an mich lehnen muss, um ihn zu hören. »Das war auch nicht Kirsche.« Er atmet tief durch. »Das war ich. Grissliebär hat Connections zu diesem E-Sports-Team, und ich dachte, wenn ich ihm was Interessantes stecke, wird er was für mich machen.« Er sieht mich an. »Ich wollte das wirklich nicht, Dad. Das ist total aus dem Ruder gelaufen.«

»Und hat es wenigstens geklappt?«

Er blinzelt irritiert.

»Das mit der Fürsprache?«, ergänze ich. »Das mit seiner Connection?«

»Scheiße, nein«, antwortet er traurig. »Dad, ich bin echt gut bei ein paar Games. Richtig gut.«

»Das glaube ich dir«, erwidere ich. »Aber Schule ist echt scheiße wichtig.«

»Ich weiß«, sagt er und sieht wieder zum Boden.

Wenig später kommt ein Mann herein, der sich als der behandelnde Neurologe vorstellt. Er ist sympathisch und wahrscheinlich älter als ich, jedenfalls sind seine Kopfhaare und sein mächtiger Bart schlohweiß, was originell mit seiner intensiven Gesichtsbräune kontrastiert, nach der zu urteilen er drei Viertel des Jahres auf den Malediven verbringt. Der Arzt erzählt uns noch mal das Gleiche, nämlich, dass das alles sehr komplex wäre und Prognosen deshalb schwierig, aber wir sollten uns nicht zu viele Hoffnungen machen, andererseits wäre Hoffnung nie falsch, und er selbst hätte hier schon die tollsten Sachen erlebt, denn das Gehirn wäre ein Wunderwerk, das alle – ihn eingeschlossen – immer wieder überraschen würde. Damit erklärt er, wenn ich das richtig sehe, dass wir auf ein verdammtes *Wunder* hoffen sollen. Er rät mir dringend davon ab, irgendwas zu googeln, weil es schlicht keine wirklich typischen Verläufe gäbe, und als er gegangen ist und ich den Kids anbiete, ein paar Getränke für uns zu holen, setze ich mich erst einmal in den Gang, schalte mein Telefon ein, ignoriere die ganzen Benachrichtigungssignale und google ein wenig. Ich lese etwas über die Mortalität beim Schädel-Hirn-Trauma, über den Tod durch Hirnblutungen Tage oder Wochen, manchmal sogar Jahre nach dem eigentlichen Ereignis, über Menschen, die eine halbe Lebenszeit im Koma verbracht haben oder im Medizinischen Wachzustand, der sich für alle anderen wie komatös mit offenen Augen geriert, und ich lande dann ziemlich schnell beim Apallischen Syndrom. Nachdem ich ein paar Berichte und den Wikipedia-Text darüber gelesen habe, bin ich wie erschlagen, fühle mich hilflos und hoffnungslos. Ist es das, was mit Tabea passiert? Das kann mir offenbar niemand beantworten. Und es will auch niemand. Vielleicht sollte ich darauf drängen, dass jemand offener mit uns spricht als der Maledivenonkel, aber andererseits habe ich das bislang auch nicht wirklich eingefordert.

Ich stecke das Telefon wieder ein und trotte erst einmal zur Cafeteria, wo ich zwei Dosen Cola für die Kinder, ein Wasser und einen Kaffee für mich hole, und als ich so dastehe und mit dem schabenden Holzstäbchen den Zucker im Kaffee aufzulösen versuche, ohne mir sicher zu sein, dass ich überhaupt welchen hineingeschüttet habe, ruft Monika Westhaus noch einmal an.

»Hallo«, sage ich nur.

»Großer Gott!«, sagt sie, aber ich glaube nicht, dass sie religiös ist. »Wie hören *Sie* sich denn an?«

»Ich bin im Krankenhaus. Meine Frau hatte einen schweren Unfall und liegt im Koma.«

»Oh.« Sie ist ehrlich schockiert und bleibt für ein paar Augenblicke still. Dann fragt sie mich, wie es mir damit geht, und anschließend reden wir darüber, zu meiner Überraschung für eine ganze Weile. Sie hört mir zu und fragt zwischendurch, und während der zuckerfreie Kaffee im Pappbecher allmählich zu zuckerfreiem kaltem Kaffee wird, merke ich, wie mich dieses Gespräch beruhigt. Monika Westhaus ist nicht nur klug und energisch, sondern auch noch ziemlich empathisch, und obwohl es lediglich ein paar Tage her ist, dass ich ihr die vermutlich größte Enttäuschung ihrer Verlegerinnenlaufbahn beschert habe, verhält sie sich wie eine sehr gute Freundin. Ich bin nicht nur erleichtert, sondern auch ziemlich gerührt, muss aufpassen, dass mein Gesicht nicht schon wieder nass wird (in Krankenhäusern müssten eigentlich alle paar Meter Spender mit Kleenextüchern stehen, oder es sollten Leute herumlaufen, die Tücher anbieten, wie diese ambulanten Bierverkäufer bei Open-Air-Konzerten), und als ich mein Herz ganz schön erleichtert habe, bedanke ich mich herzlich bei ihr. Ich würde sie umarmen, stünde sie vor mir, selbst wenn sie wieder diesen müffelnden Overall anhätte.

»Nicht dafür«, sagt sie. Und dann: »Also haben Sie meine lange Mail von heute Morgen noch nicht gelesen?«

»Mmh-mmh«, mache ich, dann fällt es mir ein. »Ich habe es versucht, im Taxi. Ging aber nicht.«

Sie macht auch so ein Mmh-mmh-Geräusch. »Ich war ja in Darmstadt. Auf der Suche nach Christian Mehlborn.«

Ich nicke, und sie spürt das vermutlich, also erzählt sie. Mehlborn war unverheiratet und kinderlos, weshalb eine Nichte alles geerbt hat, die jetzt auch in Mehlborns Haus wohnt, einer ordentlich großen, ziemlich schönen Villa im Südosten der Stadt, in einer Gegend namens Steinviertel. Monika Westhaus hat dieser Nichte, einer wohlhabenden

Frau in den Fünfzigern, die im Gartenhaus der Villa Landschaftsgemälde malt, die Geschichte aufgetischt, dass sie früher mit Mehlborn Kontakt gehabt hätte, weil der händeringend versucht hätte, seine literarischen Ergüsse an den Mann zu bringen. Sie wären eine Weile in Kontakt geblieben, es hätte sich sogar etwas wie eine Freundschaft entwickelt, obwohl seine Texte nicht veröffentlichungsfähig gewesen wären, aber als sie, Monika Westhaus, jetzt zufällig in Darmstadt zu tun hatte, wäre sie auf die Idee gekommen, doch mal nachzuschauen, was aus dem stoischen Schreiber geworden wäre, ob es Erinnerungen an ihn gäbe; von seinem Tod hätte sie damals gehört. Darauf erklärte die Nichte, dass sich das scheußliche Zeug, wie sie es nannte, auf dem Dachboden der Villa befände, wo sie es nach ihrem Einzug hingeschafft hätte, weil sie es nicht übers Herz gebracht hätte, den ganzen Murks in die Papiertonne zu verklappen, wo er aber eigentlich hingehörte. Sie hätte sich an ein paar Geschichten des Onkels versucht, die absolut ungenießbar wären, und es dann aufgegeben, aber wenn sie, Monika Westhaus, Interesse daran hätte, könne sie die fünfzig Leitz-Ordner mit schlechten Short Storys und langweiligen Romanen gerne mitnehmen.

Was Monika Westhaus herzlich gerne tat. Sie hatte zwar leichte Probleme damit, die vielen Ordner in ihrem Prius unterzubringen, musste am Ende sogar einige davon auf dem Beifahrersitz festschnallen, aber das war es wert. Denn sie war dadurch im Besitz der einzigen existierenden Version der Waschbär-Moses-Originale, also der Romane um Mehlborns *Waschbären Jesus*. Zwölf von fünfzig Ordnern.

»Aber eigentlich ist das noch nicht die beste Nachricht«,

sagt sie am Ende der Erzählung. »Falls es für Sie im Moment überhaupt gute Nachrichten gibt.«

Ich weiß das auch nicht, aber die Erzählung hat eine gewisse Erleichterung ausgelöst.

»Jedenfalls habe ich gestern noch die ersten beiden Originalromane gelesen.« Sie lacht. »Also, was man so lesen nennt. Ich hatte schon viel fürchterliches Zeug auf dem Schreibtisch, das können Sie glauben. Dass Sie das damals komplett durchgehalten haben, alle Achtung.« Monika Westhaus kichert, und ich freue mich darüber, sie kichern zu hören. Ich war fest davon ausgegangen, meine zukünftige Ex-Verlegerin beim nächsten Mal vor Gericht zu sehen, mit steifer Mimik und in Begleitung einer Armada Anwälte. »Jedenfalls hat Ihnen Ihre Erinnerung da ein paar ganz schöne Streiche gespielt. Ich scanne nachher ein bisschen von dem Kram und schicke es Ihnen per Mail. Aber es hat wirklich nicht die leiseste Ähnlichkeit mit Ihren Geschichten. Weder inhaltlich noch dramaturgisch. Das entsprang alles Ihrer Fantasie; Sie haben unwillkürlich die riesigen Lücken gefüllt, aus denen diese Sachen überwiegend bestehen. Der schlimmste Vorwurf, den man Ihnen machen könnte, wäre, dass Sie die Grundidee, äh, *ausgeliehen* haben. Aber – googeln Sie ruhig mal.« Ich muss daran denken, was ich vorhin gegoogelt habe. »Nach Geschichten um sprechende Waschbären. Sie würden staunen.«

Sie ist so glücklich über diese Entwicklung, dass mich das Glücklichsein ein bisschen mitreißt, obwohl es sich im Moment nicht so anfühlt, als würden mich diese Nachrichten direkt betreffen. Diese andere Last ist um ein Vielfaches größer.

Das Waschbär-Moses-Problem ist ein Kieselstein, das andere ist ein ganzer Planet. Aber ich freue mich trotzdem, etwa in Kieselsteingröße.

»Also, machen Sie sich keine Sorgen mehr.« Sie hüstelt. »Also über Moses, meine ich. Kümmern Sie sich um Ihre Familie.«

»Das mache ich«, verspreche ich.

Ich hole mir noch einen neuen Kaffee und denke auch an den Zucker, bevor ich umrühre. Lavida und Favel erwarten mich vor Tabeas Zimmer, weil Tabea gerade gewaschen wird. Sie trinken ihre Colas gierig aus, und Lavida rülpst danach so laut, dass es im Krankenhausgang ordentlich schallt. Wir müssen alle drei lachen, aber wir lachen leise; trotzdem fühlt sich das gut an, und ich habe für einen Augenblick das sichere Gefühl, dass der Taxifahrer mit seiner Prophezeiung recht hatte. In dieses Gefühl klingelt schon wieder das Telefon. Zu meiner großen Überraschung ist es Ayksen Brahoon. Er wartet kaum meine Begrüßung ab und erst recht nicht die Frage, ob er weiß, was auf seinem Grundstück passiert ist, sondern plappert gleich los.

»Mann, ich wollte Sie längst erreichen, ich habe schon vor Tagen die Musik zu *That City* komponiert, und wir haben das gestern zum ersten Mal live gespielt, als zweite Zugabe, und es kam fantastisch an, Mann. Wir gehen übermorgen in Tokio in ein Studio und nehmen den Song auf, dann kann er nächste Woche schon als Single erscheinen. Äh. Geht es Ihnen gut?« Er ist komplett aufgedreht, möglicherweise gerade kurz vor oder nach einem Auftritt, aber bevor ich etwas antworten oder eine Frage stellen kann, geht die Tür zu Tabeas Krankenzimmer auf, eine Frau mit Latexhandschuhen kommt heraus, sieht sich suchend um und fragt mich dann: »Gehören Sie zu der Patientin in diesem Zimmer?«

Und als ich nicke, schnattert sie los: »Die Frau ist gerade aufgewacht. Da war dieses leises Gelächter zu hören, und dann hat sie plötzlich kaum hörbar ›Ich bin durstig‹ geflüstert. Verstehen Sie? Sie ist aufgewacht! Kommen Sie rasch!« Sie greift nach meiner Hand, aber das muss sie nicht.

Zahlenspiele

Ich würde gerne behaupten, dass es halb so schlimm ist, sechzig zu werden. Okay: Es ist halb so schlimm, sechzig zu werden. Halb so schlimm, wie beispielsweise neunzig zu werden (denn die Wahrscheinlichkeit, dass du das kommende Lebensjahrzehnt nicht mehr überlebst, liegt dann bei fast hundert Prozent), aber mindestens doppelt so schlimm, wie dreißig zu werden, und ungefähr zehn-, ach, hundertmal so schlimm wie der zwanzigste Geburtstag. Es spielt keine Rolle, wie du dich fühlst oder wie deine Fitness oder deine Prognosen oder deine Symptomsammlungen aussehen – die Zahl ist eine klare Ansage. Ja, es leben in Deutschland derzeit knapp fünftausend Menschen, die sogar hundert Jahre alt oder älter sind (das sind null Komma null null sechs *Prozent* der Gesamtbevölkerung – und nur knapp dreimal so viele Menschen, wie die Vier-Quadratkilometer-Insel Helgoland Einwohner hat), die also noch *vier Dekaden* obendrauf gelegt haben, aber wenn man neben die Lebensalterskurve eine Lebensqualitätskurve hängt, dann wird die für alle mehr oder weniger ähnlich aussehen, ganz egal, in welchem Alter sie letztlich sterben werden oder gestorben sind: Spätestens im siebten Lebensjahrzehnt macht sich der körperliche Verfall deutlich bemerkbar, wird aus deiner früher glatten und gleichmäßigen Haut endgültig eine Art dermatologischbotanischer Garten, in dessen Furchen die tollsten Knospen wachsen, die du selbst aber nicht mehr mit bloßem Auge erkennen kannst, weil du erst in fünf Metern Entfernung die ersten Sachen wieder halbwegs scharf siehst. Du kehrst aus dem aufrechten Gang in die gebeugte Vorhaltung zurück, du verlierst das Interesse an der Welt, und die Welt verliert das Interesse an dir. Die Sechzig, das ist die Marke, ab der du quasi täglich damit rechnen musst, dich im gerontischen Abseits wiederzufinden, und wenn du dort angekommen bist, gibt es kein Zurück. Denn, juhu, du bist jetzt ein *Senior*.

Aber die Zeit zwischen der Marke und diesem Punkt, die hast du ja noch. Und wie zitierte Robin Williams in *Der Club der toten Dichter* den römischen Dichter Horaz so prägnant, dass es sich noch Jahre später als gefürchtetes Profilmotto in sämtlichen Datingportalen hielt? Carpe diem! Pflücke den Tag!

Andererseits kann ich noch nicht wirklich sagen, wie es ist, sechzig zu *werden*, weil ich, wenn ich mich recht an die Erzählung meiner Mutter erinnere, irgendwann am Nachmittag geboren wurde. Ich bin also eigentlich noch neunundfünfzig (wie attraktiv mir diese Zahl plötzlich vorkommt!), wenigstens für zehn, zwölf Stunden. Denn ich erwache sehr früh an diesem achten September, es dämmert noch nicht einmal, aber ich weiß sofort, dass ich nicht wieder einschlafen werde. Also schiebe ich mich vorsichtig aus dem Bett und gehe auf Zehenspitzen die Treppe runter. Es ist völlig still im Haus, bis ich ins Wohnzimmer komme, wo sich Bapu auf dem Wohnzimmerteppich neben dem Sofa zusammengerollt hat. Das leise knatternde Pfffft-Geräusch, das ich zur Begrüßung in diesem Moment von ihm höre, signalisiert, dass die letzten überflüssigen Verdauungsgase vom gestrigen Abendfressen nunmehr den Enddarm verlassen haben, und kurz darauf erreicht mich der Geruch. Der Hund jedoch schläft einfach weiter oder tut zumindest so, auch das würde ich ihm jederzeit zutrauen. Ich ziehe mir die Schlafanzugjacke über die Nase und setze mich an den Rand unserer Sofalandschaft, die wir für Tabea zu einem Bett umgebaut haben. Leider ist hier nicht genug Platz für uns beide, aber ihr Gleichgewichtssinn ist noch nicht wieder gut genug für eine Treppe. Es wird ein Weilchen dauern, bis sie das vollständig ausgeglichen hat, Wochen oder Monate, und sie wird in diesem Jahr mit Sicherheit keine Yoga-Kurse mehr anleiten, aber irgendwann wird sie auch wieder vor einer Frauengruppe in *Tabeas Yoga-Welt* stehen und die Mädels darum bitten, die aufgehende Sonne oder den krummen Hund (oder wie all diese Figuren auch heißen mögen) zu machen, und das bisschen Wartezeit bis dahin ist ein sehr, sehr kleiner Preis für das Glück, diese Scheiße überlebt zu haben.

Ich schalte mein Telefon stumm und nehme es aus dem Flugmodus. Es vibriert sofort los. Die ersten Witzbolde haben natürlich schon um Mitternacht versucht, mir Kurznachrichten zukommen zu lassen, und Gürsel hat tatsächlich probiert, mich um null Uhr eins anzurufen. Dabei sehe ich ihn heute Abend, aber vielleicht wollte er sich dafür rächen, dass ich seine Geburtstage regelmäßig vergesse. Ich habe sogar vergessen, ihn zwei Tage nach seinem Sechzigsten zurückzurufen, allerdings habe ich die beste Entschuldigung von allen.

Weil Tabea an diesem Tag zu den Lebenden zurückgekehrt ist.

Jetzt liegt sie vor mir, auf der Seite, hat ein Bein über die Decke gelegt, weshalb ich einen ihrer Füße sehen kann, und hält sich quasi an der zusammengedrehten Bettdecke fest. Es ist warm im Haus, der August war am Ende noch sehr, sehr heiß, und der September entwickelt sich zu einem verspäteten Juli; wir haben nach wie vor allerfeinstes Hochsommerwetter. Sie schwitzt schneller seit dem Unfall. Vorher war es praktisch unmöglich, Tabea zum Schwitzen zu bringen, und jetzt geht es bei ihr fast so schnell wie bei mir. Ihr ganzer Stoffwechsel muss sich offenbar erst wieder neu kalibrieren.

Ich möchte wieder jeden Abend neben ihr einschlafen und jeden Morgen neben ihr aufwachen. Ich weiß, das wird wieder möglich werden, ohne das Haus komplett umzubauen, und ich muss nur ein bisschen geduldig sein. Und dankbar. Und glücklich. Aber glücklich bin ich. Überglücklich. Und jeden Tag noch ein bisschen glücklicher, dass Tabea, meine geliebte Tabea wieder und immer noch bei uns ist. Ich habe einen Song mitgeschrieben, der auf Platz sieben der US-Charts steht. Ich habe *fast* ganz alleine eine kleine Romanserie verfasst, deren erster Band im kommenden Jahr verfilmt wird. Aber das bedeutet nichts. Einfach überhaupt nichts. Ja, es fühlt sich erhaben an, das sind großartige Ereignisse, aber das Einzige, was wirklich zählt, sind Tabea und die Kids. Dass sie noch da ist und wir einander noch eine Weile haben werden.

Sie schlägt die Augen auf, obwohl ich keine Geräusche gemacht habe, aber sie spürt einfach meine Anwesenheit, nehme ich an. »Hallo, mein Geliebter«, sagt sie leise. »Alles Gute zum Geburtstag.« Sie streckt die Hand nach mir aus, ich lege mich neben sie, und wir kuscheln uns aneinander. Ich atme ihren Morgenduft ein und will, dass nie wieder etwas anderes meine Atemwege berührt. Ich kann mein Glück kaum fassen. *Unser* Glück.

Denn ein paar Missverständnisse haben sich ebenfalls geklärt.

Der Grund, warum Tabea im Sommer versucht hat, mit Ayksen Brahoon zu sprechen, war der, dass sie ihn bitten wollte, zu meiner Geburtstagsfeier zu kommen und vielleicht sogar seine Gitarre mitzubringen, um für mich meinen Brahoon-Lieblingssong »Frozen Water« zu spielen. Der Verursacher des Unfalls mit unbeabsichtigter Fahrerflucht war allerdings nicht Brahoon selbst, sondern sein Assistent Fred, der den Wagen zur Inspektion und zur Ummeldung in eine Werkstatt gebracht hat, weshalb die Kripo Potsdam auch trotz akribischer Suche nicht in den Parkhäusern des BER fündig wurde. Als all das bekannt wurde, hat Brahoon eine ansehnliche Summe als Wiedergutmachung angeboten, woraufhin ihm Tabea angeboten hat, all seine Musik in jeglicher Form aus unserem Haus zu verbannen und seine Kontaktdaten von unseren Telefonen zu löschen. Angenommen haben wir jedoch sein Angebot, meinen Geburtstag auf seinem Grundstück zu feiern. Wenn schon so ein krasser Anlass, dann wenigstens spektakulär, habe ich mir gesagt, und spektakulärer als in der Villa des kriminellen Rappers, die inzwischen von einem amerikanischen Rockstar bewohnt wird, geht wohl kaum. Wobei ich inzwischen auch so ein klitzekleines bisschen so etwas wie ein Rockstar bin. Ich bin vom *Rolling Stone* und von drei amerikanischen Tageszeitungen interviewt worden, und auch von deutschen Medien kamen ein, zwei Mails zu diesem Thema.

Der Grund dafür, dass Birger Fläming an jenem schicksalhaften Nachmittag so viel Zeit mit Tabea in unserem Haus verbracht hat, war schlicht der, dass die beiden versucht haben, möglichst viele unserer ehemaligen Klassenkameraden zu erreichen, um sie zu meinem Geburtstag einzuladen. Tabea war zu diesem Zeitpunkt längst damit beschäftigt, eine Riesenparty für mich zu organisieren, und sie wollte meine Abwesenheit einfach bestmöglich nutzen. Letztlich war also mein drohender Geburtstag die Ursache für ihren Unfall, aber als ich ihr diesen Gedanken vorgetragen habe, hat sie mir Prügel angedroht. Sie hat dabei sogar so dreingeschaut, dass ich ihr das beinahe abgekauft habe, und das passt auch zu der einzigen Wesensveränderung, die die Verletzung offenbar bei ihr zur Folge hatte: Der extrem philanthrope Reflex ist verschwunden. Sie muss nicht mehr alle verzaubern, in deren Nähe sie kommt, sie kann jetzt auch in der Öffentlichkeit unwirsch und ablehnend gegenüber anderen Leuten sein, was sie, wie ich finde, nicht weniger anbetungswürdig erscheinen lässt, eher im Gegenteil. Denn diese jederzeitige zweifelsfreie Echtheit ihrer gezeigten Gefühle macht es umso wertvoller, wenn sie sich freut. Und sie freut sich sehr viel, seit sie wieder unter den Lebenden ist, wo sie bitte, bitte noch eine ganze Weile bleibt.

Der Garten füllt sich schnell, weil niemand bei einem solchen Ereignis zu spät kommen will. Es versuchen sogar ein paar fremde Leute, auf das Grundstück zu gelangen, weil sich irgendwie herumgesprochen hat, dass hier heute eine große Party stattfindet, aber Brahoons Leute haben das gut im Griff. Das Wetter ist fantastisch, die Stimmung ist das auch, und es kommen wirklich alle. Fast der ganze Meisenring ist vertreten, außer den Kischhahns, die nie irgendwo hingehen – und Lambert, den ich natürlich nicht eingeladen habe, der aber sowieso bald ausziehen wird, weil er einen vakanten Wahlkreis in Sachsen übernimmt, außerdem hat ihn Babsi verlassen, die, wie sich herausgestellt hat, ihrem Gatten schon seit Monaten eine Affäre ausgerechnet mit einem Sozialdemokraten verheimlichte. Isabella hat ihren Sohn Marko dazu überredet, sich in seinen Spezialrollstuhl setzen zu lassen, aber der Ehemann und Vater ist nicht zu sehen. Sumita Nimmrichter läuft ziemlich selbstbewusst herum und unterhält sich mit vielen Leuten, während ihr Mann Heiko am Rand sitzt und Essen in sich hineinschaufelt. Die Wankls sind da und die Butzkes und die Borowskis. Jonathan Plantikow ist natürlich auch dabei, der Monika Westhaus stark in Beschlag nimmt – die beiden waren schon bei ihrer ersten Begegnung vor ein paar Wochen sofort ineinander verknallt, auf platonischer Ebene. Jon ist in Begleitung seines Freundes Matthies, mit dem ich vor zwei Wochen das Interview für unser Buchprojekt geführt habe. Wie die anderen drei Gespräche, die ich schon hinter mir habe, war auch das ziemlich erschütternd, und in der kommenden Woche folgen drei weitere Interviews mit Menschen, die aufgrund falscher, voreiliger Verdächtigungen und Verurteilungen von einem Moment zum anderen nicht mehr mitten im Leben, sondern mitten in einem gewaltigen, irreparablen Scherbenhaufen gestanden haben, aus dem sie bis heute nicht raus sind. Als letzte Interviewpartnerin werde ich Beatrice Clafs treffen, die Dokumentarfilmregisseurin, die bis vor fünf Jahren als kommender Superstar ihres Metiers galt. Das endete abrupt, als eine ehemalige Produktionsassistentin per Twitter erklärte, es herrsche beim Dreh eine Atmosphäre der Drangsalierung und Ungerechtigkeit und dass sie, jene Assistentin, aufgrund ihrer sexuellen Orientierung nur die Drecksarbeit habe tun müssen. Mit den öffentlich-rechtlichen Sendern gab es von einem Tag zum anderen keine Zusammenarbeit mehr, obwohl kein anderer Beteiligter diese Aussagen bestätigte (eine Cutterin schrieb allerdings auf Facebook, Beatrice Clafs würde durchaus ungewöhnlich stark auf Disziplin Wert legen, was man in die negative Waagschale warf), aber immerhin auch niemand öffentlich widersprach. Erst drei Jahre nach den Vorfällen, nach dem Tod dieser ehemaligen Produktionsassistentin bei einem Unfall im Himalaya, teilte ein Vertrauter dieser Frau mit, von ihr erfahren zu haben, dass sie sich diese Sache ausgedacht habe, um ihre Position zu verbessern – was übrigens nicht funktioniert hatte. Beatrice Clafs hat anfangs sehr darunter gelitten, am Ende dieser Karriere angelangt zu sein. Inzwischen ist sie Mitinhaberin einer Produktionsfirma und kommt allmählich wieder auf die Beine. Von den Auftraggebern, die sich seinerzeit eilig zurückgezogen haben, gab es nie eine Entschuldigung zu hören.

Wenn ich sagen würde, dass das Projekt Spaß macht, würde ich mehr als nur lügen, aber es ist wichtig, dass auch diese Seite mal betrachtet wird, und Monika Westhaus hofft auf eine große mediale Wirkung. Die wirtschaftliche Sache ist nur Beiwerk, weil Waschbär Moses immer wieder mal an der Bestsellerliste kratzt und die älteren Titel aus der Reihe ebenso. Soeben werden Hörbücher produziert, gesprochen von ziemlich bekannten Schauspielern.

Guido ist da, begleitet von Francesco, außerdem mehr als drei Viertel meiner damaligen Mitschüler. Melanie Paulsen ist nicht wiederzuerkennen, so viel hat sie abgenommen, und sie weicht Tabea keine Sekunde von der Seite, unaufhörlich auf sie einplappernd, was Tabea sogar zu freuen scheint – nein, was Tabea *wirklich freut*. Regelrecht gestalkt wird meine Frau allerdings von Brahoons Assistenten Fred, der sich ziemlich schuldig fühlt, obwohl er den Unfall nicht hätte verhindern können. Er bedient Tabea, als wäre er ihr Assistent und nicht der des Sängers.

Gürsel und Nicholas sind gekommen und sehr, sehr viele andere Leute, was es tatsächlich etwas leichter macht, dieses eigenartige Jubiläum zu feiern, über diese Planke zu gehen. Und fast alle haben – wie auf den Einladungen ausführlich nachzulesen war – darauf verzichtet, vermeintlich komische Zahlenspiele zu betreiben, also mit bedruckten T-Shirts zu kommen oder Ballons, die die Ziffern 6 und 0 zeigen, oder ähnlichem Zeug. Sogar die große Torte, die Brahoon hat liefern lassen, kommt ohne das aus und verkündet schlicht: *Happy Birthday, Alex!* Und auch auf dem gewaltigen Büfett, das an drei riesige BBQ-Grills grenzt, hinter denen Grillprofis darauf warten, allerlei ungesundes Zeug durchzugaren, findet sich nichts dergleichen.

Lavida und Favel durften ein paar Freunde mitbringen und lümmeln mit ihnen in einer extra dafür vorgesehenen Sitzgruppe, von wo aus sie prominent das Verhalten der Erwachsenen beobachten können, Bapu liegt ihnen zu Füßen, aber Favel kümmert sich vor allem um den schüchternen Karsten Klink, der noch wochenlang die Attacken des liebenswürdigen Kacka-Beseitigungs-Teams aushalten musste, bis sich ein sehr bekannter Blogger der Sache annahm und die Herrschaften ihrerseits nach allen Regeln der Kunst vorführte. Die ganze Sache ist allerdings noch nicht ausgestanden, weil alle Seiten haufenweise Strafanzeigen erstattet haben und einem jungen Mann aus dem Beseitigungsteam bei einer nächtlichen Begegnung der Arm gebrochen wurde, fast beiläufig und im Vorbeigehen. Da es sich ausgerechnet um jenen Mann handelte, dem der Zuhälter seine Visitenkarte in die Hand gedrückt hatte, vermutete man Zusammenhänge, die leider unbewiesen bleiben mussten.

Zu meiner großen Freude ist auf einer Seite der Terrasse, wo schon ein DJ darauf wartet, seinen Job zu machen, eine Bühne mit einem vollständigen Setup für eine ganze Band aufgebaut, und das bedeutet, dass sich Brahoon nicht nur mit der Klampfe selbst begleiten wird, sondern dass er mit seinen Musikern spielt, vielleicht sogar ein ganzes Set. Er hat außerdem das gesamte Anwesen schmücken lassen, und zwar sogar nach amerikanischen Maßstäben mehr als ordentlich. Wenn man schon einen solchen Geburtstag feiern muss, dann bitte schön so, sage ich mir immer wieder, und erwische mich dabei, dass ich es nicht schaffe, das Grinsen aus meinem Gesicht zu entfernen. Wider Erwarten ist es ein fantastischer, ein wunderschöner Tag geworden, der noch eine ganze Weile gehen wird, worüber ich mich zu freuen nicht aufhören kann.

Rafael ist nicht dabei, natürlich nicht. Wir haben sein Angebot angenommen und werden ihn auszahlen, obwohl wir das nicht müssten. Wir müssten es nicht *nicht*, weil die Ansprüche verjährt wären oder so, sondern weil er einfach überhaupt keine Ansprüche hätte, denn er ist nicht Tabeas Bruder, sondern ihr Cousin, uneheliches Kind der Schwester von Tabeas Vater, die bei seiner Geburt gestorben ist, aber das hat er nie erfahren, obwohl Tabea es ihm erzählen wollte, vor einem Dreivierteljahr an Silvester, wofür es leider keine Gelegenheit gab. Er weiß es bis heute nicht, und jetzt will sie es ihm auch nicht mehr erzählen. Das mit dem Geld können wir tatsächlich verschmerzen, und es war Tabeas Wunsch, lieber diese Art von Schlussstrich zu ziehen. Sie will nicht mit jemandem streiten, der so große Bedeutung für ihr Leben hatte und den sie mal sehr lieb gehabt hat, was auch durch Rafaels ruppiges Vorgehen nicht aufgewogen wird, weil Tabea nicht auf diese Weise denkt. Sie sitzt auf der Terrasse in einem Sessel und überstrahlt alles, und wann immer ich in ihre Richtung schaue, scheint sie zufällig auch gerade meinen Blick zu suchen.

Obwohl ständig Leute zu mir kommen und mir die Hände schütteln oder auf die Schulter klopfen, vergesse ich allmählich, dass das hier mein verdammter sechzigster Geburtstag ist. Es ist eine Wahnsinnsparty, aber dann wird es noch wahnsinniger.

Aber erst fängt mich Kriki ab. Sie und eine Sportstudentin sichern das Kursprogramm des Studios, während Tabea im Shop oder hinten im Büro arbeitet, und ohne Krikis Loyalität hätte das Studio die vergangenen Monate nicht überlebt. Allerdings defilieren nach fast jedem Kurs fast alle Frauen durch den Shop, um Tabea zu begrüßen, und nicht wenige von ihnen erklären dabei – gerne auch unter Anhebung der Lautstärke –, dass sie es nicht abwarten können, bis Tabea selbst wieder vor ihnen steht. Dabei machen sie ganz nebenbei noch ordentlich Umsatz im Shop, und Kriki ist selbstbewusst genug, um diese kleine Demonstration der Zuneigung nicht persönlich zu nehmen. Manchmal folgt sie den Frauen sogar und stimmt ihnen zu. Doch sie will nicht mit mir über das Studio reden, als sie mich jetzt abfängt und mir mit einem Glas Prosecco zuprostet.

»Ich wollte Ihnen schon seit einer Weile etwas sagen«, beginnt sie.

»Tut mir leid, aber ich bleibe Tabea treu, auch wenn das ein sehr reizvolles Angebot ist«, scherze ich, und da errötet sie doch tatsächlich. »Entschuldigung, das war natürlich nur ein Witz«, sage ich deshalb rasch. Sie nickt.

»Erinnern Sie sich an diesen Nachmittag, als Sie mich im Regen nach Hause gefahren haben?«

Wie könnte ich mich *nicht* daran erinnern. Ich mache trotzdem eine Kopfbewegung, die ein Nicken oder auch ein Schütteln sein könnte, um ihr zu verdeutlichen, dass das nicht so wichtig für mich war.

»Es hat sich herausgestellt, dass meine Urgroßeltern ziemlich sicher nicht aus Pakistan kamen«, sagt sie. Es ist ihr peinlich.

»Dafür waren meine Großeltern väterlicherseits syrische Kurden«, erwidere ich. »Aber das hat tatsächlich nicht die geringste Bedeutung für mich. Ich glaube nicht, dass es *irgend-was* in mir gibt, das dadurch geprägt wurde, aber selbst wenn es so wäre, würde das nichts aussagen, weder über mich noch über meine Großeltern. Und ich bin nicht der Meinung, dass wir über mehrere Generationen hinweg diese Art von Erbe in uns tragen oder mit uns herumtragen sollten. Wir sind, wer wir sind. Und wenn Sie sich *Persons of Color* nahe fühlen wollen – wer sollte etwas dagegen haben?«

Sie zieht die Augenbrauen hoch. »Da fallen mir eine Menge Leute ein.« Nach einer kleinen Pause ergänzt sie: »Kurden? Wirklich?«

Ich nicke. »Sie sind eine feine Person, Christine. Sie sind energisch und treten für sich ein, und Sie sind loyal. Und, äh, originell. Vor allem sind Sie *Sie*. Machen Sie sich nicht so viele Gedanken darüber, wer von Ihren Vorfahren was war oder was Ihre Vorfahren nicht waren.«

»Das sagt sich so leicht.«

»Möglicherweise ist es das auch.« Ayksen Brahoon ist in-zwischen auf der Bühne, einige Gäste haben applaudiert, und er scheint sich umzusehen, wahrscheinlich nach mir. Was für ein irrer Gedanke, immer noch: Der berühmte Ayksen Bra-hoon sucht nach mir. »Aber ich muss jetzt feiern.«

Sie greift noch nach meinem Unterarm. »Danke«, sagt sie.

»Ich danke *Ihnen*.« Ich will schon weg, aber sie lässt mich nicht.

»Ich habe das Interview gelesen, das Sie dem *Solinger Tag* gegeben haben.«

Ich erwidere nichts. Das war Tabeas Idee, in die Offensive zu gehen, deshalb habe ich mich der Tageszeitung aus Solingen angeboten, um zu erklären, wie die Geschäftsbeziehungen der EMVV funktionierten, was man für welches Geld nach welchen Regeln zu tun hatte und wie ich versucht habe, aus diesem Ding noch das Bestmögliche zu machen. Unsere Vorbedingung war, dass sie mich ein bisschen naiv erscheinen lassen, aber wir Auftragnehmer kommen bei der Darstellung unterm Strich allesamt ganz gut weg. Und da sich die Agentur inzwischen in Auflösung befindet, während sowieso alle davon ausgehen, dass nichts von dem wahr ist, was irgendwo als »Meinung aus dem Volk« dem Marketing dient, hielt sich die Resonanz sehr in Grenzen. Doch die Staatsanwaltschaft ermittelt wegen der Erpressungsversuche, die nicht nur gegen mich gerichtet waren.

»Das war recht mutig«, sagt sie.

Ich schüttelte den Kopf. »Nein. Es war ein Befreiungsschlag. Also eher was mit Verzweiflung.«

»Mmh-mmh«, macht sie, und dann steht Gürsel vor mir. »Mann, der wartet da oben auf dich«, drängt er.

Ich nicke und sprinte zur Bühne. Ahmend stellt sich mir kurz vor dem Ziel in den Weg, Ahmend, unser DHL-Bote, der natürlich auch eingeladen ist – und nicht mehr so viel liefert wie früher. Heute schwitzt er überhaupt nicht. »Alles Gute dir, Herr Bengt!«, ruft er mir breit grinsend entgegen. Und: »Bestell mal wieder irgendwo was.«

Ich will gerade auf die Bühne klettern, als etwas Unruhe aufkommt, und neben mir sagt jemand: »Er ist da. Das ist ja irre.« Und dann sehe ich ihn, er kommt gerade den Lieferanteneinfahrtshügel herab, begleitet von vier Bodyguards, die schwarze Maßanzüge und dunkle Sonnenbrillen tragen, während Markus Wegemann a. k. a. Bullshitso ein weites weißes Seidenhemd und sehr enge schwarze Lederhosen anhat. Um seinen vom Dekolleté bis zu den Ohren mit martialischen Symbolen tätowierten Hals hängt eine dicke goldene Halskette mit seinem eigenen Logo als Anhänger, dem Logo, das der neue Hausbesitzer von den Zaunpfählen hat absägen lassen. Er hat eine verspiegelte Sonnenbrille auf, die er jetzt abnimmt, während sich die kleine Menschenmenge sozusagen öffnet, um ihn und seine monströs breitschultrigen Begleiter zu uns durchzulassen. Er ist vor ein paar Tagen aus dem Gefängnis freigekommen, gegen enorme Auflagen, und es heißt, er hätte einen Deal angeboten, wäre bereit, gegen die albanischen Mafiosi, die ihm früher geholfen haben, aus viel Geld *sehr viel* Geld zu machen, als Kronzeuge auszusagen. Diese Albaner haben ihm längst alles weggenommen, wirklich alles, und vermutlich hat er nicht einmal vom Kaufpreis des Anwesens mehr als ein paar Cent gesehen. Am lautesten hat er beklagt, dass sie sich sogar sein geliebtes Label unter die Nägel gerissen haben, *Balls Like Pumpkins Records*. Als mir das einfällt, sehe ich ihm unwillkürlich in den Schritt, aber das wirkt nicht, als hätte er da Kürbisse. Es sieht eher ein bisschen flach aus, sozusagen nach Haselnüssen. Ich würde so enge Hosen niemals anziehen. Aber – was zur Hölle will er hier?

Fred und ein paar Helfer kommen aus dem Haus, sie sehen ernst aus und geben sich kampfbereit, aber Bullshitso hebt lächelnd die rechte Hand. Der DJ hat die Musik ausgemacht, alle im Garten schauen den Deutschrapper an, und nicht wenige halten dabei ihre Telefone hoch. Brahoon lächelt ebenfalls.

»Ich müsste kurz ins Haus, nur ein paar Minuten«, erklärt Wegemann auf Englisch. Er breitet die Arme aus, eine zugleich gönnerhafte und bittende Geste.

»Wir haben den Tresor im Kellerboden gefunden«, sagt Brahoon und zuckt die Schultern. »Da war nichts mehr drin.«

Das Gesicht des Musikers zerfällt, aus dem vergleichsweise dezenten Solariumsbraun wird innerhalb eines Wimpernschlags ein solides Quarkweiß. »Ich verstehe«, sagt er, dreht sich um und rückt mit seinem Tross wieder ab. Ich bin sicher, dass wir alle gerade Zeugen eines tragischen Ereignisses von großer Bedeutung geworden sind, eine Vermutung, die sich ein paar Wochen später bestätigen wird, wenn Markus Wegemann versucht, das Land zu verlassen. Er wird an der dänischen Grenze von der Polizei gestellt, die außerdem eine Horde schwer bewaffneter Männer verhaftet, die dem Deutschrapper gefolgt sind. Als die Köpfe hinter dem Hügel verschwunden sind, kommt wieder Bewegung in die Menge, Geschnatter setzt ein, Leute tickern auf ihren Smartphones herum, posten Videos vom Auftritt bei Insta, Whatsapp und Facebook. Ich steige auf die Bühne.

Brahoon hält eine kurze Rede, erzählt davon, wie wir uns kennengelernt haben und was daraus geworden ist und warum wir hier heute feiern, während Mandy Fläming meine Frau Tabea dabei unterstützt, ebenfalls zu uns zu kommen, wo wir schließlich zu dritt stehen – zwei Kleinmachnower und ein amerikanischer Musikheld, der auf der Bühne noch einmal ganz anders wirkt als in einem Café (Hayk, der Inhaber des Ladens, in dem wir uns getroffen haben, ist auch unter den Gästen) oder auf unserer Terrasse. Als die kurze

Rede beendet ist, beginnt der Mann, für mich »Happy Birthday« zu singen, während er mit den Armen wedelt, um das Publikum zu bitten mitzumachen, und natürlich setzen alle sofort ein, die sich in diesem obszön großen Garten in Kleinmachnow befinden, aber ich höre nur Tabeas Stimme, direkt neben mir – rechts, wie immer, während sie mit beiden Händen meinen Oberarm umklammert, wie immer. Am Ende des Songs, bei dessen sechster Zeile von »Dear Alex« über »Lieber Alexander« bis hin zu ein paar mehr oder weniger gelungenen Alter-Mann-Scherzen alles durcheinandergesungen wird, jubelt die kleine große Menge, und ich muss ziemlich hart schlucken. Ich sage ein paar Worte zum Dank, und ich erkläre, dass das hier weit mehr als nur ein Geburtstag ist. Es ist weit, weit mehr.

Aber Brahoon ist noch nicht fertig.

»Als wir uns kennengelernt haben, hat mir dieser Mann erzählt, dass er als Schüler davon geträumt hat, eine Band zu gründen, die *The Disease* heißt und als Support vor *The Cure* auftritt«, erzählt er. Es gibt ein bisschen Gelächter. »Aber auch wenn Alex inzwischen ein wenig zum Musikbusiness gehört, wird das wohl nicht mehr klappen. Das ist schade, denn er hat mit mir zusammen einen Song geschrieben, der heute auf Platz sieben in den US-Charts steht, womit er übrigens, und das ist kein Witz, genau mein *sechzigster* Song in den Top 100 ist.« Jetzt wird ziemlich heftig applaudiert. Ich bin trotzdem sicher, dass höchstens fünf Prozent der Leute hier wirklich abschätzen können, wer das ist, der da gerade neben mir steht und in dessen Garten wir gerade feiern. Brahoon ist fast siebenundsiebzig Jahre alt, aber er ist die mit Abstand coolste

Socke auf dem gesamten Grundstück. »Doch das reicht nicht für eine Bandgründung und erst recht nicht als Support für einen Top-Act wie *The Cure*.« Er hebt seine Stimme: »Aber was nicht *vor* ihnen geht, geht vielleicht *mit* ihnen.« Er pausiert, pausiert dann noch ein bisschen länger, sieht sich um, grinsend und auch etwas irritiert. »Robert«, sagt er dann laut. »Das wäre eigentlich dein Stichwort gewesen.«

Und dann kommt tatsächlich Robert auf die Bühne.

Chronale Hypochondrie
(Neun Monate später)

Es gibt leider wenige Statistiken darüber, welche Sorgen sich Leute gemacht haben und was davon oder stattdessen dann eingetreten ist, aber ich bin auch ohne solche Statistiken ziemlich überzeugt, dass Sorgenmachen unterm Strich ein recht ineffektiver Vorgang mit einer grausigen Trefferquote ist. Es ist allerdings sehr leicht, sich das zu sagen, während es unfassbar schwer ist, dieser kristallklaren Wahrheit auch im Alltag zu folgen. Wenn man sich das Sorgenmachen einmal angewöhnt hat, geht es nicht wieder weg. Letztlich ist das eine Form der Hypochondrie, der eingebildeten Erkrankung: Man nimmt fortwährend Schicksalsverläufe an, die so überhaupt nicht eintreten werden, genau wie man als Hypochonder aus minimalen (oder überhaupt nicht vorhandenen) Symptomen Diagnosen ableitet, für die es absolut keine Basis gibt. Anders gesagt: Wir lassen unsere Fantasie in die falsche Richtung fliegen. Das gilt aber nicht nur fürs Sorgenmachen. Es gibt auch andere Dinge, die man grundsätzlich falsch sehen kann.

Was soll ich sagen? Es ist tatsächlich halb so schlimm, sechzig zu werden, sechzig *geworden zu sein*. Weil es natürlich überhaupt keine Klippe oder Planke gibt, über die man geht, keine Tür, die hinter einem zufällt, keinen Keller, in dem man ankommt. Unser Leben besteht aus einer Reihe von Tagen (ungefähr dreißigtausend, plusminus), die aufeinanderfolgen, und jeder Tag ist nur ein bisschen anders als der vorige, was unsere Gesundheit, unsere Kondition, unsere Kraft und unser Aussehen anbetrifft. Die ersten zehntausend Tage sind *besser* anders, an den anderen geht es bergab, aber ganz allmählich, im gemütlichen Gleitflug. Meistens merken wir kaum, dass wir dem Boden immer näher kommen. Ich denke, die Ängste, die damit zu tun haben, älter zu werden, sind vor allem durch die Erfahrungen mit Menschen verursacht, die zweifelsohne heftig darunter leiden, alt zu sein. Die vielen anderen – die Mehrheit –, die entspannt und fit jenseits dieser Kante unterwegs sind, bemerken wir nicht so. Meine Hauptangst besteht, wie ich inzwischen festgestellt habe, darin, diese Antwort geben zu müssen, wenn mich jemand fragt, wie alt ich bin. Es laut auszusprechen, das ist wirklich ein Killer. Und, Scheiße, in drei Monaten werde ich schon verdammte *einundsechzig*.

Aber es ist auch in Ordnung, darüber ein bisschen traurig zu sein, dass definitiv mehr Leben hinter als vor einem liegt. Zerbrich einen achtzig Zentimeter langen Stock in vier gleiche Teile, und wenn du drei davon wegnimmst, siehst du, was du mit etwas Glück noch übrighast – das ist wahrlich nicht viel. Man muss aufpassen, dass das nicht in Verbitterung umschlägt, und das ist, denke ich, auch die wirklich gefährliche Planke, über die ziemlich viele Leute ganz unbewusst gehen: Dieses Gefühl, dass es fürchterlich ungerecht ist, dass man gerade eben fünfundzwanzig war, wonach sich auch *fast* alles immer noch anfühlt (wenn man es sich ein bisschen schönredet), und nun – ganz plötzlich – mit dieser Horrorzahl konfrontiert ist, der weitere, noch horrormäßigere Zahlen dieser

Art folgen, wenn man Dusel hat und gegen die Statistik anstinkt. Andererseits kann einem nämlich auch jederzeit ein Klavier auf den Kopf fallen oder, was heutzutage wahrscheinlicher ist, einer von Musks fast viertausend »Starlink«-Satelliten (Klaviere befinden sich in weitaus geringerer Zahl im Orbit).

Vor ein paar Tagen war ich »in der Stadt«, womit wir, seit wir in Kleinmachnow wohnen, etwas anderes meinen, als wir mit der gleichen Formulierung meinten, als wir noch in Berlin gewohnt haben. Früher wollte man damit sagen, dass man sich dem geschäftigeren Teil des jeweiligen Kiezes nähern wird, also in die Gegend fährt, wo ein paar mehr Restaurants, Läden, Kaufhäuser und Supermärkte sind – von solchen Kiezen gibt es in der Viele-Dörfer-Stadt Berlin einige. Jetzt meinen wir, dass wir die Grenze zwischen Kleinmachnow und Zehlendorf überqueren. »Die Stadt« fängt dort an. Ich musste zu meiner Bankfiliale an der Zehlendorfer Clayallee, und weil ich noch nicht gefrühstückt hatte, ging ich anschließend zu jenem Imbiss, den ich vor fast einem Jahr mit den Kindern besucht hatte, wobei es zu diesem kleinen tätlichen Zwischenfall gekommen war. Das blieb mir und allen Menschen in meiner Nähe dieses Mal erspart, dafür hatte ich eine andere Begegnung. Eine Frau bestellte vor mir zwei Currywürste. Sie war nach meinem Gefühl in den hinteren Siebzigern, weißhaarig und gesichtsfaltig, wirkte aber sehr gepflegt, wie man so schön sagt – sie hätte Brahoons gleichaltrige Schwester sein können. Ihre Kleidungsauswahl war allerdings nach hinten losgegangen – sie trug pflasterfarbene Leggins, Birkenstocks über violetten Socken, eine halb transparente Bluse ohne etwas darunter und eine lange braune Strickjacke. Als sie ihre ordentlich ketchupgetränkten Würste bekam, legte sie sofort mit großem Appetit los, als hätte sie wochenlang nichts zu essen bekommen, ignorierte allerdings die Aufforderungen des Verkäufers, ihn für das darmverpackte Fleischbrät bitte zu vergüten, bevor es verzehrt wird, und nach drei Bissen war ihre untere Gesichtshälfte komplett unter Ketchup begraben. Während sie nachgerade *fraß*, starrte sie den Imbissmann an, als wolle er ihr Gewalt antun – und sie sah aus, als hätte sie besonders auffälligen Lippenstift mit einem Wandfarbroller aufgetragen. Die beiden Würste jedoch waren in Nullkommanix verschwunden, und während der Verkäufer noch darüber nachdachte, was er tun sollte, warf ihm die Dame die wurstfreie, aber ziemlich tomatenschleimige Pappe in einer überraschend geschickten Bewegung gegen die Brust. Und dann klapperte sie hurtig davon, ohne sich noch einmal umzuschauen. Nach wenigen Augenblicken war sie unserem Sichtfeld entschwunden, und das war es dann auch. Kopfschüttelnd nahm der Wurstmann meine Bestellung entgegen.

Im Januar ist Gürsel gestorben, noch vor seinem einundsechzigsten also. Nicholas rief mich ein paar Tage nach Gürsels Tod an, völlig fertig natürlich, und erzählte, dass mein Freund und sein Lebenspartner an jenem Morgen nicht mehr aufgewacht sei. Das Herz hätte einfach angehalten. Das gäbe es, hätte eine Ärztin später gesagt. Gürsel wäre zwar eigentlich zu fit dafür gewesen, aber rechnen müsse man mit so etwas immer, und es hatte nichts mit dem Virus zu tun. Ich bot an, nach New York zu kommen, zur Beerdigung, aber Gürsel hatte sich eine stille, anonyme Bestattung gewünscht. Denn der Tod war hin und wieder Thema bei den beiden gewesen, und Gürsel hatte sich seit dem Beginn seiner Infektion – also schon seit Jahrzehnten – mit dieser Frage beschäftigt. Außerdem wollte Nicholas lieber für sich sein, doch wir telefonieren seither alle paar Wochen und erinnern uns an Gürsel und sprechen dabei auch über den Tod.

Brahoon hat im Winter ein Live-Album mit dem Titel »Ayksen Present« herausgebracht, auf dem unter anderem *That City Vanished* ist, und es war ein ganz extremes Gefühl, diesen Song und dann zwanzigtausend Leute zu hören, die am Ende frenetisch applaudieren – und ein CD-Booklet auseinanderzufalten, in dem hinter dem Songtitel mein Name zu lesen ist: »Words Bengt/Music Brahoon«. Im Moment arbeitet er an seinem ersten Studioalbum seit fünfzehn Jahren, das »Family Life« heißen wird. Als er im Herbst irgendwann auf unserer Terrasse saß und mit mir Bier trank, während Tabea im Garten herumwuselte und Lavida im Wohnzimmer ein Handyvideo aufnahm, das noch am selben Tag über tausend Leute *liken* würden, obwohl darin eigentlich überhaupt nichts geschah, sagte er plötzlich: »Verdammt, Alex, es ist wirklich großartig, ein weltbekannter Musiker zu sein, aber auf deine Familie bin ich neidisch.« Am selben Nachmittag entstand die Idee für das neue Album, und ein paar der Songtexte werden wohl von mir sein. Heilige Scheiße.

Seit ich die Auftragsrezensionen nicht mehr schreibe, bin ich seltener in meinem Kabuff im Garten. An *Waschbär Moses* schreibe ich inzwischen lieber im Wohnzimmer oder auf der Terrasse, außerdem bin ich ziemlich eingespannt, weil ich mit Favel unaufhörlich Mathe, Bio und Deutsch pauke. Mathe und Bio musste ich auffrischen, aber bei Deutsch erweist sich mein Studium dann doch endlich – vierzig Jahre später – als nützlich. Ich bin guter Dinge, dass wir ihn durch den verdammten MSA bringen, und wenn es in diesem Jahr nicht klappt, finden wir eine andere Lösung. Dafür, dass er bei diesem Lernmarathon mitmacht, durfte er während der Osterferien in ein mehrtägiges Talentcamp einer großen Computerspielebude fahren, und am Anfang der Sommerferien wird er tatsächlich sein erstes Turnier spielen, zwar vorerst nur in der zweiten Mannschaft, doch wenn es für ihn je die Chance gab, wirklich in dieser Welt Fuß zu fassen, dann diese.

Birger und Mandy haben sich getrennt, aber Mandy hat das Haus gekauft. Sie und Tabea werden allmählich beste Freundinnen.

Und Tabea wird allmählich wieder die Tabea von früher. Ich wache seit ihrer Rückkehr ins gemeinsame Bett ausnahmslos jeden Morgen vor ihr auf und schaue ihr dann noch ein paar Minuten lang zu, bis der Wecker klingelt, sie die Arme von sich streckt und mich anblinzelt. Sie findet das ein bisschen gruselig, dass ich dann, auf die linke Hand gelehnt, wach neben ihr liege und sie anstarre. Das hat sie jedenfalls gesagt, aber nicht so gemeint, denke ich, denn sie hat dabei gelächelt und mich anschließend geküsst. So oder so, ich könnte nicht anders, denn ich bin längst süchtig nach diesen Minuten. Die Gefühle, die mich in dieser Zeit erfassen, sind unbeschreiblich.

Sie gibt wieder Kurse, zwei pro Woche und auf die langsame Tour. Die Ärzte, die die Rehabilitation betreuen, sind zufrieden mit ihr, mehr als zufrieden, jedenfalls sagen sie das, doch ich vermute allmählich, dass diese Leute im Grundstudium ausschließlich Rhetorik trainieren. Medizinerrhetorik. Trotzdem glaube ich ihnen natürlich, und alle Zeichen sprechen dafür, dass es auch stimmt. Die meisten Folgen des Unfalls werden nach und nach fast ganz verschwinden.

Das gilt allerdings leider nicht für das Aneurysma, das im Frühling bei einer Untersuchung entdeckt wurde, an einer Stelle, an der ein Eingriff absolut ausgeschlossen ist. Es verändert sich kaum, eigentlich fast überhaupt nicht, und es besteht ein verschwindend geringes akutes Rupturrisiko, aber wenn der Durchmesser noch ein kleines bisschen anwächst und diese Ruptur eintritt, also die Gefäßwand reißt, wird Tabea innerhalb weniger Momente tot sein.

That City Vanished

Verse 1:

We were two sides
of the same tribe
No secrets
Nothing to hide
We knew each and everything about
one another
So young and restless
Surrounded by (the Berlin) the forever wall
The shape of a city under siege
kept us together

Chorus:

One night in 1985,
Western Berlin
Best memory of my life
That city vanished
right before
our eyes
That city vanished
Our world
Gone bye

Verse 2:

A glittering Ballroom
Run by the man
Who went to space
Now long forgotten

Gone without a trace,
a sucker punch in time
I'm still searching for remnants
And the echoes of our prime

Middle Eight:

To high to fall
Swinging blindfolded
By an iron curtain
At the end of your tether
Strong beliefs
For the good the greater and the better

Chorus:

On a night in 1985,
Western Berlin
Best memory of my life
That city vanished
right before
our eyes
That city vanished
Our world
Gone bye

(Text von Sebastian Wilsdorff)

Nachbemerkungen

Nach Lesungen und in Mails werden ich fast regelmäßig gefragt, ob meine Texte autobiografisch wären, was ich anfangs als Kompliment aufgefasst habe, weil ich annahm, dass sie so authentisch rüberkämen, dass man kaum glauben könne, dass sie erfunden sind. Inzwischen weiß ich allerdings, dass sogar SF- und Fantasy-Autoren diese Frage gelegentlich zu hören bekommen, aber von autobiografischer SF oder Fantasy hört man ja eher selten. Vielleicht ist das Kompliment also doch kein ganz so großes. ☺

Diese Geschichte ist jedenfalls vollständig ausgedacht, und alle Figuren sind es auch, aber es gibt ein paar Anlehnungen. Wer meine älteren Romane kennt, erkennt möglicherweise auch, mit welchem früher schon mehrfach erwähnten Musiker Ayksen Brahoon ein paar Ähnlichkeiten (u. a. phonetischer Art) aufweist. Einige Nebenfiguren sind ebenfalls prominente Erben, aber damit hat es sich, was den realitätsbezogenen Impact auf Personalebene anbetrifft. Die Vorfälle um »K-K-Man« sind durch die Geschichte eines Youtubers inspiriert, der sich selbst »Drachenlord« nannte. In diesem Zusammenhang empfehle ich den großartigen Podcast »Wer hat Angst vorm Drachenlord?« von Khesrau Behroz. Wer und was für die Geschichte von Jonathan Plantikow Pate standen, muss man nicht erklären.

Für die Korrekt- oder Fehlerhaftigkeit der Schilderung medizinischer Vorgänge trägt keine Fachperson die Verantwortung, sondern allein ich selbst, dies jedoch auf persönlichen, überwiegend indirekten Erfahrungen fußend, die ich nicht weiter ausführen möchte.

Es gibt den Ort Kleinmachnow, wie spätestens seit den Vorfällen rund um das Löwenwildschwein von 2023 auch bundesweit bekannt ist, und alle Anmerkungen zur Struktur dieses Ortes, zu seiner Geschichte und zu den Adolf-Sommerfeld-Häusern entsprechen weitgehend der Wahrheit. Es gibt dort jedoch keinen Meisenring, keinen Reiherstieg und keine Thälmannallee. Die Supermarktketten ReDeDidl, Centi oder Brutto sind ebenfalls erfunden, und auch das katapult in der Schöneberger Goltzstraße gab es nicht. Aber es gab sehr ähnliche Bars in dieser Gegend.

In der Harzer Straße in Neukölln habe ich selbst jahrelang gelebt, vor und nach dem Mauerfall.

Das legendäre Duplex (genauer: *The Duplex*) gibt es seit 1951 in New York und seit 1989 in der Christopher Street 61.

Die AdaPD (»Allianz der abendländischen Patrioten Deutschlands«), die Partei des Nazinachbarn Lambert, existiert leider, aber nicht unter diesem Namen bzw. Akronym.

Ich danke meinem Freund, dem großartigen Musiker Sebastian Wilsdorff (»The Mint«, »La cinquième République«), für den Text zu »That City Vanished«. Es gibt diesen Text auch mit Musik und in echt gesungen bei Youtube – einfach dort mal nach »Ayksen Brahoon« suchen.

Danke an Reinhard Rohn und alle bei Aufbau für das Vertrauen.

Danke an meine Agentin Conny Heindl für den Support.

Danke an meine Frau Annett für absolut alles.

Danke an euch.